徐复观与20世纪中国美学

Hsu Fu-kuan and the 20th Century Chinese Aesthetics

刘建平　著

中国社会科学出版社

图书在版编目(CIP)数据

徐复观与20世纪中国美学/刘建平著.—北京：中国社会科学出版社，2015.10
ISBN 978-7-5161-7065-6

Ⅰ.①徐… Ⅱ.①刘… Ⅲ.①徐复观(1903～1982)—文艺美学—思想评论
Ⅳ.①I01

中国版本图书馆CIP数据核字(2015)第268417号

出 版 人 赵剑英
责任编辑 韩国茹
责任校对 周 昊
责任印制 李寡寡

出 版 中国社会科学出版社
社 址 北京鼓楼西大街甲158号
邮 编 100720
网 址 http://www.csspw.cn
发 行 部 010-84083685
门 市 部 010-84029450
经 销 新华书店及其他书店

印 刷 北京君升印刷有限公司
装 订 廊坊市广阳区广增装订厂
版 次 2015年10月第1版
印 次 2015年10月第1次印刷

开 本 710×1000 1/16
印 张 19
插 页 2
字 数 342千字
定 价 68.00元

国家社科基金后期资助项目

出 版 说 明

后期资助项目是国家社科基金设立的一类重要项目，旨在鼓励广大社科研究者潜心治学，支持基础研究多出优秀成果。它是经过严格评审，从接近完成的科研成果中遴选立项的。为扩大后期资助项目的影响，更好地推动学术发展，促进成果转化，全国哲学社会科学规划办公室按照“统一设计、统一标识、统一版式、形成系列”的总体要求，组织出版国家社科基金后期资助项目成果。

全国哲学社会科学规划办公室

目　录

序

当代新儒家在20世纪中国哲学发展史上有着重要的地位，而徐复观先生对当代新儒学的发展又有着特殊的贡献。徐复观先生并不专长于形而上学体系的建构，他对中国思想史的贡献主要体现在政治哲学和儒家道德哲学的研究上面。一方面，他通过对中国思想史尤其是汉代思想史的研究，认为两汉时期在整个中国思想史上，确立了以儒学为基础的政治哲学思想的走向，对儒学成为一种政治指导思想有着深刻的认识和反思，这也是他与牟宗三先生和唐君毅先生思想不同的地方。另一方面，徐复观先生试图为儒学在现代社会找一个“出路”，发掘出了儒学对民主政治的启蒙意义，试图将儒家的道德人格建构与现代民主政治结合起来，这是徐复观儒学思想的另一个重要特点，也是他与牟宗三先生、唐君毅先生思想的相通之处。

除了以上所说，徐复观先生还有一个很重要的贡献鲜为人所道，乃在他对道家思想的现代阐释方面。徐复观并非“新道家”，而是传统的以儒学为思想根基的文化人，然而深刻的文化意识和忧患意识又使他在儒家之外，为道家思想在现代社会的生根立脚找出路。道家思想的重要意义在什么地方呢？徐复观先生对道家思想的现代价值做出的重要阐释体现在他对中国艺术精神与艺术美的发掘上。我认为徐复观先生的艺术美学思想有三个观点很值得我们重视：一是将中国艺术精神的核心落实在人的心灵状态上，艺术作品是人类心灵和精神观念的呈现，艺术精神首先体现为艺术家的心灵自由，也就是呈现为一种生命活力。艺术家主体生命的自由是很重要的，这也是艺术家个人自我实现和生命满足的需要，只有具有自由思想和精神活力的艺术家的存在，才有了形象的自由创造，而这正是艺术美学精神根源之所在。在道家思想中，艺术美体现为一种“虚”、“静”、“明”的生命感情。徐复观先生对道家的“道”的本体性和艺术性做了重要的区分，若我们从思辨的层面，以道为基础建立由宇宙落向人生的系统，则“道”具有形而上的本体的意义；若我们通过工夫在现实人生中对“道”

加以体认，则“道”实际上是一种最高的艺术精神。而从心灵自由的角度来看，二者却可以契合与融通。庄子的“道”中所呈现出的心灵自由和创造精神正是中国艺术美的精神根源，这就为中国艺术的发展找到了美学的根基，也为道家思想找到了现代存在的价值。

徐复观先生的第二个观点也很重要，那就是道家思想与中国艺术发展之间的关系，探讨道家思想与中国艺术之间的联系，徐复观并不是一个开创者，但他是非常重要的评论人。因为艺术家精神的自由并不等于艺术创造的自由，艺术的创造除了需要一个自由的心灵之外，还需要形象的创造和表现。徐复观先生透过中国传统画论来谈艺术精神进而把握中国的美学，这是很重要的诠释进路，与传统的文论、画论就艺术形象、艺术技巧来谈艺术精神是根本不同的。美学表现为一种动态的、对生命存在的关照与反思，精神的活动要透过一定的艺术形式来呈现出来，这就需要考虑如何用笔、如何用墨来传达，需要通过熟练的艺术技巧来营造艺术形象，庄子在“庖丁解牛”、“梓庆削木”等故事中就指出了技巧的重要性以及由技巧而把握艺术精神的途径。徐复观明确指出道家是中国艺术精神之所本，同时又具体论证了庄子对中国艺术所产生的影响，这是一种双向的融通与互动。庄子强调心灵自由，他把高于形象甚至是超越形象的精神带进了中国艺术，我曾在湖北省荆州博物馆看见虎座鸟架鼓、凤鸟莲花豆等青铜器和漆器工艺品，那个形神兼备的凤鸟形象非常生动地呈现了先秦和两汉时期的那种生动的气韵和生命意识，也就是透过超越具体形象的抽象、“得意忘象”的方式去呈现自然生命的活力和精神的动向。把道的本体精神转化为道的艺术精神，然后用一种美学的方式表达出来，这是庄子哲学对中国艺术美学的重要贡献。庄子对宇宙的生命精神的把握方式主要是一种“游观”，一种动态的、情感的体味，所谓“上穷碧落下黄泉”，就是这种形象的、情感的把握世界方式的体现。

除了道家思想之外，徐复观先生又看到了儒家美学在中国艺术精神中的重要位置，那就是个体精神的现实安顿，这是他的第三个值得我们重视的观点。李泽厚讲儒家思想与中国艺术精神时提到了“乐感文化”这个概念，将“情本体”作为乐感文化的核心，并最终实现“人与宇宙和谐共在”的非道德、非宗教的审美文化心理本体的建构，这主要是从社会性的角度而言的。其实儒家美学不只是“乐感”问题，而是更重视个体生命力的重建，重视个体的生命活力、生命情调与整个宇宙生命活力的协调、沟通。中国传统的文人在人生困顿、仕途失意之际，他们精神的出路是什么呢？他们往往借助诗的方式表达内心的感受、对政治的态度和对民众的关心，例如屈原的《离骚》就是代表，由此形成了以诗言志、以诗抒情来呈现个人内心精神的忧困和生命情调，以达到对现实忧患的超越和精神解放的目的。在此意义上，儒家的诗教精神和庄子的道家思想是相通的，两者都是一种解脱自我、精神重建的方式。不同的是儒家美学更重视人的生命主体的形象表达，道家美学则强调人对于自然生命的透视。

刘建平博士在本书中对徐复观先生美学思想的研究不乏卓见。其一，徐复观先生把庄子思想提出来作为中国艺术精神的基础具有重要意义，21世纪中国美学的发展也要以中国美学的这一传统为基础。其二，这本书指出徐复观先生是中国艺术精神阐释和发展链条上一个重要的环节，是王国维、宗白华、朱光潜以来20世纪中国美学的一个重要发展。当然这之间的线索还可以更详细地探讨。20世纪中国美学有两条重要的线索，一条是中国的北方从王国维、宗白华到李泽厚之间的传承关系，强调审美与人性及人格养成的传统；另一条是中国的南方例如方东美、徐复观及唐君毅之间的传承关系，主要是安徽、两湖及四川一带，重视道家的传统，强调审美与心灵自由之间的关系。其三，对中国美学未来发展的认识。徐复观先生不仅对艺术精神问题做了细致的阐发，也对中国美学发展的未来方向和现代转型做了重要的探索，在这方面也可进一步探究。

徐复观先生是我的父执辈，与先父成惕轩先生[①]交好，早年他数次请我到他所执教的台湾东海大学做学术演讲。我在80年代初还到香港去看望过他。他在与我的谈话中非常关心当代西方思想的发展，这给我留下了深刻的印象。我与本书的作者刘建平博士相识于十多年前，其为人乐观热情、谦虚自抑。近些年来，刘建平博士在当代新儒学和美学研究方面取得了不少成绩，在加拿大《文化中国》、中国台湾地区《鹅湖》及中国大陆《孔子研究》等儒学研究的重要刊物上都发表了不少学术论文。徐复观先生、我以及刘建平博士都是鄂东人，彼此有着地缘上的相近，能为研究徐复观先生的刘建平博士的这本书作序，既是对徐先生这位鄂东先贤的怀念，更是一份对年轻一代为中国文化传承做出贡献的欣赏与鼓励。是为序。

成中英

于美国　夏威夷大学哲学系

2015.6.3

---

① 成惕轩，字康庐，号楚望，1911年生于湖北省阳新龙港镇，历任台湾师范大学、“中央”大学、政治大学等校中国古典文学教授，著名骈文学者，1989年逝世。

导论　20 世纪中国美学视野下的徐复观

20 世纪中国哲学的核心问题，是中国社会从封建、愚昧时代走向文明、民主启蒙时代的价值转型问题，是在分崩离析的传统和纷至沓来的外来文化之间的价值取舍与情感纠葛问题，是在救亡和启蒙的双重变奏中个体生命自由和民族独立、国家强盛之间协调发展的问题。体现在美学方面，则表现为中国美学家们从现实生存体验和个体感性生命的视角，如何去重建现代人格、重构价值信仰以安顿人的精神生命的问题。20 世纪中国美学的这两个主题，从王国维、蔡元培到宗白华、朱光潜，再到李泽厚等人的美学思想一以贯之。一百多年前，歌德从普遍人性出发，预言了"世界文学时代"的到来，马克思、恩格斯也指出："过去那种地方的和民族的自给自足和闭关自守状态，被各民族的各方面的相互往来和各方面的互相依赖给取代了。物质的生产是如此，精神的生产也是如此。各民族的精神产品成了公共的财产。民族的片面性和局限性日益成为不可能，于是由许多民族的和地方的文学形成了一种世界文学。"① 这里的文学英文是"Literature"，原指"文献"，后泛指所有的文学艺术。20 世纪中国美学的发展，也经历了一个由传统文艺理论向现代美学体系过渡、转变并最终形成新的价值形态的过程，经历了一个以感性生命的光辉为古老的中华民族艺术精神招魂，从而在全球化的时代获得自身存在价值的过程。不从世界文化的背景中看中国美学，就无法理解其形成的精神历程和发展主题。因而，20 世纪中国美学的发展既是一个思想启蒙的过程，又负有价值再造的历史使命，更是睁眼看世界的中国人在全球化的狂潮中对自我身份和价值的一次重新整合。徐复观的生平横跨整个 20 世纪，加之他又有在大陆（1903—1949）、台湾（1949—1969）、香港（1969—1982）三地长期生活、教学和研究的经历，他的美学思想也正是围绕着以上问题的解决为核心展开的，可以说是 20 世纪中国社会矛盾、冲突、变革的鲜活印证。

① 《马克思恩格斯选集》第 1 卷，人民出版社 1995 年版，第 255 页。

徐复观（1903—1982）是楚人，楚狂人。楚国有出狂人的传统，古有接舆、庄周，后有米芾、方孝孺，尤其是耿定向、李贽所开创的自由思考、敢于质疑、勇于批判的精神传统，在鄂东地区影响深远，近代以来，鄂东这片土地上更是狂人辈出，如熊十力、黄侃、徐复观、闻一多、殷海光、胡风等。楚狂，非一己率性任性使气之狂，他们是狂之正者、狂之真者和狂之刚烈者，他们的狂，和他们元气淋漓、跌宕起伏的人生一样让人敬仰，耐人回味。徐复观的美学思想，和这狂者气质是分不开的。“任天而动”的楚狂性格基因构成了他美学思想的精神起点，而道家追求自由解放的价值取向则成为他美学思想的精神归宿。狂体现的是一种反抗权威、独立思考的精神气质，一种大气淋漓、汪洋恣肆的士人风范，一种追求独立人格、自由思想的价值观念，徐复观身上的狂者精神不仅顺应了人类真、善、美的历史潮流，同时又使得徐复观站在全球文化冲突与融合的视野下反观中国文化与中国美学，从而既痛斥其弊端，同时又大力彰显其现代意义，这种精神气质使他的美学思想才思豪迈，别开生面，在20世纪中国美学史上不仅具有重要的学术地位，而且还具有独特的思想魅力。

在人格重建和价值重构这两个20世纪中国美学思想主题的解决上，徐复观都做出了重要的贡献。首先，对传统美学思想资源和价值的再认。20世纪的中国区别于传统中国，一个鲜明的特征就是在外来文化的冲击之下传统消亡、偶像崩塌、价值失序，20世纪初的“五四”新文化运动和20世纪中叶的“文化大革命”全面否定传统反映了这样一个文化背景，列文森在《儒教中国及其现代命运》① 中所说的儒家文化“博物馆化”以及余英时在《现代儒学的困境》② 一文中认为儒学在现代社会已成为失去了其寄身之所的“游魂”都形象描述了这种文化危机，而20世纪下半叶兴起的全球化思潮的冲击，更加剧了中国人精神上的自我迷失和文化上的身份焦虑——我们从哪里来？我们又该向何处去？我们的精神之根在哪里？这构成了徐复观进行美学思考的文化背景。近半个世纪以来现代中国知识分子所面临的处境，正是传统文化日益被卷入全球化的交替之际。全球化不仅是一种事实的描述，它同时也是一种价值导向和规范，社会科学

① 参见［美］列文森《儒教中国及其现代命运》，郑大华、任菁译，中国社会科学出版社2000年版，第342页。

② 参见［美］余英时《现代儒学的困境》，载《现代儒学的回顾与展望》，三联书店2004年版，第56页。

领域的全球化在本质上是现代性[①]的全球化，鲍德里亚指出："传统文化在地理上和象征意义上具有多样性与分歧性，来自于西方的现代性则普照全世界并且迫使世界成为一个同质的统一体。"[②] 全球化在某种意义上是以西方社会或文化的标准来吞噬其他文化的合理化，西方文化成为人们认识和描述自身的重要坐标，成为当代社会的强势语境。全球化思潮一方面扮演着文化入侵者的角色，另一方面它又是文化交流、思想解放的启蒙者，它在全球激荡起了本土化运动，各地域文化都面临着自身身份焦虑和"自明性"的危机，都不得不在全球化的视野中，用现代的观念对自身进行一次新的诠释，韦伯说："为了不在历史中迷失，我们不得不建立一些范型。"[③]

---

① "现代性"是一个复杂的概念，从11世纪拉丁语的Modernitas，到18世纪法语中的Modernité，再到19世纪英语中的Modernity，现代性在其独特的演化过程中，有着繁杂的内涵，它指的是西方文艺复兴以来的西方政治、历史、社会、文化等几乎所有物质与精神层面的变化，从而形成了一个与传统社会截然不同的社会形态。米切尔认为，无论是过去还是现在，现代性从来都不是单一的［参见 Timothy Mitchell（ed.），*Questions of Modernity*, University of Minnesota Press, 2000, p. 12］。一般所说的现代性是指20世纪的现代性，它主要包括两个层面，一是启蒙现代性，其核心理念是理性化、合理化和秩序化，启蒙现代性以科学精神、进化观念和理性意识确立社会的价值秩序，促进现代化的发展，但它在把科学、理性、自由绝对合理化的同时又对人的自由发展造成了压迫和束缚，由此产生了现代性的第二个层面——审美现代性。审美现代性以人为目的，通过张扬感性、个体精神和反叛意识，对异化的社会加以批判、嘲弄和颠覆，它反抗启蒙现代性（后来演化为制度现代性）使人在追求现代化的同时丧失了自由、诗意和个体的丰满性。启蒙现代性和审美现代性可谓是相伴相生的，也可称之为现代性的两面。20世纪下半叶以来，审美现代性同后现代思潮混杂在一起，具有了更加复杂的内涵，卡林内斯库认为："美学现代性应被理解成一个包含三重辩证对立的危机观念——对立传统；对立于资产阶级文明（及其理性、功利、进步思想）的现代性；对立于它自身，因为它把自己设想为一种新的传统或权威。"（参见［美］马泰·卡林内斯库《现代性的五副面孔》，顾爱彬、李瑞华译，商务印书馆2002年版，第16—17页）这种包含自反性的现代性正是审美现代性的重要特征。中国的现代性含义更加复杂，一方面中国由于还未实现现代化，启蒙现代性并未得到充分的发展，启蒙现代性张扬现代人格和精神、促进经济现代化和政治制度完善化，对我们仍具有非常积极的意义；另一方面，对启蒙现代性进行反叛的审美现代性又与消解启蒙现代性的后现代主义合流，成为一种世俗化的、平面化的反现代性思潮。徐复观在台湾"现代艺术论战"中批判的现代性兼有以上两个层面的含义：一方面，徐复观批判启蒙现代性绝对合理化造成了传统与现代之间的断裂，另一方面他又批判审美现代性对启蒙现代性的反叛过程中造成的诸多乱象。在中国当代语境中，现代性同样悖论式地同时包含有以上两种价值倾向：从现代化的角度讲，现代性在某种程度上是与现代化联系在一起的，我们要弘扬启蒙现代性，在社会上养成民主、自由、理性的现代精神；另一方面，从中国文化现代转型的角度看，启蒙现代性又代表着一种西方价值观念的霸权，这正如汤林森所说的："所谓现代性，变成了变化、变迁乃是一种'文化宿命'，而其强烈蕴涵的意思则是这样的过程，在历史上是不可避免的。"（参见［英］汤林森《文化帝国主义》，冯建三译，上海人民出版社1999年版，第266页）因而，在当代中国的文化语境中，发展现代化与反省现代性是大致同步的，现代性还包含有反思"艺术终结论"、反省全球化思潮的意涵。

② J. Baudrillard, *Forget Foucault*, New York: Semiotext (e), 1987, p. 64.

③ Eugen Weber, *The Western Tradition: From the Ancient World to Louis XIV*, D. C. Health and Company, 1965, xxiii.

文化主体性、审美主体性的危机，迫使徐复观“反身而诚”，他以全新的研究方法从艺术史发展的层面反思中国传统美学及艺术精神的本质，在现代的视野下在与世界文化美学精神相互比较、衡量中反观民族艺术精神的现代价值及其限度，他认为这项工作一方面可以凸显中国传统美学、艺术的精神特质，以与世界文化艺术精神相衔接、对话；另一方面也可以从20世纪世界美学和中国艺术发展史的角度，对传统的美学和艺术理论进行“现代疏释”，这对中国文化、艺术在21世纪的新生有着重要的启示意义。

其次，对中国艺术精神的现代重构。从五四新文化运动背景下的思想启蒙，到九一八事变至战争时期的救亡图存，以及20世纪下半叶以来的中国美学现代转型阶段，重建个体人格、重建精神家园、不再做政治的宣传工具与传声筒就成为中国美学家们的共识，于是美学就以其特有的潜在价值而成为知识阶层呼唤个体意识与独立精神最强有力的话语形式。20世纪二三十年代、50年代及80年代的“美学热”、“文学理论热”都不是偶然的现象，而是知识阶层个体生命意识与社会担当精神同时觉醒的必然产物，美学在社会转型期承担了文化启蒙者的角色，[①]“中国艺术精神”问题也是在这一背景下产生的。“中国艺术精神”的命题不是徐复观最先提出来的，但毫无疑问，徐复观是20世纪“中国艺术精神”问题探索者中影响最大的。在徐复观之前，有对“中国艺术精神”问题的思考而没有产生广泛的影响；在徐复观之后，对“中国艺术精神”问题的探究开始成为一种有意识的思想自觉，并出现了多部学术专著以及博士、硕士论文，因此徐复观在20世纪“中国艺术精神”问题的链条上可谓是一个“原点”。徐复观在此一问题的形成、发展和解决过程中，起到了承上启下的重要作用。“中国艺术精神”问题不仅贯穿着徐复观美学思想的始终，也是中国美学从庄子到现代一以贯之的重要问题。[②] 换句话说，这个命题正是通过徐复观的现代诠释而成为20世纪中国美学的重要问题，在20世纪下半叶以来的海峡两岸产生了强烈的反响，并成为一个有着鲜明时代烙印的审美

① 参见刘建平、邹元江《对30年来中国审美文化嬗变的反思》，《清华大学学报》2009年第1期。

② 陈鼓应认为，中国哲学史上的主要论题和基本观念，不少是引发于《庄子》（参见陈鼓应《修订版前言》，《庄子今注今译》，中华书局2008年版，第1页）。庄子对“精神”的重视亦引发了中国艺术创造和欣赏的自觉。《庄子》可以看作是中国艺术的精神源头，《哲学的艺术精神——从庄子到徐复观》一文中对此问题进行了详细论述［参见刘建平《哲学的艺术精神——从庄子到徐复观》，《文化中国》（加拿大）2008年第1期］。

"范式"①。徐复观一方面承接五四启蒙思潮，彰显道家追求自由解放的真精神，澄清这种精神对中国现代人格创建具有积极作用；另一方面他开启了中国美学现代转型的思潮，认为中国美学、艺术具有解蔽现代性的重要价值。在《中国艺术精神》中，徐复观对中国艺术精神做了很多重要的澄清和还原工作，特别强调了其在现代社会的价值，中国艺术所展开的丰富、高华、纯静、玄远的意境，能使被现代工业和技术文明宰制、压迫的人类心灵，由对中国艺术的欣赏而得到澡雪、宁静和安顿的效用，"在专制压迫之下，在社会各种特权压迫之下，由深入自然，而对世网得以摆脱，以获得精神上的自由解放。在山水画中所获得的精神自由解放，即是精神由污染而纯真，由卑屈而高洁，以恢复人值得称之为人的人格尊严的地位"②。指出中国传统美学、艺术必须经过现代的转型，才能真正汇入世界文化大潮，成为人类的财富。徐复观以庄子美学为主、儒家美学为辅来建构他的美学思想体系，就是力图建立一个与西方文化艺术系统不同的审美"范式"。

随着海峡两岸文化交流的日益频繁，自20世纪80年代以来，大陆学术界对徐复观的政治思想、思想史、文学及美学思想进行了卓有成效的研究，尤其是近十年来学界出现了徐复观研究的热潮，我们从徐复观著作在大陆的出版情况即可见一斑，徐复观在20世纪中国学术思想史上的重要地位得到了确认。③ 但在美学思想的研究方面，无论是对徐复观美学思想的内在脉络、线索、体系、思想特点的梳理，还是对徐复观与20世纪中国美学发展之间内在根源性的联系的探索都显得很不够。从港台的情况来看，对徐复观美学思想的研究始于1982年，在徐复观的追悼聚会上，卧

---

① 称"中国艺术精神"为审美范式，是因为它在80年代以来的中国美学中成为一个主流话语系统，沈语冰认为："自从徐复观的《中国艺术精神》在80年代中后期的中国内地出版以后，'中国艺术精神'就与80年代初的'积淀'（李泽厚）一道，担当起了对中国艺术现代化的持久的反动的使命"（参见沈语冰《艺术与哲学》，中国社会科学出版社2003年版，第79—91页）。"中国艺术精神"在美学中的这种主流话语形态，高友工也称之为"美典"。（参见高友工《美典：中国文学研究论集》，三联书店2008年版，第143—144页。）

② 徐复观：《在神木庇荫之下》，黎汉基、李明辉编《徐复观杂文补编·思想文化卷》（上），台北"中央研究院"中国文哲研究所2001年版，第417页。

③ 贺照田在《徐复观的晚年定论及其思想意义》一文中说："最近几年，上海几家出版社先后推出了徐复观先生中国思想研究的代表著《中国人性论史·先秦篇》、《两汉思想史》、《中国思想史论集》、《中国思想史论集续编》。这些著作的出版事先没有炒作和宣传，但许多有影响的学术书店不约而同地在书籍摆放和广告介绍上处以醒目的位置，这说明徐复观已被中国大陆知识界普遍待之以经典人物。"（参见贺照田《徐复观的晚年定论及其思想意义》，《中国图书商报》2005年8月19日第B08版）。

云在《徐复观文学论著评介》中对其文艺思想进行了整体的介绍和评价。其后，徐复观的美学思想在一些港台的学术专著和研究论文中被屡屡提及、引用，如黄锦鋐在《庄子及其文学》[①] 中认为：庄子的“游”是中国文学的灵魂；郑树森在《现象学与文学批评》[②] 中认为：“最早运用现象学观念来作文艺批评的，是香港新亚研究所的徐复观教授。”朱荣智在《庄子的美学与文学》[③] 中认为：“庄子虽不是为谈美学而谈美学，可是他的立论，正是美学家所追求的目的。”这与徐复观对庄子的论断如出一辙。董小蕙在《庄子思想之美学意义》[④] 中则认为，老庄思想内涵虽深远却是整体生命彻底的落实，是从生命的根源处来洞烛人生问题，这其中当然也包括艺术问题。陈昭瑛在《台湾儒学的当代课题：本土性与现代性》[⑤] 一书中认为徐复观对儒学生态学的提示和中国艺术精神的现代诠释，对中国文化在台湾的本土化和台湾的“中国人主体性”意识的启蒙具有重要作用，代表着“一个时代的开始”，另外，颜昆阳的《庄子艺术精神析论》[⑥]、郑峰明的《庄子思想及其艺术精神之研究》[⑦]、孙中峰的《庄子之美学义蕴新诠》[⑧] 都多次引用徐复观《中国艺术精神》中的观点为其佐证，等等。

对徐复观美学和艺术思想的深入研究则始于1992年，台湾东海大学为了纪念徐复观逝世10周年，于是年6月专门举办了“徐复观学术思想国际研讨会”，这次大会共收到学术论文24篇，其中涉及美学和艺术思想研究的有4篇，分别是：谢仲明的《论徐复观对庄子的解释》，洪铭水的《徐复观先生对中国传统艺术的玄学观》，翁同文的《论高手的绘画摹本自有超越原作的可能》及薛顺雄的《李义山〈锦瑟〉诗剖析》。由此，徐复观的美学和艺术思想才开始进入人们的研究视野，并产生了以李淑珍的“*Xu Fuguan and New Confucianism in Taiwan*（1949—1969）：*A Cultural His-*

---

① 黄锦鋐：《庄子及其文学》，东大图书有限公司1977年版。

② 郑树森：《现象学与文学批评》，东大图书有限公司1984年版。事实上，在港台地区，比较早用现象学的方法分析文艺作品的还有胡秋原，他在1963年5月《中华杂志》上发表了《现象学的文艺理论》一文，对现象学美学进行了介绍和论述。参见胡秋原《现象学的文艺理论》，《文学艺术论集》（上），台湾学术出版社1979年版，第426—429页。

③ 朱荣智：《庄子的美学与文学》，台湾明文书局1992年版。

④ 董小蕙：《庄子思想之美学意义》，台湾学生书局1993年版。

⑤ 陈昭瑛：《台湾儒学的当代课题：本土性与现代性》，中国社会科学出版社2001年版。

⑥ 颜昆阳：《庄子艺术精神析论》，台北华正书局1985年版。

⑦ 郑峰明：《庄子思想及其艺术精神之研究》，台北文史哲出版社1987年版。

⑧ 孙中峰：《庄子之美学义蕴新诠》，台北文津出版社2005年版。

tory of the Exile Generation"（布朗大学 1998 年博士论文）、郑雪花的《徐复观美学思想研究》（台湾"国立"成功大学 2002 年硕士论文）为代表的专门研究徐复观美学思想的博士学位论文和硕士学位论文。

从大陆的情况来看，因为历史和现实的原因，对徐复观的研究起步略晚于台湾，但发展势头后来居上。1987 年，《中国艺术精神》由春风文艺出版社出版，这是徐复观的著作首次在大陆出版。同年，方克立、李锦全主持的"现代新儒家思潮研究"课题组将徐复观列为课题组重点研究的现代新儒家代表人物展开专门性的研究。最早涉及徐复观的学术专著是 1991 年李维武的《二十世纪中国哲学本体论问题》[1]，其中有一章"徐复观：消解形而上学"是研究徐复观思想的专论；1995 年方克立、郑家栋的《现代新儒家人物与著作》[2] 中有一章也专门对徐复观学术思想进行了评介；2000 年，黄克剑的《百年新儒家——当代新儒学八大家论略》[3] 中有专门的章节介绍徐复观的哲学和美学思想；其后，黄俊杰的《儒学与现代台湾》[4] 和张重岗、王来宁的《现代新儒家传》[5] 也涉及对徐复观美学思想的探讨。大陆的徐复观研究更直接的推手是多次国际学术会议的举办，1995 年 8 月，武汉大学和台湾东海大学在武汉联合举办了"徐复观思想与现代新儒学发展"学术研讨会，这是中国大陆首次举办徐复观思想研究的专题学术会议。这次会议共收到学术论文 34 篇，其中有 8 篇论文涉及徐复观美学思想的探讨，分别是刘纲纪先生的《略论徐复观美学思想》，张法的《徐复观美学思想试谈——读〈中国艺术精神〉》，李维武的《徐复观对道家思想的现代疏释》，夏可君的《试论徐复观对"庄子的再发现"》，李西成的《〈富春山居图〉的艺术精神》，李淑珍的《徐复观论现代艺术——就台湾文化生态及儒家人性论双重脉络的考察》，胡晓明的《思想史家的文学研究——徐复观〈中国文学论集〉及〈续篇〉读后》以及朱哲的《唐、牟、徐之道家思想比观》，至此，徐复观美学和艺术思想才开始真正引起大陆学界的关注；2003 年 12 月，武汉大学哲学学院、武汉大学中国传统文化研究中心联合举办了"徐复观与 20 世纪儒学发展"海峡两岸学术研讨会，一共收到论文 60 余篇，其中涉及美学与艺术方面的论文 10 篇，分别是邹元江的《必极工而后能写意——与徐复观"气韵

---

① 李维武：《二十世纪中国哲学本体论问题》，湖南教育出版社 1991 年版。

② 方克立、郑家栋：《现代新儒家人物与著作》，南开大学出版社 1995 年版。

③ 黄克剑：《百年新儒家——当代新儒学八大家论略》，中国青年出版社 2000 年版。

④ 黄俊杰：《儒学与现代台湾》，中国社会科学出版社 2001 年版。

⑤ 张重岗、王来宁：《现代新儒家传》，山东人民出版社 2002 年版。

生动”辩难》，胡晓明的《中国千年文学的守灵人》，张思齐的《徐复观〈文心雕龙〉研究中的比较意识》，张世保的《评徐复观对先秦乐教思想的研究》，萧洪恩的《儒学救世与文学救世——新文化视野下的徐复观与沈从文救世理想比较研究》，张晚林的《大地的儿子与上帝的选民——徐复观、牟宗三对杜诗的不同评价的成因探析及其启示》，刘建平的《庄子精神与现代艺术——徐复观艺术思想浅析》，王守雪的《生命与理性的合一——徐复观“心的文化—心的文学”论》，刘毅青的《中国画笔墨的形上性品格——徐复观对中国画笔墨特性的阐释》和张文涛的《没有“道”的道路，迷茫一片——略评徐复观艺术论中的西学解读》，这次会议掀起了研究徐复观美学与艺术思想的高潮，大陆学术界开始对徐复观其人其学有了更深入的了解，有力地推进了中国大陆徐复观美学思想研究的开展。2003 年，肖鹰的《体验与历史——走进历史之境》[①] 第三章概括了徐复观以西方文艺理论阐释庄子艺术精神、以庄子来梳理中国绘画思想的独特贡献；2004 年，张毅的《儒学文艺美学——从原始儒家到现代新儒家》[②] 第六章“现代新儒家的生命哲学和美学”对徐复观美学思想进行了细致的爬梳；2006 年，王南溟在《艺术必须死亡——从中国画到现代水墨画》[③] 第八章“水墨的东方化：从林风眠到台湾现代美术运动到东方主义”中，以“精神的流失：徐复观的《中国艺术精神》”为题，对徐复观的艺术思想提出了严厉的批判；2008 年，李维武的《大家精要——徐复观》[④] 第七章以“中国艺术精神的疏释”为题，从庄子与中国艺术精神的关系、由思的世界到画的世界、中国画的现代意义三个方面对徐复观的美学思想进行了深入的剖析。同时，近年来海峡两岸出现了多部学术专著及博士论文专门研究徐复观的美学思想，[⑤] 这些论著论文从不同视角、不同层面揭示了徐

① 肖鹰：《体验与历史——走进历史之境》，作家出版社 2003 年版。

② 张毅：《儒学文艺美学——从原始儒家到现代新儒家》，南开大学出版社 2004 年版。

③ 王南溟：《艺术必须死亡——从中国画到现代水墨画》，上海书画出版社 2006 年版。

④ 李维武：《大家精要——徐复观》，云南教育出版社 2008 年版。

⑤ 博士论文是：1998 年李淑珍的 *Xu Fuguan and New Confucianism in Taiwan* (*1949—1969*): *A Cultural History of the Exile Generation*；2002 年侯敏《现代新儒家文化诗学研究》；2004 年王守雪的《心之文学——徐复观与中国文学思想经脉的疏通》；2005 年张晚林的《徐复观艺术思想诠释体系研究》；2005 年耿波《自由之远与艺术世界的价值根源——徐复观艺术思想扩展研究》；2006 年孙琪的《台港新儒学阐释下的“中国艺术精神”》；2006 年刘桂荣的《徐复观美学思想研究》；2007 年张宏《徐复观中国古典美学研究论评》；2010 年刘建平的《20 世纪“中国艺术精神”问题研究》。学术专著是：侯敏：《有根的诗学》，上海人民出版社 2003 年版；王守雪：《人心与文学——徐复观文学思想研究》，郑州大学出版社 2005 年版；耿波：《徐复观心性与艺术思想研究》，中国传媒大学出版社 2007 年版；张晚林：《徐复观艺术诠释体系研究》，上海古籍出版社 2007 年版；刘桂荣：《徐复观美学思想研究》，人民出版社 2007 年版。

复观美学思想的本质和内涵，但同时也存在一些问题，这主要表现在：

（1）泛泛而论徐复观的美学思想，而没有把握到其美学思想的核心精神及思维脉络。很多学者对徐复观美学思想的探究大多局限于《中国艺术精神》一书，或局限于两部文学论集的分析，而忽略了作为《中国艺术精神》姊妹篇的《石涛之一研究》、《黄大痴两山水长卷的真伪问题》和百余篇文艺论文的价值①，忽略了徐复观的美学思想与其整个学术思想之间的关联，材料和文献上的局限使得他们在对徐复观美学思想的深度和广度的把握上显得零碎而不成系统，从而不能对徐复观在20世纪中国美学中的影响和地位做出客观的评价。

（2）狭隘而片面地理解徐复观的美学思想。有些学者要么从绘画入手，要么从文学入手，甚至为此而论争，而没有认识到绘画和文学是徐复观美学思想两条重要的展开线索。徐复观曾明确指出："中国艺术精神的自觉，主要是表现在绘画与文学两方面，而绘画又是庄学的'独生子'。"② 通过统计分析，笔者认为，在徐复观美学体系中，绘画占有主导性的地位。徐复观的美学论著合计5本，美学论文共117篇。其中绘画方面的论著3本，论文合计67篇；文学方面的论著2本，论文合计43篇；另有戏剧、电影及雕塑方面的论文7篇。由此看来，以绘画作为徐复观美学思想的中心是可以得到确证的，而文学则是徐复观美学思想的重要补充（见图1）。现行的很多有关徐复观美学思想的研究大多侧重于文学，这无异于本末倒置，未得其要。

（3）以西方现代美学艺术理论如现象学、存在主义对徐复观美学思想进行"现代重构"，这些理论在重构徐复观美学思想的同时，也重新诠释和引导了人们对此问题的理解和定位，为这些理论所提供的方法和思路所规限，以致不能贴近徐复观美学思想自身的发展逻辑，他的理论体系中一些极具张力的文化意识和个体的生命体悟，以及此意识和体悟对我们今天的启示就轻易地被忽略掉了。研究方法必须与研究的对象和题材相配合才能相得益彰，不分对象地滥用方法进行所谓的"重构"，既背离了具体历

① 除了以上论及的论著论文外，徐复观在《中国人性论史·先秦篇》《两汉思想史》等哲学、思想史著作中也有不少关于美学和艺术问题的论述值得我们留意。众所周知，徐复观的思想非常庞杂，美学、艺术、文化、思想史常常是交织在一起的，因此，其思想史方面的著作中包含的美学思想也不容忽视。从徐复观去世前两年的日记看，其与友人和学生日常通信极为频繁，很多信件至今仍未发表，这些资料的整理和发掘工作对于将来对徐复观美学思想的研究也是极为重要的。

② 徐复观：《自叙》，《中国艺术精神》，春风文艺出版社1987年版，第5页。

史人物鲜活的生命体验，又背离了中国文化的语境，从而对徐复观美学思想造成了诸多的误解和歪曲。

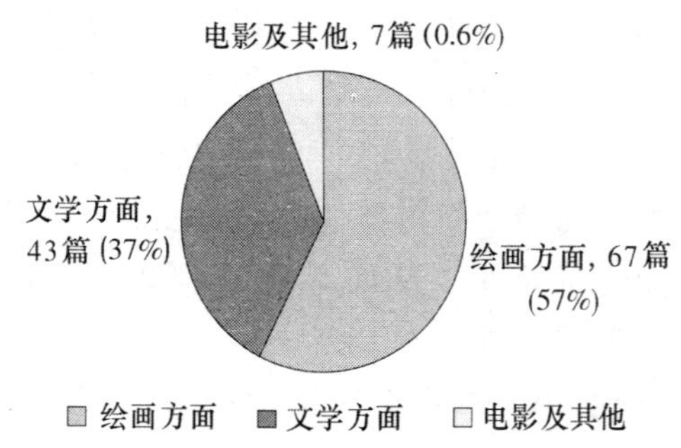

图1 徐复观艺术论著论文绘画、文学、电影等比重

迄今为止，真正从20世纪中国美学发展的视角入手，系统性地探究徐复观美学思想的萌生、发展脉络、思想特征的力作尚不多见。学界对徐复观美学思想的研究大多局限于其理论本身，而忽略了从20世纪中国美学发展史的宏观视角去反观徐复观美学思想并评价其得失，这使得我们视徐复观作为20世纪现代新儒学的代表人物，作为一位在先秦人性论和两汉思想史方面做出重要贡献的中国哲学家的身份之外，很容易忽略了其作为一位20世纪在美学领域思想独特、有重要建树的中国美学家的身份，由此也影响到了对他在20世纪中国美学史上地位的评价。这无疑是热热闹闹的徐复观研究背景下的一大缺憾。目前国内外关于徐复观美学与艺术思想研究的趋势是：

第一，从表达方式看，由以“述”为主走向以“论”为主，由巡礼式的介绍转向有思想力度的论证考疏的扩展研究，由对徐复观思想一味地赞同转向批判、辨析与反思。

第二，从研究方法上看，由单纯的中国传统诠释方式或单纯的西方解释学、存在主义等理论的运用走向了多种方法、多维视野综合的分析、对话和反思。

第三，从研究内容看，由对徐复观《中国艺术精神》一书的单一把握走向对徐复观美学思想的整体学术探讨以及在此问题下展开深入的专题研究，学界开始出现借徐复观思想以言美学、艺术问题，或借徐复观谈中国文化、美学的现代转型问题的思维进路。

本书对徐复观与20世纪中国美学之间关联性的研究，是通过两条思路展开的。一方面，本书以徐复观为出发点，结合具体的文本、时代背景、作者的生活经历，力图还原台湾、香港时期，徐复观在中西文化冲突的视野下美学思想的萌生、发展、成熟、变化之思维脉络、精神实质；通过对徐复观美学思想中一些似是而非的问题以及一些已经约定俗成的“定论”，如徐复观美学思想的主体、儒道两家美学在其美学思想体系中的地位问题、徐复观美学思想的展开线索等问题进行重新考证、剖析和辩难，对学界关于徐复观美学思想的误解、误读做出澄清，使徐复观美学思想的核心精神及其思维脉络更清晰地凸显出来。另一方面，笔者在走进徐复观、理解徐复观后，又以此为基础，通过对徐复观对 20 世纪中国美学的一些重大问题，如对中国美学的现代诠释、对中国艺术精神的现代重构、对中国艺术现代价值的展望等问题的思考和研究进行辨析，肯定他在这些问题上的贡献，反思并澄清了他在这些问题上存在的误解、偏失，由此对他在 20 世纪中国美学史上的地位做出新的评价。

第一章　徐复观美学思想的诠释进路

思想之被称为思想，首先表现为对具有普遍意义的重大命题的独立思考。徐复观通常被认为是思想史家而非哲学家或美学家，他对中国传统美学思想和资源的现代诠释，证明他也是一位具有原创思想的美学家。林安梧认为，中国传统的诠释学，大体上有四条路径，一是经传之注释学传统，二是体验之心性学传统，三是历史之诠释学传统，四是艺术之品鉴学传统。[①] 这四种诠释方法俱见之于徐复观的《中国人性论史·先秦篇》、《中国艺术精神》、《中国文学论集》等书中，并且四种方法可以“因而通之，以造乎其道”，徐复观在诸多美学问题上的思考就堪称“有思想”的诠释。

第一节　徐复观美学诠释的起点

徐复观用“忧患意识”这个概念来概括中华民族在危亡中“启发智慧、砥砺道德、创造文化”的人文精神。“忧患意识”落实于学术思想上，就表现为关注现实的问题意识、由过去而瞻望未来的历史意识和反思存在的迷失的价值意识，这种由“忧患意识”而生历史情怀、由对历史文化的追溯而生时代使命的文化自觉，是中华民族的思想脉络和人文精神的主线，也是徐复观美学诠释的起点。

一　问题意识

徐复观认为，一切思想，都是以问题为中心，他说：“没有问题的思想不是思想。古人是如何接触到他的问题？如何解决他所接触到的问题？

---

① 林安梧：《儒学革命论——后新儒家哲学的问题向度》，台湾学生书局 1998 年版，第 169 页。

他为了解决问题，在人格和思想上作了何种努力？以及他通向所要达到的目标是经过何种过程？他对于解决问题的方法有何实效性、可能性？他所遇到的问题及他所提供的方法，在时间空间的发展上，对研究者的人与时代，有无现实意义？”① 在中国，这种心怀天下的责任感和使命感不是来自宗教，而是来自以“忧患意识”为代表的先秦人文精神的觉醒。高尔太认为：“正如没有阻力，生命就不会意识到自己的存在，没有忧患，人也不会意识到自己的存在……只有忧患与苦恼才有可能使人在日常生活中发现和返回他的自我，而思考生活的意义与价值，而意识到自己的责任和使命。”②“忧患意识”深深地影响了儒、道两家哲学的精神气质，使中国哲学从一开始就形成了立足人间、深沉凝重的性格。

徐复观的问题意识，既是对中国传统人文精神的继承，也是现代意义上中国知识分子生存境况的鲜活体现。现代意义上的知识分子是指文化水平较高、社会关切心很强、对政治抗议而又不做官的一批自由主义者，他们在政治之外，对现实的批判性、参与感却很强，对政治权力的异化感也很强，这和中国传统的“士”有一些相似之处。19 世纪以来，随着中国社会的激烈变局，出现了一大批在学术上和政治上都取得卓越成就的知识分子，他们类似于传统的所谓“国士”，身在江湖、心怀魏阙。他们退则为学术，授徒讲学，著书立说；进则为政治，治国平天下，这种一体两面的性格，又被称为“学术与政治之间”。中国近代知识分子一方面继承了传统“士”治国平天下的责任意识，另一方面又发扬了现代自由主义知识分子参政议政的抗议精神，这是“学术与政治之间”性格的社会文化基础。唐君毅认为：“所谓介乎学术与政治之间，就是孔子和孟子的精神，这是中国儒家的真正精神。”③杜维明也认为，学术与政治之间的立场正是传统儒家精神的体现，“儒家的精神方向是既在这个世界，又不属于这个世界；既和现实社会、政治发生各种不同的、有血有肉的联系，又和现实社会、政治权力结构有相当的距离”④。在中国近代学术思想史上，康有为、梁启超可谓是其中的杰出代表，

① 徐复观：《有关思想史的若干问题》，陈克艰编：《中国学术精神》，华东师范大学出版社 2004 年版，第 179—180 页。

② 高尔太：《论美》，甘肃人民出版社 1982 年版，第 253 页。

③ 唐君毅：《从科学与玄学论战谈君劢先生的思想》，《中华人文与当今世界补编》（下），台湾学生书局 1988 年版，第 672 页。

④ 杜维明：《现代精神与儒家传统》，台北联经出版事业股份有限公司 1996 年版，第 413 页。

除此二人之外，胡适若是，梁漱溟若是，张君劢若是，徐复观若是[①]，他们构成了20世纪中国知识分子的一道独特的风景。他们的学术成就，和他们那显赫或不为人所知的人生轨迹，体现了中国近代知识分子在内忧外患中承续传统、勇担重任、顶天立地的大丈夫人格。徐复观曾在《学术与政治之间·甲集自序》中阐述了做学问的动机：

> 我之所以拿起笔来写文章，只因身经巨变，不仅亲眼看到许多自以为是的尊荣，伟大，骄傲，光辉的东西，一转眼间便跌得云散烟消，有如鼠肝虫臂；并且还亲眼看到无数的纯朴无知的乡农村妪，无数的天真无邪的少女青年，有的根本不知今是何世，有的还未向这世界睁开眼睛，也都在一夜之间，变成戴罪的羔羊，被交付末日的审判。在这审判中，作为人类最低本能的哭泣、呼号，作为人类最大尊严的良心、理性，都成为罪恶与羞辱，不值分文。而我的亲友，家园，山河，大地，也都在一夜之间，永成隔世。凡这种种，并非历史中的神话，而是一个人亲身的经历；作为"盖人心之灵，莫不有知"的我，对此一巨变的前因后果，及此一巨变之前途归结，如何能不认真的去想，如何能不认真的去看，想了看了以后，在感叹激荡的情怀中，如何能不把想到看到的千百分之一，倾诉于同一遭际下的人们之前。[②]

经历了命运的跌宕、权力的起落、人间的悲喜的徐复观对国族生民的存亡绝续有着切肤之痛，所以他没有去追求与此时代不相关涉的高文典册。直到临近生命的终点，他耳边依然回响起母亲"给我点亮儿吧！给我条路吧!"的哭喊，这不是他母亲一人的哭喊，而是中国几千年来生存于苦难中的千千万万生灵的悲泣。徐复观一生在20世纪的内忧外患中上下所求索的就是"中国的出路在哪里？中国文化的出路在哪里？人类将向何处去?"的问题，始终与时代保持一种逆向观照、反思批评的关系。

徐复观的问题意识主要体现在两个方面，一是在学问上敢于质疑，

---

① 政治对徐复观的学术思想具有重要的影响，余英时曾说："在晚年学术研究的工作上，徐先生经常反映出早年的政治经验，中国近年来政治方面的发展，深深影响着他对文学思想以及历史的判断。他自己常说，他的古典研究，深受时代的启发，如果不是时代提出许多问题，他不会在古典作品中，发现那么多有意义的题目。"参见余英时《血泪凝成真精神》，曹永洋编：《徐复观教授纪念文集》，时报文化出版股份公司1984年版，第46页。

② 徐复观：《自序》，《学术与政治之间》（甲集），台湾"中央"书局1956年版，第1页。

勇于论争。在《中国艺术精神·自叙》中，徐复观说道："在我的生命史中，虽一无成就，但在政治与学术上，尚不曾有过阿谀的言行。而过去所写的政论文章，从某一方面说，乃是为今日普天下的人伸冤。十年来所写的学术文章，则是为三千年中的圣贤、文学家、艺术家，伸冤雪耻。"[①] 这体现了他不平则鸣、坚持真理的铮铮铁骨。在《中国艺术精神》中，他为赵松雪平反，为米芾重新定位，甚至不惜用两章的篇幅对中国画史中的一些重要问题做重新的考证，而他的《石涛之一研究》、《黄大痴两山水长卷的真伪问题》、《中国文学论集》等论著更是与人争鸣辩论的结果；在西方文化步步进逼的西化大潮中，徐复观勇敢地批判胡适，认为他在亚东科学教育会议上的发言是"中国人的耻辱，东方人的耻辱"[②]；他对《故宫名画三百种》的编者在绘画的鉴别上、标准上不加苟同，认为他们把郎世宁的画选得最多，就等于从艺术方面用郎世宁为西化开路；并痛斥《美术丛书》所收的资料，真伪不分，至于字句失于校勘，实际是一部陋书、俗书[③]；他说自己"以感愤之心写政论性的文章，以感愤之心写文化评论性的文章；依然是以感愤之心，迫使他做闭门读书著书的工作"[④]。所谓"感愤之心"，就是对生存于苦难之中的国族和人民的那份义不容辞的关切心。罗素曾自谓他的一生，是由三种单纯而强烈的热情支配着，其中之一就是对人类苦难无法遏制的同情心。这种同情心，将他从抽象的世界带回到尘世，使他的心中反响着那些痛苦凄厉的呼号——荒年饥馑嗷嗷的儿童，受暴虐者压迫饱经苦厄的人，被子孙抛弃的老人，以及整个孤寂的、贫穷的、痛苦的世界。徐复观就具有这样伟大的同情心，所以他说："无真实国族社会之爱，即不可能有人类之爱。"[⑤] 对人类命运的责任感和对国族生民的爱，是支撑和贯彻徐复观一生的热情。徐复观美学思想的形成，也是来自这份为中国文化和艺术的现代境遇鸣不平的"感愤之心"。

徐复观问题意识的第二个方面就是把中国的现实困境和个人的生命体验紧密地结合起来。徐复观批判白先勇忽视了"文学的心灵，是缘文学家

---

① 徐复观：《自叙》，《中国艺术精神》，第 8 页。

② 徐复观：《中国人的耻辱，东方人的耻辱》，李维武编：《徐复观文集》（第一卷），湖北人民出版社 2002 年版，第 390 页。

③ 徐复观：《自叙》，《中国艺术精神》，第 9 页。

④ 同上。

⑤ 徐复观：《无惭尺布裹头归——徐复观最后日记》，翟志成、冯耀明校注，台北允晨文化实业公司 1987 年版，第 225 页。

所处时代中的问题而发"[①]。艺术既是个体生命的独特体验，同时也是时代精神的反映。徐复观在文化思想上极力反对形上学的建构，而别出心裁地提出了"心的文化"、"形而中学"等概念，这使他不容易受某一派哲学观点的拘囿，而能够从多维的视角去从事美学分析，否则他的美学思想也必踏入思辨的形而上学的窠臼了。徐复观认为中国文化的核心，最终要落脚于人上，孔子之学的根本就是发展人性，弘扬人道，培养人格，维护人权，是以人为中心的人本文化。把人作为思考一切问题的出发点，这使徐复观开辟了与熊十力、牟宗三、唐君毅诸师友不同的学术路向。李维武认为："尽管现代新儒家的形上义理在哲学家的圈子里影响日盛，但对于社会生活与广大民众来说是没有什么影响的。"[②] 徐复观贴近现实的问题意识正反映了他对现代新儒家构建体系的局限进行克服的努力，这是有着积极的时代意义的。他称自己"是大地的儿子，真正是从农村地平线下面长出来的"[③]，直到暮年仍认为，"我的生命，不知怎样的，永远和我那破落的湾子连在一起"[④]。徐复观认为中国无论如何的现代化，都不能丧失了对农民的尊重和对农村的关注，"若就一般农民作人作事的基本精神而论，则我觉得不仅不是落后，而且是中国能支持几千年的一种证明；也是中国尚有伟大的潜力，尚有伟大的前途的一种证明"[⑤]。在20世纪的中国知识分子中，这种对农村的依恋和对农民的尊重是比较罕见的。徐复观正是通过对20世纪中国文化危亡、国族危亡的历史困境的反思，认识到普通民众精神的伟大，指出他们才是历史真正的创造者和推动者。他批判鲁迅等人刻画的庶民除愚蠢外别无所有的情形[⑥]，批判对社会阶层"精英"和"贱民"的人为区分使得中国的政治成为无根之木、无源之水。从民众身上汲取力量，从人的内在心性中发掘出价值的根源，这是中国知识分子的责任。唐君毅也认为，今日中国知识分子"唯在透至底层，直接中国文化之潜流，去其土石与沙砾，重显其源泉混混、不舍昼夜、健行不息之至德于光天化日之下。则承孔孟立太极，宋明理学家立人极，与明末至今企慕皇极之精神，依太极、人极以繁兴大用，实立皇极于天下，使吾人一切精神

① 徐复观：《中国文学讨论中的迷失》，《中国文学精神》，上海书店出版社2006年版，第98页。

② 李维武：《大家精要——徐复观》，云南教育出版社2008年版，第64页。

③ 徐复观：《谁赋豳风七月篇：农村的回忆》，《徐复观文集》（第一卷），第341页。

④ 徐复观：《旧梦·明天》，《徐复观文集》（第一卷），第333页。

⑤ 徐复观：《谁赋豳风七月篇：农村的回忆》，《徐复观文集》（第一卷），第342页。

⑥ 徐复观：《按语〈先世述要〉》，黎汉基、李明辉编：《徐复观杂文补编》（第一册），台北"中央研究院"中国文哲所筹备处2001年版，第572页。

活动，皆一一得直升而不受委屈，积诸直并行而不悖、参伍成文，成大方之直。依枢极以周流，而大方无隅，斯谓圆而神。是正吾人今日负贞下起元之任也。”[①] 这种以人为中心，从现实出发去探索中国前途与发展的问题意识也是徐复观一生的生命写照。

二　历史意识

中国人常言“以史为镜”，它所代表的是一种源远流长的历史意识，通过历史，人们可以检讨过去、面对现在和瞻望未来，看到人类精神生命活动和发展的方向，这就是王船山所说的“所贵乎史者，述往以为来者师也”[②]。徐复观认为，历史意识是民族文化之根本，“失掉了记忆力的民族，一定是堕退为原始状态而不能继续生存下去的民族。历史意识的强弱，正说明一民族生命力的强弱”[③]。他引用司马迁的“《春秋》之中，弑君三十六，亡国五十二，诸侯奔走不得保其社稷者，不可胜数。察其所以，皆失其本也”一段话，认为历史上的混乱和衰亡，大多起于“失其本”。因此，徐复观非常强调知本、守本的重要性：“一个人，一个集团，一个民族，到了忘记他的土生土长，到了不能对他土生土长之地分给一滴感情，到了不能从他土生土长中吸取一滴生命的泉水，则他将忘记一切，将是对一切无情，将从任何地方都得不到真正的生命。”[④] 从根本上言之，历史意识是民族文化生命及其精神价值的呈现和延续，徐复观认为：“史学之所以成立，乃成立于活着的人，与死去的人，能在时间上贯通，在生活上连结，以扩充活着的人的生存广度与深度。”[⑤] 他认为历史意识对于先秦儒家，不只具有本体论的意义，也有方法论的意义，孔子治《春秋》就是用历史的观点去看待人类的一切文化活动，他说：“（孔子）学问的始基，及其所受的启发与充实，乃是来自对历史的追求。”[⑥] 孔子把历史意识最终落实在道德主体上。然而，道德主体的主观与历史事实的客观之间，似乎存在着一种难以协调的矛盾，徐复观认为：“这种矛盾的克服，要靠来自有最高道德责任的感情，这也可以说是

---

① 唐君毅：《中国文化之精神价值》，正中书局 1987 年版，第 405—406 页。

② （清）王夫之：《汉光武帝》，《读通鉴论》卷六，河洛图书出版社 1976 年版，第 156 页。

③ 徐复观：《怀古与开来》，《中国学术精神》，华东师范大学出版社 2004 年版，第 245 页。

④ 徐复观：《谁赋豳风七月篇：农村生活的回忆》，《学术与政治之间》，台湾学生书局 1980 年版，第 72 页。

⑤ 徐复观：《两汉思想史》，《徐复观文集》（第五卷），第 455 页。

⑥ 同上书，第 377 页。

‘真正史学者的共感’。”[①] 只有对国家人民有真正的感情，对人类的前途有真正的关切，才能保持客观谨严的态度，写出真正的信史来。

历史意识常常体现为一种发展的、开放的文化视野，无论是对于古代思想史、艺术史的梳理、阐释，还是对当代文化艺术现象的批判，徐复观始终坚持以动态的眼光看待人类精神活动：“以动的观点代替静的观点，这是今后治思想史的人所必须努力的方法。”[②] 在徐复观看来，史学家需要有一颗艺术的心灵，文学艺术的审美性、超越性使我们的人生得以充实，使历史得到丰富多彩的发展，他说：“著史的人，若将这一面加以忽视，等于遗失了人类生活的一个重要方面，有损于历史中的具体生命。所以伟大的史学家，必然同时秉赋有伟大的艺术心灵，能嗅出历史中这一方面的意味，而将其组入于历史重现之中，增加历史的生气与活力。”[③]同时，艺术史家也需要有一点历史意识，徐复观尖锐地批评道：“研究文学史的人，多缺乏‘史的意识’；常常是以研究者自己的小而狭的静的观点，去看文学在历史中的动的展出。不以古人所处的时代来处理古人；不以‘识大体’的方法来处理古人；也不以自己真实的生活经验去体认古人；而常是把古人拉在现代环境中来受审判；拉在强行逼供、在鸡蛋里找骨头的场面中来受审判；拉在并不是研究者自己真实的生活经验，而只是在自己虚骄浮薄的习气中来受审判。”[④] 在现实的学术研究中，人们往往挟洋以自重或厚今薄古，以致造成对历史和传统的误解。在徐复观看来，历史并非普通浮泛意义上的由古至今的时间延续过程，而是一种文化传承的使命感和责任感，他说：“只有把历史拉长了看时，才能了解史公所提出的变中之常道，真可称之为常道，可由此以克服近代思想的历史主义，将一切漂浮化、相对化的危机。”[⑤] 历史意识不是僵死的，而是在现代语境下对过去的继承、再认和对未来的构想，历史意识体现为一种动的、发展的学术观念，这也就是他所说的“只有深入于历史之中，作具体的把握，才能真正发现历史中的古与今，是在变化中运行的”[⑥]。对历史的回顾并不是对古人的缅怀，也无关保守的复古，它其实是代表着一个由过去、现代而瞻望未来的“连续生命

① 徐复观：《谁赋豳风七月篇：农村生活的回忆》，《学术与政治之间》，台湾学生书局 1980 年版，第 388 页。
② 徐复观：《自叙》，《中国艺术精神》，第 6 页。
③ 徐复观：《两汉思想史》，《徐复观文集》（第五卷），第 408 页。
④ 徐复观：《自序一》，《中国文学精神》，第 2 页。
⑤ 徐复观：《两汉思想史》，《徐复观文集》（第五卷），第 454 页。
⑥ 同上书，第 452 页。

观”① 的开启，历史意识是再认传统、重建文化的主体性的基础。

另外，历史意识还表现为一种从历史的视角出发，反观现实、对现实负责的态度。过去是历史智慧的积累，未来是历史智慧的展开，而现在则是过去与未来的交接点，人通过历史而掌握了其得失之枢机。正是在此视角下，在20世纪的中国，徐复观是最早批判现代性、批判“台独”的学者②。通过对两汉思想史的研究，徐复观体认到司马迁在专制政治下悲苦孤独的忧愤，这进一步激发了他的责任感。他说：“对自己所处的时代麻木不仁、无所感觉的人，即是不能深入历史，把握历史的人。”③ 他把这种对时代的责任感归结为“思来者”④。所谓“思来者”，也就是思考人类将来的命运，这是孔子作史的动机，即他想通过作史以尽到对人类的责任。卡西尔曾指出：

> 毫无疑问，没有历史学，我们就会在这个有机体的进展中失去一个必不可少的环节。艺术和历史学是我们探索人类本性的最有力的工具。没有这两个知识来源的话，我们对于人会知道些什么呢？我们就只能依赖于我们个人生活的资料，然而它能给予我们的只是一种主观的见解，并且至多只是人性的破镜之散乱残片而已……在伟大的历史与艺术作品中，我们开始在这种普通人的面具后面看见真实的、有个性的人的面貌。为了发现这种人，我们必须求助于伟大的历史学家或伟大的诗人——求助于象欧里庇得斯或莎士比亚这样的悲剧作家，象塞万提斯、莫里哀或劳伦斯·斯特恩这样的喜剧作家，或者象狄更斯或萨克雷、巴尔扎克或福楼拜、果戈理或陀斯妥耶夫斯基这样的现代小说家。诗歌不是对自然的单纯摹仿；历史不是对僵死事实或事件的叙述。历史学与诗歌乃是我们认识自我的一种研究方法，是建筑我们人类世界的一个必不可少的工具。⑤

徐复观引用卡西尔的这段话来说明他的历史观⑥，并把它与司马迁作

---

① 林安梧：《儒学革命论——后新儒家哲学的问题向度》，第196页。

② 徐复观在1972年1月14日的《华侨日报》上发表了《“台独”是什么东西!》一文，痛斥当时台湾社会中的“台独”主义者，这体现了徐复观的坚持正义、不畏强权的良知和敏锐的政治洞察力。参见徐复观《“台独”是什么东西!》，黎汉基、李明辉编《徐复观杂文补编》（第六册），第340—343页。

③ 徐复观：《两汉思想史》，《徐复观文集》（第五卷），第437页。

④ 同上书，第347页。

⑤ ［德］卡西尔：《人论》，甘阳译，上海译文出版社1985年版，第261—262页。

⑥ 参见徐复观《两汉思想史》，《徐复观文集》（第五卷），第347页。

《史记》的意义相互印证，他认为司马迁正是本着“究天人之际，通古今之变，成一家之言”的作史目的，而形成了“贬天子，推诸侯，讨大夫”的道德理性的批判精神①，从而完成了以历史的审判代替神的审判的庄严使命。由此可见，徐复观之所以推重史的意识，一方面在于历史意识在历史上是制约专制政治的有效手段，历史上的专制帝王，在残害知识分子、压榨生民时，正是因为害怕在历史上留下千古骂名而不能不有所顾忌，从而为民主和自由留下了一席之地；而历史上怀有民主、自由思想的知识分子，也正是本着对历史负责的使命感和责任感，才能不畏生死，仗义执言，反抗专制政治的强暴。另一方面，中国传统知识分子对文化的信任，远远超过了对政治的信任，而历史意识则是文化的重要承载者，徐复观说：“通过历史记录以求不朽，是人类文化达到某种高度时的自然愿望。”② 这也即是说，人类未来的命运，最终在文化而不在政治，这恐怕是徐复观想说而未明言的真意吧。

三　价值意识

“人的危机”是20世纪世界知识分子思考的一个中心问题，也是20世纪下半叶中国港台以及改革开放以后内地知识分子思考的一个核心问题。人的生存价值在近代以来受到了前所未有的质疑和挑战，“人的危机”问题从根本上讲就是人存在的意义和价值问题。台湾地处中国文化的边陲，在大航海时代③开始以后，昔日的边陲一跃而成为前沿，尤其是近代以来台湾长期被荷、日割据，更是成为中西文化冲突的焦点。20世纪20年代陈序经、胡适与梁漱溟、张君劢之间的中西文化论战，在五六十年代的台湾又重新上演了一次。④ 当时西化派的代表是台湾大学教授、《自由中国》的主笔殷海光和初出茅庐的台湾大学历史系研究生、《文星》杂志的主笔李敖，传统派的代表为徐复观、胡秋原、牟宗三等人。台湾中西文化论战的焦点

① 徐复观：《两汉思想史》，《徐复观文集》（第五卷），第444页。

② 同上书，第441页。

③ 又称“地理大发现”，指在15—17世纪世界各地，尤其是欧洲发起的广泛跨洋活动与地理学上的重大突破。这些远洋活动促进了地球上各大洲之间的沟通，并随之形成了众多新的贸易路线。新航路对世界各大洲在数百年后的发展也产生了久远的影响，对除欧洲以外的国家和民族而言，地理大发现带来的影响也是复杂而矛盾的。需要指出的是，所谓“大发现”是以当时欧洲人的眼光而言，而非人类历史上真正的第一次发现。有人误以为“地理大发现”是单纯地发现北美新大陆，其实是几个地理事件的综合。

④ 事实上，在20世纪80年代台湾“戒严”解除以来，台湾社会的中西文化冲突又倾于激烈，但主要表现方式已不再是中西文化之对立，而是台湾本土文化与外来文化之对立，原住民文化与“殖民文化”之对立（参见李乔《台湾人的丑陋面》，台北前卫出版社1988年版，第194页）。近30年来，在“台独”势力的影响下，中国文化和西方文化都被纳入外来文化、“殖民文化”的行列，“统派”和“独派”争论的焦点就是建立以中国文化为主体的台湾文化还是以欧美、日本文化为主体的台湾文化的问题。

是：中国的传统文化、艺术有没有存在的价值？徐复观在当时形势未卜的香港创办《民主评论》，就是要"从文化的角度来检讨中国的变局，从文化实践方面来对中国的现实、未来和前途做新的批评和展望，从文化精神方面来建立国人对国家民族的信心，重新开展他的道路"①。而中国文化最重要的价值，主要表现在道德和艺术方面②，徐复观通过对西方的脱衣舞、迷幻药的批判来把握时代精神的脉动，他说："由服用迷幻药所表现出来的精神，绝对不是本心，甚至是与本心相反的'无意识'。但提倡服用迷幻药的人，承认了在日常生活中所显出的心理状态之外，还有一个常被日常的心理所封闭住了的一个内在的精神，须待开拓出来以提高人生的意义。"③ 中国文化是作为20世纪面临的"道德的迷失"、"存在的迷失"所构成的价值的危机④的思想困局的精神资源，徐复观希望通过对艺术精神的发掘为当代中国人奠定一安身立命的文化根基，1958年他和唐君毅、牟宗三、张君劢发表的《为中国文化告世界人士宣言》正体现了他们对诊治20世纪中国文化问题的深切用心。因而，艺术作为中西文化论战的前沿阵地，在徐复观那里自然而然地就成了中国文化价值的主要代表。

把艺术视为一种文化现象，是有一定合理性的。季羡林曾把文化分为两类，广义的文化包括物质文明和精神文明所创造的一切东西，狭义的文化是指哲学、宗教、文学、艺术、政治、道德等。⑤ 艺术，本身就是文化系统中极为重要的一个要素，艺术与文化中的其他要素实有诸多的相通之处。徐复观显然是从这一点上着笔的。⑥ 同时，艺术作为人类心灵独特活动的显现，它是

---

① 金凯达：《湖山留正气，巨著贯丹青》，曹永洋编《徐复观教授纪念文集》，时报文化出版股份有限公司1984年版，第76页。

② 徐复观说："我现时刊出的这一部书（《中国艺术精神》），与我已经刊出的《中国人性论史·先秦篇》，正是人性王国中的兄弟之邦。使世人知道中国文化，在三大支柱中，实有道德、艺术的两大擎天支柱。"参见徐复观《自叙》，《中国艺术精神》，第2页。

③ 具有讽刺意味的是，徐复观在《从迷幻药的影响看中国文化》中所批判的脱衣舞、迷幻药在青年中以摇头丸、白领中以钢管舞、肚皮舞的形式泛滥开来，并成为现代中国社会的时尚。

④ Hao Chang, *Confucianism and the Intellectual Crisis of Contemporary China*, Cambridge Mass: Harvard University Press, 1976, pp. 276 – 304.

⑤ 季羡林：《朗润琐言》，上海文艺出版社1997年版，第11页。

⑥ 从某种意义上说，徐复观的这个视角，不仅体现了他的文化意识，也体现了他的美学思想。他认为文化代表着人类文明的精华，也只有把文化的这种多元、包容、开放的精神推之于现实生活，人类才有希望。在《中国艺术精神》、《石涛之一研究》、《中国文学论集》、《中国文学论集续编》等著作中，徐复观借谈艺术创作、艺术规律、审美心理、审美效果来谈文化问题，也即表面上是谈文化中的艺术，实质上是谈艺术中的文化。尽管如此，我们依然不能否认或轻视徐复观这些著作的美学价值。他在谈艺术中的文化时，仍不可避免地涉及艺术史上很多重要的问题，如艺术与人格修养、气韵生动、第二自然等问题，对20世纪中国美学的发展产生了深远的影响，其价值是不可忽视的。

在文化诸要素中最能敏锐地反映出时代精神和人类精神状况的。因而，艺术家不仅是通常意义上的寓言家，他还是先知、智者、预言家——艺术家用天才敏锐的感性，把不能分明见之于目的、大众的、潜意识的心理内容，快捷地把握并表现出来，他们是新时代的预言家①。从这个意义上看，艺术价值在徐复观学术思想中的地位恐怕是被大大低估了，徐复观对艺术的重视以及对艺术在人类未来文化中所应占据的地位的期待，是和他把艺术家看作是《易传》上所说的“知微、知彰、知柔、知刚、万夫之望”的人物有关的。

那么，艺术究竟是不是一种文化现象呢？海德格尔写道：“我们追问艺术的本质。为什么要做这样的追问呢？我们做这样的追问，目的是为了更本真的追问：艺术在我们的历史性此在中是不是一个本源，是否并且在何种条件下，艺术能够是而且必须是一个本源。”② 也就是说，海德格尔是为了弄明白，艺术究竟是我们“依于本源而居”的“先行之必需”呢，还是始终“只能作为一种流行的文化现象而伴生”之附庸呢？他在《艺术作品的本源·后记》中对此做出了回应：“我们既不能把艺术看作一个文化成就的领域，也不能把它看作一个精神现象。艺术归属于大道，而‘存在的意义’唯从大道而来才能得到规定。”③ 显然，在海德格尔看来，艺术的本质既不是一个“何为艺术?”的形而上的问题，也不是一个关于“艺术是什么?”的知识论问题，而是一个有关人的历史性存在的问题。唯当艺术不是模仿论或表现论意义上的工具时，艺术作为我们历史性此在必须赖以建筑、栖居的先行本质才能得到证明，艺术存在的根据才得以彰显，才不至于被视为伴生的、可有可无的附庸。艺术有着与文化系统相似的共性，但同时又有着不同于文化价值系统的评判标准和界定尺度，艺术作为一种自律、自足的存在形态有其独立的存在价值和发展规律。把艺术看作是一种文化现象意味着徐复观的美学思想体系含有非艺术的价值取向，这使得他在建构“中国艺术精神”时，总是在儒家和道家、艺术层面和非艺术层面的两难之间游离，给我们理解和把握他的美学思想带来了许多模糊性和不确定性。

第二节 徐复观美学诠释的方法

西方17世纪科学革命的特点在于，从传统观念的资源中重新组合并

① 韦政通：《中国的智慧》，水牛出版社1988年版，第260页。

② ［德］海德格尔：《林中路》，孙周兴译，上海译文出版社1997年版，第62页。

③ 同上书，第69页。

转化出一套新的观念系统来。[①] 伟大的思想资源都是经得起时间的考验而流传千古的，这就是传统的由来。任何时代，要重建价值系统，都不可能不取资于传统，“传统应该被看作是有价值生活的必要构成部分”[②]。那么徐复观如何解释传统？他又是如何在现代的视野下从返本的思考中，开出一片人文的新天地呢？在思想史的研究中，徐复观主要采用了考据与诠释并重、以归纳补训诂、“以心印心”等诠释方法，这些诠释方法也为他在美学诠释中所沿用，他既训诂考据，又发挥义理，归纳融合，在钩沉致远中举一反三，见解独到，这也构成了徐复观学术思想中最富创造性和时代特色的一部分。

一　考据与解释并重

清代唐鉴曾曰：“为学只有三门，曰义理，曰考据，曰文章。”[③] 清代以来，宋学和汉学的方法之争很厉害，“为训诂之学者，薄宋儒为空疏。为性理之学者，又薄汉儒为支离”[④]。徐复观认为，宋学和汉学的方法论各有所长，他严厉地批判了没有思想、缺乏义理的考据工作，主张考据与解释并重。

首先，考据是学问的基础。考据之法比较重视思想本身的历史，力求弄清历史资料的真伪及相互之间的关系，它主要包括传统的文字训诂法、王国维的二重证据法以及后来刘笑敢等人常用的词汇频率统计法。无论是人性论的展开，还是艺术史的梳理，徐复观都以考据为基础，他说：“治中国哲学的人，因为不曾在考据上用过一番工夫，遇到考据上已经提出的问题，必然会顺随着时风众势，作自己立说的缘饰……所以我从《中国人性论史·先秦篇》起，考据工作，首先指向古典真伪问题之上。”[⑤] 徐复观认为，这种考据工夫是寻求结论的基础，“思想的演变，地位的论定，一定要抉择爬梳，有所根据。换句话说，我是用很严格的考据方法重新疏释，评估中国的文化”[⑥]。考据必须立足于客观的、严谨的治学态度，既不能感情用事，也不能出于私心私利而滥用考据，这种实事求是、澄污去蔽

① ［美］库恩：《科学革命的结构》，王道还等编译，远流出版社 1989 年版，第 9 页。

② ［美］E. 希尔斯：《论传统》，傅铿、吕乐译，上海人民出版社 1991 年版，第 440 页。

③ 转引自曾国藩《日记》（一），《曾国藩全集》，岳麓书社 1986 年版，第 92 页。

④ 转引自曾国藩《日记》（二），《曾国藩全集》，第 1576 页。

⑤ 徐复观：《中国思想史工作中的考据问题》，《两汉思想史》（第三卷），台湾学生书局 1984 年版，第 2 页。

⑥ 徐复观：《擎起这把香火——当代思想的俯视》，《徐复观杂文续集》，时报文化出版股份有限公司 1986 年版，第 410 页。

的客观态度，也体现在《中国艺术精神》一书中。在谈到创作动机时，徐复观说："我之所以写这部书，也和我写《中国人性论史·先秦篇》一样，是经过严肃的研究工作，而认定历史中的事实……这须要有一股刚大之气，和虚灵不昧之心，以随时了解自己知识的限制，和古人所处的时代，及其生活所历的艰辛。"① 他批判赵冈对《红楼梦》的所谓考证是无意义的，就在于赵冈主观的推论并不是建立在客观的考据的基础上的②，对考据的重视和运用，对历史客观事实的尊重贯穿于徐复观学术研究的始终。他愤慨道："今日有些人太不受到这种历史事实的限制了，甚至连起码的字句也不懂，便放言高论谈起中国的绘画，是如何如何；还有很多人，只靠人事关系，便被敕封为鉴赏专家。这便更促成我动笔的决心。"③ 正因如此，他在完成《中国艺术精神》后说："这等于测量地图，测量的基点总算奠定了。"④ 即考据是形成思想、得出结论的基础。

近代以来，很多人牵强附会地认为清代的考据方法就是自然科学上的实证方法，梁启超更是称乾嘉的考据为中国的文艺复兴："总之乾嘉间学者，实自成一种学风，和近世科学的研究法极相近；我们可以给他一个特别名称，叫做'科学的古典学派'。"⑤ 徐复观对此做了明确的澄清，他说："清人缺少对于方法本身的自觉；而考据的活动，只是零星的认知活动，其中没有追求系统的知识、法则的要求；而追求系统的知识法则，乃

① 徐复观：《自叙》，《中国艺术精神》，第2—7页。

② 徐复观对赵冈治学方法的批评，从林语堂那里可以得到旁证。林语堂认为赵冈的文章"表面上是客观的，逻辑的，实际上仍是他七年前'红楼梦考证拾遗'（1959年）所做的那一套，主观的矛盾的理论很多很多，不足取人相信。"参见林语堂《平心论高鹗》，传记文学出版社1966年版，第35页。

③ 徐复观：《自叙》，《中国艺术精神》，第4页。

④ 同上。

⑤ 梁启超：《中国近三百年学术史》，中国书店1985年版，第22页。梁启超还列举史料的搜补鉴别、辨伪书、辑佚书、校勘、文字训诂、音韵、算学、地理、金石、方志的编辑等事例加以证明，这种观点也为胡适所继承。中国学术研究过去常与道德的考虑、功利的考虑或政治的考虑纠缠在一起，胡适等人提倡中国原有"科学方法"与考据传统，是希望把学术研究从这种传统的纠缠中解放出来，使得纯学术的研究得以独立，促成"为学术而学术"的风气，使学术得到顺利的发展（参见胡适《我的歧路》，《胡适文存》（第二辑）卷三，亚东图书馆1924年版，第100页）。由于受了胡适等人提倡科学方法以及其他因素的影响，中国人文学科与社会学科的许多学者的价值观念产生了严重的混淆，以致缺乏价值等差的观念。许多人认为研究学术，不能采用功利的眼光，因此只要应用科学方法做纯学术的研究，任何题材都值得研究，在这种风气笼罩之下，任何无聊的考据皆可披上"纯学术"的护身符得以存在，任何一个无意义的课题都可以被冠以"填补空白"、"开创性的研究"的美名。这样拖延下来，中国的学术界便难免产生支离破碎、玩物丧志的可悲又可叹的现象。

知识之成为科学的必备条件……数学与经验世界的结合，这才是近代科学方法的生命。”[①] 清代知识分子并没有系统的追求知识而使用方法的自觉，考据是研究之基础，但并非学问之目的。考据工作可以训练人的思维的细密，但这种细密是片断的，并不是思想本身，义理和解释是对考据的补充和进一步发展。徐复观通过对《文心雕龙》文体论的研究，认为：“要把文学从语言、考据的深渊中挽救出来，只有复活《文心雕龙》中的文体观念，并加以充实扩大，以接上现代文学研究的大流。”[②] 这才是可以通中西之邮的大路。徐复观借用莫尔顿（R. G. Moulton）在《现代文学研究》中的说法，认为欧洲 19 世纪以来把对文学家生平的考证和语言学的考证之类的方法应用于文学、艺术的研究，只是文学“外的研究”，徐复观一针见血地指出：“过分夸大了一个文学家的传记，文学作品中所用的语言，及对作品的注释等的作用，尤其是受了语言学的压制、歪曲，常把文学的东西变成非文学的东西。”[③] 这也即是说，我们不能以文学“外的研究”取代文学“内的研究”，对艺术自身的理解才是研究的目的。徐复观认为这种解释不仅是因研究而自然地得出的结论，也是在研究过程中由研究工作自身所不断发出的邀请。[④] 在《中国艺术精神》中，他结合西方现代哲学和美学思想对中国艺术中的“心斋”、“虚静”、“气韵”等问题加以阐释、引申和发挥，在中国传统美学的现代疏释方面进行了卓有成就的开拓和尝试；在《石涛之一研究》中，他综合了清代以来的考据法和宋儒的义理解释方法，对作品的作者、年代、真伪等存在疑问的地方做了细致的考证和爬梳，并结合石涛的生命历程、绘画风格等进行了认真的辨析，从而为我们真正理解石涛提供了一个全新的视域。

徐复观在美学诠释的过程中坚持考据与解释并重。考据是对历史上思想资料的真实性、客观性进行考察并把握其本身的含义，而解释则是对历史上思想资料的含义给予进一步的说明和理解，也就是将逻辑上已蕴含却未予明示的意义也阐发出来，从而使其具有更高的可理解性。解释要立足于考据，要在经得起推敲的材料上去推理，这种推理和漫无边际的想象、捏造的区别在于：“推论必建立在相关的条件之下，即必须在同类的材料之下去推，必须在已知材料的涵蕴中去推。同时要考核到与条件相反的其

① 徐复观：《义理与考据之争的插曲》，《中国学术精神》，第 147—148 页。

② 徐复观：《〈文心雕龙〉的文体论》，《中国文学精神》，第 207 页。

③ 同上书，第 206—207 页。

④ 参见徐复观《两篇难懂的文章》，《学术与政治之间》，台湾“中央”书局 1956 年版，第 473 页。

他材料因素，并且推得一定要有限制。”① 任何一个文本都不排除多种解读的可能性，这种治学方法大概始于荀子，《荀子·解蔽》云：“墨子蔽于用而不知文。宋子蔽于欲而不知得。慎子蔽于法而不知贤。申子蔽于执而不知知。惠子蔽于辞而不知实。庄子蔽于天而不知人。”② 任何学说都有所得有所蔽，而解释则是对老问题做出的新回答。徐复观对传统美学资源的现代诠释主要体现为对庄子研究范式的转换，徐复观的庄子研究范式不同于前人的地方就在于他不是以庄学来盲目地攀附儒学或佛学，而是强调庄学思想自身的独立价值和意义。具体到艺术研究上，也就是不仅忠实于《庄子》文本本身的理解，也非常重视在20世纪的文化语境中对庄子美学独特的现代意义做出新的诠释。考据和解释③两条不同的思维路向非常奇妙地融合在徐复观的美学思想里，成为他美学体系脉络展开的一个基本出发点。

徐复观还非常重视解释的主体性问题，他认为：“中国文化价值对今后人类之有无价值，不关于其与西方文化之有无相合，而关于其曾否提出在西方文化中所未曾提出之问题、方法与结论。”④ 在某种意义上，解释的主体性就意味着这种解释必然地、或多或少地含有一种“创造”的成分，而这种“创造”的成分在徐复观看来，正是中国文化、艺术传统向现代转型所不可缺少的。卡西尔也曾指出：“在哲学上属于过去的那些事实，如伟大思想家们的学说和体系，如果不作解释那就是毫无意义的。”⑤ 正是在此意义上，牟宗三认为徐复观的考证是活的⑥，这也是徐复观所做的“现代疏释”区别于传统考据学之最根本的地方。

---

① 徐复观：《我希望不要造出无意味的考证问题——敬答赵冈先生》，《中国文学精神》，第517页。

② （清）王先谦：《荀子集解》（下），沈啸寰、王星贤点校，中华书局2008年版，第392—393页。

③ 这里的“解释”显然不是我们通常所说的解释学。将西方的解释学用于中国古代哲学，如儒家、道家、墨子等，只是就其解释问题时呈现的一般特征而言的，所谓的中国解释学、儒家解释学等绝不能和严格意义上作为一种对待世界的一般态度的解释学等量齐观、相提并论。

④ 徐复观：《复张君劢先生答希腊哲学有初中后三义函》，曹永洋编《论战与译述》，台北志文出版社1982年版，第174页。

⑤ ［德］恩斯特·卡西尔：《人论》，第227—228页。

⑥ 牟宗三：《徐复观先生的学术思想》，台湾东海大学编《徐复观学术思想国际研讨会论文集》（未正式出版），1992年，第10页。

二　以归纳补训诂

训诂的治学方法源远流长，内容复杂，积累丰厚，是我国传统学术的重要组成部分，孔颖达谓："诂训者，通古今之异辞，辨物之形貌，则解释之义尽归于此。"（孔颖达：《五经正义》）广义的"训诂"，包括了文字、音韵、词汇、语法、修辞等几项内容，同校勘、目录等文献整理工作形成交叉，它以解释词义作为基础，然后析意句读，阐述语法，对虚词和句子的结构进行分析，最后勾勒大意和梳理篇章结构，就文本的内容做出系统的解释。徐复观认为乾嘉以来，很多治思想史的学者，常常是用语言学的观点，顺着训诂学的途径，由此导致得出的很多所谓的权威说法其实是毫无根据的结论。他说："治学的方法，开始是由局部的积累以成全体；接着也要由全体的观点、脉络，以检验局部，判断局部……排斥思想性的研究工作，必然也会影响到他们所作的校勘、训诂这类的工作，因其过于零碎、浅薄，常常流于虚妄。所以这一派人士所作的研究工作，往往是以科学的口号开始，以不科学、反科学的收获告终。"① 徐复观从诠释学的角度来重新梳理训诂这门古老的学问，提出了"以归纳方法补传统训诂之不足"② 的研究方法，他说："以训诂的方法，来界定某类文章内容的方法；必须假定作为某类文学的专名，是先经过某一文学家把某类文学内容，加以分析、综合，从分析综合中，找出与其内容相应的名称来，有如希腊文化系统中，先由'定义'以决定某一学术名词，或与名词同时即界定了它所含的定义，才可使此一方法有效。"③ 只有通过分析、归纳以构成有条理、有系统的知识，才能"选文以定篇，敷理以举统"④。

训诂是学术研究的基础，也是我们做出判断、得出结论的依据所在。徐复观清醒地看到，清代以来训诂的治学方法受到了极端的推崇，这主要不是训诂学自身的发展和革命所致，而是源于专制统治者对人民思想控制的政治需要。训诂学日益远离现实人生和社会问题，将中国文化的生命力、思想性完全阉割和排除在外，使"知识分子受到异族与专制的双重压迫，乃不得不离开思想的主题——现实问题，而逃入到零碎的训诂考据中

---

① 徐复观：《"王充思想评论"序》，黎汉基、李明辉编《徐复观杂文补编》（第一册），第476—477页。

② 徐复观：《再版序》，《中国人性论史·先秦篇》，《徐复观文集》（第三卷），第11页。

③ 徐复观：《〈文心雕龙〉浅论之七——文之纲领》，《中国文学精神》，第253—254页。

④ （梁）刘勰：《序志》，《文心雕龙注》（下），范文澜注，人民文学出版社2008年版，第727页。

去，使中国传统文化，对人生社会，完全成为无用的东西”[①]。徐复观在批评日本汉学家时，认为他们“把汉学从人生、社会的实际生活中隔离起来，并排斥其中的价值观念，作孤立的、片断的、与人生社会毫无关联的研究”[②]。沿着这条路走下去，只会把中国三千年来所蓄积的精神文化，还原到以甲骨文为中心的半原始状态。清代以来对训诂、考据的治学方法抬得太高了，这使得自由思考的地位受到了压制，一般读书人失去了思考和反省能力，由此造成了中国近代以来科学和文化的落后，在徐复观看来：“先汉两汉，断乎没有无思想的经学家。无思想的经学家，乃出现于清乾嘉时代。”[③] 而归纳则是养成思考能力的重要途径，他说：“由材料的分析、综合，及在分析、综合中对推理的运用，在思考能力的养成上，应当有相当的意义。治学方法，必植基于思考能力。”[④] 只讲训诂而没有归纳，没有思想性的推演和探究，只能使学问流于空疏，无法把握到学问的真生命。徐复观在仔细辨析了冯浩对李商隐《锦瑟》一诗所做的注释后，认为：“冯注的失败，是说明对文学的‘征文考典’的工作，与对文学自身的了解的工作，有其密切关连，但于关连之中还隔有一道障壁，须另用一番气力去突破的。”[⑤] 这“另用一番气力”就是归纳的功夫。什么是归纳呢？概括起来，这种方法可分为四步：第一步，必先留心观察事物，觑出某点某点有应特别注意之价值；第二步，既注意于一事项，则凡与此事项同类者或相关系者，皆罗列以比较研究；第三步，比较研究的结果，立出自己的一种意见；第四步，根据此意见，更从正面旁面反面博求证据，证据备则勒为定说，遇有力之反证则弃之。徐复观说：“用归纳方法决定了内容以后，再用内容的涵盖性，以探索其思想的内在关连。由内容与内容的比较，以探索各思想相互间的同异。归纳的材料愈多，归纳得愈精密。我们

---

① 徐复观：《五十年来的中国学术文化》，《中国人的生命精神》，华东师范大学出版社 2004 年版，第 52 页。

② 徐复观：《徐复观文录选粹》，萧欣义编，台湾学生书局 1980 年版，第 72 页。

③ 徐复观：《中国经学史的基础》，台湾学生书局 1982 年版，第 51 页。对这一点，牟宗三也进行了深刻的反省：“清三百年对中国文化的影响非常大，这三百年的发展不止中华民族生命受歪曲、受摧残；文化生命亦受歪曲、受摧残。乾嘉年间的考据是不正常的发展，是病态下的考据。例如梁任公就因不了解这三百年的影响，以乾嘉之考据为中国的文艺复兴，这是一个没常识的看法。”参见牟宗三《中国哲学的特质》，罗义俊编，上海世纪出版集团 2008 年版，第 174—175 页。

④ 徐复观：《第三版自序》，《石涛之一研究》，第 2 页。

⑤ 徐复观：《环绕李义山（商隐）〈锦瑟〉诗的诸问题》，《中国文学精神》，第 383—384 页。

所得出的结论的正确性愈大。"① 所以，由校勘、训诂而进行归纳、综合，乃是学术研究的自然顺序。

徐复观认为，中国文化的传统，很少对基本概念做集中的定义和论述，"两千多年来中国的学术情况，除了极少数的特出人物以外，思想的夹杂性，言行的游离性，成一个最大的特色"②。这种随缘触机式的概念表达给我们理解、诠释中国文化带来很多问题，仅靠字句的训诂、史实的考证、概念的分析很难得出确切的规定，还必须"由完善周密的归纳，虚心平气的体会，切问近思的印证，始得其全、得其真的可能性"③。我们由词源学分析可以把握一般概念的基本含义，而专有名词只能通过对思想家自身思想系统的分析和归纳加以规定，这也是中国学术融入现代世界的重要途径。在研究先秦人性论的过程中，徐复观把重点放在理路推演上，而非校勘训诂上，他说："先秦诸子，都是以思想为主的。但治先秦诸子的人，多缺乏思想的训练，对于因自己的思想衔接不上，而无法看懂的，便在训诂上乱变花头，愈变离题愈远。"④ 以归纳补训诂的诠释方法使得他能洞见历史人物思想内在的逻辑联系及其作品中未曾明言的微言大义。归纳是一种抽象的能力，是在训诂基础上得出的综合性的结论，徐复观把归纳的过程概括为："由全局来确定局部的意义；即是由一句而确定一字之义，由一章而确定一句之义，由一书而确定一章之义，由一家思想而确定一书之义。这是由全体以衡定局部的工作。"⑤ 材料因为归纳而形成结论，训诂因为归纳而有了生命力，正因如此，钱锺书谓徐复观"注则训诂精博，疏则解析明通"⑥。在《中国艺术精神》中，徐复观十分重视训诂基础上的归纳工夫，他说："我为了避免悬拟虚构之嫌，所以不顺着理论的结构写了下来，而是顺着历史中有关事实的发展写了下来……站在资料的立场来说，这一系统是'集腋'所成的'裘'，也就是由归纳方法所求得的系统。"⑦ 徐复观把庄子美学看作中国艺术精神的主体，绝不仅仅是从理论层面的归纳和推理，而首先是经过了大量的画册、画史、画论的"披沙拣金"的鉴赏、体验和考证之后才得出的结论。

---

① 徐复观：《中国人性论史·先秦篇》，第24页。

② 徐复观：《两汉思想史》，第119页。

③ 徐复观：《自序三》，《中国文学精神》，第4页。

④ 徐复观：《先秦名学与名家》，《公孙龙子讲疏》，台湾学生书局1966年版，第18页。

⑤ 徐复观：《有关思想史的若干问题》，《中国学术精神》，第177页。

⑥ 徐复观：《陆机〈文赋〉疏释》，《中国文学精神》，第301页。

⑦ 徐复观：《自叙》，《中国艺术精神》，第3页。

由此可见，徐复观虽然批判乾嘉学派的训诂考证之学风，但他并没有否定训诂在学术研究中的重要价值。训诂的作用依然不可小觑，它是归纳的基础。没有训诂为基础的归纳是脱离现实、脱离历史的空想。用徐复观的话讲就是："不仅校勘、训诂，是把握古人思想的工具；并且把握古人的思想，也为确定校勘、训诂所不可缺少的条件。"① 由训诂而归纳，由归纳而形成思想，这是把握中国文化的思维进路。

三　以心印心

徐复观认为人性论的工夫，即是人对自己的生理作用加以批评、澄汰、摆脱，因而向生命的内层迫近，以发现、把握、扩充自己的生命根源、道德根源的工夫，这种工夫是中国传统的体验之心性学诠释方法，他说："人性论中所出现的抽象名词，不是以推理为根据，而是以先哲们，在自己生命、生活中，体验所得的为根据。"② 对古人思想的理解，还必须深入古人的生命活动中去，与古人对话、交流，通过以人知人、以心印心的体验方式来加以解读，这种对思想史进行现代疏释的方法，又称为"追体验"。③

"追体验"包含两层意思，一是何为体验？二是如何"追"？何为体验呢？体验是中国文化中一个意蕴丰富的概念，"体"包含"身"与"心"两层含义，孟子之"大体"与"小体"的划分④明确地揭示了这一点。体验不仅意味着以身体的参与去"经历"他人之经验，而且要以心的投入去还原他人之情感和精神，"为领悟一个民族的一个愿望或行动的意义，就得和这个民族有同样的感受；为找到适合于描述一个民族的所有愿望和行动的字句，要思考它们丰富的多样性，就必须感受所有这些愿望和行动。否则，人们读到的就只是字句而已"⑤。生活中的体验，我们可以称之为经验，如果你不经历某事，你很难同情地去理解和分享他人的经验；艺术中的体验，则是一种"超验式"的理解，陆机《文赋》云："余每观才士之所作，窃有以得其用心。"⑥ 刘勰曰："观文者披文以入情。"⑦ 也就是说，

---

① 徐复观：《〈王充思想评论〉序》，《徐复观杂文补编》（第一册），第478页。

② 徐复观：《再版序》，《中国人性论史·先秦篇》，第12页。

③ 参见徐复观《再版序》，《中国人性论史·先秦篇》，第12—13页。

④ 孟子曰："从其大体为大人，从其小体为小人。"参见《孟子·告子章句下》，杨伯峻译注，《孟子译注》（下），中华书局1984年版，第270页。

⑤ ［德］E. 卡西尔：《启蒙哲学》，顾伟铭等译，山东人民出版社1988年版，第225页。

⑥ （晋）陆机：《文赋集释》，张少康集释，人民文学出版社2005年版，第1页。

⑦ （梁）刘勰：《知音》，《文心雕龙注》（下），范文澜注，人民文学出版社2008年版，第715页。

我们不可能经历艺术家创造艺术作品的实际过程，但我们可以从生命境界的层面去观照它，把握它，美学诠释“可以打造出一个小天地，而不仅仅是对强大的外界力量做出回应”①。艺术体验和生活经验的区别在于：艺术体验是以内在生命的投入来验证人与世界的存在意义，进而达到一种物我两忘、圆融一体的意境。王先霈认为，体验是“指向主体内心而力图把握最高本体的心理活动方式”②。这是从心理学的角度而言的。杜维明认为中国文化中的体验并非一般的经历，“只有真正进入自家生命之中的经历才配称体验；体会，体察，体究，体证，体味等等都表示深入骨髓的内在经验”③。伽达默尔肯定了审美体验是一种与别的体验相区别的体验，他把体验界定为：“如果某个东西不仅被经历过，而且它的经历存在还获得一种自身具有继续存在意义的特征，那么这东西就属于体验。”④ 正如作为这种体验的艺术作品是一个自为的世界一样，作为体验的审美经历物也抛开了一切与现实的联系。艺术作品的规定性就在于成为审美的体验，艺术体验的过程是一个丰富自身、创造自身的过程。伽达默尔指出，“艺术作品决不是一个与自为存在的主体相对峙的对象……艺术作品其实是在它成为改变经验者的经验中才获得它真正的存在。”⑤ 这也就是说，艺术作品的力量使得体验者一下子摆脱了他的生命联系，同时使他返回到他的存在整体。里尔克认为这种体验不可思议地接近于性的体验，“这两种现象本来只是同一渴望与幸福的不同的形式”⑥，在艺术的体验中存在着一种意义丰满。

因而，“追体验”就是一种“返回”和“再现”的认识方式，伽达默尔指出：“凡是能被称之为体验的东西都是在回忆中建立起来的，我们用体验这个词意指这样一种意义内涵，这种意义内涵是某个经验对于具有经验的人可作为永存的内涵所具有的……我们专门称之为体验的东西，就是指某种不可忘却、不可替代的东西，这些东西对于领悟其意义规定来说，在根本上是不会枯竭的。”⑦ 体验的意义绝不能由原始所与的东西、原来意指

---

① ［美］宇文所安：《中国“中世纪”的终结》，陈引驰、陈磊译，三联书店 2006 年版，第 66 页。

② 王先霈：《中国文化与中国艺术心理思想》，湖北教育出版社 2006 年版，第 99 页。

③ 杜维明：《魏晋玄学中的体验思想》，《燕园论学集》，北京大学出版社 1984 年版，第 202—203 页。

④ ［德］伽达默尔：《真理与方法》（上卷），洪汉鼎译，上海译文出版社 2005 年版，第 79 页。

⑤ ［德］伽达默尔：《真理与方法》（上卷），第 129—130 页。

⑥ ［奥］里尔克：《给一个青年诗人的十封信》，冯至译，三联书店 1994 年版，第 16 页。

⑦ ［德］伽达默尔：《真理与方法》（上卷），第 86—87 页。

的东西所穷尽，它的意义乃伴随着我们整个生命过程，规定这种生命并被这种生命所规定，一种审美体验包含着某个无限整体的经验。正是因为审美体验并没有与其他体验一起组成某个公开的经验过程的统一体，而是直接地表现了整体，这种经验的意义才成了一种无限的意义。这种意义丰满不只属于这个特殊的内容或对象，而是更多地代表了生命的意义整体。

在徐复观看来，体验是从生命中体认出来，在生命中得到证明的价值[①]，它是从生活中、生命中，层层反省，层层发现，所体认的价值是根植于人自身生命之内的、与人不可分离的、兼有经验性和超验性的价值。他说："体认或体验，是把问题收纳在一个人的精神之内，或者是收纳在一个人的生活之内，而加以观察实验，是把自己的心当作实验室。"[②] 这种体验的工夫是把自己的生命作为一种对象，把裹挟着许多杂乱的东西，一层一层的剥掉，在反省中对生活之锤炉澄汰，以发现生命的真实。而此生命的真实，乃是道德的主体。儒家的"我欲仁，斯仁至矣"[③]（《论语·述而》）正是孔子在体验中把握到的发自生命之内的价值根源。正是在此意义上，中国哲学不同于西方哲学，因为中国哲学除了思辨之外，还具有体验这一实践的基本性格。

那么，如何"追"体验呢？"追"和体验其实在本质上是一体的，体验是"追"的开始，"追"是体验的深化和再创造。徐复观认为："我们对一个伟大诗人的成功作品，最初成立的解释，若不怀成见，而肯再反复读下去，便会感到有所不足，即是越读越感到作品对自己所呈现出的气氛、情调，不断地溢出于自己原来所作的解释之外、之上，在不断地体会、欣赏中，作品会把我们导入向更广更深的意境里面去，这便是读者与作者，在立体世界中的距离不断地在缩小，最后可能站在与作者相同的水平、相同的情境，以创作此诗时的心来读它，此之谓'追体验'。"[④] 简言之，"追体验"就是以心印心，以真实的生命去印证、把握生命中的真实。徐复观认为艺术作品的生命来源于艺术家，而艺术家的生命则通常是随缘应机而出，并散在各处为时代、语言、形式、哲学所扭曲和遮蔽，因而研究艺术不能走科学的调查、实验的道路，而须通过体验、想象以发现。在他看来："想象的合理性，不应当用推理、考证的眼光加以衡量，而是要

---

① 参见徐复观《家书传情》，《中国人的生命精神》，第133页。

② 徐复观：《两篇难懂的文章》，《中国学术精神》，第123页。

③ 程树德：《论语集释》（第二册），程俊英、蒋见元点校，中华书局2006年版，第495页。以下引用《论语》皆出自此版本。

④ 徐复观：《环绕李义山（商隐）〈锦瑟〉诗的诸问题》，《中国文学精神》，第394页。

由想象中所含融的感情与想象出来的情景，是否能够匀称得天衣无缝，来加以衡量的。”①“追体验”的过程也是发现艺术作品真实生命的过程，这即是脂砚斋所说的“情之至极，言之至恰，然非领略过乃事，迷陷过乃情，即观此茫然嚼蜡，亦不知其神妙也”②。“追体验”正是通过与艺术家生命的交融、生活世界的感通交汇而达成的一种共同的兴会。

将“追体验”应用到对中国美学史的诠释上，这是徐复观美学思想的一大特色，“追体验”是欣赏和理解中国美学的根本途径。徐复观认为，对文学、艺术的诠释不能走考据、训诂的老路，也不可把现代科学和心理学的实证方法生搬硬套，“文学家之所以成为文学家，便是在他不走科学的调查、实验之路，而只凭自己由经验、体认所积累的想象之力，以得到目前心理学家所无法得到的解释”③。他以白居易《长恨歌》中的“夕殿萤飞思悄然，孤灯挑尽未成眠”和《左传·宣公二年》中鉏麑行刺时所说的话为例，认为唐明皇到底是烧烛还是挑灯，不是考证上的问题，而是何者更适于反映出明皇凄凉寂寞的情景问题；鉏麑行刺时所说的话有没有人听到并不重要，文学家凭自己由经验、体认所积累的想象之力，而得到心理学家所无法得到的解释，这才是文学的真实，文学艺术只有通过“追体验”才能得到合理的解释。徐复观通过“追体验”的方法，发现中国艺术史上伟大的画家、画论家的境界，常不期然而然地都是庄学、玄学的境界，从而揭示出中国艺术精神的根源之所在。他在文学研究中也用“追体验”的方法以把握文学作品中的情感和思想，他说：“我把文学、艺术都当作中国思想史的一部分来处理，也采用治思想史的穷搜力讨的方法。搜讨到根源之地时，却发现了文学、艺术有不同于一般思想史的各自特性，更须在运用一般治思想史的方法以后，还要以‘追体验’来进入形象的世界，进入感情的世界，以与作者的精神相往来，因而把握到文学、艺术的本质。”④“追体验”的诠释方法，正是通过对“生命的学问”的追问、体验而达到对“学问的生命”意义的发掘、彰显，徐复观无疑在这方面做出了非常重要的贡献。

“追体验”的美学诠释方法体现了徐复观对中国文化、美学的独特理解。一般来说，西方艺术家的精神境界和美学家的艺术精神常有着很大的

---

① 徐复观：《中国文学中的想象问题》，《中国文学精神》，第83—84页。

② （清）脂砚斋：《红楼梦·第十八回批语》，北京大学哲学系美学教研室编：《中国美学史资料选编》（下），中华书局1985年版，第351页。

③ 徐复观：《中国文学中的想象与真实》，《中国文学精神》，第89页。

④ 徐复观：《自序三》，《中国文学精神》，第2页。

距离，但在徐复观看来，在中国则常可发现“一个伟大艺术家的身上，美学与艺术创作是合而为一的。而在若干伟大的画论家中，也常是由他人的创作活动与作品，以‘追体验’的工夫，体验出艺术家的精神意境”①。这种体验引领着审美主体进入艺术家的生命情境，在一种感同身受中呈现自身的生命精神，从而展示出一种超越自身、超越时空的价值存在。郭沫若说：“知道作品的无如作家自己。作家对于自己作品的亲密度，严密地说时，更胜于父之于子。他知道自己作品的薄弱处，饥寒处，乃至杰出处，完善处，就如像慈母知道她的儿子一样……要比母亲知道儿子更亲切，那就非有更深厚的同情，更锐敏的感受性，更丰富的知识不行。”② 这句话我们要辩证地看待。对艺术作品的“追体验”不仅要体验到艺术家创造艺术的心境，同时它还是一种再创造的活动，是一种新的意蕴、新的视域的呈现。知道艺术作品的并非只有艺术家自己，作品的生命正是在欣赏者的“追体验”过程中得到丰富和充实的。

第三节 对徐复观美学诠释方法的再思考

麦克卢汉在论述“媒介的自恋”时，对古希腊纳西西斯的神话做出了新的诠释：“少年纳西西斯将他自身反映在水中的倒影当作一个人，此一他自身在镜中的延伸麻醉昏迷其知觉，以至于他变成了他自身影像的一个服役机制。仙女 Echo 企图让他听到她的絮语倾诉而爱恋上她，但终属枉然。他已麻木不仁。他自溺于他自身的延伸而变成了一个封闭的系统。”③在20世纪中西文化的冲突中，保守派常常被贴上了类似于自恋的纳西西斯的形象标签，那个只肯回头顾影自怜而不肯将眼光投向更广阔领域和更遥远未来的形象与保守派对历史资源的维护、迷恋的自我麻醉倒是有几分神似的。水仙少年舍身投入他所沉醉和迷恋的水中倒影沉溺至死，这种自恋的封闭系统将其推到了自我毁灭的死亡境地，这似乎是对全球化时代每一个有着悠久历史传统的文明的警戒和启示。在20世纪中国的文化语境中，现代新儒家常常被看作是保守派，西化派对现代新儒家最大的批判就是他们“把我们生活在现代化社会中的种种精神上的不满，投射到一个虚

---

① 徐复观：《自叙》，《中国艺术精神》，第6页。

② 郭沫若：《批评与梦》，《郭沫若全集》卷十五，人民文学出版社1990年版，第239—240页。

③ Marshall McLuhan, *Pour Conprehendre les Media*, Seuil, 1968, p. 66.

构的中国古代封建乡村社会里，藉着缅怀旧日社会的人生观、价值观及生活方式，来抚慰心灵，企图用它来拯救我们这个社会”[①]。在这种解读模式下，现代新儒家对中国文化的诠释被描述成了一种田园牧歌式的“乌托邦”建构。在特殊时代思潮的鼓荡下，徐复观的美学诠释方法可以看作是中国传统训诂考据的注释方法向现代诠释学迈进的典范，但同时他重建中国诠释学的努力也有不少地方值得我们反思。

一　本源的遗忘

中国文化在漫长的发展过程中形成了以经典注释为主的诠释传统，这种诠释传统有两个基本路向，一是通过考据、训诂等方式“客观”地再现经典的“原意”，一是以经典解释的方式建立自己的思想体系，前者以王弼《老子注》、《周易注》及郭象的《庄子注》为代表[②]，后者以朱熹、王夫之为代表。从中国思想史的发展情况来看，以注释、解说为主，以讲学、问答、书信等方式为辅，一方面考证经典的“原意”，另一方面又发展、表达、建立自己的思想体系已经成为一种中国的解释传统，20 世纪现代新儒学大师熊十力、牟宗三都是沿着这条诠释路径前进的。

受过良好传统文化教育的徐复观自然也受到了这个诠释传统的影响。虽然，徐复观多次明确表明自己无意于形上体系的建构：“在我心目中，中国文化的新生，远比个人哲学的建立更为重要。”[③] 但他并不排斥体系本身，他排斥的是隐藏在体系背后的形而上学思想。徐复观的美学思想似乎并不是一个有意构造出的体系，但事实上他对中国艺术精神、中国文学精神的思考又是自成体系的，用他自己的说法，虽然“不顺着理论的结构写了下来，而

---

① 龚鹏程：《近代思想史散论》，台北东大图书股份有限公司 1991 年版，第 325—326 页。

② 事实上，这两条路向并不是截然分开的。王弼、郭象虽然采用了逐章注释的方式解释经典，但是他们在解释的过程中仍提出了很多新的哲学概念和命题，如王弼以老释儒，将孔子的“志于道”解释为“志于无”，并从老子的“有生于无”发展出“有之所始，以无为本，将欲全有，必反于无也”的贵无论；郭象明确提出“有待”、“无待”等概念，“故有待无待，吾所不能齐也；至于各安其性，天机自张，受而不知，则吾所不能殊也。夫无待犹不足以殊有待，况有待者之巨细乎？”（郭象：《〈逍遥游〉注》）把二者作为两个对立的哲学概念加以诠释、运用，给原有的经典注入了新的生命力和时代精神。因而，有不少学者认为郭象是以经典注释的方式建立自己的思想体系，刘笑敢在《经典诠释与体系建构——中国哲学诠释传统的成熟与特点刍议》（《中国哲学史》2002 年第 1 期）中就认为王弼、郭象是中国哲学诠释传统成熟的代表；毕来德认为郭象注释《庄子》是“系统的，哲学性质的注解”，它宣扬的并非庄子的思想，而是评注者本人的思想，所谓“中国传统思想”中的庄子深深地印着郭象的痕迹（参见［瑞士］毕来德《庄子四讲》，宋刚译，中华书局 2009 年版，第 119—123 页）。

③ 徐复观：《擎起这把香火——当代思想的俯视》，《徐复观杂文续集》，时报文化出版企业股份有限公司 1986 年版，第 410 页。

是顺着历史中有关事实的发展写了下来，以致在形式上有时不免于显得片段或重复；但决不因此而妨碍其由内在关连而来的系统性”①。刘笑敢认为，一个完整的哲学体系必须具备四个条件，一是以讨论哲学问题为主，二是有丰富的多侧面的思想内容，三是多侧面的思想之间又大体上圆通统一，四是对问题的讨论应该有独创性。② 徐复观的美学思想是完全符合这些条件的，在此意义上，徐复观的诠释路向是中国哲学诠释传统的现代体现。

徐复观诠释方法的起点是返本，即返回到对传统精神的澄清和再认。从某种意义上说，返回源头就是要让被遮蔽、被扭曲、被异化的中国文化和艺术的真生命得以显现，让被“伪传统”固定化、格式化的真精神获得新的时代意义。海德格尔曾说：“当传统如此的成为了主宰者，它所‘传下’的东西就会难以触及——以至于其反倒被隐藏了起来。传统将那流传给我们的东西视为是自明的；它阻碍着我们去接近原初的‘源头’，而在某种程度上，传交给我们的诸范畴及概念是真的从其源头中取得的。传统确实让我们遗忘了它曾拥有这般的源头，并让我们以为我们甚至不需要了解一下回到这些源头的必要性。”③ 返回源头就意味着要重建原初的文化语境，像古人自己那样去理解他们。徐复观通过对以孔子为代表的原初性思想的回归，找到了对中国文化进行反思和批判的基础，他说：“今日中国哲学家的主要任务，是要扣紧《论语》，把握住孔子思想的性格。用现代语言把它讲出来，以显现孔子的本来面目。”④ 通过对《文心雕龙》中艺术作品的纲领结构问题的剖析，徐复观认为只有返回源头去把握中国文化艺术的精神和脉络，才能找到中国文化未来的发展方向，他明确指出：“我们的责任，是要在时间之流中，弄清楚它们的起源、演变，在当时的意义及现代的意义。既不回头去扮演古人，也不把古人拉到现在来改造。”⑤ 人类文化的未来是走向融合，但是任何文化的融合必须以对自己传统本根的理解和确证为前提。

经典“原意”的注释和解释者自身体系的建构之间存在着一定程度的矛盾和紧张，但二者又有内在的连贯性和统一性，这种“返本”与“开新”

① 徐复观：《自叙》，《中国艺术精神》，第3页。

② 参见刘笑敢《经典诠释与体系建构——中国哲学诠释传统的成熟与特点刍议》，《中国哲学史》2002年第1期，第36页。

③ ［德］海德格尔：《存在与时间》，陈嘉映、王庆节译，三联书店2006年版，第27页。

④ 徐复观：《向孔子思想性格的回归》，《中国人的生命精神》，第167页。

⑤ 徐复观：《答辅仁大学历史学会问治古代思想史方法书》，《徐复观文集》（第二卷），第29页。

的张力似乎构成了中国哲学思想发展的内在驱动力。在处理这二者的关系上，徐复观和牟宗三的路向有所不同。徐复观并不以心性之学来建构自己的哲学体系，他的诠释是建立在传统还原的基础上的，立足于考据的返本并不是复古，也不是像传统的训诂考证那样做绝对客观性的资料整理，而是重新发现和承接中国传统文化艺术的精神。徐复观说："我的解释方法，是综合融贯了他（孔子）全般的语言，顺着他的思想的基本方向和基本精神，加以合理的推论，将古人所应有但未经明白说出的，通过一条谨严的理路，将其说出。"① 通过返回本源找到中国文化艺术的存在价值，这是徐复观解释的主要目的。牟宗三则是五四以后利用西方形而上学来建构中国哲学体系的方式的代表，他不仅创造了大量的哲学术语和名词，而且非常重视体系的建构，无论是儒、释、道，还是康德、黑格尔，都被他纳入并融贯于其庞大的思想体系中，当文献与体系有冲突时，他主张"依义不依语"②，这与徐复观的差异是相当明显的。徐复观认为："可以用自己的哲学思想去衡断古人的哲学思想，但万不可将古人思想，涂上自己的哲学。"③ 总体上讲，在中国诠释学的大传统下，徐复观侧重于传统的还原，牟宗三侧重于体系的建构。对徐复观而言，返归本源是解释的开始，他说："某种解释提出了以后，依然要回到原文献中去接受考验，即须对于一条一条的原文献，在一个共同概念之下，要做到与字句的文义相符。这中间，不仅是经过了研究者舍象、抽象的细密工作，且须经过很细密的处理材料的反复手续。"④ 对文本本原意蕴的考证和现代意义的诠释两者之间是并不矛盾的，以现代人的生存体验和研究视阈来诠释古典并不一定要违背原意，施特劳斯指出："原初思想与现代人的生存处境发生碰撞产生的新的意义，而这种意义是具有现实性，有着真实的现实需要，同时它又是来自真正的古人思想。"⑤ 现代诠释是经典原初意蕴新内涵的扩展和新生机的萌生。

然而，"像古人那样理解古人"如何可能呢？所谓的还原又是什么意义上的呢？徐复观认为通过"追体验"可以克服前者，但他忘记了，"追体验"的主体是一个有着丰富社会阅历、各种价值取向等"前见"的主

① 徐复观：《有关中国思想史中一个基本问题的考察——释〈论语〉"五十而知天命"》，《徐复观文集》（第二卷），第 121 页。

② 牟宗三：《序》，《现象与物自身》，台湾学生书局 1990 年版，第 9 页。

③ 徐复观：《我的若干断想》，《徐复观文集》（第二卷），第 18 页。

④ 徐复观：《研究中国思想史的方法与态度问题》，《中国思想史论集》，上海书店出版社 2004 年版，第 3 页。

⑤ ［美］施特劳斯：《如何着手研究中世纪哲学》，《经典与解释》（第一辑），上海三联书店 2002 年版，第 301 页。

体，解释者和文本作者之间语境的这种距离感、差异性从某种意义上说是不可能消除的。艾柯认为：

> 解释是开放性与惯例性、解释者的主动权与语境的限制之间的辩证行为。中世纪的解释者是错误的，因为他把世界当作只有一种解释的文本；现代的解释者也是错误的，因为他把所有文本都当作一种没有限制的世界。文本是人类把世界简化为可控制形式的方式，是人类向主体间解释话语开放的方式。这意味着，当象征被置入文本时，或许我们无法确定究竟哪一种解释是“正确”的解释，但是我们仍有可能以语境为基础判断哪一种解释并非出自我们所理解的的“那个”文本，而是出自接受者方面胡思乱想的反应。①

这就注定了这种理解和还原是有限度的。那么，存不存在“客观的源头”这个东西呢？事实上，经典的客观“原意”是不存在的，由经典所构成的传统是由诠释建构并通过诠释得以延续的。传统本身也处在不断的突破自身、更新自身的变动之流中，那种视传统为孤立的、离开过去和后来的解释实际上抹杀了传统的生命力，林安梧认为：“传统不是过去式的记载，而是现在式的诠释，由诠释而迈向未来。”② 这也即是说，传统所蕴含的意义和价值总是要在现在和未来展开，历史上任何一个有才能的人，他的创造只要变成了传统，他就进入了传统，而整个传统就因他又经过了一次崭新的排列组合，如朱熹对孔孟的儒学传统做了一次“重建”，朱熹之后的儒家传统显然有别于朱熹之前的儒家传统，而到了王阳明，整个儒学传统又经过了一次重构，以前重要的人物走向幕后，以前边缘的人物现在则成了中心。这种转变不是断裂，而是一个有机的承续和突破，每一个时代都有每一个时代的文化使命，都有它特殊的课题，传统的形成是一个非常复杂的体系，它构成了时代和历史之间的强梁和纽带，而其自身，也是在变动中不断地调整自己以适应时代。

二　现代的疏释

徐复观认为中国的诠释学应该代表着一种面向未来的新范式的创立，它能用新的解释方法重塑过去的艺术作品，使之面目一新，使过去保存

---

① Umberto Eco, *The Limits of Interpretation*, Bloomington: Indiana University, 1990, p. 24.

② 林安梧：《儒学革命论——后新儒家哲学的问题向度》，第284页。

下来的经验重新得到理解，也即是对历代提过的问题重新发问，而这些问题是过去的艺术能够提出也曾经给我们以回答的。徐复观的美学诠释方法可以看作是建立在以文本（考据）为中心的作者中心论和读者中心论交互显发的综合性诠释，从作者中心论的角度看，这种诠释路向更接近于狄尔泰的理解者的体验所联结的乃是奔流不息的生命之流，而在生命之流中，过去、现在和未来是融为一体的①；从读者中心论的角度看，这种诠释路向更接近于伽达默尔所谓的"理解的每一次实现都可能被认为是被理解东西的一种历史可能性……对于同一部作品，其意义的充满正是在理解的变迁之中得以表现"②。也就是说，理解文本并不是去把握其中呆滞的意义，而是借此揭露该文本意义存在的各种可能性。

任何一个艺术作品都具有一种内在的召唤机制，尼采认为："书一旦脱稿之后，便以独立的生命继续生存了；他似乎觉得，它象昆虫的一截脱落下来，继续走它自己的路去了。也许他完全遗忘了它，也许他超越了其中所写的见解，也许他自己也不再理解它，失去了构思此书时一度载他飞翔的翅膀；与此同时，它寻找它的读者，点燃生命，使人幸福，给人震惊，唤来新的作品，成为决心和行动的动力——简言之，它象一个赋予了精神和灵魂的生灵一样生活着。"③ 欣赏者的诠释使艺术作品获得完整的生命。那么，欣赏者的主体性在何种限度上同时又能保证诠释的有效性呢？毕竟，诠释不是一种随意的行为，艾柯认为："说解释潜在地是无限的并不意味着解释没有一个客观的对象，并不意味着它可以像水流一样毫无约束的任意'蔓延'。"④ 徐复观认为诠释要时时扣紧文本，并反过来受到文本的约束。在他看来："推论必建立在相关的条件之下，即必须在同类的材料之下去推，必须在已知材料的涵蕴中去推。同时要

---

① 徐复观的"追体验"是带着个体性和历史性去重建作者的个体性和历史性的，这显然不同于狄尔泰的客观主义方法，按照狄尔泰的理解，读者若要读解一篇历史文本，他就得放弃现在的观念，以便能进入作品把握作者的原意，也就是把握文本的客观精神（参见严平《走向解释学的真理》，东方出版社 1998 年版，第 29 页）。狄尔泰以客观精神来假定人类有一共同的人性，并认为只有在这一基础上，共同理解才能成为可能。这里存在几个问题：1. 通过文本能把握作者的原意吗？文本存在着多重的解读，哪一种解读较其他的解读更客观更接近作者的原意呢？判断的标准又是什么呢？2. 这种客观主义的方法使得理解只成为注解，而未去阐释原文本对现时代的意义。这样，文本的历史性这样一个重要因素就被排除在理解之外了，这样的方法丝毫不能保证它的运用具有生产性。

② ［德］伽达默尔：《真理与方法》（上卷），第 484—485 页。

③ ［德］尼采：《悲剧的诞生》，周国平译，三联书店 1986 年版，第 199—200 页。

④ ［意］艾柯：《诠释与过度诠释》，柯里尼编，王宇根译，牛津大学出版社（中国香港）1995 年版，第 24 页。

考校到与条件相反的其他材料因素，并且推得一定要有限制，否则不是推论而只好称为捏造。”[①] 除了文本的限制外，还有作者的时代背景、生活环境所构成的文化语境的限制，徐复观说：“论人者不能为他人设身处地着想，更不顾自己立身行己若何，而轻以不合当时情实的高调，加之于古人，实以见言者缺少真正人生的责任感，而不自觉其流于儇薄。”[②]这一点从徐复观的治学过程中可以得到鲜活的印证。徐复观的晚年如果不是经历了专制政治的迫害，不是体验了由台湾到香港的困厄，那么他对司马迁、董仲舒以及两汉思想史的诠释恐怕就没有那样的深入和独到了。

傅伟勋的“创造诠释学”可以看作是徐复观诠释方法的系统化和深入化。傅伟勋认为中国传统的经典注释诠释学是一种看似严谨实则扼杀研究者创造性的研究范式，他的“创造诠释学”（Creative-Hermeneutics）试图通过“实谓”、“意谓”、“蕴谓”、“当谓”、“创谓”五个层次为中国经典文献的诠释建构一套自己的规则[③]，以建立中国诠释学的方法论。“创造诠释学”代表了一种立足传统建构新的诠释体系的路向，但其内在仍不乏矛盾之处。“实谓”尚不在现代诠释学的常规范围之内，因为正式的诠释学工作是在预设文本可靠性之后才开始的；“创谓”有牟宗三的“依义不依语”之意，傅伟勋认为：

---

① 徐复观：《我希望不要造出无意味的考证问题——敬答赵冈先生》，《中国文学精神》，第517页。

② 徐复观：《中国艺术精神》，第378页。

③ 傅伟勋的“创造诠释学”主要思想概括如下：对中国古代经典的研究应从“实谓”、“意谓”、“蕴谓”、“当谓”、“创谓”五个层次进行，所谓“实谓”是指原作者（即文本本身）实际上说了什么，傅伟勋认为，这一点借助于原文校勘、版本考证可以解决。“意谓”则关涉原作者想说什么，其真正意思是什么，这牵涉理解问题。要做到这点，应借助语意澄清、脉络考察、传记研究、逻辑分析等手段。“蕴谓”指原作者可能想说什么，原文本可能蕴含哪些意思？要澄清这点，应借助于思想史的研究及借鉴历史上存在的其他重要诠释文本。“当谓”指诠释者应当为原作者说些什么，此与发掘文本表面文字以下的深层义蕴或根本义理有关。它们可能是原作者自己也不知道，需要借助于诠释学的洞见才能达到；“创谓”指要救活原有思想或为了要做突破性的创新，诠释者必须创造性地表达什么。不但为了讲解原思想家的教义，还要批判超克原思想家的教义局限性或内在难题，为解决后者所留下而未能完成的思想课题须从批判的继承者转变成为创造的发展者，这也是创造诠释学所要达到的目标。傅伟勋还认为创造诠释学可分为自下而上、自上而下两条路径，一般学者遵循自下而上，而开创性的思想家则为自上而下（参见傅伟勋《创造的诠释学及其应用：中国哲学方法论建构试论之一》，《从创造的诠释学到大乘佛学》，东大图书股份有限公司1999年版，第1—46页）。他进而依据自己的诠释学思想对伽达默尔的诠释学进行评论，认为伽达默尔只达到“当谓”阶段，尚不是“创谓”的诠释学。除了傅伟勋以外，成中英、黄俊杰等人也提出了自己的诠释体系。

> 一个创造的（而非平庸的）解释家在重新诠释或建构原有哲学思想时，必须能够透视并挖出隐藏在原有思想的表面结构（普通探求者所能知晓）内底的深层结构（非普通探求者所能发觉）；一旦挖得出深层结构，创造的解释家理应可以摇身一变，成为开创性哲学思想家的幼苗。创造的解释家也可以说是独创哲学家型（而非纯粹客观型）的哲学史家。①

诠释最终是要建立个人新的诠释系统，而这种新的系统甚至可以离开文本内证的支持，正如布思所说的："去问那些本文并没有鼓励你去问的问题，这一点对于诠释来说可能非常重要，而且极富于创造性。"② 然而，这在某种意义上又溢出了现代解释学的界限。

徐复观与傅伟勋的"创造诠释学"都代表了由传统诠释学向中国现代解释学转型的尝试和实践，但两者也存在一定的差异。徐复观把重点放在对中国原初思想意蕴的发掘上，以原初意蕴与现实社会之间的互动和张力为基础。他说："我所致力的是对中国文化作'现代的疏释'……我的工作，是受到时代经验的推动与考验。"③ 这是一种关切现实、面向未来的解释，故而林毓生认为："就'关心未来'这方面来讲，徐复观先生给我们的资源比较多。"④ 诠释成为沟通过去、现在与未来的桥梁，这就使徐复观超越了施莱尔马赫的绝对客观主义的界限，具有了海德格尔生存论诠释学的意味。傅伟勋以语言和思想自身的结构逻辑指向为诠释的基础，他说："创造的解释家一旦发现原本思想所内藏而语言表现上并不明显的哲理蕴含，就可以超越原来思想的立场，替他理出他本应理出而未理出的独到见地。"⑤ 这种诠释路向显然更具有哲学意味和创造性。徐复观虽然也强调让文本的历史性走进当代，但他的着重点是历史的还原，他在诠释中国艺术精神时，所着眼的对象就是中国古典绘画，而根本无视中国现代的绘画，也无视艺术概念在近代以来的演变与发展，他所把握到的庄子"虚"、"静"、"明"的艺术精神，依然是古典意义上的传统艺术精神。而傅伟勋

① 傅伟勋：《从西方哲学到禅佛道》，三联书店 1998 年版，第 29 页。

② Wayne Booth, *Literary Understanding: The Power and Limits of Pluralism*, Chicago: Chicago University Press, 1979, p. 243.

③ 徐复观：《擎起这把香火——当代思想的俯视》，《徐复观杂文续集》，第 410 页。

④ 林毓生：《中国传统的创造性转化》，三联书店 1988 年版，第 387 页。

⑤ 傅伟勋：《从西方哲学到禅佛道》，第 273 页。

则强调超越——对原作者和文本的超越，强调解释意义境域的开放性，这与伽达默尔是相似的，伽达默尔把读者语境引入理解过程，来展开读者与作者之间的超时空对话，“视域融合”即是文本的创造意义的生成过程。徐复观偏重“实谓”、“意谓”、“蕴谓”、“当谓”几个层次，而傅伟勋则偏重“创谓”。

徐复观重建中国诠释学的努力还体现在他对西方诠释理论中“诠释的循环”① 的打破上。徐复观以经典诠释的方式建构美学体系，当他以庄子美学来梳理中国艺术史的时候，中国古典艺术作品和绘画理论的整体理解与具体的艺术作品、画论品评之间的这种相互依赖关系被打断了，也即只存在庄子美学整体上影响具体艺术作品的可能性，而具体艺术作品对庄子美学的反向制约和影响则不存在了。在徐复观的诠释视域里，这种体系意识是自觉的，而非西方解释学中的“前见”、“前理解”那样是不自觉的，虽然他们同样对具体解释过程构成影响。②

三　他者的眼光

19 世纪以来中国文化的危机其实就是主体性丧失的危机，从传统的主体性到西化浪潮中主体性的丧失（或以西方文化为主体性）再到现代新儒家所提出的互为主体性（继承、对话、交流、创造），这是近代中国知识分子的心路历程。20 世纪现代新儒家一个总的文化倾向就是熔铸今古、会通中西，马一浮、方东美、牟宗三等先生在这方面居功甚伟，他们在思想上开创性的贡献就在于把握住了文化的主体性，牟宗三说：“假如这个文

① 西方诠释学难免陷入循环论证，也被称作“诠释的循环”。海德格尔认为要找到艺术的本质只能用一种循环的方法，即“艺术是什么”应从艺术作品上推断，而“艺术作品是什么”只能从艺术的本质中得知（Martin Heidegger, The Origin of the Work of Art, From *Basic Writings*, New York: Harper & Row Publishers, 1977, p. 149）。艾柯也认为：“在神秘的创作过程与难以驾驶的诠释过程之间，作品‘文本’的存在无异于一支舒心剂，它使我们的诠释活动不是漫无目的地到处漂泊，而是有所归依。”（参见［意］艾柯《在作者与本文之间》，《诠释与过度诠释》，第 89 页）然而“文本”是什么呢？“文本是在诠释过程中逐渐建构起来的”，这样，诠释的有效性要依靠它所建构的东西来判断，这就是一个循环论证的过程。

② 虽然也有中国学者认为：“（前见）在艺术欣赏过程中强烈刺激欣赏主体的心灵，使欣赏主体的心灵释放出璀璨的艺术之光，照亮欣赏主体的灵魂，使灵魂得到升华，也使艺术创造主体心灵得到净化。”（参见张立文《和合哲学论》，人民出版社 2004 年版，第 333 页）把欣赏主体“前见”、“前理解”的存在看作是艺术作品“无限的意义”的来源，但这种“前见”、“前理解”在诠释过程中并不具有自觉性，并且它参与体系建构和诠释的整个过程。

化根源的主位性保持不住，则其他那些民主、科学等都是假的，即使现代化了，此中亦无中国文化，亦只不过是个‘殖民地’身份。所以中国文化若想最后还能保持得住，还能往前发展，开无限的未来，只有维持他自己的主体性。”[①] 他们注意到了自家的文化传统及其存在情境，他们的中西文化对比和对话多少是富于创见的，如牟宗三的康德学研究就是一个范例。而学界泛滥的抛弃了自家传统、背离了文化语境所做的中西对比与诠释并不是创造性的理解，只是空泛无根的比附。

徐复观认为重建中国的诠释学关系到“文脉”、“国脉”的存亡绝续，他并不反对西学的引入，他也多次利用现象学[②]及卡西尔的思想剖析中国哲学和艺术，“现象学的归入括弧，中止判断，实近于庄子的忘知”。“现象学的纯粹意识，实有近于对知解之心而言的心斋之心。”[③] 徐复观所反对的，是自甘卑贱的全盘西化的学术风气。中国近代的学术研究中一切以西方为标准的时代价值意识和诠释方法，遮蔽了中国文化和艺术的真生命。徐复观认为，中国诠释学的目标是彰显中国文化的本来面目和中国艺术的精神特质，而不是用西方现代哲学理论肢解中国文化来实现所谓的现代转换。中国思想的现代价值也并不在于多大程度上能被放进西方哲学的框架里去解释，而是要深入现代世界实际所遭遇到的各种问题中去加以衡量，徐复观说：“把文化的中国‘原理’，向世界人类贡献出来，这不仅是出于中国人的自敬心，同时也是出于世界文化的真切需要。并且在今日风气之外，只有先在世界文化中确定了中国文化的地位，才能恢复中国人的信心，因而可以真正开始中西文化大融合的努力，以产生一新的文化。”[④] 在我们与西方相通的地方，可以证人心之所同、中西之会通；在我们与西方相异的地方，或可以证中国文化的美富[⑤]，以补西方文化之所缺。

“中国诠释学的重建”这个概念本身就是一个包含多重歧义的命题。现代意义上的诠释学不再局限于神学的范围内，甚至不再局限于语言学或文献的范围内，而是成为人文科学研究的方法论，变成了文本与读者之间的心灵沟通——“理解”本身成为一般的原则与学问。中国传统的

---

① 牟宗三：《时代与感受》，鹅湖出版社 1988 年版，第 327 页。

② 郑树森：“最早运用现象学观念来作文艺批评的，是香港新亚研究所的徐复观教授。”参见郑树森《前言》，郑树森编《现象学与文学批评》，台北东大图书出版公司 1984 年版，第 22—23 页。

③ 徐复观：《中国艺术精神》，第 68 页。

④ 徐复观：《沉痛的追念》，《中国知识分子精神》，第 113 页。

⑤ 参见徐复观《如何读马浮先生的书?》，《徐复观文集》（第二卷），第 360 页。

解释学，自始至终是围绕着经典来展开的，从孔子开始整理编纂注释六经直到清末，有关诠释的工作仍然是依附于经学的。中国历史上所谓的“经学今诠”其实只是注经方法的不断延伸与积累，而绝无能够脱离经学而独立成经的所谓方法学。中国诠释学的重建，究竟是在众多的西方科学方法引进之后，再多加上一个诠释学以壮学术界西化之声色呢，还是借他人酒杯，浇自己的块垒，实际是要借现代诠释学来修补与自身传统之间的断裂呢？近代以来，学术界的一大谬误就是许多知识分子对逻辑、科学方法与方法论产生了迷信，这就是杜维明说的：“五四以来中国智识分子的心态与其说是‘救亡压倒了启蒙’，不如说启蒙、科学、物质、功利、现实及进步的观念所铸模而成的工具理性变成了救亡图存的不二法门了。”① 事实上，过分提倡逻辑与科学方法并强调所谓的方法论的重要性很容易使自己的思想变得很肤浅。我们常常把西方文化在特殊历史情况下演变出来的性格，断章取义地变成了自己的手段，并以此手段为手术刀去解剖中国的思想家及其思想，这是现在比较流行的做法，杜维明说：“用西方的范畴和格式，来说明中国文化还有生命力，这意思是说，文法变了，语言变了，思考的方式变了。而且这个变是质的变化，不是量的变化。”② 需要注意的是，中国诠释学重建的背景不再是传统的中国文化语境——这个语境在过去的百余年来已经崩塌，而是西方文化的语境了，正如陈寅恪指出的：“如以西洋语言科学之法，为中藏文比较之学，则成效当较乾嘉诸老更上一层。”③ 换言之，现在已经不是一个接受不接受西方文化的问题，而是中国传统如何在西方文化的参照中获得自身的意义的问题，徐复观认为：“我们是要站在现代的立场去了解传统……我们对传统的东西，必须重新评价；而今日评价的尺度是在西方，我们应当努力求到这种尺度。”④ “尺度”通常具有方法论的意义，方法在现代社会往往被看作是揭示本质、接近真理的重要前提，也被看作是梳理传统思想资料的重要工具。但与此同时，方法也逐渐成为一种控制，一种奴役，它取代了思想和真理而占据人的头脑，正如劳动造成了生产和享受的分离一样，方法本来是为了探寻真理而人为设置的

① 杜维明：《现代精神与儒家传统》，台北联经出版事业股份有限公司 1996 年版，第 470 页。

② 杜维明：《现代精神与儒家传统》，第 298 页。

③ 陈寅恪：《金明馆丛稿二编》，上海古籍出版社 1982 年版，第 311 页。

④ 徐复观：《过分廉价的中西文化问题——答黄富三先生》，《徐复观文录选萃》，台湾学生书局 1980 年版，第 134 页。

手段，但它后来演变为衡量一切的标准，成为目的本身，这就导致了人走向自身、走向真理之途的异化——方法论的泛滥使得方法转而起来统治使用方法的人。方法使真理放逐于家园之外，这使得方法本身不再具有“生产性”，这种方法论上的“不育症”在每一种人类生活经验中都可以得到证实。徐复观力图在中西比较的语境中来对中国文学、艺术精神做出现代的诠释[①]，在中西对照中达成贯通和理解，也就是他所说的：“想使西方文化，能以文化自身的性格（不挟带金钱、政治等势力），充实我们民族的精神，而我们民族的传统文化，能从各种诬蔑、渣滓中，澄汰出来，以其本来面目，与世人相见，对人类新文化的创造，也能有所贡献。”[②] 这种中西互照、对话的诠释方式区别于传统的西化诠释模式，与费孝通所说的“美人之美，各美其美”[③] 有异曲同工之妙。

当我们把眼光转向当下的现实存在时，现代诠释学的意义已远远超出了文献及其阅读的范围而进入到海德格尔所谓“理解的本体论意义”的境域。伽达默尔在《真理与方法》中，表达了一种与自然科学方法的“对抗”，他认为自然科学方法的泛滥导致了科学控制意识的加剧，使人异化为物。真理不再是对存在和人的生活意义的揭示，而是变成了与人相异的东西，伽达默尔说：“方法，以及探寻知识的可能性和合法性的基础的一般认识论，从根本上说，都是对机器时代异化的一种反应。”[④] 科学方法并不能保证人获得真理，并未给人提供一条通向真理的康庄大道。正因为科学方法[⑤]是异化之源，所以伽达默尔主张通过几条非方法的途径——艺术、历史和语言来探寻真理。哲学诠释学将一切成熟的理解都视为“此在”的

---

① 徐复观说：“我常常有一个想法，希望能在世界文化的背景之下来讲中国文化。所以我在东大开文心雕龙的专书以前，最大的准备工作，便是摘抄了约三十万字的有关西方文学理论批评的东西。”（参见徐复观《现代艺术的归趋——答刘国松先生》，《论战与译述》，第74页）他认为诠释必须尊重文化艺术自身的特性，西方的诠释系统并不是一个普适性的系统，中国现代的诠释学绝对不是西方诠释学格式化后的诠释学，西方是中国进行现代转换的一个重要参照系，而不是用以西释中的思维方式代替中国诠释学自身的探索。在《中国艺术精神》中，徐复观并不是用康德美学或卡西尔的思想来重构庄子或孔子以建立自己的思想体系，他认为这样的诠释只能使中国美学变成西方美学的注脚和具体材料。

② 徐复观：《五十年来的中国学术文化》，《徐复观杂文补编·思想文化卷》（下），第156页。

③ 费孝通：《反思·对话·文化自觉》，《北京大学学报》（哲学社会科学版）1997年第3期。

④ 参见［德］伽达默尔《真理与方法》（上卷），第81—82页。

⑤ 伽达默尔批评的主要不是科学或科学方法本身，而是科学主义，即以科学和科学方法为衡量真理的唯一价值和标准的那种主张。

历史性的延展，它以一种从具体情境出发的对存在的“前反思”作为基础，这种具体性同诠释者的过去和未来都有着内在的联系。对于中国学术来说，跨向这创造性的一步可能还需要需要时间，当诠释的本体论意义在中国语境中有所体现时，中国文化当下的活力就会以更加丰沛的姿态表现出来。

第二章　徐复观美学思想的展开脉络

通过对徐复观美学思想的梳理和统计分析，我们发现徐复观的美学思想是围绕着现代艺术、中国画和文学这三条线索展开的，由此其美学思想也可划分为现代艺术、中国画和文学三个时期。1957—1962 年间徐复观谈现代艺术的文章有 15 篇（占现代艺术论文 27 篇的 55.6%），1963—1969 年间有 7 篇（占现代艺术论文 27 篇的 25.9%），1970—1982 年间有 5 篇（占现代艺术论文 27 篇的 18.5%），因而，1957—1962 年可以被看作为围绕台湾“现代艺术论战”展开的现代艺术时期（见图 2）；谈中国画的文章 1957—1962 年间有 7 篇（占中国画论文 40 篇的 17.5%），1963—1969 年间有 24 篇（占中国画论文 40 篇的 60%），1970—1982 年间有 9 篇（占中国画论文 40 篇的 22.5%），显然，1963—1969 年为以《中国艺术精神》为中心的中国画时期（见图 3）；谈文学的论文 1957—1962 年间有 12 篇（占全部文学论文 43 篇的 27.9%），1963—1969 年间有 6 篇（占全部文学论文 43 篇的 14%），1970—1982 年间有 25 篇（占全部文学论文 43 篇的 58.1%），1970—1982 年可以被看作为去香港后的文学时期（见图 4）。由以上的统计我们知道绘画是徐复观美学思想展开的主要线索，而文学、音乐则是其美学思想展开的重要补充。[①] 从绘画论文的内容看，主要是探讨

---

① 徐复观以绘画为中国艺术的中心，这是从狭义上讲的。事实上，艺术应该包括绘画、文学、音乐、戏剧、电影、雕塑等不同的门类，中国古典艺术以绘画为中心，这是艺术史发展的结果。诗歌、书法、绘画、雕刻等虽属不同的艺术门类，但随着中国艺术的发展，这些原本分属表现与再现、抒情与模仿、时间或空间的艺术门类逐渐渗透、融合进了绘画。音乐是最早融入绘画的，宗白华认为，中国绘画中的时间感和节奏即来源于音乐，对气韵的追求即是绘画音乐感的体现（参见宗白华《美学散步》，上海人民出版社 1981 年版，第 51 页）。尔后，文学也渗透进了绘画，苏东坡曰：“诗画本一律，天工与清新。”［参见（宋）苏轼《书鄢陵王主簿所画折枝二首》，《苏东坡全集》（上），中国书店 1986 年版，第 230 页］叶燮曰：“画者，天地无声之诗；诗者，天地无色之画。”［参见叶燮《赤霞楼诗集序》，《已畦文集》卷八，北京大学哲学系美学教研室编《中国美学史资料选

现代艺术和中国画，合计67篇；从这些论著和论文的写作时间看，绘画类的论文基本集中于现代艺术时期（1957—1962年）和中国画时期（1963—1969年），分别为现代艺术时期21篇，中国画时期31篇，香港时期15篇；而文学方面的论文主要集中于去香港后的文学时期（1970—1982年）。徐复观曾说："在文学方面，到1965年为止，仅写了八篇文章，汇印成《中国文学论集》，以后每重印一次便增加若干文章，到1980年的第四版，长长短短的，共增加了十六篇，由原来的三百多页，增加到今天的五百五十七页。"①在这个过程中，1969年是个转折点。徐复观1969年秋到香港中文大学新亚书院哲学系任客座教授，主要开设"《文心雕龙》研究"及"中国文学批评史研究"两门课程。徐复观自谓："我也想借此机会，写一部像样点的《中国文学批评史》……今后假定还能侥幸多活几年，按原计划再写几篇，加到《中国文学论集续集》的再版中去，那便太幸运了。"②他原计划在文学批评方面选择若干关键性的题目，写10篇左右深入而具纲维性的文章，可惜天不假年，除了《陆机〈文赋〉疏释》及《宋诗特征试论》等文章完成外，其余篇章均未及动笔。可见，徐复观晚年除了集中精力于"两汉思想史"的研究外，在艺术上是以文学为其主要研究对象的，而"写一部像样点的《中国文学批评史》"则是其晚年的心愿。

编》（下），中华书局1985年版，第324页］沈宗骞则把诗和画当作一回事，他说："画与诗，皆士人陶写性情之事，故凡可以入诗者，均可入画。"（沈宗骞：《芥舟学画编》）俞剑华则认为文学融入绘画给中国绘画带来了新的活力，"王维以诗境作画，赋予中国画以新生命，遂由宗教化而入于文学化。此种文学化之画，遂日渐扩充，而占领艺术界之全土，不特以此开中唐以后之风气，而且立一千余年文人画之基础，以形成东方特有之艺术，矫然独立于世界"［参见俞剑华《中国绘画史》（上），上海书店1937年版，第109页］。西方艺术也有此说，达·芬奇曾言："画是嘴巴哑的诗，诗是眼睛瞎的画。"尤其是宋代以来，诗歌、书法、雕刻、金石、建筑日益渗透进绘画艺术之中，很多画家在这种艺术氛围中养成了能诗工书善画的全面素质，画完画后顺便题诗、留印成为风气，同时其所题之诗、所刻之印，在书法和篆刻上也需非常之技巧，如此这样一幅画才算完成。董其昌对仇英评价不高，就是因为仇英不能诗不工书；很多不能书的画家，在题款时抄前人的诗，或请人代笔，也是常有的事。同时，绘画中的虚实、气韵、境界等理论也成为书法、戏曲、建筑、雕刻的重要品评标准，因此，宗白华也认为，绘画是中国艺术的中心（参见宗白华《美学散步》，第146页）。绘画可谓是中国古典艺术的集大成者，因此徐复观以中国绘画为中国艺术精神的代表，是有一定道理的。

① 参见徐复观《自序三》，《中国文学精神》，上海世纪出版集团2006年版，第3页。

② 同上。

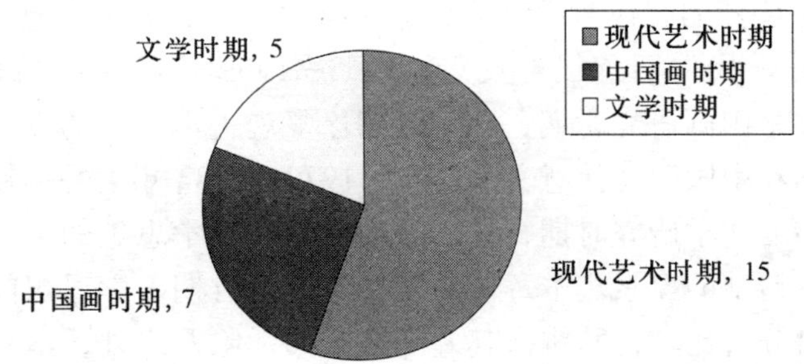

图2　徐复观现代艺术论文在三个时期所占比重

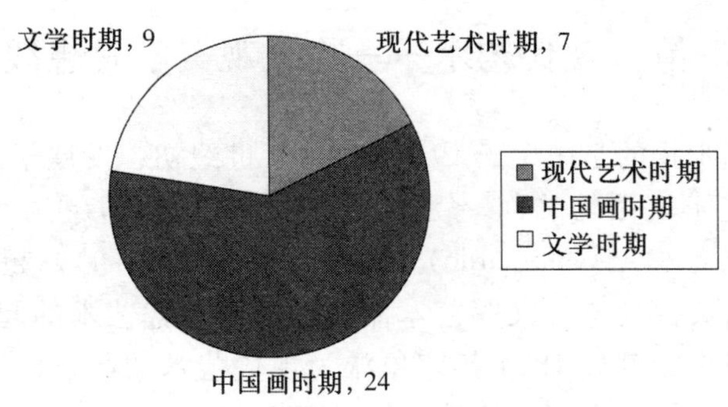

图3　徐复观中国画论文在三个时期所占比重

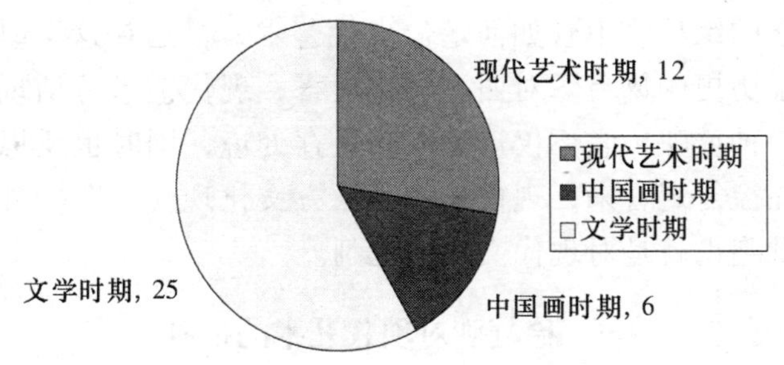

图4　徐复观文学论文在三个时期所占比重

在这三个时期中，徐复观美学思想的主题和重点是有所变化的，澄清这一点对我们厘清徐复观美学思想的展开线索具有重要价值，而很多研究者恰恰忽略了这一点。具体而言，就是 1957—1962 年以台湾“现代艺术论战”为中心展开的现代艺术时期，这一时期徐复观美学思想的重点主要体现为对西方现代文明危机的反思；1963—1969年以《中国艺术精神》为中心展开的中国画研究时期，这一时期徐复观美学思想的重点主要体现为对庄子美学和中国画现代意义的诠释；1970—1982年去香港后以两部文学论集为中心的文学研究时期，这一时期徐复观美学思想的重点主要体现为对中国文学精神的探索。本章对徐复观这三个时期美学思想的诠释视角及其变化作出分析比较，并辨析其差异之成因。除此之外，本章还对徐复观美学思想的另一条线索文学做出分析，并对作为中国文学精神主体的儒家美学在徐复观美学思想体系中的地位进行辨析。

第一节　现代艺术——徐复观美学思想线索之一

现代艺术指的是萌生于19世纪末20世纪初，发展于两次世界大战前后的西方艺术流派的总称，就绘画而言，包括后印象派（Post-impressionism）、前卫艺术（Avant-garde）、达达主义（Dadaism）、超现实主义（Surrealism）以及新具象主义等艺术流派。关于现代艺术的起点，说法不一，大多数艺术史家都以1874年印象派为现代艺术的起点，这大概是因为印象派使艺术开始脱离死板的对物象的描写，而进入捕捉一瞬间物象的光与色的视觉变化。也有学者以1905年的野兽派为起点，认为其使色彩得到空前的解放。还有一些学者以1908年的立体派作为现代艺术的起点，这是因为毕加索的缘故。不管如何定位现代艺术，最迟在这个时候，现代艺术已经跃上了历史的舞台。对西方文化而言，现代艺术可谓现代文明危机在艺术上的一种反映，它不仅追问人的生存处境，同时也反思人生存的意义和价值。在徐复观看来，现代艺术是西方文化现代文明的外在表征，对现代艺术的批判也就是对现代文明的批判。

一　徐复观对现代艺术的批判

卡西尔认为，艺术是表现的，但是如果没有构型，它就不可能表现。这里的构型，也就是艺术的形式、平衡感和秩序感，这是艺术品最富于感染力的因素，卡西尔说：“道德在行动中给予我们以秩序，艺术则在对可见、可触、可听的外观之把握中给予我们以秩序。”① 徐复观的艺术观无疑

① ［德］恩斯特·卡西尔：《人论》，第217页。

受到了卡西尔的影响，卡西尔对“秩序感”的追求在徐复观那里，则演化为他对自然形相之美的坚持。

首先，现代艺术破坏形相，是一种变形的艺术。徐复观认为形相是艺术的生命，艺术家的任务，是要“通过自然形相的秩序以把握自然精神所蕴涵的秩序”①。这种秩序，即是把“主观生命的跃动，投射到某一客观事物上面，借助某一客观事物的形相，把生命的跃动表现出来”②。因而，秩序即是自然的规律、艺术的法则，艺术在“求新鲜”的变化中获得自身生命的更新，艺术的这种变化一方面可以表现出突破凡近的形相，同时也可以在凡近中表现伟大，在陈旧中表现新奇。可见，徐复观并不反对艺术的形相变化。中国画的形相，在徐复观看来就并非完全是自然形相的模仿，而是包含着对形相的抽象和超越的意味，他说：“升华得愈高，原来的形，便保留得愈少，神的呈现也愈真切；原来的形，至此乃成为可有可无之物，而成为九方皋相马，马的颜色可以略去，甚至把颜色弄颠倒了，也无碍于相到了马的精髓。”③ 这马的“精髓”，不是任意的虚构之物，而正是对马的形相的艺术性把握。中国艺术这种独特的把握形相的方式，与现代艺术之对秩序自身的否定截然不同，徐复观认为：“由此主客合一的精神所构造之形，有如造化之生物，而非复是由作者向既成之物所模仿的形。”④ 中国画中的奇峰、怪石，虽非自然之物，却是“师造化”的结果，它体现了一种自然的节奏和内在生命的激情。

而现代艺术为了达到新奇的目的，宁愿牺牲、破坏艺术中的一切传统，甚至否定艺术本身，徐复观说：“对形相本身的否定，也是对秩序的否定，这使艺术品成为不能为人所把握的东西。”⑤ 这种变形，在现代艺术中随处可见，它通过色彩的抽象和形体的扭曲来完成，完全不考虑现实世界的规律，比如，为了把人的面部画成从几个不同方向好像同时看得见的样子，就把它画成长着两只眼睛和几个鼻子的侧面（如毕加索的《土耳其草帽》）。这样，现代艺术就“不再是美的升华而趋向美的否定”，走向了反艺术。

其次，现代艺术破除想象，是一种感官的艺术。徐复观认为，男人如果对女人有了好感或野心，常常会通过女性穿的衣服而产生许多幻想。而

---

① 徐复观：《现代艺术对自然的叛逆》，《徐复观文集》（第一卷），第271页。
② 徐复观：《抽象艺术断想》，《徐复观文集》（第一卷），第281页。
③ 徐复观：《中国艺术精神》，第277页。
④ 同上书，第274—275页。
⑤ 徐复观：《抽象艺术断想》，《徐复观文集》（第一卷），第282页。

一个女人的美，也常是在这种幻想中成就的，即在这种幻想中愈增加其神秘性、复杂性、艺术性。然而现代文化却破除了这种想象和神秘，这即是徐复观说的“干脆把女人的衣服，在大庭广众之前，脱的一干二净，使大家能一览无余，再也用不着隔着衣服去‘猜’去‘想’，去出神发痴”①。如东京的脱衣舞，因其并不通向内心，更不会把感官的活动在内心上稍加凝注，想象被压制到最低点，人的精神追求，也就只凝缩到感官的满足和性欲的冲动中去了。这种思想的运用，常以感官为主，把思想局限在事物的表层上，局限在事物孤立的个体上。建立在这种思想上的文化，是官能的文化；而这种文化影响下的艺术，则只能是官能的艺术。

艺术是人类最高层次的精神生活，是人类创造精神的外化，应该是超越人的本能之上的。如果一种艺术直接显现本能的欲望，那么它就是一种丧失了人类尊严的低级艺术或者说“伪艺术”。徐复观认为代表现代文化的歌剧，只是从声和色方面，使耳目感官得到一连串的新奇印象，剧本的一切都感官化了，都表现在声和色上面了，声和色的后面，已经一无所有。他以玛丽莲·梦露之死为例，认为这是“美的自我完成的一个不太高贵的例子”②。在徐复观看来，玛丽莲·梦露只是一件美的商品而已，因为她所宣扬的是一种性感之美，而这种美在徐复观的艺术价值衡量体系中，只能居于最低级的地位。美之所以可贵，就在于它不可捉摸，虚无缥缈，是只可观而不可亵玩的。丧失了想象的艺术品，已经不是艺术品了，顶多只能算是艺术商品。由此看来，徐复观对机械复制时代艺术商品化、想象感官化以及高雅艺术的沦落是深感忧虑的。

最后，现代艺术破灭人性，是一种变态的艺术。徐复观称现代艺术为：“爆破了人类的良心及由良心而来的活动，以还原于原始的黑暗混沌之中。他们丧失了人性，陷入了人性的绝对荒寒恐怖之地。”③ 这种绝望、颓废的艺术精神不仅不能救时代之弊，反而增加观者的疲惫与恶心。库列科娃说：“超现实主义四十多年的实践证明了一点：充满暴力和残忍场面的艺术，只能唤起神经健全的观者的厌恶，而不是轻松感。”④ 这种无意识的艺术，乃是变态人格的反映。正常的人性，会把客观的自然、社会吸收进来，而与其发生亲和、交感作用。而现代艺术家有的在人身上涂满颜料

---

① 徐复观：《不思不想的时代》，《徐复观文集》（第一卷），第193页。

② 徐复观：《泛论形体美》，《徐复观文集》（第一卷），第273页。

③ 徐复观：《非人的艺术哲学》，《徐复观文存》，台湾学生书局1985年版，第206页。

④ ［俄］库列科娃：《哲学与现代派艺术》，井勤荪、王守仁译，文化艺术出版社1987年版，第160页。

在画布上爬滚作画，有的在人嘴唇上抹上口红用嘴唇在画布上作画，这是一种内容空虚、精神贫乏的艺术。

徐复观认为现代艺术的个人主义是一种与自然和社会隔绝的个人主义，其根源是第一次世界大战以来，由达达主义、超现实主义、实存主义及嬉皮士等，出于对现存社会制度、伦理道德观念的叛逆，而希望在无意识处找出一条路来。徐复观对现代艺术的个人主义与作为资本主义精神的个人主义进行了区分："近代个人主义的意义，乃在于个人主义的大众性、社会性。"而现代艺术的个人主义则是彻底的纯主观的抽象，"乃是出自变态的，因而是锁闭的人性、心理状态，他们根本失掉了人性最基本作用之一的美的观照的作用"。[①] 其本质上是一种虚无主义，它缺乏艺术的那种普遍的可传达性，从而成为现代艺术家们异想天开的呓语。

二 徐复观现代艺术批判的思想基础

1966年徐复观写成的《中国艺术精神》一书，可以看作是对台湾"现代艺术论战"的思想总结[②]，这也是20世纪第一部系统的以中西对照的视野来阐释中国艺术的特点、内涵和现代价值的著作，对20世纪中国美学产生了重要影响。在《中国艺术精神》中，徐复观对庄子美学与对现代艺术的观点一扬一抑，形成了鲜明的对照。

在谈到《中国艺术精神》的写作背景时他认为："当我着手写这部书的时候，正是许多人标榜以抽象主义为中心的'现代艺术'的时候。"[③]

在谈到写实主义时他认为："当西方绘画，早由写实主义、古典主义、前后期印象主义、立体主义，而进入到'现代艺术'时，许多人以为西方的绘画还是写实主义；于是为了维护中国绘画地位的苦心，便也把中国绘画比附成写实主义。"[④]

在谈到现代艺术的起源时他认为："又如由达达主义所开始的现代艺术，它是顺承两次世界大战及西班牙内战的残酷、混乱、孤危、绝望的精

---

① 徐复观：《现代艺术的永恒性问题》，《徐复观文集》（第一卷），第279页。

② 徐复观的《中国艺术精神》一书，正是承续着台湾"现代艺术论战"的余音，而对中西艺术进行冷静反思后的产物，因为中国艺术的精神，只有在与西方艺术的对照中，才能真正得以凸显和确立。徐复观的这种意图，在他曾动手准备而最终未及完成的一篇演讲选题中可见一斑。徐复观于1962年曾应东风社的同学的邀请，准备做《中国艺术精神与现代艺术精神》的演讲，但后来因胡适去世等事件的影响而临时将演讲主题调换为《论传统》，参见徐复观《论传统》，《徐复观文集》（第一卷），第9页。

③ 徐复观：《三版自序》，《中国艺术精神》。

④ 徐复观：《自叙》，《中国艺术精神》，第3页。

神状态而来的。看了这一连串的作品——达达主义、超现实主义、抽象主义、破布主义、光学艺术等等作品，更增加观者精神的残酷、混乱、孤危、绝望的感觉。”①

在论述艺术的规律时他认为：“现代的抽象主义，则要把一切艺术的规律性都抽掉。”②

在谈到雅乐的“情深气盛”时他认为：“在儒家所提倡的雅乐中，由情深之情，向外发出，不是象现代有的艺术家受了弗洛特（S. Freud）精神分析学的影响，只许在以‘性欲’为内容的‘潜意识’上立艺术的根基，与意识及良心层，完全隔断，而使性欲垄断突出。”③

在谈到庄子“充实不可以已”的精神状态时他认为：“现代艺术，因为是出自以幽暗为体的‘意识流’，所以对自然、对社会，便采取深闭固拒的态度，这是最干枯、孤独的生命。他们的‘不可以已’，不是来自‘充实’，而是来自绝望中的喧嚣。”④

在谈到气韵与形似问题时他认为：“一个有生命、有个性、有精神状态的对象之真，如何能由解剖学的正确性，加以把握呢？因为这一极端，才一步步的引出了现代超现实主义的，乃至抽象主义的另一极端。西方文化，常是在两极端中翻来转去，此亦其一例。”⑤

在谈到“物我合一”的精神时他认为：“现代的抽象艺术，盖始于对自然之压迫感。实则只是自己未曾净化的心，压迫自己的心。”⑥

在谈到艺术的创造时，他认为：“今日存心要背弃自然的艺术家，姑不论其作品的绩效何如，我首先怀疑这种艺术家有无发现自然的能力。”⑦

在谈到艺术对人生、社会的意义时他认为：“顺着现实跑，与现实争长短的艺术，对人生、社会的作用而言，正是‘以水济水’，‘以火济火’，使紧张的生活更紧张，使混乱的社会更混乱，简直完全失掉了艺术所以成立的意义。”⑧

在谈到学诗的方法时他认为：“说古典主义、浪漫主义、写实主义是不值一顾的人，决不会有值得一读的意识流的作品。因为这种人的心灵，

---

① 徐复观：《自叙》，《中国艺术精神》，第7页。
② 同上书，第9页。
③ 徐复观：《中国艺术精神》，第23页。
④ 同上书，第103页。
⑤ 徐复观：同上书，第168页。
⑥ 同上书，第191页。
⑦ 同上书，第232页。
⑧ 同上书，第287页。

已由闭锁而变为干枯。”①

在谈到“无法则于世无限焉”时他认为：“无法则无秩序；无秩序则无所限定。无所限定，试问创作由何下手？其创作品又如何能为世人所了解。如此，将成为全无艺术性的东西，有如今日之达达主义、超现实主义等。”②

在谈到艺术技巧与创造的关系时他认为：“由一画而来之法以自伐其功，则将仅限于技巧上之雕琢。离一画以务变，则流于空虚旷荡而无所归。有如今日由达达主义以下之变态。”③

在谈到精工为放逸的必不可少的条件时他认为：“更多的捕风捉影之徒，则只是以抽象画为便宜之计，做欺人之术。由现代抽象艺术所反映出的时代地空虚混乱，或者可以由此得到一种解释。”④

在谈到模仿与创造的关系时他说：“就修习技巧的观点而言，以仿古及仿西方写实主义者所得的为多。以仿自然，仿西方现代艺术者所得的特少。”⑤

……

以上种种，不一一列举，从庄子精神来看现代艺术，这是徐复观对现代艺术进行诠释的思想基础。⑥ 下面以 1961 年前后台湾“现代艺术论战”为线索，将徐复观对庄子美学的阐释和对现代艺术的批判做一对照分析，从而厘清《中国艺术精神》与台湾“现代艺术论战”之间的关系，并对学界在这一问题上的争议和误读试做一辨析。

（一）形相之美与反形相

《庄子》曰：“天地有大美而不言”（《庄子·知北游》）。美在庄子那里，从来都不是作为一种概念性的存在，也不是自然科学意义上的可利用的对象。《庄子》中的美，首先蕴藏于天地自然之中。庄子认为，以往人们之所以不能欣赏自然形相之美，主要是人对自然的感性形式视而不见，听而不闻，“心不与天游，则六凿相攘。大林丘山之善于人也，亦神者不胜”（《庄子·外物》）。陈鼓应将之译为：“心灵不与自然共游，则六孔就

---

① 徐复观：《从文学史观点及学诗方法试释杜甫〈戏为六绝句〉》，《中国文学精神》，第 325 页。

② 徐复观：《石涛之一研究》，台湾学生书局 1979 年第三版，第 41 页。

③ 同上书，第 59 页。

④ 同上书，第 68 页。

⑤ 同上书，第 73 页。

⑥ 刘建平：《庄子精神与现代艺术》，武汉大学、东海大学编《“徐复观与 20 世纪儒学发展”海峡两岸学术研讨会论文集》（未正式出版），2003 年。

要相扰攘。大林丘山之所以适于人，也是因为心神畅快无比的缘故。"[①]"庄周梦蝶"的过程，也就是由"物化"到"化物"的意象生成过程。在这个问题上，以往都是从"蝴蝶象征着自由，象征着庄子的审美理想"这种社会价值和精神层面上去解释的。然而，同样自由飞翔的昆虫比比皆是，如蜻蜓、麻雀、蚊子等，为什么很少有人把它们视作自由的象征呢？笔者以为首先是蝴蝶的自然形相之美引起了庄子的注意，即其先天具有轻盈飞翔的姿态和五彩斑斓的翅膀等优美的外在形式引发了庄子无穷的想象。徐复观曰："艺术的超越，不能是委之于冥想、思辨的形而上学的超越，而必是在能见、能闻、能触的东西中，发现出新的存在。"[②] 这就是强调人的自然性和自然景物的自然性的统一与契合。庄子对自然景物的欣赏，也是由每一具体的形相而见出天地自然之生生不息，从而感受到在有限中所呈现出的无限的生趣。

对自然形相之美的欣赏是庄子悟道、游心的基础，庄子对天地大美的领悟，也系由此而流出。徐复观说："就庄子来说，其对于道的体认，也非仅靠名言的思辨，甚至也非仅靠对现实人生的体认，而实际是通过对当时的具体艺术活动，乃至有艺术意味的活动而得到深的启发。"[③] 此言极是，"庖丁解牛"、"梓庆削木"都是"具体的艺术活动"和"有艺术意味的活动"的生动写照。庄子在谈人籁、地籁、天籁时曰："地籁，则众窍是也。人籁，则比竹是也。"（《齐物论》）"天籁"在庄子那里实际是一种理想的精神状态，相对于"人籁"、"地籁"，它并不是一另样的存在，而是存在于"人籁"、"地籁"之中的。故徐复观认为，庄子正是有了作为"人籁"的音乐体会，才会上升到"地籁"、"天籁"的艺术境界。而作为艺术最高境界的"道"，也是从具体的艺术活动中升华上去的。这种对"天籁"境界的体认其实蕴含着一种对自然规律的发现和对自然秩序的找寻。徐复观曰："自然的精神，既不为其形相所拘，也不会离开形相而独在。"[④] 这种审美观重视自然形相之美，但最终又不被形象所拘而实现了自身的超越。

庄子的这种超越是通过"心斋"、"坐忘"等途径实现的。李泽厚认为："庄子的'心斋'、'坐忘'，并非归于寂灭，而是要求超越既定的社会性的限制，在感性自然中来达到超感性。这种超感性不止是社会性、理

---

① 陈鼓应：《庄子今注今释》（下），中华书局1983年版，第721页。

② 徐复观：《中国艺术精神》，第93页。

③ 同上书，第44页。

④ 徐复观：《抽象艺术的断想》，《徐复观文集》（第一卷），第281页。

性，而是包容它又超越它并与宇宙相同一的积淀感性。”① 这里所说的“感性”其实就源于自然形相，但又不为具体形相所束缚。这一点具体体现在庄子对丑的形相的态度上。庄子一方面赞赏“肌肤若冰雪，绰约若处子”（《庄子·逍遥游》）的理想美人，另一方面，庄子也刻画了很多形貌丑陋、肢体残缺之人。在《庄子·德充符》中，庄子用文学的夸张手法写出了这些丑陋之人具有的无穷魅力：

> 鲁哀公问于仲尼曰：“卫有恶人焉，曰哀骀它。丈夫与之处者，思而不能去也。妇人见之，请于父母曰：‘与为人妻，宁为夫子妾’者，十数而未止也……寡人召而观之，果以恶骇天下。与寡人处，不至以月数，而寡人有意乎其为人也；不至乎期年，而寡人信之。国无宰乎，寡人传国焉。”

哀骀它居然令男人“思而不能去也”，妇人“与为人妻，宁为夫子妾”。为什么他具有这样的吸引力呢？在下一段中庄子借孔子之口说明了原因，即在于“非爱其形者，爱使其形者”。这“使其形者”就是自然人格的精神之美。这正如李泽厚、刘纲纪所说的：“（庄子）不仅从对象上去考察美，而且从对象与主体之间所构成的某种境界上去考察美，并且追求着一种超出了有限狭隘现实范围的广阔的美。”② 这正是庄子美学的一大特色。

值得注意的是，在对儒家“无声之乐”的论述中，徐复观也通过对被限定的艺术形式的否定，肯定了最高而完整的艺术精神，这表明他在对庄子“丑”的美学价值的发掘中，也受到了儒家美学的影响。但徐复观仍然认为，最理想的人格和艺术作品都缺少不了形相之美，“有德而无色的女性，有如又苦又涩的营养品，对人生总是一种缺憾”③。而《诗经·国风·卫风·硕人》中的“巧笑倩兮，美目盼兮”④ 对女性形态美的歌咏，则“正如希腊的石像，同其不朽”⑤。事实上，庄子中最理想的“至人”还是“藐姑射之山”中的神人，因为他们“肌肤若冰雪，绰约若处子”，因为

---

① 李泽厚：《华夏美学》，天津社会科学院出版社 2001 年版，第 313 页。

② 李泽厚、刘纲纪主编：《中国美学史》（第一卷），中国社会科学出版社 1984 年版，第 241—242 页。

③ 徐复观：《泛论形体美》，《徐复观文集》（第一卷），第 273 页。

④ 朱熹注：《诗经集传》，上海古籍出版社 1991 年版，第 25 页。

⑤ 徐复观：《泛论形体美》，《徐复观文集》（第一卷），第 273 页。

他们“不食五谷，吸风饮露；乘云气，御飞龙，而游乎四海之外”（《庄子·逍遥游》），这样的神人也成为中国艺术中至美的典型。徐复观认为，艺术以形相之美为其生命，而要领悟这种形相之美，新鲜的审美感受是其最重要的因素。显然，现代艺术与徐复观重视形相之美的艺术观念相去甚远。

第一，现代艺术之变形破坏了自然的秩序，也破坏了美的观念，因而走向了反艺术。现代艺术，源自现代人在现实中的压抑和苦闷，他们在现实中找不到出路，看不到前途，因而形成内心的空虚和绝望，形成了其反对一切理性、一切秩序、一切价值观的艺术立场。徐复观说：“他们要把社会变形，把人生变形，当然也要把自然变形。”① 这种变形，在现代艺术中随处可见，它是通过色彩的抽象和形体的扭曲来完成的，完全不考虑现实世界的规律。徐复观认为现代艺术是“把旧纸条、旧布条、乱绳索，这类破乱东西，帖在不知所云的画面上”②。这导致了现代艺术“完全没有美的意欲，也不是革命儿，更没有任何理论家，连人类尊严的初步艺术观念也没有”③。徐复观将这种破乱物体的利用，痛斥为它是嘲笑人类，是想将人类加以奴隶化的一种“性欲变态主义”。

第二，现代艺术之变形反映的是“无意识”之混沌。现代艺术的“抽象”，并不是经过思想的简练揣摩而得，而是“把客观的形相，传统的思想加以抽掉，让潜意识（深层心理）不受限制的表述出来”④。因而，在现代艺术中，是潜意识而非思想居于主导地位。在徐复观看来，现代艺术家的艺术意识，是“彻底的纯主观的抽象艺术，乃是出自变态的，因而是锁闭的人性、心理状态，他们根本失掉了人性最基本作用之一的美的观照的作用”⑤。现代艺术之不能接受和无意义，并非其形相、色彩等有多么丑恶、难看，更重要的是它代表着灰暗、绝望、颓废的精神，对这一点，叶朗曾批评说：“波普艺术家都是这样。他没有‘胸中之竹’。他拼贴和涂抹、组合时，既无某种感情在无意识中推动他，也无某种审美体验使他只能这样挑选和组合而不能那样挑选和组合。除了实物的拼贴显得十分‘触目’以外，它的内部没有任何意蕴，因而也就没有灵魂，没有生命。这也

---

① 徐复观：《现代艺术对自然的叛逆》，《徐复观文集》（第一卷），第270页。

② 同上。

③ 徐复观：《现代艺术的永恒性问题》，《徐复观文集》（第一卷），第278页。

④ 徐复观：《给虞君质先生的一封公开信》，《论战与译述》，第106页。

⑤ 徐复观：《现代艺术的永恒性问题》，《徐复观文集》（第一卷），第279页。

就是为什么人们在观看这类波普艺术时，总觉得它们还是象一堆垃圾。”①现代艺术之变形，是要把失掉了地位、失掉了自由、失掉了安全感的现代人的烦躁、苦闷、厌恶的感情，表现于他们的作品之上，而这种情绪上的要求导致了形式上“永久的颠覆”，只有破坏，却没有蕴含着情感、理想的“意象”的建构，实际上走向了一种无意识的混沌主义。

“无意识”甚至成为许多现代艺术家的创造手段。艺术家自己都不知道自己在画什么，只有等画作出来以后，才知道作品的样子，库列科娃说：“现代艺术家仿佛是把一只桶下放到自己的潜意识中去，从中捞取一种通常隐蔽着的、处于理性能够理解的界限之外的东西。在桶里固定下来的东西，就是所谓的超现实主义。”② 艺术家丧失了个体的主体性，只是在无意识的破坏中盲目地挣扎，这正是对一切都失去了其神圣色彩无情的嘲讽，“无意义似乎成了唯一可以确定的意义”。现代艺术的这种无意识心理，是西方哲学主客二分、物我对立观念的反映，毕来德认为，这种心理是：“从日间意识出发，为了探明其深层底基，预设出一个对立面：无意识。所以一开始，它就把自己封闭在这样一种‘意识’与‘无意识’对照结构的理论范式下，而从来没有再走出来，所以它是从根子上就无法理解意识与身体的潜力之间的联系，所以也就无法帮助病患援用这些力量。因此，反过来才会出现今天风行的这些仅仅通过身体进行的光怪陆离的疗法。庄子肯定能够发明一些对话来嘲弄一番这个疯子的世界。”③ 这段话在某种意义上，也可以看成是从庄子的视角对现代艺术“无意识”心理的反省。

第三，现代艺术所追求的不是主客合一的创造，而是“有主无客”的创造，变成了天马行空的主观臆想。中国文人画追求超越客体形相局限的神似，把艺术作为表现心灵和精神的重要手段，从这个角度看，中国画和现代艺术都是追求表现的艺术。然而，现代艺术唯一的生命，只存乎一个“变”字，愈变愈奇，脱离了自然的形相，这种“变”只求新鲜刺激，而并非出自生命的内在要求。徐复观认为，形态美“将成为美的永恒的基石，将成为扭转当前艺术变态心理的强有力的契机”④。艺术是不能脱离生活、脱离自然的。

---

① 叶朗：《从中国美学的眼光看当代西方美学的若干热点问题》，《文艺研究》2009 年第 11 期，第 9 页。

② ［苏］库列科娃：《哲学与现代派艺术》，第 158 页。

③ ［瑞士］毕来德：《庄子四讲》，第 110 页。

④ 徐复观：《泛论形体美》，《徐复观文集》（第一卷），第 273 页。

综上，徐复观对庄子美学现代阐释的目的，就是要在这个浮躁而喧嚣的现代社会中重建一种人与自然、主观和客观更为和谐的共生共存关系，重建一个自然、平等、多元丰富的人文世界。然而，他对现代艺术脱离自然形相的批判，并没有厘清脱离形相与审美对形相的超越这两者之间的关系。现代艺术打破秩序、颠覆反叛、求新求变的表现方式是对西方现实社会矛盾的深刻揭示，它将艺术向前推进了一大步，里德说："我读了全部艺术史之后深知，变化乃是艺术保持其为艺术的条件。艺术永远不会僵化不动，停滞不前，在社会条件的变化不定的压力下，艺术就象泉水一样起落，被命运之风吹成无限连续的形式涟漪。"① 因而，现代艺术在艺术发展史上是有其重要意义的。真正具有伟大的艺术品格的作品，是不受形相局限的，徐复观指出："由形质进入到精神，常有微茫绵邈、难于捉摸的境界，人世间所谓的上下左右等分界，在此一境界中皆无存在的余地。"② 这即是审美对形相的超越。

（二）逍遥游与官能艺术

想象在艺术创造中有着非常重要的作用，老子的"万物并作，吾以观复"③（《道德经》第十六章）是靠想象，刘勰的"思理为妙，神与物游"④ 也是想象，陆机的"沈辞怫悦，如游鱼衔钩而出重渊之深；浮藻联翩，若翰鸟缨缴而坠曾云之峻"⑤ 仍然是想象的结果。想象贯穿于艺术创造和艺术欣赏的全过程，它是文学艺术得以成立和向前发展的重要推动力量。恩格尔曾说："想象作为思想中如太阳初照的因素，推动文学、美学、哲学、批评、宗教和心理进入了一个全新的场景。"⑥ 可以说，没有想象的艺术，只是一堆声音和色彩的组合物，是没有艺术生命的。

庄子生活于深受南方巫风影响之楚地，原始古朴的野性和原始宗教神话都是萌生想象力的温床。《庄子》一书也极富想象力，那一个个鲜活的寓言故事和神话传说充满了瑰丽的想象和浪漫的色彩，《逍遥游》中的鲲、鹏、蜩、斥鴳、罔两、蝴蝶都表明了《庄子》想象的生产性和自发性。在这五彩斑斓的想象中，飞跃着自由超越的生命精神。庄子的"道"本身，

---

① ［英］赫伯特·里德：《现代艺术哲学》，孙旗译，东大图书出版公司1980年版，第46页。

② 徐复观《抽象艺术断想》，《徐复观文集》（第一卷），第282—283页。

③（魏）王弼注：《老子道德经注校释》，楼宇烈校释，中华书局2009年版，第35页。以下引用该书一律直接在文中标明引文的篇章。

④（梁）刘勰：《神思》，《文心雕龙注》（下），第493页。

⑤（晋）陆机：《文赋集释》，第36页。

⑥ James Engell, *The Creative Imagination*, Harvard University Press, 1981, p. 4.

就是可以让人产生无穷想象的本源存在：

> 道不可闻，闻而非也；道不可见，见而非也；道不可言，言而非也。（《知北游》）
>
> 道昭而不道，言辩而不及。（《齐物论》）
>
> 夫大壑之为物也，注焉而不满，酌焉而不竭。（《秋水》）
>
> 夫千里之远，不足以举其大；千仞之高，不足以极其深。（《天地》）

既然语言是有局限性的，庄子便围绕着“道”展开了无穷的想象，把“道”比喻成海、天地、朴、婴儿等。“道”因为想象而形象化了，艺术化了，从而具有了特殊的美感。徐复观认为庄子的想象是：“将天地涵于自己的生命之内，以与天地万物直接照面……这是超想象的想象，想象到‘物物者与物无际’（《庄子·知北游》）的无所用其想象的想象。”[①] 借助于想象的媒介，作为宇宙本体的“道”也就内化为心灵的境界了。

徐复观在《中国艺术精神》第二章“中国艺术精神主体之呈现——庄子的再发现”中，用了一个章节来谈想象，庄子将想象活动称为“游”，这意味着想象并非静止的，而是一种“兴会”与“神交”。它不是单向的“移情”，也不是逻辑思维的活动，而是物我自然而然的交融和创造。这就是刘勰说的“吟咏之间，吐纳珠玉之声；眉睫之前，卷舒风云之色”[②]。把自然作为美和艺术想象的触发之物，这是庄学对中国美学和中国艺术的一大贡献，徐复观认为：“山川是未受人间污染的，而其形象深远嵯峨，易于引发人的想象力，也易于安放人的想象力，所以最适合由庄学而来之灵、之道的移出。”[③] 山水画使人从世俗的束缚中解脱、超拔出来，使人观之终日不倦，凝神遐想妙悟自然，这就是方东美所说的“（庄子）将那窒息碍人的数理空间，点化之，成为画家之艺术空间，作为精神纵横驰骋，灵性自由翱翔之空灵意境领域”[④]。在这种意境中，身故可使如槁木，心故可使如死灰，然而真力弥漫，万象在旁。它超越了眼前之景物与日常经

① 徐复观：《中国艺术精神》，第83页。

② （梁）刘勰：《神思》，《文心雕龙注》（下），第493页。

③ 徐复观：《中国艺术精神》，第204页。

④ 方东美：《中国哲学精神及其发掘》，钟晓霖、黄克剑编《方东美集》，群言出版社1993年版，第293页。

验，而进入一种情感与想象互动互济、物我两忘的恬淡之境，这即是“虚、静、明”的精神境界，也即是恢复到人性之常。中国传统美学认为，人的本性就是平静，钱锺书曾指出：“‘情’是平静遭到了骚扰，性‘不得其平’而为情。《乐记》里有两句话‘人生而静，感于物而动’，具有代表性，道家和佛家经典都把水因风而起浪作为比喻……按照古代心理学，无论什么情感都是‘性’暂时失去了本来的平静，不但愤郁是‘性’的骚动，欢乐也一样好比水的‘波涛汹涌’、‘来潮’。”① 作为人性之常的虚静并不是一般的心理直觉，而是一种“内观”，它所观照的对象都是在此一自由独立的开放的审美空间中的生命。张少康认为：“‘象外之象，景外之景’都是虚境，这个虚境不是平面画像，而是一个立体的空间，艺术的空间，它可以让读者把自己的想象和创造纳入其中，从而使它更充实，更丰富。”② 庄子的想象，正是建立于此基础上的。

庄子奇瑰想象的生命力源自“万物有情”的思想，所以徐复观认为庄子的想象是“感情与想象力融合在一起的活动”③。《庄子》中的天地万物，皆是有情感、有生命的天地万物，其想象虽皆是由具体的事物而起，但其乐并没有停留在感官的愉悦层面，既不是单纯的理性精神的满足，更不是原始的感性快乐，而是“净化了各种世俗之心，使感性悦乐和理性的愉悦也浑然无别的更高一层的绝对的恍惚境界”④。这种“与物同春”、与天地共美之超越，其实是“脱离束缚于个人生理欲望之内的感情，以超越上去，显现出与天地万物相通的‘大情’”⑤。庄子虽曰“其生若浮，其死若休”（《庄子·刻意》），轻生死，齐万物，好像对世间万物都很冷漠，但其想象却是以情感为基础的。庄子在其妻死后，仍然“鼓盆而歌”。当面对惠子“与人居，长子，老，身死，不哭亦足矣，又鼓盆而歌，不亦甚乎！”（《庄子·至乐》）的责问时，他发出了“我独何能无慨然”的叹息。陈鼓应曰：“庄子高情远趣，创造了一个辽阔的心灵境界，然而他的高超透脱，内心却有其沉痛处。”⑥ 这可谓深得庄子之精神。王戎曰：“圣人忘情，在下不及情。”（《世说新语·伤逝》）这个“忘情”并非无情，而是

① 钱锺书：《七缀集》（修订本），上海古籍出版社1985年版，第126页。
② 张少康等：《中国文学理论批评发展史》（上册），北京大学出版社1995年版，第445页。
③ 徐复观：《中国艺术精神》，第81页。
④ ［日］笠原仲二：《古代中国人的美意识》，魏常海译，北京大学出版社1987年版，第38页。
⑤ 徐复观：《中国艺术精神》，第79页。
⑥ 陈鼓应：《老庄新论》，上海古籍出版社1992年版，第130页。

“万物复情，此之谓混冥”（《天地》）。庄子以其特有的乐观精神超越了一己情感之悲，而转向了与无限的宇宙同构，“情之所衷，正在我辈”（《晋书·王衍传》）亦是庄子精神的写照。李泽厚认为，《庄子》一书就是将“无羁而多义的浪漫想象与最为炽热深沉，只有在理性觉醒时刻才能有的个体人格和情操，最完满的融化成了有机整体”[1]。庄子的想象，是一个个带着深沉浓郁的情感但又超越了情感痕迹的艺术形象，故而徐复观认为这种“缪悠之说，荒唐之言，无端崖之辞，时恣而不傥的话”是伟大的艺术，是伟大的美[2]，刘熙载也用“意出尘外，怪生笔端”[3]来评价庄子的审美品格。

现代艺术成立于感官与心灵的分离，它往往通过充满暴力和血腥的残忍场面，将自然的形相进行变态的扭曲，以获得感官上的新奇和刺激。因此，它所激发的情绪，也仅仅限于感官上，而不会净化情感，激发想象，创造意境，徐复观指出：“（现代艺术）对于要看的东西，一眼便看穿，一眼便看到、看尽了。对于不能看到的东西，有如对女性的神秘感、艺术感，乃至羞恶之心，则贬斥到虚幻的角落，而代之以彻底的现实感和单纯化。”[4]想象在艺术创造过程中至关重要，艺术的形相，虽由自然而来，但实际上蕴含着艺术家的情感和想象，“月亮之成为至美的象征，却是以这些神话为基础建立起来的”[5]。这即是说，即使人飞临月球，揭开了月球“丑八怪”的真面目，但并不会降低人们对月亮的幻想，因为人在生活中的悲欢离合，都自由活动于这些神话之中，通过对月亮的幻想以暂时得到情感的满足。想象的丰富性和生命力之来源，正是在于其包含着人的情感，在徐复观看来，由情感所推动的想象，与情感融在一起的想象，这才值得称为“文学的想象”。文学艺术中的想象，正是以情感为其生命的。那么这种情感的本质是什么呢？徐复观说：“感情是人生之真，所以与感情融合在一起，并对感情的表出给予以莫大助力的想象，便也是真的。”[6]显然，徐复观所说的这种真，与庄子的人生之真、性情之真是相契合的。现代艺术由感官刺激所激起的情绪由于从想象中抽掉了情感，也就等于从想象中抽掉了真性情，因此，这种想象只能称为空想。以情感为依托的想

---

① 李泽厚：《美的历程》，文物出版社 1981 年版，第 68 页。

② 参见徐复观《中国艺术精神》，第 102 页。

③ 刘熙载：《艺概·文概》，上海古籍出版社 1978 年版，第 8 页。

④ 徐复观：《不思不想的时代》，《徐复观文集》（第一卷），第 193—194 页。

⑤ 徐复观：《永恒的幻想》，《徐复观文集》（第一卷），第 286 页。

⑥ 徐复观：《中国文学中的想象问题》，《中国文学精神》，第 82 页。

象，也使情感本身得到了升华，情感由幽暗而趋于明朗，由飘荡而趋于凝定，而不复是原先粗糙的情感了。在徐复观看来："感情的形象化，只有凭想象之力而不能凭概念之力。在凭想象之力而赋予某种情感以适当的形象时，此时的情感即随形象而明朗，而凝定，而得到发抒的效果。"① 这表现在艺术中，即想象和情感共同丰富了艺术的精神内涵。

徐复观认为："在人类的生活中，永远存在着只能由心灵接触，而不能完全诉之于耳目感官去感受的东西。这种不能完全诉之于耳目感官去感受的东西，并非等于不真实，更非等于不需要。站在人的生活立场来讲，或许这些东西即是最后的真实，最后的需要。"② 的确，从人性的角度讲，想象和情感是人生命中最真实的需要，这种真实，不应当用推理、考证的眼光来加以衡量，而是要"由想象中所涵融的感情，与想象出来的情景，最后能否匀称得天衣无缝"③。想象由情感而生发，情感也因想象而得到自身的圆满。自然的人格，由二者相融相生得以成就；伟大的艺术作品，也成就于圆融真实的生命情感和由之而来的想象的共同创造之中。

然而，徐复观没有注意到，正是现代艺术的这种感官性、通俗性和商业性，打破了传统艺术的高雅、精深、拒人于千里之外的贵族趣味的垄断，使艺术真正的走向了大众，走向了生活。情感固然是生命的真实、人性的需要，然而，感官享受、娱乐又何尝不是生命的真实、人性的需要呢？片面地强调一方面的存在价值而忽略了另一方面的价值，仍难免流于一偏之见。

（三）生命精神与变态人格

在《两汉思想史·自序》中，徐复观写道："我研究中国思想史所得的结论是：中国思想，虽有时带有形而上学的意味，但归根到底，它是安住于现实世界，对现实世界负责，而不是安住于观念世界，在观念世界中观想。"④ 的确，无论是中国文学，还是中国艺术，都是在现实中求生存、求发展，都蕴含着一种生生不息的生命精神，这是中国文化的一大特征。西方文化则是立基于宗教的，则"一切宗教，都以为人生价值，不仅不在生命的自身，甚至认为生命的自身，乃实现最高价值的一种束缚，一种障碍"⑤。由此，徐复观将中西文化的差异看成是肯定生命价值的性善体认与

① 徐复观：《儒家思想与人文世界》，《徐复观文集》（第二卷），第386页。
② 同上书，第387页。
③ 徐复观：《中国文学中的想象问题》，《中国文学精神》，第84页。
④ 徐复观：《两汉思想史》，《徐复观文集》（第五卷），第2页。
⑤ 徐复观：《中国文化中的罪恶感问题》，《徐复观文集》（第一卷），第50页。

否认生命价值的罪孽感之差异，中国文化是“在生命中发现价值的根源，并将此价值在自己的生命上实现；同时也即是在现世中发现了价值的对象，并即要求在现世中实现”①。这种分析是不无道理的。比如最具超越精神的庄子，也是在“独与天地精神往来”的同时，强调“不谴是非，以与世俗处”（《庄子·天下》），即要在现世中成就生命的价值。成中英认为：“道家对自然觉悟之，静观之，合而为一之，质言之，道家之自然观是生之流变观。无穷无形的生生之源，为道家所肯认。”② 道家把自然作为生命的源泉，并以此作为生命的归宿。在中国艺术家的精神深处，不仅没有自然对人的压迫感，并且自然对人生还起到一种精神解放、安息的作用，董其昌以及米友仁、黄大痴们所以能享大年，盖得力于中国画中的“烟云供养”，这和西方近现代许多神经质的艺术家，恰成一鲜明对照。徐复观对现代艺术否定生命倾向的批判，也正是立足于庄子美学尊重生命这一基点上的。

在徐复观看来，为人生而艺术，及为艺术而艺术，只是相对便宜的分别。真正伟大的为艺术而艺术的作品，对社会人生也必然能起到很大的作用。庄子美学这种立足于人间的性格，与西方所谓的带有贵族气质，特别注重形式之美的“为艺术而艺术”是根本不同的。事实上，庄子与孔子一样，依然是“为人生而艺术”。那么，庄子在人生中所成就的是什么呢？庄子所成就的正是静观万物造化的虚静、自由的人生。徐复观认为庄子“独与天地精神往来”之“独”，是“同于大通”之“独”，所以才能“不傲倪于万物”；庄子的“虚”、“静”、“明”之心，也必然是“社会、自然大来大往之地”，以圆成自己，圆成众生，从而使众生的生命，从政治、教化的压迫、迫害中解放出来。这种精神好像超脱于世俗尘渣之上，但同时又无时无刻不沉浸于众生万物之中，徐复观指出：“庄子由离形去知而来的虚静之心，同时即系‘以天下为沉浊’及‘独与天地精神往来’的精神，这是一体的两面。而在‘以天下为沉浊’及‘独与天地精神往来’的精神中，实含有至大至刚之气，以为从沉浊中解脱而超升向‘天地精神’的力量。”③ 这种力量，也主要是对当时群体生命的共感，涵融了社会群体生命的悲欢离合。

徐复观认为作为一个艺术家，一个诗人，个人的个性与人类的人性是

① 徐复观：《中国文化中的罪恶感问题》，《徐复观文集》（第一卷），第51页。

② 成中英：《论中西哲学精神》，东方出版中心1991年版，第350页。

③ 徐复观：《中国艺术精神》，第404页。

相贯通的，他说："能得性情之正，则性情的本身自然会与天下人的性情相感相通，而自然会'揽一国之心，以为己意'。"① 庄子的"无己"，并非没有主体性，而是以天地万物的呼吸为个人精神的呼吸，以众生万物之自由为个人的自由，从而在天地中发现新的生命，这就是他所说的："在中国文化中，无主客的对立，无个性与群性的对立，成己与成物，在中国文化中是一而非二。"② 个人主宰性的呈现，同时即呈现出涵融性，即是同时把社会大众都涵于自己的主体之中。现代艺术家们正是没有发现世俗中的新生命，所以只能在"流"与"俗"中打转，向"流"与"俗"沉沦，结果便完全走向死胡同，徐复观认为："今日之所谓意识流的文学，乃是把'私欲'、'无明'当作人性的文学，则他们的反理性、反社会，也是必然的。"③ 庄子之"不谴是非"，乃是涵融万有，它和现代艺术之"无明"、混沌完全是两极，庄子的最高境界，正是道德与艺术、善与美合一的境界。李泽厚认为，庄子"虽以笑儒家，嘲礼乐，反仁义，超功利始，却又仍然重感性，求和谐，主养生，肯定生命，所以它与孔门儒家倒恰好是相反相成的，即儒道或孔庄对感性生命的肯定态度是基本一致或者相同相通的。"④ 以"虚"、"静"的工夫，呈现出以"虚"、"静"、"明"为本体的"心"，此"心"是"官天地，府万物"的。因为"心"的"虚"、"静"，是充满了生命意味的"虚"、"静"，并非空无一物，生命也由"虚"、"静"、"明"而得到充实和解放。

由此，徐复观进一步提出，这种"充实不可以已"的境界又是以取消"小我"的欲望和知识之偏执而达到的，有一个艰难的"工夫"过程，而最后所成就的，正是仁美合一的境界，方东美说："正因中国民族慧命寄托在此伟大而美满的宇宙，所以才能效法宇宙的伟大美满，顶天立地，奋进不已，而趋于至善。"⑤ 在中国美学中，道德境界的极致与审美境界在最根源之地常是融和而不可分的，而审美境界，在某种意义上又是高度完善的道德境界，这种境界乃是"虚"、"静"之心扩展的必然结果。"虚"、"静"、"明"的精神境界，即是庄子之成，也正是艺术与道德在根源地的统一。

庄子的"充实不可以已"的生命之美与现代艺术以幽暗为体的所谓"深

① 徐复观：《传统文学思想中诗的个性与社会性问题》，《中国文学精神》，第3页。
② 徐复观：《中国艺术精神》，第115页。
③ 徐复观：《传统文学思想中诗的个性与社会性问题》，《中国文学精神》，第5页。
④ 李泽厚：《华夏美学》，第303页。
⑤ 方东美：《中国人的人生观》，《方东美集》，第211页。

层心理”或“无意识”，正好形成鲜明的对比。在西方哲学中，很多人把“能思想”当作人与一般动物的分水岭，而思想有两个基本特征：一是把感官所得的材料，通过理性分析，找出相互之关联及其自身之趋向；二是把客观的东西，吸收消化到主观中，又把主观投射、印证到客观上面去。人类的生命便是在这种文化生活中生存发展的。艺术作品也是借客观事物的形相表现生命的跃动，以把人的生命从幽暗中澄汰出来，形成晶莹朗澈的内在世界。然而，现代艺术则割裂了主观与客观的联系，人们只是茫然地看，茫然地听，并没有意识到是自己在看，自己在听，而且即使是看和听，也没有真正和生命的整体联系在一起。现代艺术以幽暗为体的“意识流”，因为对自然、社会采取深闭固拒的态度，所以是最干枯、最孤独的生命，徐复观认为：“他们的‘不可以已’不是来自充实，而是来自绝望中的喧嚣。”① 可见，徐复观对现代艺术之幽暗意识、变态人格以及否定生命的批判，正是以庄子的生命精神和群体涵融意识作为其根基和背景的。

三　徐复观对现代艺术价值的阐释

徐复观对现代艺术的批判言辞虽然激烈，但仍不乏现实的合理性及中肯之处，此一方面的意义时下学者鲜有论及。徐复观对现代艺术批判的立场在某种意义上遮蔽了人们客观地理解他的现代艺术思想。客观地梳理出徐复观对现代艺术这一方面的认识，对我们全面认识和把握徐复观的美学思想具有重要的意义。

首先，徐复观认为现代艺术反映了20世纪的时代精神。20世纪以来，由于科学技术的飞速发展，人们日渐沦为机器的附庸；由于工商业的扩张，个体日益成为庞大的组织体系中的一个小螺丝钉。徐复观早就看到了现代性所引起的人的主体性的丧失和价值虚无化的危机，他说：“价值观念失坠，人之精神生活便会萎缩在个人物欲生活之中，而人与人的关系，便完全建立在利害关系之上。”② 人性的这种危机在文化上、艺术上也带来了一系列的变化，这就是徐复观说的：“在思想上，是实存主义哲学；在文学上，是意识流的小说，白日梦的诗；在艺术上，则是超现实主义这一系列下来的绘画、雕刻。”③ 达达主义、超现实主义在反映时代的苦难而举起叛逆大旗这一点上，正符合当时人们否定对生活现象进行深刻分析的愿

---

① 徐复观：《中国艺术精神》，第103页。

② 徐复观：《中国人文精神与世界危机》，《徐复观文集》（第一卷），第173页。

③ 同上书，第172页。

望，这一点，徐复观的论敌孙旗也曾指出，“艺术风格转变的原动力是整体社会生活，除了经济之外，当然社会结构、文化的哲学的转变，诸多因素集合为社会生活整体，迫使艺术不得不改弦更张其观念，同时为了对其感受作适切的表现，工具、技巧也就随之改变。”① 徐复观也认为达达的精神是西方文明“必然出现的精神，因而它便真的成为这个时代精神的结晶”②。可见，徐复观并非没有看到现代艺术存在的合理性和正面价值。但他认为台湾的社会现实却是另外一番情形：“我们所遭遇的，和西方无意识的文学家、艺术家们所遭遇的，完全是两种不同的境况，因而，要做两种不同的努力。”③ 现代西方是因为理性过剩、科学过剩而反理性、反科学，但台湾却是理性判断不足、科学合理主义不足，便应当高扬理性与科学的旗帜。应该说，这个认识是非常中肯的。这也即是说，徐复观对台湾的现代艺术运动的批判并非否定现代艺术本身。

其次，徐复观认为现代艺术是艺术发展过程中的一个重要阶段，对于未来艺术的创新具有十分重要的拓荒和试验性的意义。他注意到了现代艺术的混乱、打破秩序、颠覆反叛等特征恰恰是对西方现实社会矛盾的深刻揭示，不仅仅是去腐，还有开新的意义，他明确指出：“抽象派今日的否定一切，破坏一切，乃是为新艺术的建设而开路，有它的历史意义。”④ 这种“顺承性的艺术”是当时人们精神状况的现实写照，是艺术家在残酷、黑暗的现实中力图消解人们对现实进行关注和思考的一个尝试，力图把闭锁在机械文明中被异化和扭曲的人性解放出来。现代艺术家背弃自然与现代科学家征服自然、奴役自然以及与现代形而上学哲学家扬弃现象以言本质是一致的。20世纪的西方现代艺术正是对一个被“过分审美化、美的艺术过剩”⑤ 的世界的颠覆和中断，使我们被花花哨哨的美刺激得麻木不仁的神经能够重新振作起来。而从艺术创造的角度看，现代艺术更好地体现了艺术的本质，徐复观说：“当前流行的‘意识流’的小说和‘白日梦’的诗，从他们要把生命中的原始感情不打折扣地表达出来的这一点来说，这也可以说是更迫近到小说、诗的本质。”⑥ 他在1966年的《摸索中的现

---

① ［英］赫伯特·里德：《现代艺术哲学》，孙旗《增订版序》，第2—3页。

② 徐复观：《现代艺术的归趋——答刘国松先生》，《论战与译述》，第79页。

③ 徐复观：《回答我的一位学生的信并附记》，《徐复观文存》，第229页。

④ 徐复观：《现代艺术的归趋——答刘国松先生》，《论战与译述》，第78页。

⑤ ［德］沃尔夫冈·韦尔施：《重构美学》，陆扬、张岩冰译，上海译文出版社2002年版，第3页。

⑥ 徐复观：《环绕李义山（商隐）〈锦瑟〉诗的诸问题》，《中国文学精神》，第341页。

代艺术》一文中认为："现代艺术，正在作多方面的摸索之中，他们在摸索中前进，在摸索中不断的扬弃，不断的发现。任何人都有资格加入到这种摸索行列中去。"① 可见，徐复观充分认识到了现代艺术在艺术史上有打破成规、创造开新的历史意义。不可否认，现代艺术是指向未来的，这正如多尔·阿西顿所说的："人们用艺术的各种具体表现方式和手段把这种'世界观'转化成有组织的、易为人感受的形式……现在的困难在于大多数人所受的教育和敏感度都还不足以接收真正的艺术信息：不管是旧的还是新的。我作为一名年轻的画家常有这样的感觉：当我在创作拼贴画和我的抽象作品时，我是在把信息封入一个瓶子，往大海中投送。或许在几十年后会有人发现和领悟它的意思。我相信抽象艺术不仅仅是表现当代问题，而且还反映出一种合乎需要的、纯粹的未来秩序。"② 艺术教育的相对滞后使人们对现代艺术有诸多的误解，现代艺术不仅要反映这个时代，更要启蒙并引导这个时代。

另外，在"现代艺术论战"特殊的政治、文化背景下，徐复观探讨现代艺术的很多观点不免有一时的情绪和个人的意气，有些极端的结论在《中国艺术精神》及后期的文艺论文中部分地得到了纠正，他的论敌刘国松也觉察到了这一点③，这尤其体现在他对毕加索的态度转变上。1977年，徐复观的学生洪铭水带他参观美国大都会博物馆和以陈列20世纪现代艺术为主的纽约现代艺术馆，他对毕加索的态度发生了转变，认为毕加索"运用他的想象力，要把内战的'残酷'情景，以最大的浓缩度，以最大的悲怆气氛表现了出来。由此而获得惊心动魄、深哀巨恸的效果，引起观者对内战的彻底厌恨与拒斥"④。他认为毕加索的《格尔尼卡》是一件技术严谨、表现了艺术家社会责任感的作品，因而称毕加索为"艺术巨人"。他的学生洪铭水也细心地注意到了徐复观对待现代艺术的这种变化，他回忆说："其中例外的也许是毕加索，我特别带他去看《格尔尼卡》，那幅暂时寄放在纽约、描绘1937年西班牙内战的残酷巨幅。几十年来，它已成为反佛朗哥独裁的象征。因为这位自我放逐的画家宣称：只有等西班

① 徐复观：《摸索中的现代艺术》，萧欣义编：《徐复观文录选粹》，台湾方生书局1980年版，第279页。

② ［美］多尔·阿西顿：《二十世纪艺术家论艺术》，米永亮、谷奇译，上海画报出版社1989年版，第65页。

③ 见本书附录一：《中国画的现代之路——刘国松先生访谈录》。

④ 徐复观：《瞎游杂记之六》，《徐复观文集——忆往事》，台北时报文化出版企业股份有限公司1980年版，第107页。

牙实行民主，他才愿意让这幅画回到他的故乡。果然佛朗哥死后，西班牙政府经过几年的交涉，去年才得以把它迎回娘家。一个画家与一个独裁者在这场角逐上谁赢谁输，在历史的长流里，似乎总有讨回公平的时日。我知道徐师对毕氏这种抗议精神是欣赏的，在他心目中的二十世纪的美术，毕氏也许是唯一的巨人了。"①

徐复观晚年之欣赏毕加索，在很大程度上并非从艺术这个视角出发的，对此问题我们需要辩证地看待。② 这并非他对现代艺术的根本态度发生了变化，而是徐复观从一个知识分子的人格、尊严这个角度，对毕加索不畏专制强权的抗议精神赞赏有加！在专制政治下生活的徐复观与《格尔尼卡》的处境何其相似！他的良知和抗议之心让他时刻和现实政治保持着一定的距离，他的学生陈廷美深情地写道："当亲人、故旧、学生们纷纷劝他留在美国时，他曾一再喃喃：'这把老骨头究竟该埋在哪里呢?'徐师当时那份无可奈何的黯然情绪，至今萦绕在脑际，挥之不去。这该是多少苦难的中国人的心声啊!"③ 可见，徐复观之欣赏毕加索，除了钦佩其艺术的表现力和创造性之外，更重要的是艺术作为一种与专制和强权抗争的武器，作为一种维护人类自由、尊严和价值理想的象征在徐复观的情感上激起了长久的共鸣，这也是他的人性论思想在艺术上的一个反映。

四　对徐复观现代艺术观的反思

斗转星移，台湾"现代艺术论战"已经过去半个世纪了，斯人已逝，擦去历史的烟尘，再回首和反思那段在中国艺术史上留下深远影响的艺术论争，我们深深体会到，那些思想依然鲜活，那些人物依然给我们以智慧的点拨和无穷的启发。

第一，现代艺术与西方传统艺术的关系。首先我们应注意，徐复观在艺术上并不是如刘国松所言的完全外行，他对艺术是下过苦功的。在1961年前后，徐复观读了很多画学方面的书，也看了很多画，正因如此，他才能入木三分地评价郑午昌的《中国画学全史》"抄了不少材料，但因其缺

---

① 徐复观：《中国艺术杂谈》，《同学》2007年第3期。

② 徐复观对毕加索的这种态度，在同属传统派的胡秋原那里也可得到印证，胡秋原认为毕加索的《格尔尼卡》"给人的印象是恐怖而不是壮美"。参见胡秋原《我的文艺观》，《文学与历史——胡秋原选集》（第一卷），东大图书股份有限公司1994年版，第6页。

③ 陈廷美：《忆徐师复观二三事》，《徐复观教授纪念文集》，第233页。

乏理解力，所以他自己的议论，皆是麻木不仁的一些话”[1]。经过了这种披沙拣金的工作，徐复观发现历史上的大画家、大画论家，常常以庄学、玄学的境界为他们的精神旨归。其次，徐复观并不是一个艺术保守主义者，他对西方艺术并不是持保守的、全盘否定的态度。他虽然不欣赏西方现代艺术、前卫艺术，但是对西方艺术史上 16、17 世纪的写实主义和 19 世纪的浪漫主义却给予了很高的评价，对西洋人物画的传神也极为赞赏，并认为“浪漫、写实二派对自然人性基本上是肯定的”。然而，徐复观在剖析现代艺术时，却忽略了现代艺术亦是继承西方艺术传统而来，他说：“摩登艺术，分明是一个否定。向文艺复兴以来五百余年的一切精神构建，宣布一个‘否’字。把一切的观念，价值，都成为一个‘无’。”[2] 其实，西方现代艺术不只有反叛、颠覆的一面，也有继承、创造的一面，姚斯认为古代艺术和现代艺术在它们漫长的历程中是不能用一个相同的完美的标准去衡量的，因为每一个时代都有它自己的习俗、趣味，因而也就有它的相对的美。[3] 在这一点上，徐复观的确不如他的论战对手们看得清楚，庄喆说：“在毕加索、萨伍拉中我们可以看到哥耶（Goya），在勃拉克、维雍的精神中我们可以探索到法兰西的浪漫与细腻，那些正是路易十四以来法国的光辉。”[4] 颠覆和继承，破坏和创造，本来就是艺术发展的一体之两面。徐复观的现代艺术观的偏激之处就在于，他完全忽视了现代艺术与西方传统艺术之间的联系，从而否定了现代艺术的历史价值。在这一点上，徐复观确实缺乏一种不自我拘执的学术修养，而以开放的认同和平等心，去感应中西文化乃至不同学派的义谛和价值。相较之下，在德国留学多年的宗白华就较少这种厚此非彼的我执立场，宗白华说：“搞美学的人应打开眼界，多看看，对各种流派不要轻易地下结论”，“搞艺术批评的人要尽量宽容些”，[5] 克服传统拘执的困境，而以开放、动态、无执的心态进行学术研

---

① 徐复观：《自叙》，《中国艺术精神》，第 10 页。徐复观对郑午昌的批评有中肯之处，宗白华也认为郑午昌的《中国画学全史》虽有历史的综合叙述，然而未能“从这些过分丰富的材料中系统的提选出各问题，将先贤的画法理论分门别类，罗列摘录，使读者对中国绘画中各主要问题一目了然”。（参见宗白华《美学散步》，第 151 页）不能从中国画史的大视角出发，对中国艺术中的主要问题做系统化的总结与评点，这是郑著的一大缺失。

② 徐复观：《现代艺术的归趋》，《论战与译述》，第 79 页。

③ ［德］H. R. 姚斯、［美］R. C. 霍拉勃：《接受美学与接受理论》，周宁、金元浦译，辽宁人民出版社 1987 年版，第 59 页。

④ 庄喆：《论艺书信五封》，郭继生主编《当代台湾绘画文选：1945—1990》，台北雄狮图书股份有限公司 1991 年版，第 213 页。

⑤ 宗白华：《关于美学研究的几点意见》，《美学散步》，第 596 页。

究，这对于中国传统审美心灵走向现代，克服后现代文化的离散和对峙，对文明的沟通和对话都是一个好的启示。

第二，艺术与道德的关系。在人性论的基础上，徐复观提出“美善合一”是中国艺术的理想的看法，他说：“艺术和道德，在其最深的根底中，同时，也即是在其最高的境界中，会得到自然的融合统一；因而道德充实了艺术的内容，艺术助长、安定了道德的力量。”① 由此，不仅可以成就道德的自觉，亦可成就伟大的艺术，这也是中国文化的成就和价值所在。由孔子所显示的道德和艺术在穷极之地的统一，“可以作万古的标程”，相较而言，现代艺术指向黑暗和混沌，只具有“负点性”的意义，因此徐复观在批判现代艺术时，非常重视艺术作为一种精神文化应负有特定的历史使命和道德教化的意义。他认为只有把艺术理解为“我们的思想、想象、情感的一种特殊倾向，一种新的态度，我们才能够把握它真正的意义与功能”②。也就是说艺术的境界实取决于艺术家的人格修养的境界，而这正是我们理解徐复观美学思想的关键点。刘纲纪也认为：“‘诚’与‘养气’等道德修养对艺术家的创造与艺术表现能力具有重要的影响，艺术境界实有赖于人生的道德境界的修养。”③ 这和徐复观是遥相呼应的。

然而，艺术究竟是否应该承担劝善诫恶、移风易俗这样的“使命”呢？一直以来学术界都颇有争议。首先，我们得承认艺术家的人格道德和艺术是有着不可分割的联系，汤用彤指出：“无道德者不能工文章，无道德者之文章，或可期于典雅，而终为靡靡之音；无卓识者不能工文章，无识力之文章，或可眩其华丽，而难免堆砌之讥。”④ 艺术作品在一定程度上体现了艺术家的人格精神和生命意识。其次，忽略艺术自身的个性和独立性，把艺术作为政治的点缀或道德教育的奴仆的艺术观也是大有问题的。克罗齐曾说：“对于道德教化，艺术不能比几何学做得更多，但几何学并不因对此无能为力而失去它的意义。而且为什么艺术必须这样做，也是不可理解的。”⑤ 康定斯基也认为，即使是“伤风败俗”的图画，只要它能打动我们的灵魂，“我们也不应该唾弃他们”⑥。方东美的看法比较平和一

---

① 徐复观：《中国艺术精神》，第15页。

② ［德］恩斯特·卡西尔：《人论》，第215页。

③ 刘纲纪：《艺术哲学》，湖北人民出版社1986年版，第700页。

④ 汤用彤：《理学·佛学·玄学》，北京大学出版社1991年版，第47页。

⑤ ［意］克罗齐：《美学原理》，朱光潜译，外国文学出版社1983年版，第42页。

⑥ ［俄］康定斯基：《论艺术的精神》，查立译，滕守尧校，中国社会科学出版社1987年版，第68页。

些："我们哲学家常常谈道德，因为道德在生活中每一时刻都不能离开，正如詹姆士所说的'道德无假期'。但是对艺术而言，我们则可以暂且不谈，但是这个不谈，绝不是轻视的意思，而是深知艺术之美，必需以伟大的天才花费极大的苦功才能完成，不能轻易去谈。"① 的确，把艺术和道德割裂开来的决然二分的极端态度固不可取，然而过多地强调道德会妨碍艺术的自由创造，从而扼杀艺术中的诗意和美。

第三，现代艺术与中国艺术的关系。事实上，现代艺术的萌生和发展也受到了中国艺术的影响。中国艺术的绘画技法、表现方式通过日本的浮世绘，对现代艺术的兴起起着至关重要的推动作用，如凡高吸收了东方绘画中黑色点和线的技法，强调笔触的价值；塞尚吸收了东方绘画二度空间的表现方式；马蒂斯通过对日本版画及中国剪纸的观摩领悟到了单纯化的艺术效果；纽约派画家更从中国书法的结构中吸取了抽象的律动美……李瑞全在《中国文化宣言五十周年纪念》一文中说："在19世纪末至20世纪初，西方绘画与园林艺术实以东方和中国为仿效对象，强调园林之自然的不规则性，绘画所强调的'韵律'（rhythmic）实出自园林所谓的'气韵生动'，以为当时绘画寻求新的发展和出路，打破西方传统写实模仿之风格。"② 从艺术史上看，这个评价是比较客观的。

在现代艺术中，变形是艺术创作不可或缺的手法之一。其实中国绘画史上也有很多变形之杰作，如八大山人的画便有睁着大眼睛的翠鸟、孔雀，还有奇特的芭蕉、怪石、芦雁，它们以其狂放怪诞的外在形象而具有了独特的审美价值，在美学史上占有重要的地位。秦松在谈到中国画的传统时说："物体的远近大小之比例是多方透视理想的超越表现，平面的立体或立体的平面呈现，完全由画家自我处理，这正是中国画能得以发展向艺术本质的优点，和现代绘画创作精神相吻合。"③ 通过物体或形象的变形，把现实生活中的混乱、思绪、情感和记忆等表现出来的中国绘画艺术手法，至今仍在许多艺术（如绘画、电影、小说）中被广泛地应用。徐复观看到了现代艺术和中国传统艺术之间的差异，而忽略了两者之间实有诸多契合之处，这也是其现代艺术观的一个盲点。

徐复观对现代艺术的批判，其本质就是在对西方现代性文明危机反思的基础上，以中国传统艺术为本位对现代艺术进行新的解读，同时也在这

---

① 方东美著：《中国艺术的理想》，冯沪祥译，见牟宗三等《中国文化论文集》（第二编），幼狮文化事业公司1980年版，第336页。

② 李瑞全：《中国文化宣言五十周年纪念》，《鹅湖》2008年第1期。

③ 秦松：《认识中国画的传统》，《当代台湾绘画文选：1945—1990》，第211页。

种解读中对传统美学资源做出具有现代意义的疏释，正如林安梧所言："徐复观的思想史工作与社会批判工作，其实是一体之两面。"① 这种运思方法有着内在的逻辑一致性，可谓独具匠心。徐复观解读现代艺术的路径虽然与唐君毅诠释黑格尔哲学、牟宗三诠释康德哲学、方东美诠释圣多马哲学走的中西结合和中西互释的路向不大相同，但可以说走的都是中国哲学和艺术今后要走向世界的必由之路，至今仍给我们无穷的教益。

第二节　中国画——徐复观美学思想线索之二

徐复观认为，落实于先秦的雅乐的儒家艺术精神已经走向衰落，直到韩愈的古文运动才使这种精神得以延续。庄子的艺术精神则落实于中国画上，并最终催生作为中国画主流的山水画走向勃兴。中国传统艺术的生命力就在于它能够和现代艺术对话，接受现代美学理论的检验，并回应、解蔽现代人的精神困境。② 作为中国"纯艺术精神"的现实呈现，徐复观发掘出中国画具有启蒙意味的美学精神，他独辟蹊径地以绘画介入现实人生，陶养生命情感，提升精神境界，让生命在美善相济中获得永恒的意义，呈现着鲜明的现代情感启蒙和精神启蒙的意向，中国画的现代价值正是在反省现代性、解决现代文明危机的过程中得以确立的。

一　艺术是对时代的反省

徐复观对艺术的存在价值有非常独到的理解。他说："艺术对人生、社会的意义，并不在于完全顺着人生社会上的要求；而有时是在于表面上好象是逆着这种要求，但实际则是将人的精神、社会的倾向，通过艺术的逆地反映，而得到某种意味的净化、修养，以保持人生社会发展中的均衡，维持生命的活力、社会的活力于不坠。"③ 他认为现代人的失落，首先就表现为思想的失落，"假使人类有一天，只有工具的制造与使用，只有货物的生产与消费，而根本没有在现实上看不出有任何实用价值可言的'思想'，恐怕这个世界，在本质上只算是一个大动物园的世界"④。面对这样的危机，徐复观提出了"思想对时代的批评性"的重要性。现代人常

---

① 林安梧：《当代新儒家哲学史论》，明文书局1996年版，第163页。

② 参见刘建平《徐复观论中国画的现代意义》，《鹅湖》2008年第4期。

③ 徐复观：《中国艺术精神》，第287页。

④ 徐复观：《不思不想的时代》，《徐复观文集》（第一卷），第192页。

只限于思想对时代的适应性的一方面，而忽视了思想对时代的批评性。这致使整个思想文化都陷入感官化、幽暗化和无意识的混沌之中，通过在日本的文化考察，徐复观认为东京脱衣舞的后面，隐藏着整个世界和整个文化的现代性格，由此他对现代科技文明造成的异化危机进行了深刻的反思。

在徐复观看来，现代艺术在缺乏反省这一点上，正与中国画形成了鲜明对比，现代艺术打着“革新”、“反省”的旗号，其实它们本质上都是象征自由世界的败象，是熟烂了的“资本主义的排泄物”。从艺术自身的角度看，现代艺术破坏了艺术的传统，但它本身并不能代表艺术建设性的一面，所以它和陈胜、吴广一样，“只能亡秦而自身并不能立国”，不能将人的心灵由虚无、混乱通向反省、澄明。而一些现代艺术宣称是对“工业文明”、“工具理性”的反叛、反省，其本质上是以火济火、以水济水的“伪反省”，徐复观说：“本已是烂熟成腐了的社会情势，事物，其没落的征候或特征，却常常以崭新的姿态出现，仿佛也是一种批评的思想。”① 现代艺术之所谓“新”，是为了求变的新，其最终的指向是虚无，徐复观认为：“仅凭一团原始的、生理的生命力而言创造，或者也有创新之力（虽获巧意），但其中常含有很大的危机（危败亦多），现代文学、艺术的走向野蛮主义，或者可在这种地方得到一种说明。”② 也即是说，现代艺术所象征的，乃是时代精神的颓废和绝望。真正有效的批评和反省的艺术，应建立在不随时代而动，却能对时代的潮流作自觉自反的自觉意识上。

徐复观对西方现代艺术这一倾向的反思，在《中国艺术精神》中就转化为艺术对时代的两种不同的反映方式上，一曰顺承性的反映，一曰反省性的反映。他说：“由达达主义所开始的现代艺术，它是顺承两次世界大战及由西班牙内战的残酷、混乱、孤危、绝望的精神状态而来。”③ 现代艺术产生于科技飞速发展、人日益异化为无生命的机械的附庸的时代。在这个时代，人失去了精神家园，成为“无家可归”、“单向度”的个体。德国诗人格奥尔格（Stefan George）指出：“若把现代和历史作一比较，可从提供丰富、舒适安定的现代经济的社会关系加以考察。在听到人们把这些关系称为人类进步的同时，这种关系却牺牲了人类的精神价值，把所有的尊贵和美德都牺牲了。”④ 机械复制时代“非人性化”的危机，在现代艺

① 徐复观：《思想与时代》，《徐复观文集》（第一卷），第199页。

② 徐复观：《中国文学中的气的问题》，《中国文学精神》，第132页。

③ 徐复观：《自叙》，《中国艺术精神》，第7页。

④ 转引自［德］马克斯·韦伯《学术与政治》，冯克利译，三联书店1998年版，第3页。

术的作品中表现得淋漓尽致。徐复观认为这种顺承性的艺术只能更增加观者的残酷、混乱、孤危、绝望的感觉，而作为反省性反映的中国画，则是人在社会中，由世俗超越而向自然，以获得精神上的自由，保持精神的纯洁，恢复生命的疲困。它能使观者内省其本性，使人的生命由此而得到充实，从而在纷扰的现实中保持“虚”、“静”、“明”的心境。徐复观对艺术功能的这种态度，与尼采倒是有几分相似的。尼采曾说：“艺术的根本仍然在于使生命变得完美，在于制造完美性和充实感；艺术本质上是对生命的肯定和祝福，使生命神性化。”[①] 徐复观对中国画现代意义的诠释，已经脱离了鉴戒传统的艺术品评模式，而成为现代的美学理论了。

徐复观之所以将庄子精神与现代艺术联系起来，是因为二者出现的时代背景有着极为相似的特点。庄子生活的时代，是“礼崩乐坏”、“人相忘于道术”的时代，人们竞相追逐金钱、利益、美服甘食，被各种追求道术和利益的“小知”所蒙蔽。如庄子一样具有自由精神之人物，他们因洞察了专制之丑恶，而能挣脱人为限制的枷锁，寄情于自然山水间。但他们也不愿如乡村野民那样浑浑噩噩地过一生，所以以文学、艺术作为涵咏寄托的对象。从中国艺术史的发展看，这种自然意识、天地情怀与文学、绘画的结合，当始自魏晋。庄子的哲学思想及其蕴含的艺术精神，无疑为山水诗、山水画的发酵提供了精神资源。庄子所谓的“虚”、“静”、“明”的艺术精神，正是对这种异化现实的超越。

二　徐复观对中国艺术现代意义的阐释

在对中国画的个性特征和精神内涵进行了深入剖析的基础上，徐复观批判了现代科技文明对人的自主性、精神性等方面的宰制，而在徐复观看来，中国画对于解决现代科技文明的危机，将现代人从麻木、虚无中唤醒具有积极的对治作用，这主要体现在三个方面。

第一，从艺术进步的观念上讲，艺术总是不断地在变化中更新它的生命，发展它的生命。艺术的变化是一种必然的现象，促使艺术变化的原因，徐复观认为主要有三：（1）艺术本身含有可变的因素；（2）异质文化相交流接触而引起的观念更新；（3）艺术家从民众中得到创新的启示。徐复观认为，自古以来艺术没有不求新、不求变的[②]，《文心雕龙·物色》

① ［德］尼采：《权力意志》，孙周兴译，商务印书馆2007年版，第543页。

② 徐复观：《〈文心雕龙〉的文体论》，《中国文学精神》，第203页。

曰："古来辞人，异代接武，莫不参伍以相变，因革以为功。"① 变是艺术创造和发展的唯一途径，但并非任何变化都是进步的，针对现代艺术对科学技术的运用，徐复观认为技术的进步确实能使艺术获得更为丰富的表现手段，因技术的进步而得到表现手段上的自由，因之，可以使艺术的形式、种类更为丰富。但是艺术并不随着技术的进步而必然的进步，也不会因为技术形式的丰富和技术含量的增加而获得更高的价值，"量"的增加，不一定代表着"质"的跃进，徐复观认为："现代艺术的形式、种类，不是石器时代所能比拟于万一的，但现代的绘画，能比在西班牙、法国所发现的石器时代的洞穴彩画进步吗?"② 这种对艺术进步的看法是很有见地的。在此基础上，徐复观严厉地批判了艺术上的"达尔文主义"，他一针见血地指出："进化的观念，在文学、艺术中，只能作有限度的应用。历史中，文学、艺术的创造，绝对多数，只能用'变化'的观念加以解释，而不能用'进化'的观念加以解释。"③ 达尔文的"进化论"可谓是近代以来西方思想对中国思想界冲击最大的学说，它甚至成为一切领域的价值标准，在艺术界也出现了以"进化"的观念品评艺术价值高下的倾向，徐复观显然对此是有着清醒认识的。徐复观认为，变化不是把传统连根拔起，变化根本上是从传统而来，他说："变一定是有变于古……积累的本身即是一种传承。"④ 艺术变化的目的是创造，徐复观提出的由人性中所开拓、升华出来的人格、艺术，其本身即系圆满无缺，不随人性以外的事物的变迁而在价值上有所增减的艺术观，对我们如何客观地评价中国画的现代意义仍有重要的指导作用。

第二，从艺术自身的特点来看，徐复观认为艺术的未来发展应立足于人的现实生命存在，立足于艺术自身的发展规律。他从文化的共性与个性的关系上进行了分析："中国的字画，认为其有总底共性，但过去常有南北之不同；而不论在北碑南贴，北画南画中，每一个人都各有其个性。"⑤ 也即是说，文化个性之不断完成，促进了文化共性之不断扩大。而由西方哲学一元论所导致的一元历史观、价值观抹杀了中国文化和中国画的价值。徐复观一方面对西方文化艺术的精神、观念和方法积极的学习和吸纳，另一方面又在中国美学传统中融会中西而试图建构解决中国自身问题

---

① （梁）刘勰：《物色》，《文心雕龙注》（下），第694页。

② 徐复观：《文化的"进步"观念问题》，《徐复观文集》（第一卷），第29页。

③ 徐复观：《自序一》，《中国文学精神》，第3页。

④ 徐复观：《〈文心雕龙〉的文体论》，《中国文学精神》，第204页。

⑤ 徐复观：《文化的中与西》，《徐复观文集》（第一卷），第23页。

的独特话语体系。他对中国画所做的“现代疏释”，为解读中国哲学、中国文化提供了一个方法论的启示，也即是“我们应当建立自己的解释系统，而不应当纳入到西方哲学、西方文化的解释系统中去”[①]。这对我们现今的文化转型是很具有启发意义的。在全球化的时代，我们只有建立了自己的解释系统，才能在保有自身个性的前提下，有资格、有能力在世界文化的共性中挺身站起来，作正常的接触与交流，在吸收西方艺术的长处时，又使中国艺术的现代价值，得以彰显于世界。

第三，中国画的现代意义。徐复观着手写《中国艺术精神》之际，正是现代艺术方兴未艾之时，针对现代艺术空洞贫乏的精神指向和求新求变的搞怪形式，徐复观坚持认为：“艺术可以说是以情感为主，但感情之与理性，为什么在一个人的生命中是冰炭不容，一定要很用力地把它们自然而不可少的交流、换位的作用加以隔断？并且为了达到隔断的目的，乃至求之于梦中，甚至乞怜于药剂的注射，以求自己在精神恍惚中的创造呢？这完全违反了人的生命的自然发展，是出于末世纪感的心理变态的现象。”[②] 也就是说，情感是艺术的生命，也是人性之根本，否定了情感，也就走向了艺术和人性的对立面。在徐复观看来，中国画所具有的天人合一的观念和反省意识，正可解现代文明之蔽，中国艺术“从人的具体生命的心、性中，发掘出艺术的根源，把握到精神自由解放的关键，并由此而在绘画方面，产生了许多伟大的画家和艺术作品，中国文化在这一方面的成就，也不仅有历史的意义，并且也有现代的、将来的意义”[③]。追求精神的自由解放，这就是中国艺术最可贵的价值。徐复观写《中国艺术精神》的目的，就是要彰显以庄学、玄学为基底的中国艺术及其精神的现代意义之所在。他一方面以庄子精神的呈现为基础，将中国绘画史看作是庄子艺术精神在现实中的落实和展开；另一方面，又以庄子精神为利器，对现代艺术展开了尖锐的批判，这种运思方法可谓独具匠心。西方曾有人提出“新具象主义”，以此作为对抽象主义“孤绝的个人自由的假寐”的拯救。徐复观认为“新具象主义”的出现虽有一定的历史意义，但他们在“精神上并没有在危机、苦难的世纪中，发现新的领域”[④]，因而不能真的给艺术以新的生命，也不能完成拯救人类精神的历史重任。正因如此，他才特别重视中国艺术的反省价值，认为“以清明宁静之心，谛观外界的事物，而赋

---

① 李维武：《徐复观思想评传》，北京图书馆出版社2001年版，第225页。

② 徐复观：《环绕李义山（商隐）〈锦瑟〉诗的诸问题》，《中国文学精神》，第341页。

③ 徐复观：《自叙》，《中国艺术精神》，第7页。

④ 徐复观：《艺术的胎动，世界的胎动》，萧欣义编《徐复观文录选粹》，第266页。

予以新的评价与方向”[①]。中国画使人由内心的反省，得以暂时从外界的喧扰、束缚中摆脱出来，使心地归于自由宁静，庄子精神及其“独生子”中国画，正是浮躁喧嚣尘世中的一汪清流。

三　对徐复观中国画思想的反思

徐复观对中国画现代意义的阐释，不仅在现代新儒家大师中独树一帜，而且在20世纪中西文化和艺术冲突的特定语境中也具有很重要的现实意义，但也有些观点值得我们反思。

首先，在日常生活中，善画者未必善论，善论者未必善画，对于西方美学家，这可谓是一种司空见惯的传统，而对中国艺术评论家而言，这是近代以来才普遍出现的现象。徐复观认为：“创作与批判、考证，本是出自两种精神状态，须要两种不同的工夫。”[②] 在面对艺术作品时，诗人和学人往往呈现出两种心境和精神状态，他说：“作诗不仅要多读多做，下一番勤苦锻炼的工夫，并且诗人的精神状态和学人的精神状态，并不完全相同。诗人是安住在感情的世界。他们的理智活动，或因觉其与生命的疏外而随时加以抛弃，或因其对生命的深入而又化归为感情。诗人常以欣赏咏叹的心境来读书，所以读书不求甚解，但也常由欣赏咏叹而能对书有所得。他们与对象的关系，是相融相即的关系，对于对象的表达，是在感发咨嗟中，把对象唱叹描绘出来，越唱叹就描绘得就入神，越含有作者的性情和面影。学人是安住在理智的世界。他们的感情活动，或因觉其对生命是一种纠缠而加以抑制，或因其对生命的浸透而运用理智来加以处理。学人是以钻研揭露的心境来读书，读书必求甚解，也常因钻研揭露而对书有所得。他们与对象的关系，是主客分明的关系，对于对象的表达，是在冷静分析中把对象解剖条理出来，越解剖条理得入微，越能显出对象所含的原理、法则。当然，在现实生活中，两种精神状态常常能作并且也常常会作自由的转换，但并不是诗人由感情世界转换为理智世界即可成为学人。”[③] 这体现了徐复观对艺术家和艺术评论家视域的“距离”有一定的自察性。在《中国艺术精神》与《中国文学精神》中，徐复观试图通过“追体验”来打破艺术家和艺术评论家之间这种隔膜。然而，懂得艺术作品的并非只有艺术家本人。创造艺术和欣赏艺术，一个是艺术的创造，一

① 徐复观：《日本的镇魂剂——京都》，《徐复观文集》（第一卷），第261页。

② 徐复观：《自叙》，《中国艺术精神》，第6页。

③ 徐复观：《自序三》，《中国文学精神》，第1页。

个是对这种“创造”的再造，“追体验”并非仅仅只是还原创作者自身的情感世界，而恰恰应该通向欣赏者对艺术作品的重构，正如乔治·普莱所说：“这些思想来自我读的书，是另外一个人的思考。它们是另外一个人的，可是我却成了主体。”[①] 也就是说，“追体验”不仅通向艺术家，而且还通过艺术评论家的发现和诠释告诉我们更多的东西。徐复观过多地强调了前者，这体现了他在解决这一矛盾时保守的一面。

其次，徐复观认为中国画是一种“反省性的反映”的艺术，不仅有历史的意义，而且也有现代的、将来的意义，这大概是源自他对现代文明所造成的诗意缺失和精神危机的反省。在《春蚕篇》中，徐复观用诗般的语言写道：“在我心目中的蚕，这是几千年，甚至是几万年，由中国女儿们的心，由中国女儿们的魂，所共同塑造成的最高艺术，是中国女儿们纯洁高贵的心与魂的具象化……我曾在浙江住过三年，这才是中国有名的蚕丝出产地。我曾看到绿荫似海的蚕田，也曾看到高烟囱林立的缫丝工厂，又看到一些改良蚕桑的意见书，却没有看到蚕，更没有看到乡下养蚕的女儿们的实际活动。在我的脑子里，觉得江浙的蚕只是特产，只是经济，只是商场，只是工业，而不是艺术。”[②] 徐复观眼中的艺术，正是通过对时代的反省和人性的抚慰而能让人诗意地栖居于其中。他说：“顺承性的反映，对现实有如火上加油。反省性的反映，则有如在炎暑中喝下一杯清凉的饮料。”[③] 中国画对促进人与自然融合、反省现代科技工具理性的宰制、治疗现代人的精神病患具有重要的现代价值。然而，我们也应该看到，艺术的发展是多元的，而非一元的，反省性的艺术固然有其特定的时代意义，而反映时代精神的顺承性艺术无疑更贴近现代人的心灵，正如胡秋原所说的“美与刺，顺美与匡恶，也就是艺术的两大作用了”[④]。反省性的艺术固不可少，而顺承性的艺术也不可排斥否定，未来的艺术只有在参差多样的文化生态中才能得到良好的发展。

那么，中国画作为时代精神的拯救者，究竟如何对世界文化产生振衰起弊的作用呢？徐复观认为，在现代社会，艺术是沟通人类文明和精神的重要手段，他说：“我年来常感到，从文学、艺术上中西的相通，较

---

① ［比利时］乔治·普莱：《批评意识》，郭宏安译，百花洲文艺出版社 1993 年版，第 257 页。

② 徐复观：《春蚕篇》，《徐复观文集》（第一卷），第 347—348 页。

③ 徐复观：《自叙》，《中国艺术精神》，第 7 页。

④ 胡秋原：《我的文艺观》，《文学与历史——胡秋原选集》（第一卷），第 23 页。

之从哲学上中西的相通，实容易而自然。"① 因此，艺术可以作为解决人类文明危机进行沟通和对话的基础。成中英认为，中国文化要走向世界，必须要有创发性的突破。这种突破，涵盖了两方面的工作：一方面是要深入中国历史的核心、根源，把中国的思想、经验、智慧挖掘出来；另一方面是"必须把我们的哲学智慧和精神贯注于现代人的生活之中，实际的解决现代人所面临的无根无向的困扰，解决现代社会中专业化和机械化的种种问题……并使它具有可行性的现代意义"②。这两方面的工作，体现在徐复观身上，则一方面是通过对庄子精神的现代诠释，把庄子精神作为中国艺术精神的主体，"使世人知道中国文化，在三大支柱中，实有道德艺术两大擎天支柱"；另一方面，是在一个由机械、社团、组织、工业合理化、丧失了自由和诗意的现代社会中，中国画的出现"有如炎暑中的清凉饮料，假使现代人能欣赏到中国的山水画，对于由过度紧张而来的精神病患，或许会发生更大的意义"③。可以说，徐复观建构"中国艺术精神"的努力以及对现代艺术的批判，是他将中国文化精神、中国艺术精神推向世界的一种努力和尝试。然而，无论是对"虚"、"静"、"明"艺术精神的现代诠释，使其不流于虚无或粗俗，还是将中国画从私人书斋向社会大众的推动，徐复观均未找到合适的途径，这亦是徐复观与中国画的共同困境。

第三节　文学——徐复观美学思想线索之三

徐复观美学思想的另一条线索就是文学，他对中国文学精神的现代诠释也构成了他美学思想的重要组成部分。徐复观中国文学精神的特点就是在儒、道、释互补的视野下来发掘中国文学的传统精神和现代价值，而儒家美学，无疑就是中国文学精神的主流。

一　佛家对文学的影响

在佛教传入中国以前，中国已经有着悠久的文学传统，并逐渐形成了以《诗经》和《楚辞》为代表的现实主义和浪漫主义文学传统。徐复观认

① 徐复观：《儒道两家思想在文学中的人格修养问题》，《中国文学精神》，第18页。

② 成中英：《论中西哲学精神》，东方出版中心1991年版，第348页。

③ 徐复观：《自叙》，《中国艺术精神》，第2页。

为，由文学家、艺术家发现客观事物的价值意味，与科学家发现客观事物的法则，其间最大的不同点在于科学法则只有一个层级，而艺术价值则有高低深浅的无限层级，“作者要具备卓异的发现能力，便必需有卓越的精神；要有卓越的精神，便必需有卓越的人格修养”[①]。从人格修养的角度而言，只有儒家和道家的思想，才有人格修养的努力，而佛学对文学的影响，常在因果报应范围内，“只是思想层上而非人格修养”。应该说，这个认识存在一定的偏颇，佛教的禅修虽非指向人格修养，但在心性的透显中自然地合于道德境界的提升，慧能曰：“若悟自性，亦不立菩提涅槃，亦不立解脱知见。无一法可得，方能建立万法。若解此意，亦名佛身，亦名菩提涅槃，亦名解脱知见，见性之人，立亦得，不立亦得。去来自由，无滞无碍。应用随作，应语随答，普见化身，不离自性，即得自在神通，游戏三昧，是名见性。”（《坛经·顿渐品》）圆悟克勤也曾说：“佛道悬旷，就受勤苦，乃可得成祖师门下。断臂立雪，腰石舂碓、担麦推车、事园作饭、开田畴、施汤茶，搬土拽磨，皆抗志绝俗，自强不息图成功者乃能之。所谓未有一法从懒惰懈怠中生。既以洞达渊源，至难至险，人所不能达者，尚能。而于涉世应酬，屈节俯仰，而谓不能。此不为，非不能也。当按下云头，自警自策，庶几方便门宽旷，不亦善乎？”[②] 可以说，这是中国文化“尊德性而道问学，致广大而尽精微”（《中庸》）的历史传统。徐复观的同乡汤用彤对这个问题的认识颇为精到，他说：“魏晋六朝，天下纷崩，学士文人，竞尚清谈，多趋遁世，崇尚释教，不为士人所鄙。而其与僧徒游者，虽不无因果福利之想，然究多以谈名理相过从。及至李唐奠定宇内，帝王名臣以治世为务，轻出世之法。而其取士五经礼法为必修，文词诗章为要事。科举之制遂养成天下重孔教文学，轻释氏名理之风，学者遂至不读非圣之文。故士大夫变六朝习尚，其与僧人游者，盖多交在诗文之相投，而非在玄理之契合。”[③] 佛教不是因为其义理，而是因其空灵神韵与文人学士的审美情趣相趋合，它促进了中国文学意境理论的发展。

二　道家对文学的影响

刘勰在《文心雕龙·神思》中云：“陶钧文思，贵在虚静。疏瀹五藏，

① 徐复观：《儒道两家思想在文学中的人格修养问题》，《中国文学精神》，第7—8页。

② 圆悟克勤：《圆悟心要》，中国传统文化研究所编，四川省海潮音书社1995年版，第8页。

③ 汤用彤：《隋唐佛教史稿》，武汉大学出版社2008年版，第37页。

澡雪精神”[1]，这正是道家人格修养在文学上的体现[2]。徐复观认为老庄思想，在文学方面的成熟、收获，要首推陶渊明的田园诗等由“兴趣”而来的文学，老庄思想直接催生了自然审美的思潮[3]，“人与自然的融合，常有意无意地，实以庄子的思想作其媒介。而形成中国艺术骨干的山水画，只要达到某一境界时，便于不知不觉之中，常与庄子的精神相凑泊。甚至可以说，中国的山水画，是庄子精神的不期然而然的产品。但这并不是说他的精神，不会在文学上发生影响。艺术精神之对于各种艺术的创造，可以说是一个共同的管匙”[4]。《庄子》中包孕着一种浪漫的诗性精神，这使它成为中国文学创作的生命源泉。庄子主张的“天放”、朴拙之美也成为中国艺术的最高境界，在艺术风格上，后世追求一种疏散恬淡、高远玄妙的自然美，以及绘画上追求的“不期而工”，提倡以自然为上的“逸品”等艺术品评论都是庄子的自然美思想在人生、艺术中的落实。

除了田园诗、山水画等畅神怡情的传统外，道家对文学最大的影响可能还在神话、幻想文学的启蒙上，闻一多对道家的这种影响有精到的认识：“寓言本也是从辞令演化来的，不过庄子用得最多，也最精；寓言成为一种文艺，是从庄子起的。我们试想，《桃花源记》、《毛颖传》等作品对于中国文学的贡献，便明了庄子的贡献。往下再也不必问也，你可以一直推到《西游记》、《儒林外史》等等，都可以说是庄子的恩赐。”[5] 在这一点上，道家继承了巫官文化想象恣肆、浪漫瑰丽的风格，魏晋的游仙诗、唐代的志怪小说以及《西游记》、《聊斋志异》等文学巨著都滥觞于此。

徐复观看到了道家对文学的影响，但是认为：“我们文学源于五经。这是与政治、社会、人生，密切结合的带有实用性的很强大的传统。因此，庄学思想，在文学上虽曾落实于山水田园之上，但依然只能成为文学的一支流。”[6] 道家对文学只能产生边缘性的影响，中国文学精神的主流，是以儒家思想为代表的艺术精神为主体的，其原因有三：首先，儒家并不

---

① （梁）刘勰：《神思》，《文心雕龙注》（下），第493页。

② 徐复观认为刘勰“陶钧文思，贵在虚静”的背后，实含有由清谈余风而来的庄子思想，参见徐复观《中国文学精神》，第136页。

③ 自然美的问题是学界一个争论不休的问题，庄子对自然景物的欣赏和自然精神的发现直接开启了自然审美的大门，参见刘建平《论〈庄子〉的自然美思想》，《道学研究》2004年第2期。

④ 徐复观：《中国艺术精神》，第116页。

⑤ 闻一多：《古典新义》，《闻一多全集》卷二，三联书店1982年版，第288页。

⑥ 徐复观：《中国艺术精神》，第196页。

排斥虚、静。儒、道两家都立足于现实世界，以解决自周代以来整个社会“礼崩乐坏”之后的价值危机问题，他们的解决途径都没有诉诸宗教或鬼神，而是从人的内在心性出发，把人作为解决一切问题的中心，这就使儒、道在人性论上有着共同的根基。徐复观通过对先秦人性论的梳理洞察到了这一点，所以他说：“道家‘虚静之心’与儒家‘仁义之心’，可以说是心体的两面，皆为人生所固有。”① 道家的“虚静之心，是社会、自然，大来大往之地；也是仁义道德可以自由出入之地”②。儒、道的这两种精神在一个人身上可以自由地转换而不相斥相悖。其次，仅凭道家的虚静之心，可以成为一个生活艺术家，但并不足以成为一个能创造艺术作品的艺术家，创作的能力，在人格修养之外还另有工夫，“要把观照所得写成作品，还需要有学问的积累与表现技巧的熏陶”③。儒家人格修养的工夫对文学创作是大有裨益的，《文心雕龙·神思》中的“积学以储宝，酌理以富才，研阅以穷照，驯致以怿辞”④ 说的就是这种工夫。最后，徐复观认为魏晋玄学诗只是道家思想外铄而来，并非从人格修养内发而出，这种概念性的诗流于玄虚而肤浅无用，而儒家思想则主张：“将自己的整个生命转化、提升而为儒家道德理性的生命，以此与客观事物相感，必然而自然的觉得对人生、社会、政治有无限的悲心，有无限的责任。仅就文学创作来讲，便敞开了无限创作的源泉，以俯视于蠕蠕而动的为一己名利之私的时文之上。”⑤ 要挽救文学的衰弊，还得回到儒家的大统上来。

三　儒家对文学的影响

儒家思想落实于文学，首先就表现在加深、提高、扩大作者的感发和文学的意境上，这种感发主要体现为文学中作者生命力（气）的贯注，“指明作者内在的生命向外表出的经路，是气的作用，这是中国文学艺术理论中最大的特色”⑥。它一方面发而为“文以气为主”的文学之道，另一方面气又是文学与人之间的一种重要联结点，故而张法认为：“中国文学中的事物虽然也有可睹可感可闻的形质，但其本质性的东西是气。”⑦ 气

① 徐复观：《儒道两家思想在文学中的人格修养问题》，《中国文学精神》，第12页。
② 徐复观：《中国艺术精神》，第116页。
③ 徐复观：《儒道两家思想在文学中的人格修养问题》，《中国文学精神》，第13页。
④ （梁）刘勰：《神思》，《文心雕龙注》（下），第493页。
⑤ 徐复观：《儒道两家思想在文学中的人格修养问题》，《中国文学精神》，第17页。
⑥ 徐复观：《中国艺术精神》，第140页。
⑦ 张法：《中西美学与文化精神》，北京大学出版社1997年版，第53页。

是中国文学的哲学基础。中国文学重气的传统，应该源自儒家。儒家的气有两层含义，一为构成万物生命的始基，另一为精神气质、精神境界，儒家的气显然侧重后一层含义。《孟子》提出了“居天下之广居，立天下之正位，行天下之大道；得志与民由之，不得志独行其道；富贵不能淫，贫贱不能移，威武不能屈”（《孟子·滕文公下》）的“大丈夫”人格，这种“大丈夫”人格的核心就是“善养浩然之气”（《孟子·公孙丑上》）。这种“以直养而无害，则塞于天地之间”的浩然之气对中国知识分子的影响更多地落实于人格修养和道德生活上，而对中国文学、艺术则产生了间接的影响，苏辙认为孟子和司马迁的文章“其气充乎其中，而溢乎其貌，动乎其言，而见乎其文，而不自知也”（苏辙：《上枢密韩太尉书》）。在魏晋玄学的文化背景下，曹丕提出“文以气为主”，陆机撰写了《文赋》，开始把“气”引入文学艺术理论之中①，后来的学者甚至认为，只有艺术家善于养“气”，能使创作的艺术作品有“生气”，“诗文之妙，非命世之才不能也。惟养浩然之气，塞乎天地之间，始能驱一世而命之也”②。甚至人品气质，也影响到艺术作品的风格，“是故其气盛者，其文畅以醇；其气舒者，其文疏以达；其气矜者，其文砺以纰”［（清）邵长衡：《与魏叔子论文书》］。正是儒家美学这一追求“充实而有光辉”的审美理想影响到了中国文学，使其追求一种气韵生动的“生气”之美。

其次，儒家思想在文学上的落实，主要表现为“文以载道”的文学观念的形成，“儒家由道德所要求，人格所要求的艺术，其重点也不期然而然的会落到带有实践性的文学方面——此即所谓‘文以载道’之文”③。“文以载道”主要强调由“道”与作者生命自然的融合，发而为文章内容与形式的自然融合，以此达到文章的最高境界。“道”这个词在中国文化中有着非常复杂的内涵，有儒家之道，有道家之道，还有佛家之道，那么，“文以载道”的“道”指的是什么意思呢？由前面对儒、道、佛三家对文学的影响的分析我们可知，徐复观所说的“文以载道”的“道”是儒家的“道”，他说：“‘文以载道’的‘道’，实际是指个性中所涵融的社会性，及对社会的责任感。”④“古文家的‘文以载道’，指的是儒家的道，乃传统的文化历史事实使然，因为在中国文化中，只有儒家对现实人生社

① 参见（晋）陆机《文赋集释》，第36页。

② （明）王文禄：《诗的》，王兆云等：《挥尘诗话·夷白斋诗话·存余堂诗话·诗的·国朝诗评》，中华书局1985年版，第217页。

③ 徐复观：《中国艺术精神》，第115页。

④ 徐复观：《〈文心雕龙〉的文体论》，《中国文学精神》，第198页。

会有正面的担当性。”[①] 这种解释有其合理性，但不够准确。儒家的“道”既有伦理道德的形下含义，又有“天道”、天理的形上意味，二者是不能截然两分的，“文以载道”也就是通过文学透显生命，达于理想。道家之道虽然也有人格修养的意义，但徐复观认为：“一个人，当他在感情的某一点上，直浸到底时，便把此点感情以外的东西，自然而然的忘掉了，也略近于道家所要求的虚静状态。但这种性情之真，是隐现不常的，所以这种诗人常只能有一首两首、一句两句使人感动的诗，而决不能成为‘取众之意以为己辞’的伟大诗人，因为他缺乏人性的自觉，因而没有人格的升华，没有情感的升华，不能使社会之心约化到一己之心里面来。”[②] “道”也就是民族的文化生命和社会的责任感。通过对刘勰《文心雕龙》的分析，徐复观认为刘勰在《原道》篇中所要还原的“道”是儒家之“道”，他说：“道之文向人文落实，便成为儒家的周、孔之文。于是道的更落实、更具体的内容性格，没有方法不承认是孔子‘熔钧六经’之道，亦即是儒家之道。”[③] 通过对杜甫诗的分析，徐复观认为杜甫之所以能上继“风”“骚”，下开百代，是因为他把整个的生命投入到对时代的责任感里面，他说：“古今中外，断乎没有与时代痛痒不关，而能成为一个像样子点的诗人、词人的。这才是中国近代出不来一个真正大诗人、词人的根本原因之所在。”[④] 而从整个中国文学史上看，凡是以自己的心灵与时代相融合，因而代表了一个时代的文学作品，便不会是过眼云烟，而能永垂不朽的。[⑤] “文以载道”的文学观体现了儒家美学的核心精神。

再次，儒家思想对文学的影响，还表现为“文如其人”的批评理论的成熟。什么是“文如其人”呢？它包含两层含义：一是文如其人，即由艺术作品可以把握到一个人的心性、心灵；二是人如其文，一个艺术家的人格、心灵可以通过艺术作品得以显现和印证。从本质上讲，文是反映人的，而人是印证文的。文与人两不相符相应，则文为“托之以空言”、无病呻吟的伪文，人则为“口惠而实不至”、虚言以欺世的伪君子。文与人的这种相互映照、印证的关系，使得中国艺术家一方面注意艺术修养中的“文饰”，另一方面又“修齐以立诚”，艺术家以自己全部的生命和人格来

① 徐复观：《〈文心雕龙〉浅论之二》，《中国文学精神》，第221页。
② 徐复观：《传统文学思想中诗的个性与社会性问题》，《中国文学精神》，第5页。
③ 徐复观：《〈文心雕龙〉浅论之二》，《中国文学精神》，第219页。
④ 徐复观：《诗词的创造过程及其表现效果》，《中国文学精神》，第58页。
⑤ 徐复观：《从文学史观点及学诗方法试释杜甫〈戏为六绝句〉》，《中国文学精神》，第325页。

立言，以文为自己的生命作证，徐复观指出："在中国传统的文学思想中，总认为做人的境界与作品的境界分不开。"[①] 作者人格修养的境界越高，他就越能将作品提升到一个高超的境界，越能给读者以强烈的感染力。艺术的境界，也就是由人格修养而来的精神所达到的层次所决定，徐复观说："取境的大小和作者精神境界的大小，密切相连；作者精神境界的大小和作者人生的修养、学力，密切相连。"[②] 这就是中国文学由人品以确定"文品"的品鉴传统。

海德格尔通过凡高的《鞋》这幅作品，发现存在者之真理在其中发生了"艺术的本性是存在者的真理将自身设置入作品"[③]。艺术作品由于显现了真理并创造了世界，因而它构成了存在的家园，而"艺术家与作品相比是无足轻重的，为了作品的产生，他就象一条在创作中自我消亡的通道"[④]。在《在通向语言的途中》及《荷尔德林诗的阐释》等著作中，海德格尔还多次表达类似的思想："谁是作者并不重要，其他任何一首伟大的诗篇都是这样。甚至可以说，一首诗的伟大正在于，它能够掩盖诗人这个人和诗人的名字。"[⑤] 艺术家之所以成为艺术家，是因为艺术作品的存在；艺术作品之所以不同于"器具"，是因为艺术作品中真理之生发起着作用，"作品之成为作品，是真理之生成和发生的一种方式，一切全在于真理的本质中"[⑥]。而在中国艺术传统中，艺术家才是艺术作品生命和价值的来源及最终的归宿，徐复观认为："艺术的究竟义是要表现一个人的人格，并且是要通过艺术而使人格得到充实、升华，升华到可以从一个人的人格中去看整个世界、时代。"[⑦] 他通过对赵松雪的分析，体验到赵氏"冲澹简远"的绘画后面是作者真纯的人格；他以"清"来品评赵松雪的艺术心灵，认为赵氏由一颗晶莹澄澈的"清"的心灵与客观世界相融相即，"由心灵世界之清，而把握到自然世界之清，这便形成了他作品之清"[⑧]。也就是说，以艺术家为中心还是以艺术作品为中心正是中西艺术品评系统的根本差异之所在。

---

① 徐复观：《传统文学思想中诗的个性与社会性问题》，《中国文学精神》，第 4 页。
② 徐复观：《诗词的创造过程及其表现效果》，《中国文学精神》，第 62 页。
③ ［德］海德格尔：《林中路》，第 25 页。
④ 同上书，第 26 页。
⑤ M. Heidegger, *Unterwegs zur Sprache*, Verlag Günther Neske, 1997, p. 7.
⑥ ［德］海德格尔：《林中路》，第 47 页。
⑦ 徐复观：《石涛之一研究》，第 73 页。
⑧ 徐复观：《中国艺术精神》，第 383—384 页。

第三章　徐复观美学思想的体系构成

徐复观的美学思想，虽然受了儒家思想、西方文艺复兴以来的人文主义思潮以及现代西方哲学等因素的影响，但其主体仍然是他在《中国艺术精神》中所大加推崇的庄子艺术精神。徐复观通过对儒道艺术精神差异的辨析，跳出了传统的以儒家艺术精神为中国艺术精神主体的思维模式，在儒道区分的视野下对庄子哲学思想进行了创造性的“现代疏释”。

第一节　人性论——徐复观美学思想的根基

徐复观一方面传承中国传统美学艺术精神的特质，另一方面又通过对西方美学和艺术理论的积极学习和借鉴，以回应西方文化的冲击，解决人类自身的问题。徐复观之所以用西方近代美学思想来阐释中国美学和艺术思想，一是西化大潮的影响，在20世纪的中国文化语境中，西方文化成为中国思想家“天然”的参照系统，这似乎是不可避免的；二是借此为中国艺术开陈出新，打通其由前现代到现代的思维进路。概括起来，徐复观美学思想的来源有三，一是西方近现代美学思想，二是儒道两家的人性论，三是鄂东历史文化传统。

一　西方近现代美学思想

徐复观的美学思想受到了整个西方近代美学和艺术思潮的冲击，尤其是德国古典美学的影响。首先，徐复观在辨析儒道美学的差异时，时常借用康德美学的观点来加以印证。康德将美分为“纯粹美”和“依存美”，“纯粹美”是指纯粹的、自由的美，只在于形式，排斥一切利害关系，但不是理想的美，理想的美是“审美的快感与理智的快感二者结合”① 的一

① ［德］康德：《判断力批判》（上卷），宗白华译，商务印书馆1965年版，第68页。

种美，即“依存美”。徐复观认为庄子美学比较接近于康德的“纯粹美”，代表着中国的“纯艺术精神”，而儒家美学则接近于康德的“依存美”，是“仁美合一”的典型，“为艺术而艺术”与“为人生而艺术”正好体现了艺术的“无目的性”与“合目的性”之间的二律背反。其次，从徐复观对艺术功能的认识来看，他把艺术看作是陶冶民众、重塑灵魂、提升道德境界、完善健全人格的重要方式，这也与19世纪以来以席勒、康德为代表的德国美学思想的影响有莫大的关系。康德认为科学有自身的界限，如果不加限制地把科学思维扩展到人类所有领域，那么将毁灭很多真正有价值的东西。康德的三大批判把知、情、意作为把握世界的三个途径，情是沟通知和意的桥梁，借此消解机械工业文明和人类诗意生存的对立，康德在为科学认识划出可靠的领地——自然的同时，也为道德实践留下了无限的意义领域，这就是徐复观所说的：“康德在纯粹理性批判，实践理性批判之外，另建立判断力批判；在判断力批判中，强调了对美的判断，与前两者并不相同的特别性格，使之不致互相混淆混乱，因而奠定了近代美学的基础。”[①] 而在自然和自由之间，人还拥有一片诗性的审美空间，徐复观称之为“最后的真实”[②]。康德不仅把人看作是艺术和美的创造主体，而且强调审美超越现实功利的愉悦感，徐复观认为康德在《判断力批判》中提出的审美判断，不是认识判断，而是趣味判断，“乃是纯粹无关心的满足”，审美判断对于提高人的想象力、知解力、情感力和鉴赏力、使自然的人上升为道德的人具有重要作用。[③]

康德美学关于审美无功利性的思想和价值论的视角对于20世纪中国社会的现实困局无疑具有积极的对治作用，因而激起了中国知识分子的强烈共鸣。王国维援引康德美学重构中国传统美学，提出了“境界说”；蔡元培提出“以美育代宗教”[④] 的教育理念，这是康德美学带给中国社会的

---

① 徐复观：《石涛之一研究》，第21—22页。

② 徐复观：《不思不想的时代》，《徐复观文集》（第一卷），第191页。

③ 徐复观：《中国艺术精神》，第56页。

④ 蔡元培把美育作为一种政治手段和教化工具，艺术本身的意义反而被忽略了，这种缺失使得在五四新文化运动中，中国的美术并没有如西方的文艺复兴那样起到应有的启蒙作用。刘国松认为：“五四新文化运动的失败，与忘记了美育和不重视美术有密切的关系。他们忽视了美术，是因为不了解美术在文化中所占的地位何等重要，忘记了意大利文艺复兴中，美术扮演了怎样的角色。”（参见刘国松《永世的痴迷》，山东画报出版社1998年版，第57页）这可谓一针见血之论。徐复观在《中国艺术精神》中所阐扬的庄子艺术精神，除了具有反抗现代性的意义之外，另有一层深意，那就是以追求精神的自由解放为旨归，这不仅是庄子精神的本质，也是中国艺术精神的核心。徐复观凸显了庄子哲学的这个思想，使其从前现代意义向现代发生了转化，从而赋予它新的时代价值。徐复观对中国艺术精神的现代阐释，对中国画现代意义的揭示，也无不是受此种思想之影响。

第一次震撼；梁启超以趣味人格和情感个性为核心，提出用美和艺术来提升生活境界；而后，鲁迅、郭沫若、茅盾等人弃医从文，致力于通过文学艺术改造国民性，也是受到康德美学的直接影响。如郭沫若曾说："（艺术）是唤醒人性的警钟，它是招返迷途的圣箓，它是澄清污浊的阿胶，它是鼓舞生命的醍醐。"① 画家丰子恺也强调人要有"真心的感情"②，这种观点与康德"审美判断"的无功利性相一致，艺术促进着心力的陶冶，在终极意义上使人成为道德的人、自由的人，最终实现人的解放、个性的解放。牟宗三认为康德才是西方文化传统的主流，他说："现时的人只想知道西方的东西，念存在主义啦、海德格（尔）啦、胡塞尔啦，念的结果，越念越糊涂。要知道这么多新玩意干什么，就是怕落伍。了解一个东西不是很容易，为什么不好好念康德呢?"③ 徐复观也深受康德的影响，他是"以美育代宗教"的现代倡导者，他说："没有春秋时代人文精神的发展，把传统的宗教，彻底脱皮换骨为道德的存在，便不会有尔后人性论的出现。"④ 立基于人性论的艺术精神，正是作为人类进入文明时期以后的"宗教"，它安顿着人类分裂、疲惫而迷惘的心灵。徐复观强调中国画如同"炎暑中的清凉饮料"，可以治疗工业文明所导致的心理病患，所针对的正是20世纪西方现代文明人性分裂的精神危机。值得注意的是，徐复观提出此一理论的目的与蔡元培恰恰相反，徐复观是以美育所代表的道德理性和价值理性来对抗科技文明的现代性危机，而蔡元培则认为美育是现代文明的象征，"以美育代宗教"即是以作为"现代文明的象征"的美育来扫除封建愚昧和黑暗，这是二者的不同之处。

除了康德美学的影响之外，徐复观的美学思想还受到德国哲学家卡西尔的影响。卡西尔的《人论》承秉古希腊认识自我的人文主义思想，上溯苏格拉底、亚里士多德，下及蒙田、德罗等，他把艺术看作是人类创造的文化符号，在艺术作品中，我们看到的是人类灵魂最深沉、最多样化的运动。徐复观深深服膺于卡西尔把理性批判变成文化批判的思想，并努力付之于艺术直观功能的理解上："艺术的形式并不是空洞的形式。它在人类经验的构造和组织中履行着一个明确的任务。生活在形式的领域中并不意味着对各种人生问题的一种逃避；恰恰相反，它表示生命本身的最高活力

① 郭沫若：《论国内的论坛及我对于创作上的态度》，《郭沫若全集》（第十五卷），人民文学出版社1990年版，第229页。

② 丰子恺：《艺术的形状》，载《丰子恺论艺术》，丹青图书出版公司1989年版，第50页。

③ 牟宗三：《哲学智慧与中国哲学的未来》，《鹅湖》1989年第11期。

④ 徐复观：《中国人性论史·先秦篇》，《徐复观文集》（第三卷），第66页。

之一得到了实现。如果我们把艺术说成是‘超出人之外的’或‘超人的’，那就忽略了艺术的基本特征之一，忽略了艺术在塑造我们人类世界中的构造力量。”① 艺术从一个新的广度和深度揭示了生活，传达了人类的伟大和苦痛。徐复观认为，艺术在文化系统中具有非常重要的作用，卡西尔说：“艺术是一条通向自由的道路，是人类心智解放的过程；而人类的心智解放则又是一切教育真正的、终极的目标。艺术必须完成自己的任务，这项任务是其他任何功能所不能取代的。”② 徐复观引用这句话印证艺术在文化系统中的作用。

卡西尔在《人论》中说：“见透了作品所表现出的情感活动，因而进入于情感活动的真正的性质与本质之中。”“演剧艺术，能透明生活的深度与广度。它传达人世的事象、人类的运命及伟大与悲惨。与此相较，则我们日常的生存，是贫弱而有点近于无聊。我们都感到漠然、朦胧与无限潜伏的生命力。此力一面是沉默，一面从睡眠中觉醒，等待着可以进入于透明而强烈的意识之光里面的瞬间。艺术优越性的尺度，不是传染的程度，而是强化及照明的程度。”③ 徐复观在解释“诗，可以观”时，引用这句话以比拟之。

徐复观在谈到义理与考据之争时，引用卡西尔的《人论》：“几乎没有什么现代心理学会承认或推荐一种单纯的内省方法。一般来说他们总是告诉我们，这样的方法是非常靠不住的。他们确信，一种严格的行为主义态度是通向科学的心理学的唯一可能的途径。但是，一种始终如一的彻底的行为主义是不足以达到科学的心理学这个目标的。它能告诫我们提防可能的方法论错误，却不可能解决关于人的心理学的一切问题。我们可以批评或怀疑纯粹的内省观察，却不能取消它或抹煞它。没有内省，没有对各种感觉、情绪、知觉、思想的直接意识，我们甚至都不能规定人的心理学的范围。”④ 对行为心理学提出了强烈的批判。

在论述“文以气为主”时，徐复观引用了卡西尔在《人论》讲的一个故事：“画家李特在其《回忆录》中说，当他青年时代住在特渥里的时候，他曾约同三位朋友去画同一个风景的画。他们都决心要画出自然的原有之

---

① ［德］恩斯特·卡西尔：《人论》，第212—213页。

② ［德］卡西尔：《语言与神话》，于晓等译，三联书店1988年版，第197—198页。

③ 徐复观：《中国艺术精神》，第30页。

④ ［德］恩斯特·卡西尔：《人论》，第3—4页。徐复观在《考据与义理之争的插曲》（参见徐复观《中国学术精神》，第151页。）中引用了这段文字，他的翻译采用的是日译本，以下同。

姿。他们决心尽可能地不离开自然。他们认为尽可能的把自己所见的自然，作正确的再现。然而，结果却是四张完全不同的画，随画家人格的互异而互异。李特由此一种经验，而得出‘没有客观的视觉，形态和色彩常常是由个人的气质去加以把握’的结论。”① 从而来说明文章的体貌，乃由作者不同的生命力所决定。

徐复观在解释“游”乃是使人的精神得到自由解放时，引用卡西尔在《艺术哲学的经验》中的“艺术是对自由的表明，对自由的确认……是给我们以用其他方法所不能达到的内面地自由”② 这段话，认为艺术所给予人的自由感、解放感是其他东西无法代替的。

徐复观一方面把西方美学作为其立论的依据，另一方面又在中西对照的视角中对西方美学加以批判的借鉴。他以开阔的哲学视野和豪迈的精神气概将庄子纳入世界哲学和艺术大潮之中进行比较分析，以平等、客观的态度对其进行条分缕析，使其与文学上的意识流，心理学上的深层心理、行为主义，哲学上的现象学、柏格森生命主义、萨特的实存主义、逻辑实证论，政治上的纳粹主义及物理学上的原子论等相遇。在谈到艺术精神的主体时，他认为：“（现象学派）不仅在观念、理论上表现而为多歧，而为奇特；并且现在更堕入于‘无意识’的幽暗、孤绝之中。这与庄子所呈现出的主体，恰成为一两极的对照。”③ 在穷究美得以成立的历程和根源时，他认为谢林（Schelling）、左尔格（Solger）和庄子在很多方面出现了惊人的相合点，“他是想在宇宙论地存在论上，设定美和艺术。他把存在所以有差别相的原因，归之于展相”④。在论述自由与美的关系时，他引用海德格尔（Martin Heidegger）的“心境愈是自由，愈能得到美地享受”⑤。以证之，并认为黑格尔（Georg Wilhelm Friedrich Hegel）在《精神现象学》中以人类精神世界的“最高阶段为绝对精神王国，艺术乃在此王国中保有其位置”把艺术这一层面的内涵揭示得最透彻；在谈论艺术的对象时，他认为费希尔（F. T. Vischer）的“观念的最高形式是人格，所以最高的艺术，是以最高的人格为对象的东西”的思想在《庄子》中得到了实际的证明；在谈到美的人生时，他认为温克尔曼（Win'ckelmann）的“高贵的单纯，以及平易的伟大”的希腊艺术之美如果转移到人自身，当然也就是庄子淳

---

① 徐复观：《中国文学中的气的问题》，《中国文学精神》，第107—108页。

② 徐复观：《中国艺术精神》，第52—53页。

③ 同上书，第115页。

④ 同上书，第47页。

⑤ 同上书，第53页。

朴淡泊的人生；在谈到精神的自由解放时，他提出席勒（J. C. F. Schiller）所言的“游戏的人”即是庄子艺术化的、逍遥游的人，二者可以说正是发自同一的精神状态；在谈到庄子“主客合一”而得到美的观照时，他认为这与克罗齐（Benedetto Croce）在《美学原理》中对“表现”的解释有相通之处[①]；在谈到“无用”时，他认为康德（Kant）在《判断力批判》中提出的“美的判断”是一种趣味判断，是一种无关心的满足，亦正是艺术性的满足，这与庄子的“无用之用”相契合；在论及中和之美时，他认为多特罕塔（Todhunter）提出的“美是矛盾的调和”与庄子的“大乐与天地同和”从不同方面揭示了谐和之美；在谈艺术精神的境界时，他认为雅斯贝尔斯（Karl Jaspers）的艺术以满足为本质与庄子“独与天地精神往来”的圆满自足状态一致；在谈到庄子的“虚、静”时，他认为其与哈曼（Richard Hamann）、福多拉（Konnad Fuedler）美的形相，是由知觉的孤立化、集中化及强度化而得到，乃在于撤去心理的主体相似；在论述庄子的“忘知”时，他认为这与胡塞尔（Edmud Husserl）的将知识归于括弧，实行中止判断有异曲同工之妙；在论述“共感”时，他指出了康德（Kant）、柯亨（HCchen）以及派克（Parker）作为个人感情融合于人类感情的美的情感的必然性与庄子发自虚静之心的“与物同春”、“与物有宜”的共感之间的关系；在论述审美过程的问题时，他认为奥德布李特（Odebrecht）在审美观照时依靠“第二的新的对象”的论述是对庄子想象力的生产性、自发性的证实；在谈论艺术与宗教的关系时，他认为庄子艺术化的人生是为雅斯贝尔斯的“人对宗教最深刻的要求，在艺术中都得到解决了，这正是艺术可以代替宗教之所在”的论断提供了实证……西方若干思想家，在穷究美得以成立的历程和根源时，常出现约略与庄子在某一部分相似相合之点，而这些相似之处正可以旁证庄子之“道”的艺术精神。徐复观从中国美学的立场出发，寻求中西美学和艺术之间的会通点，并对西方美学的思想和概念进行了创造性的诠释，给我们反观传统提供了一个新的视角。

徐复观在古今、中西文化交会、碰撞中吸纳西方的新思想、新理论、新方法时，也不免有生硬粗糙之处，有简单照搬之嫌，这需要我们多加省思。中西美学概念有时是貌合而神离，看起来说的是一个东西，其实所指内涵恰恰相反，而徐复观并没有对中西相似的概念做出区分，如李普斯（Theodor Lipps）在审美观照中的“主客合一”与庄子在物化中的“物我合一”在内涵上就存在很大的差异，李普斯认为审美享受之对象虽在事物

① 徐复观：《石涛之一研究》，第29页。

的表层，但产生审美的原因却是自我的内部活动。“我”是充满情绪、积累经验和价值观念的我，他的“物我合一”是通过感官直接知觉，使“对象”与“主体”相互交融渗透，彼此都失去主客原有的纯粹本性，而审美享受之对象也因此获得了主客兼备的双重性格。而庄子“物我合一”中的“我”，既不是生理欲望的我，也不是道德理性的我，其本质是一种“虚”、“静”的心灵状态。从心灵展现自由无限的境界开始，“我”通过了“致虚守静”的养性工夫，已泯除了主客的对立，“与物冥之物，即成为美地对象之物”①。当下凝神观照的“物化”境界，实为此一心灵的发用而已。庄子在观“鱼之乐”的过程中，是由鱼“出游从容”而起，但这种乐，却不是感性形式之乐，而是主体由修养而致的一种自由无限的精神境界，即“万物静观皆自得”的审美心灵。显然，徐复观是通过日本的二手文献去了解西方哲学、艺术的思潮，在理解和翻译上难免存在一些隔膜和误解，但他给我们诠释《庄子》开辟了一个新的视角，也为中国艺术精神的现代创新开辟了一个新的路径，其历史功绩是不容抹杀的。

二　儒道两家的人性论

徐复观对艺术精神的追问是从人性论的角度切入的。他认为中国艺术精神“并不从某件具体的艺术作品本身，而是直接从中国文化、中国哲学里直接流出”②。这个认识无疑是很有洞察力的。艺术精神蕴含着一种文化的根本观念，它虽不脱离艺术作品本身，但也不可能直接来自艺术本身，而应该源于民族文化中最核心处的东西——哲学或宗教。如果我们说海德格尔从艺术作品入手追问艺术本源的方式是由下往上追溯，那么徐复观从哲学和文化入手探索艺术精神的方式则是由上往下落，一部《中国艺术精神》就是描述“一条中国艺术精神的呈现、发展、具体、丰富的线条”③。在中西文化论战中，徐复观感到有必要把中国文化中有价值的成分有条理地做出现代阐释，使其融入世界文化主流中。徐复观正是以这种中国文化本位主义的文化观写出了《中国人性论史·先秦篇》，其后，他感到有更多的东西在人性论史中未能得到充分的阐发，那就是独立于科学精神和道德精神之外的艺术精神，这就是《中国艺术精神》的写作背景，从人性论的发掘到艺术精神的诠释，二者之间有一条明晰的思维脉络。很多学者认

① 徐复观：《中国艺术精神》，第76页。

② 同上书，第44页。

③ 张法：《徐复观美学思想试谈》，李维武编《徐复观与中国文化》，湖北人民出版社1997年版，第514页。

为人性论与美学和艺术思想无涉，而忽略了此方面之研究。但如果我们把它放在徐复观美学思想发展过程的大背景中去看，就会发现人性论在其美学思想的形成过程中实起着奠基的作用。徐复观虽然在《中国人性论史·先秦篇》中没有过多谈论艺术问题，但是对儒家和道家哲学的分析已经奠定了其美学思想的哲学基础。

徐复观认为人性论是理解文化中一切问题的基础，“（人性论）是一个起点，也是一个终点。文化中其他的现象，尤其是宗教、文化、艺术乃至一般礼俗、人生态度等，只有与此一问题关连在一起时，才能得到比较深刻而正确的解释”①。人性论史的阐释尤其对艺术精神的展开具有奠基性的重要意义。通过对人性论的梳理，他发现了儒道人格修养的伟大，认为：“中国只有儒道两家思想，由现实生活的反省，迫于主宰具体生命的心或性，由心性潜德的显发以转化生命力的夹杂，而将其提升，将其纯化，由此而落实于现实生活之上，以端正它的方向，奠定人生价值的基础。所以只有儒道两家思想，才有人格修养的意义。因为这种人格修养，依然是在现实人生生活上开花结果，所以它的作用，不止是文学艺术的根基，但也可以成为文学艺术的根基”②。人格修养是儒、道两家的思想基础，也是中国艺术精神的落脚之处，徐复观对中国艺术精神的阐释及对现代艺术的批判，也是由此出发的，他明确指出：“儒道两家人性论的特点是：其工夫的进路，都是由生理作用的消解，而主体始得以呈现；此即所谓‘克己’、‘无我’、‘丧我’。”③ 并由此而成就了伟大的艺术精神，它在根本上体现为一种肯定人性、肯定自我价值、追求自由解放的新人文精神。尽管儒道走向了两种艺术形态，但其出发点和归宿点依然是落实于现实人生之上，这就是徐复观所说的“为人生而艺术，才是中国艺术精神的正流”④。与海德格尔侧重于探究美与真理之间的关系不同，徐复观重视美与善之间的关系，美与善是并列的价值系统，艺术与道德在其根源上是融会统一的，两者可谓相辅相成，殊途同归。

徐复观谈到写作《中国艺术精神》的动机时说：“我写这部书的动机，是要通过有组织的现代语言，把这一方面的本来面目，显发了出来，使其堂堂正正地汇合于整个文化大流之中，以与世人相见。所以我现时刊出的这一部书，与我已经刊出的《中国人性论史·先秦篇》，正是人性王国中

---

① 徐复观：《自序》，《中国人性论史·先秦篇》，《徐复观文集》（第三卷），第1页。

② 徐复观：《儒道两家思想在文学中的人格修养问题》，《中国文学精神》，第8页。

③ 徐复观：《中国艺术精神》，第115页。

④ 同上书，第118页。

的兄弟之邦。使世人知道中国文化，在三大支柱中，实有道德、艺术的两大擎天支柱。”[①] 道德相对于艺术，无疑具有优先性——艺术可以看作是其人性论的展开和完成。徐复观美学思想的展开，实则是以人性论作为基础和主导的，因而他在谈论中国艺术精神时，最终不仅把这种精神落实于具体的艺术作品上，而且也落实于艺术家的生活态度上，这从他悼念张深切的话中可见一斑：“深切则使我欣赏。在他的作品中，在他的生活态度上，他自由地想像，自由地发挥；更以自由地心情，来看自己的成功、失败。他并不是忘情于功利，但他似乎不肯作功利的奴隶。”[②] 徐复观对人性论的梳理和阐释奠定了其美学思想的哲学基础，架起了由宗教通向艺术的精神桥梁，同时也为艺术精神的现代疏释提供了独特的方法，他说：“我把文学、艺术都当作中国思想史的一部分来处理，也采用治思想史的穷搜力讨的方法。”[③] 正是在这个过程中，徐复观发现了文学、艺术还有自己独特的方法——“追体验”，这也大大丰富了其人性诠释的深度和力度。

徐复观认为，从本质上来看，人性论是中国艺术精神的源泉，“我国的艺术精神，则主要由庄子的人性论所启发出来的”[④]。通过艺术审美来恢复人性的完整，这也是席勒在《审美教育书简》中的核心思想，徐复观对人性论的重视推进了中国传统美学与西方美学之间的沟通与融会。在20世纪中国美学史上，对艺术精神持这种看法的美学家为数不少，如宗白华认为，中国画的境界似乎主观而实为一片客观的全整宇宙，和中国哲学及其他精神方面一样。[⑤] 方东美也说：“如果从艺术史来看，则整个中国艺术所表现的创造精神，正是儒道两家在哲学上所表现的思想。”[⑥] 值得注意的是，艺术的“来源”和“本源”是两码事，从人性论的视角去分析艺术问题不是从艺术内部去探究艺术的本质，这种从艺术外部来看待艺术精神的视角不可能对艺术做出本质性的规定。同时，徐复观按照历史追溯的方式平铺下来、以历史存在的人性论取代现代人性论的考察，这使得他的人性论缺乏现实的土壤，因而在面对现代的生存困境时，缺乏有成效的解释力度。毛泽东说：“有没有人性这种东西？当然有的。但是只有具体的人性，

① 徐复观：《自叙》，《中国艺术精神》，第2页。

② 徐复观：《一个“自由人”的形象的消失——悼张深切先生》，《中国人的生命精神》，第86页。

③ 徐复观：《自序三》，《中国文学精神》，第2页。

④ 徐复观：《自叙》，《中国艺术精神》，第2页。

⑤ 宗白华：《美学散步》，第133页。

⑥ 方东美：《中国艺术的理想》，冯沪祥译，载牟宗三等编《中国文化论文集》（第二编），幼狮文化事业公司1980年版，第336—337页。

没有抽象的人性。在阶级社会里就是只有带着阶级性的人性，而没有什么超阶级的人性。”[①] 人性都是具体的、立足于特定的时代和社会关系，徐复观对人性论的建构具有浓厚的理想主义色彩，因此，他并没有为中国艺术的现代创新找到有效的解决方案。

三　鄂东历史文化的传承

徐复观美学思想的形成既有西方文化的冲击以及通过日本的文化考察对现代性的思索，又有鄂东历史文化的传承、熏陶和影响。这种影响一方面渗透到他的精神血液和生命情感中，潜移默化地使他无论身在中国台湾、中国香港还是美国，都有着浓厚的乡土情结，另一方面又通过熊十力的直接教导，体认到中国文化最基本的特征即是“心的文化”，这也成为他学术思想的基石。

中国文化是“心”的文化，钱穆指出：“全部中国史实，亦可称为一部心史。舍却此心，又何以成史?”[②] 鄂东有着悠久的“心学”传统。历史上鄂东是佛教发展的中心，东晋慧远大师在鄂州创立了净土法门，净土即是净心，慧远曰：“睹夫渊凝虚镜之体，则悟灵相湛一，清明自然。察夫玄音以叩心听，则尘累每消，滞情融朗。非天下之至妙，孰能与于此哉?”（慧远：《念佛三昧诗集序》）净土理论把佛性建立在人的心性之上。禅宗的三祖僧璨、四祖道信、五祖弘忍皆出自鄂东，道信提出“念佛即是念心，求心即是求佛”（道信：《入道安心要方便法门》），强调每个人通过内在心性的修炼即可把握佛性；弘忍认为日常生活即是禅修，主张：“守本真心，妄念云尽，慧日即现。”六祖慧能也是在鄂东黄梅形成了自己的禅学思想：“菩提自性，本自清净，但用此心，直了成佛。”（慧能：《坛经·行由品第一》）修行的目的是洞彻本原，了生脱死，超出三界，不受后有，度己度人，普利群生，概而言之即是“明心见性”、心外无佛。禅宗通过对人内在心性和自身生命根源的确证，开创了佛学中国化的心学路向。徐复观认为：“佛教在中国发展到禅宗，即把人的宗教要求也归结到人的心上；所以禅宗又称为‘心宗’。这个意思在印度也有，但到中国才发扬光大。禅宗后来演变到呵佛骂祖，只在心上下工夫，便完全没有宗教的意味。”[③] 佛教将“心”的作用推到了一个极高的位置，这种转变可

---

① 毛泽东：《毛泽东选集》（第三卷），人民出版社1967年版，第827页。

② 钱穆：《现代中国学术论衡》，岳麓书社1986年版，第3页。

③ 徐复观：《心的文化》，《徐复观文集》（第一卷），第36页。

以说是在鄂东之地完成的。宋明时期融儒、释、道为一体的新儒家也很好地继承和发展了这种心性传统，宋代朱熹，元代龙仁夫，明代王阳明、耿定向、邹元标、顾宪成、高攀龙，清代曹本荣、于成龙、杨守敬、张之洞等诸大儒均到鄂东讲学布道[①]，以致清代湖广提学使蒋永修赞曰："惟楚有材，雄长天下，独黄（州）为之冠。"（蒋永修《问津书院碑序》）尤其是王阳明的心学大盛于鄂东，王阳明的弟子郭善甫（黄冈）、泰州学派的耿定向、耿定理（红安）、顾问、顾阙等人都为心学的继承和发展做出了重要贡献。耿定向引荐李贽到黄冈、麻城讲学，李贽也是在鄂东的麻城把泰州学派的心学思想发展为"童心说"："夫童心者，绝假纯真，最初一念之本心也。若失却童心，便失却真心；失却真心，便失却真人。"[②] 将心学思想与自由解放的潮流结合起来，表现了伟大的启蒙精神。[③] 明代的"医圣"李时珍在《本草纲目》中提出"脑（心）为元神之府"，使心学思想普及于乡村妇孺。[④] 崇正书院、问津书院是鄂东长期传播阳明心学的基地，书院讲学之风一直延续到晚清，对现代新儒学的产生也产生了重要影响。关于这段历史，熊十力有精要的概括："夫古今言哲理者，最精莫如佛，而教外别传之旨，尤为卓绝。自达摩东渡，宗风独盛于蕲、黄。蕲水三祖、蕲春四祖、黄梅五祖，迭相授受，独成中国之佛学。黄梅传慧能、神秀，遂衣被南北，永为后世利赖。有明心学兴，黄冈郭氏、黄安耿氏、蕲春顾氏，并为荆楚大师。"[⑤] 熊十力写作《心书》和《新唯识论》，就是把要鄂东的这种文化传统继承、发扬下去，他说："识者，心之异名。唯者，显其特殊，即万化之原而名以本心……《新论》究万殊而归一本，要在反之

---

① 根据清代《问津院志》记载，以上这些大儒均曾莅临"问津书院"讲学布道，"问津书院"乃西汉淮南王刘安所建，位于武汉市新洲区旧街镇夫子河畔。新洲区在唐末以前是古黄州府府治所在地，自唐末至1983年一直属于黄冈地区，亦属鄂东地区。

② （明）李贽：《童心说》，《焚书》（卷三），载张建业主编《李贽文集》（第一卷），社会科学文献出版社2000年版，第91—92页。

③ 需要说明的是，泰州学派以及李贽所言的"心"，与禅宗的"心"、王阳明的"心"内涵是不同的，李贽的"童心"既不是空，也不是天理，甚至与儒家所谓的伦理纲常是相悖的，具有道家"纯任自然"的倾向，强调真情、真性、人欲的合理性，藏新奇于平常中，这又是合于立足现实、以"我"为主的心学传统的。

④ 以上见于谈瀛《我所知道的徐复观先生——影响徐复观思想的家乡环境和几位前辈学者》，《徐复观与中国文化》，第604—617页；李维武：《大家精要——徐复观》，第8—12页。

⑤ 熊十力：《心书》，载萧萐父主编《熊十力全集》（第一卷），湖北教育出版社2001年版，第23页。

此心，是故以唯识彰名。"[①] 认为本心是自身与天地万物所同具的本体。现代新儒家学者大多受过熊十力的影响，也都重视"心"，牟宗三讲心体与性体以建立道德的形上学，唐君毅讲生命存在与心灵境界的心通九境论，徐复观则提出"形而中者谓之心"[②]，把心作为人生价值的根源。

徐复观受到鄂东"心学"传统的影响，并非直接上承于陆象山、王阳明，而主要是通过深受陆、王思想影响的熊十力。熊十力早年追慕王夫之，而后以孟子陆王之"心学"融摄《易经》并会通佛学而成《新维识论》，认为造化之本在无我无人之法体，也即本心。佛家的真如本心只寂静而无生生，不能开出人性、人道、人伦，而儒家的本心寂静亦刚健，为"主"为"能"，以本心为体，则体即为"能"而非"所"，也就是王阳明所谓的"良知之灵觉"。而鄂东从禅宗、阳明之学而来的"心学"传统经熊十力的继承、发扬，到徐复观这里才得以真正的彰显。徐复观认为由周初所开始的宗教转化，到孔孟而始完成，到程明道、陆象山、王阳明而更为显透，"虽有时仍承用帝、天之名，但帝、天皆由自己的心、性所上透的德性而显；如实言之，帝、天实扩充到极其量的心性"[③]。仁、义、礼、智就是心之德，由心而见性，心性之透显，人之所以为人的道德主体性才真正得以确立。这个心，并非由外部力量加与我，乃我固有之，它上通于天，下通于人，内而透精神价值之源，外而通事为礼节之文，所以归根到底地说："中国传统的学问，乃是一种'心学'，此不仅对陆王之学而言。"[④] 而且也是中国文化发展的大方向及最后到达点，牟宗三也称这种"心的文化"为"综和的尽理之精神"下的文化系统，以与西方的"分解的尽理之精神"下的文化系统相区别[⑤]。

徐复观在《中国艺术精神》中，认为艺术的根源和精神自由解放的关键来源于人的具体生命的心、性，庄子由心斋的工夫"所把握的心，正是艺术精神的主体"[⑥]。"假定谈中国艺术而拒绝玄的心灵状态，那等于研究一座建筑物而只肯在建筑物的大门口徘徊。"[⑦] 鄂东的"心学"传统构成了徐复观学术思想的哲学基础，也成为他为传统艺术开陈出新的重要

---

① 熊十力：《新唯识论·序》，台湾学生书局 1972 年版，第 1 页。
② 徐复观：《心的文化》，《徐复观文集》（第一卷），第 33 页。
③ 徐复观：《如何读马浮先生的书?》，《徐复观文集》（第二卷），第 359 页。
④ 同上书，第 360 页。
⑤ 牟宗三：《中国哲学的特质》，第 141 页。
⑥ 徐复观：《中国艺术精神》，第 61 页。
⑦ 徐复观：《自叙》，《中国艺术精神》，第 5 页。

媒介。

另外，近代以来，湖北地处于南北新旧文化、中西文化交锋的中心，成为“吾国最重最要之地，必为竞争最剧最烈之场”，而“竞争最剧最烈之场，将为文明最盛最著之地”①。尤其是鄂东，处于“吴头楚尾”的地理位置，东受安徽桐城派的传统文化影响，西临武汉近代化思潮的冲击，这是鄂东近代人文鼎盛的文化基础。鄂东这种多元文化碰撞和多样文化并存的文化生态，也深深地塑造着鄂东人的性格，形成了他们心忧天下、坚毅果敢又包容博大的精神个性，徐复观说：“楚人任侠敢任，而尝有守孤抱以轻天下之情，故历史上秉大义以发天下之大难者多为楚人。发大难而不计其功，有其功而亦不以此自拘自滞，自矜自恃者，亦多为楚人。盖楚人有性情之真，而少功名之念。”② 徐复观美学思想的批判性、多面性和夹杂性特征正可由此而找到其根源。

第二节　庄子美学——徐复观美学思想的主干

英国19世纪著名批评家阿诺德曾这样说过：“在某时代的文学中，从文学的支流，辨别出何者是它的主流，是文学批评的最高任务。”③ 那么可不可以这样说，在思想研究中，从一个人思想的某一观念、某一问题入手，而把握其思想的主流，把握到时代的大潮，这也是思想研究的主要任务，而舍此之外的研究，都只能称为“皮下注射式”的表层研究。余英时在谈到清代思想史时，曾提出了一个“内在理路”④ 的思想史研究方法，与阿诺德的说法有异曲同工之妙，笔者以为这种方法对于徐复观美学思想的研究也是非常适用的。迄今为止，对徐复观美学思想的研究已经有了数量累累的研究专著和博士、硕士论文，然而徐复观美学思想的核心是什么？儒家美学和庄子美学何者是徐复观美学思想的主体？这二者在徐复观美学思想体系中又占据何种地位呢？这些问题至今仍成“悬案”，更不用说由此而追溯徐复观美学体系的展开线索以及对徐复观在20世纪中国美学中的地位作出客观的评价了。笔者之所以说数量累累，而不敢说硕果累

① 冯天愈：《徐复观与鄂东文化》，《徐复观与中国文化》，第600页。

② 徐复观：《辛亥革命精神之坠失——痛悼居觉生先生》，《中国人的生命精神》，第51页。

③ Matthew Arnold, *Literature and Dogma*, The MacMillian Gompany, 1914.

④ 余英时：《清代思想史的一个新解释》，载《历史与思想》，台北联经出版股份有限公司1995年版，第124—125页。

累，实恐言过其实也。

一　徐复观诠释庄子的视角

对庄子的理解和诠释是现代学术界的一个热点。随着中国从传统到现代的转型和传统语境的解构，《庄子》文本本身所包含的寓言性、象征性、多义性为现代不同视角的诠释提供了广阔的空间。尽管每一个解读者都号称遵循《庄子》文本或庄子本人的原意，然而一个不可否认的事实是，我们已经不可能在绝对意义上恢复和重建作者的原意了，我们的诠释或多或少地包含了“前理解”①，这种“前理解”尤其体现在历代文艺批评家对庄子的各种随意性的诠释中，这些诠释也在一定程度上构成了《庄子》的意蕴传统。传统在其相继流传的过程中，必然要根据新的现实参照系而接纳新的诠释②，这种新的诠释不断打破传统原本的限制，使传统具有新的活力而在现代人面前展开一个贴近自己的新视域、新视界。徐复观正是力图在现代视角下重建《庄子》的意蕴传统。

（一）徐复观对庄子的客观分析

那么，什么样的诠释才是适当的而不显得过度呢？伽达默尔认为对作品的合理诠释是主体的“视界”与作品的“视界”的融合；傅伟勋提出在立足于文本本身和尽可能尊重作者原意的同时，又能对作者思想进行批判

---

① 在海德格尔那里，“前理解”即前结构，包含有先行具有、先行见到、先行掌握之义，参见海德格尔《存在与时间》，陈嘉映译，三联书店 2006 年版，第 185 页。伽达默尔则由“前理解”发展出“前见”和“视界”两个概念，伽达默尔认为：“伟大的历史实在、社会和国家，实际上对于任何‘体验’总是具有先行决定性的……早在我们通过自我反思理解我们自己之前，我们就以某种明显的方式在我们所生活的家庭、社会和国家中理解了我们自己……因此，个人的前见比起个人的判断来说，更是个人存在的历史实在。”参见［德］伽达默尔《真理与方法》（上卷），洪汉鼎译，上海译文出版社 2005 年版，第 357 页。这种“前见”是构成理解和存在的真理因素；另一种“前见”是由盲目和偏见引起的轻率的理解。

② 徐复观认为传统是在不断形成中得到发展的：“这种情形，使我想到小时候到武昌读书的一种感想。大家都知道，长江和汉水就在那地方交汇；在汉水和长江交汇之处，波涛汹涌，坐船从那里经过，要特别小心。并且在交汇的地方，也可以看出水的两种颜色。这是因为汉水这一新的力量加入时发生的冲激力所产生的必然现象。但是再往下不远，不断冲激力量消失了，甚至在交汇处所看到的长江和汉水的两种颜色也分不出来了。长江之水，即是由这许许多多的新流加入，而不断形成的一条因有固定河床，因而是有规范的巨流。假定长江因汉水的加入而把河床冲垮了，便没有长江，也没有汉水。长江就如同传统，汉水及其他诸水，就如同加入传统中的新因素。”参见徐复观《论传统》，《徐复观文集》（第一卷），第 16 页。

的继承和创造的发展的“创造诠释学”；而艾柯则认为解释是解释者的主动权与语境的限制之间的辩证行为。徐复观对庄子的诠释并不是一种“前设论述”，即不是先认定了庄子就代表着艺术精神，理所当然地具有审美的价值取向，而是先对其有着客观的分析。通过客观的分析，徐复观发现，在原初意蕴上，庄子的“道”和作为艺术精神的“道”并不是一个东西。

徐复观认为，对老、庄所建立的最高概念“道”的把握有两条路径，第一条路径是从思辨上对“道”做观念上的把握，“他们所说的道，若通过思辨去加以展开，以建立由宇宙落向人生的系统，它固然是理论的，形上学的意义”①。这也是传统思想家对老庄所做的玄学式的解读方式。徐复观认为，《庄子》不可能是一种自觉的美学和艺术理论，首先是因为当时的“艺”字，主要指的不是艺术，“当时之所谓‘艺’，如论语‘游于艺’、‘求也艺’之‘艺’，及庄子‘说圣人耶，是相当于艺也’的‘艺’字，主要指的是生活实用中的某些技巧能力”②。他通过对“艺术”概念的梳理和辨析，认为真正具有近代艺术意义的“艺术”一词，可能始自魏晋；而直到近代以来，绘画、雕刻、文学等艺术门类才用“艺术”这样一个统一的名称来称呼。其次，“道”在老子乃至庄子是思想起步的地方，是没有艺术的意欲的，“更不曾以某种具体艺术作为他们追求的对象”③。徐复观进一步认为：“庄子以虚、静、明为体的心斋，只能说明客观与主观的融合。但仅有此一融合，并不一定要求向客观能有所成就，也不一定要求有艺术的创作。”④ 应该说，相比于后来在学术界泛滥成灾的、不加反省的对庄子的“审美式”解读，徐复观对庄子哲学的认识是清醒而准确的。徐复观清晰地洞察到了老庄之道只是宇宙创造的基本动力，他说：“他们的目的，是要在精神上与‘道’合一，亦即所谓‘体道’，因而形成‘道’的人生观，抱这‘道’的生活态度，以整顿现实的生活。”⑤“道”既是一种生活的态度，也是一种生活的境界，“假使起老庄于九泉，骤然听到我说的（道）‘即是今日之所谓艺术精神’，必笑我们把他的‘活句’当‘死句’去理会”⑥。庄子不同于儒家那样重视乐教，也不同于

① 徐复观：《中国艺术精神》，第42页。
② 同上。
③ 同上书，第43页。
④ 同上书，第289页。
⑤ 同上书，第42页。
⑥ 同上书，第43页。

近现代的美学家，开口闭口谈艺术。正因如此，徐复观认为从生存论的角度去定位庄子更接近庄子的原意，他说："庄子不是以追求某种美为目的，而是以追求人生的解放为目的。"① "道"象征着追求自由解放的人生理想，这是在原初意蕴上《庄子》文本所展示的思辨意义上的"道"。

（二）徐复观对庄子的"再发现"

在思维的形上之道的路径之外，徐复观又开辟了第二条路径，那就是从"工夫"过程上对"道"做体验式的把握，他说："若通过工夫在现实人生中加以体认，则将发现他们之所谓道，实际是一种最高地艺术精神。"② 这就是徐复观在现代视野下整合传统资源对庄子所做的审美化解读："从他们由修养的工夫所到达的人生境界去看，则他们所用的工夫，乃是一个伟大艺术家的修养工夫；他们由工夫所达到的人生境界，本无心于艺术，却不期然而然的会归于今日之所谓艺术精神上。"③ 道家体悟"道"的"工夫"过程，与艺术家的艺术修养"工夫"是两相契合的，他认为后世媚道、融灵的崆峒、具茨、藐姑、大蒙等，就是庄子所追求的"道"的具象化，这也是山水画得以成立，并成为中国绘画主流的根据之所在。④ 然而，徐复观并没有将庄子之"道"与中国艺术精神等同起来，他说："当我说他们之所谓道的本质，实系最真实的艺术精神时，应先加以界定：在概念上只可以他们之所谓道来规范艺术精神，不可以艺术精神来规范他们之所谓道。因为道还有思辨（哲学）的一面，所以仅从名言上说，是远较艺术的范围为广的。"⑤ "庄子的道，从抽象去把握时，是哲学的、思辨的。从具象去把握时，是艺术的、生活的。"⑥ 可见，徐复观注意到了道家之"道"的范围是远较艺术精神宽泛的，从工夫的过程和最高境界两方面，"道"与艺术精神是一致的。

首先，从"工夫"上讲，徐复观认为："学道的内容，与一个艺术家所达到的精神状态，全无二致。"⑦ 道在人心，但因各人修养境界之高低不同，不一定都可落实为艺术作品，因为艺术作品的创造，除了要有道的精神境界外，还需要艺术的技巧作为基础，"即在今日，艺术创作，还离不

---

① 徐复观：《中国艺术精神》，第117页。
② 同上书，第42页。
③ 同上书，第43—44页。
④ 参见徐复观《中国艺术精神》，第212页。
⑤ 同上书，第44页。
⑥ 同上书，第206页。
⑦ 同上书，第47页。

开技术、技巧"[①]。"道"离不开技术，正如艺术也离不开技术[②]，技术是艺术创作活动的起点。从技术出发，艺术要恪守自身的本性并达到完美的境界，技术在艺术创作过程中敞开了自己，但同时又完成了对自己的遮蔽。也就是说，技术在制约艺术的同时，又成为艺术"进乎道"的重要媒介。庖丁解牛就是"精神由此得到了由技术的解放而来的自由感与充实感；这正是庄子把道落实于精神之上的逍遥游的一个实例"[③]。徐复观通过对庄子的人籁、地籁、天籁的剖析，认为"天籁"在庄子那里实际是一种理想的精神状态，庄子正是有了作为"人籁"的具体艺术实践的体验，才会升华到对"地籁"、"天籁"艺术境界的追求。毕来德也认为庄子以高度的注意力观察那些"无限亲近"或是"几乎当下"的现象，并把这些分散的现象聚合起来，组织起来，进而以一种崭新的视野来理解我们的一部分经验，所以他称庄子是"一个独立思考，首先关注自己的亲身经验的人"[④]。这些日常生活劳动的感发，实包含了庄子发自肺腑的生命体验。庄子对于"道"的体认，绝非仅仅靠名言的思辨，也不仅仅靠对现实人生的体认，在徐复观看来，（庄子的道）"实际也通过了对当时的具体艺术活动，乃至有艺术意味的活动，而得到深的启发"[⑤]。作为艺术最高境界的"道"，也是从具体的艺术活动中通过艰苦的工夫过程升华上去的。

其次，从最高境界上看，徐复观认为庄子的艺术精神可以用一个"游"字加以象征，他说："游者，象征无所拘碍之自得自由的状态。"[⑥]庄子所谓的至人、真人、神人都是能"游"的人，也就是呈现了艺术精神的人，"游"表明了庄子追求精神自由的祈向。在有些学者看来，"游"甚至可以看作是整部《庄子》的核心。[⑦]陈鼓应认为，"游心"这个概念

---

① 徐复观：《中国艺术精神》，第45页。

② 庄子的技术概念还是传统意义上的技巧，虽然技可以通"道"，但技是末而"道"是本，与艺术上的技术概念有所差别，艺术上的技术并不是一种单纯的技巧，而是与艺术创造相伴相生的技巧。庄子的技术概念也不同于海德格尔所指的技术，海德格尔的技术不再是手工劳动，而是现代技术，自然性和身体性在现代信息技术、网络技术的发展中日益丧失了其决定性的作用，技术演化成为一种独立的超自然的力量，它虽然是作为人的一种工具出现，但同时又反过来使人成为它的实现手段。技术在某种意义上成为剥离人类存在的一种存在者，并进而成为存在本身的挑战。

③ 徐复观：《中国艺术精神》，第46页。

④ ［瑞士］毕来德：《庄子四讲》，第6页。

⑤ 徐复观：《中国艺术精神》，第44页。

⑥ 徐复观：《中国人性论史·先秦篇》，《徐复观文集》（第三卷），第352页。

⑦ 方以智认为《庄子》"内篇凡七，而统于游"。参见（明）方以智《内篇题解》，《药地炮庄》（卷一），《四库全书存目丛书》（子部）第257册，齐鲁书社1995年版，第222页。

是最富于庄学特色的，“它不仅是庄子心学中最具代表性的范畴，也是古典美学中最重要的一个范畴”[①]。在先秦诸子中，庄子是最重视“游”的，据刘笑敢统计，《庄子》全书“游”字共出现过96次，而在《论语》中有5次，《孟子》中有8次，《墨子》中有1次，而“逍遥”一词，则是《庄子》最先提出来的。[②] 庄子在“游”的日常意义游走、游玩之外赋予它新的内涵，“游”是“心游”、“神游”，也即是一种超越的静观意识，世间万物在此静观之下，皆呈现为自由、自得、自足的存在状态。“游心”不仅是精神自由的表达，更是艺术人格的流露，徐复观认为：“‘游心于淡，合气于漠’，乃心斋之另一说明。心斋之心，已如前述，正是艺术之心。”[③]“游”的这一层意蕴，《列子·仲尼》中富有道家色彩的壶丘子有更清楚的表述：

> 初，子列子好游。壶丘子曰：“御寇好游，游何所好？”列子曰：“游之乐所玩无故。人之游也，观其所见；我之游也，观之所变。游乎游乎！未有能辨其游者。”壶丘子曰：“御寇之游固与人同欤，而曰固与人异欤？凡所见，亦恒见其变。玩彼物之无故，不知我亦无故。务外游，不知务内观。外游者，求备于物；内观者，取足于身。取足于身，游之至也；求备于物，游之不至也。”于是列子终身不出，自以为不知游。壶丘子曰：“游其至乎！至游者，不知所适；至观者，不知所眂，物物皆游矣，物物皆观矣，是我之所谓游，是我之所谓观也。故曰：游其至矣乎！游其至矣乎！”[④]

这可以看作是对庄子“游”的补充说明。[⑤] 以“游”作为庄子美学的

---

① 陈鼓应：《〈庄子〉内篇的心学》（下），《哲学研究》2009年第3期，第58页。

② 刘笑敢：《庄子哲学及其演进》，中国社会科学出版社1987年版，第18页。

③ 徐复观：《中国艺术精神》，第100页。

④ 杨伯峻撰：《列子集释》，中华书局2008年版，第127—129页。

⑤ 列子一般被看作是道家的人物，《吕氏春秋》云：“子列子贵虚。”《汉书·艺文志》云：“道家有列子八篇。”现存的《列子》大多为列子门人及后学所作。如果我们对照《庄子》，会发现庄子的思想和列子存在明显的关联性，至于究竟是谁影响谁，学界还存在着争议，梁启超、胡适、马叙伦等人认为《列子》晚于《庄子》，郎擎宵也认为《列子》一书“虽非列子所作，然会萃诸书而成，书中大旨与《庄子》相类，其精义不逮《庄子》之多，而其文较《庄子》易解，殊足与《庄子》相参证焉”。（参见郎擎宵《庄子学案》，天津古籍出版社1990年版，第260页。）先秦典籍中《韩非子》、《吕氏春秋》、《战国策》等皆记载列子其言其事，《庄子》中亦有《列御寇》篇；列子贵虚，庄子则“缘督以为经”，《庄子》中“游”的思想无疑可和《列子》相互参证。

核心，这体现了徐复观重构现代中国人的人生理想和精神品格的努力，“游”意味着人的自我完善和审美的解放。

（三）审美化诠释的合理性

《庄子》一书中“美”字共出现了51次，但没有一次是谈艺术问题的。《庄子》中“庖丁解牛”、“轮扁斫轮”、“解衣盘礴”的寓言主要不是讲艺术创作，而是以此来喻道、悟道，可以说，庄子主要是从生存的角度而非从艺术的角度、是从真的角度而非从善的角度来谈美的，徐复观对庄子所作的“再发现”确实有着“过度诠释”的嫌疑，它实际上涉及了如何给《庄子》在美学和艺术史上定位的问题。那么，《庄子》中究竟有没有美学思想呢？庄子对中国美学和艺术究竟有着怎样的影响呢？

对这个问题，学界依然存在着诸多不同的看法。《养生主》中的这个故事是学界引证最多也是争论最多的一个案例：

> 庖丁为文惠君解牛，手之所触，肩之所倚，足之所履，膝之所倚，砉然响然，奏刀騞然，莫不中音，合于桑林之舞，乃中经首之会。文惠君曰：“嘻，善哉！技盖至此乎？”庖丁释刀对曰：“臣之所好者道也，进乎技矣。始臣之解牛之时，所见无非全牛者；三年之后，未尝见全牛也；方今之时，臣以神遇而不以目视，官知止而神欲行。依乎天理，批大郤，导大窾，因其固然。技经肯綮之未尝，而况大軱乎！良庖岁更刀，割也；族庖月更刀，折也；今臣之刀十九年矣，所解数千牛矣，而刀刃若新发于硎。彼节者有间，而刀刃者无厚，以无厚入有间，恢恢乎其于游刃必有余地矣。是以十九年而刀刃若新发于硎。虽然，每至于族，吾见其难为，怵然为戒，视为止，行为迟，动刀甚微，謋然已解，如土委地。提刀而立，为之而四顾，为之踌躇满志，善刀而藏之。”

从哲学史上看，只是到了现代的语境下，对“游”的这种超越性、追求精神自由的诠释才开始流行起来，例如陈鼓应认为：“庖丁举手投足之间皆能合拍于雅乐的美妙乐音，并表演出优雅动人的舞姿，这艺术形象构成一幅令人赞赏不已的审美意趣，也构绘出主体技艺之出神入化及挥洒自如的自由境界。”[①] 这种解读是否合适呢？“庖丁解牛”只能说是带有审美意味的生产劳动，而不能说是艺术创造活动，在艺术未独立之前漫长的历

① 陈鼓应：《〈庄子〉内篇的心学》（上），《哲学研究》2009年第2期。

史时期，这种活动大量而普遍地存在于人类的生产实践活动中，其中一部分转化为手工艺活动；在艺术走向独立以后，这种带有审美色彩的生产劳动与艺术创造活动是两分的。然而，是否对“庖丁解牛”做出审美化的诠释就是一种“误读”呢?《庄子》文本与艺术创造活动是毫无关系的吗?傅伟勋认为，对庄子的诠释应该“把庄子所应说而未说出的结论全盘托出”[①]，而对所谓“误读”的排斥，也就扼杀了《庄子》文本的生命力。正是通过对《庄子》文本不断的“误读”，庄子思想的多元性和矛盾性才得以揭示，《庄子》文本的开放性才真正地得以实现。

刘绍瑾在《庄子与中国美学》中认为：

> 《庄子》一书的美学意义，不是以美和艺术作为对象进行理论总结，而是在谈到其“道”的问题时，其对“道”的体验和境界与艺术的审美体验和境界不谋而合。由于这种相合，后世很自然地把这些带有审美色彩的哲学问题移植到对艺术的审美特征的理解中，从而使庄子的哲学命题获得了新的意义。从这个意义上，我们认为，《庄子》中所蕴藏的文艺思想、美学理论，并不是以其结论的正确性取胜，而是以其论述过程中的启发性、暗示性、触及问题的深刻性见长。[②]

这个认识无疑是很深刻的，庄子确实不是以美和艺术为对象来进行哲学思考，但其思想却并非无涉于艺术创造问题，对刘绍瑾的观点我们也需要辩证地看待。在庄子生活的时代，大量的艺术创造是以手工艺劳动的形式出现的，《庄子》中“庖丁解牛”、“梓庆削木”等带有美学色彩的寓言所谈的就是这种手工艺劳动的场景。这种手工艺劳动显然与艺术创作是有区别的，但并非毫无关系。从历史上看，庄子开启了后世的审美思潮和艺术创作的自觉并不是偶然的。《庄子》中描绘的带有审美色彩的生产劳动场景是人类早期生产力发展水平的真实写照，这些生产劳动，有些是纯粹的技术性劳动，含有审美色彩，但并不产生具体的产品，如“庖丁解牛”、“津人操舟”；有些则是一种手工艺制作过程的真实写照，如“梓庆削木”就闪烁着一种艺术创造的精神。中国有自觉的艺术创造意识起步是很晚的，但是创造的精神却很早就有。这种创造精神也具有某种神圣性，也就是它不是一般人所拥有的能力，很多劳动工具或工艺作品的创造者留下了

---

① 傅伟勋：《从西方哲学到禅佛道》，第403页。

② 刘绍瑾：《庄子与中国美学》，广东教育出版社1989年版，第10—11页。

姓名，或以某位圣人作为代表，如伏羲氏作网罟，神农氏作耒耜，黄帝作舟车，鲁班作木艺……这体现了中国人对创造精神的重视。《庄子》中的劳动场景虽然不能说是艺术创造活动，但正如朱光潜所说，在劳动生产过程中“人对世界建立了实践的关系，同时也就建立了人对世界的审美关系。一切创造性的劳动（包括物质生产与艺术创造）都可以使人起美感”[①]。正是在庄子所描述的劳动生产过程中建立的审美关系以及美感意识的萌芽，才使人类开始逐渐摆脱对自然的恐惧、崇拜和道德比附意识的束缚，完成了从必然到自由的飞跃，从而在生产实践创造中取得了“最高的自由的感性具体表现”。[②] 从春秋战国至魏晋时期，在艺术创造上表现新的精神、开拓新的境界的往往不是传统的艺术家，而是这些淡出艺术史之外的手工艺者。宗白华在《中国美学史中重要问题的初步探索》一文中对此有精辟的分析：

> 实践先于理论，工匠艺术家更要走在哲学家的前面。先在艺术实践上表现出一个新的境界，才有概括这种新境界的理论。现在我们有一个极珍贵的出土铜器，证明早于孔子一百多年，就已从“错彩镂金、雕缋满眼”中突出一个活泼、生动、自然的形象，成为一种独立的表现……尤其顶上站着一个张翅的仙鹤，象征着一个新的精神，一个自由解放的时代（原列故宫太和殿，现列历史博物馆——编者注）。[③]

庄子对手工艺者劳动场景的形象刻画，正是从这些具体的劳动实践中发现了新的时代精神和新的生存境界，而这种精神，可能要迟至几个世纪以后才能在哲学和美学上表达出来。

从某种意义上说，《庄子》可以看作是中国上古时期手工艺劳动创作的理论总结，这些在生产劳动过程中涉及的实践经验及技术问题，与后来的艺术创作活动是有相似之处的，如轮扁的“斫轮，徐则甘而不固，疾则苦而不入，不徐不疾，得之于手而应于心，口不能言，有数存乎其间”（《庄子·天道》）。梓庆的“其巧专而外骨消，然后入山林，观天性形躯，至矣，然后成镰，然后加手焉，不然则已。则以天合天，器之所以凝神者，其是与！”（《庄子·达生》）庄子对手工艺劳动中精神的酝酿、节奏的把

---

① 朱光潜：《朱光潜美学文集》，上海文艺出版社1983年版，第290页。

② 刘纲纪：《美学与哲学》，湖北人民出版社1986年版，第92页。

③ 宗白华：《中国美学史中重要问题的初步探索》，《美学散步》，第36页。

握、技术的运用等经验和心灵境界生动而形象的刻画与艺术创造的过程有异曲同工之妙，徐复观说："庄子所说的匠人运斤成风，乃以神遇而非以目遇，正所以说明他的诗乃得自主客凑泊的刹那之间，当下呈现而无须另加修饰。"① 因此，庄子才能在后世艺术家的艺术创作活动中激起了强烈的共鸣。后世的艺术家们借《庄子》中的寓言故事以言自己的艺术体验和创造经验，这就构成了中国艺术批评史上以《庄子》为中心的品鉴传统。如果我们说，庄子深刻地影响了中国艺术家的创作实践还是一种流于空泛、缺乏事实依据的猜测和附会的论断，那么，庄子影响并主导了中国艺术家、艺术评论家的审美趣味和批评话语系统则是不争的事实。在历代的文艺批评理论中，我们都可以看到庄子无处不在的影响：

> 若夫丰约之裁，俯仰之形，因宜适变，曲有微情。或言拙而喻巧，或理朴而辞轻。或袭故而弥新，或沿浊而更清。或览之而必察，或妍之而后精。譬犹舞者赴节以投袂，歌者应弦而遣声。是盖轮扁所不得言，故亦非华说之所能精。②
>
> 于是闲居理气，拂觞鸣琴，披图幽对，坐究四荒，不违天励之藂，独应无人之野。峰岫峣嶷，云林森眇。圣贤暎于绝代，万趣融其神思。余复何为哉，畅神而已。神之所畅，熟有先焉。③
>
> 至于思表纤旨，文外曲致，言所不追，笔固知止。至精而后阐其妙，至变而后通其数，伊挚不能言鼎，轮扁不能语斤，其微矣乎！④
>
> 所谓意存笔先，画尽意在也。凡事之臻妙者，皆如是乎，岂止画也！与乎庖丁发硎，郢匠运斤。效颦者徒劳捧心，代斫者必伤其手。意旨乱矣，外物役焉。⑤
>
> 画之于人，各有本性，笔墨精妙，不知所然。若投刃于解牛，类运斤于斫鼻。自心付手，曲尽玄微，故目之曰妙格尔。⑥

---

① 徐复观：《诗词的创造过程及其表现效果》，《中国文学精神》，第 52 页。

② （晋）陆机：《文赋集释》，第 212 页。

③ （南北朝）宗炳：《画山水序》，宗炳、王微《画山水序、叙画》，陈传席译解，吴焯校订，人民美术出版社 1985 年版，第 8—9 页。"不违天励之藂"指顺应自然，"独应无人之野"当出自《庄子·逍遥游》中的"何不树之于无何有之乡，广莫之野，彷徨乎无为其侧，逍遥乎寝卧其下"。

④ （梁）刘勰：《神思》，《文心雕龙注》（下），第 495 页。

⑤ （宋）张彦远：《历代名画记叙论》，俞剑华编《中国古代画论类编》（上），人民美术出版社 1998 年版，第 36 页。

⑥ （宋）黄休复：《四格》，《中国古代画论类编》（上），第 405 页。

世人止知吾落笔作画，却不知画非易事。庄子说画史解衣盘礴，此真得画家之法。人须养得胸中宽快，意思悦适，如所谓易直子谅，油然之心生，则人之笑啼情状，物之尖斜偃侧，自然列布于心中，不觉见之于笔下。①

与可画竹时，见竹不见人。岂独不见人，嗒然遗其身。其身与竹化，无穷出清新。庄周世无有，谁知此疑神。②

作画须有解衣礴旁若无人之意，然后化机在手，元气狼藉，不为先匠所拘，而游于法度之外矣。③

宋曾云巢无疑工画草虫，年愈迈愈精。或问其何传？无疑笑曰：此岂有法可传哉。某自少时，取草虫笼而观之，穷昼夜不厌。又恐其神之不完也，复就草间观之，于是始得共天。方其落笔之时，不知我之为草虫耶？草虫之为我耶？此与造化生物之机缄盖无以异。岂有可传之法哉。④

……

可见，庄子在中国艺术史上的这种独特影响力不是偶然的，艺术创作的过程与“庖丁解牛”、“轮扁斫轮”等手工艺劳动之间有着天然而直接的联系。《庄子》文本的特殊性就在于并没有直接讨论美学和艺术问题，但其中包含了大量对艺术创作心理和规律的形象刻画，因而徐复观认为：“历史中的大画家、大画论家，他们所达到、所把握到的精神境界，常不期然而然的都是庄学、玄学的境界。”⑤ 这不仅仅是对庄子做出了现代的解读，更重要的是，这种解读可能是更接近庄子原意的。庄子之“道”因为审美化的解读而获得了更为丰富的内涵和新的生命，例如庄子对丑的审美价值的肯定，使美的内涵从一元向多元状态发展，荒诞、崇高、滑稽等审美范畴才逐渐从美中分离出来而获得独立的地位，这大大地拓宽了我们的审美视野。⑥

正是基于《庄子》的“道”与艺术精神的相似性，所以20世纪下半

① （宋）郭熙、郭思父子撰：《林泉高致》，《中国古代画论类编》（上），第640页。

② （宋）苏轼：《书晁补之所藏与可画竹三首》，《苏东坡全集》（上），中国书店1986年版，第229页。

③ （清）恽格：《南田画跋》，《清人论画》，潘运告译注，湖南美术出版社2005年版，第153页。

④ （清）邹一桂：《小山画谱》，王其和点校，山东画报出版社2009年版，第134页。

⑤ 徐复观：《自叙》，《中国艺术精神》，第3页。

⑥ 参见刘建平《庄子中“丑”的美学意义》，《道学研究》2007年第2期。

叶以来，对庄子做出审美化的诠释屡见不鲜，如李泽厚认为："庄子比儒家以及其他任何派别都抓住了艺术、审美和创作的基本特征：形象大于思想，想象重于概念；大巧若拙，言不尽意；用志不纷，乃凝于神。"① 李泽厚、刘纲纪在《中国美学史》中则从"反异化"、追求个体独立的层面来解读庄子："儒家对审美和艺术的特征是缺乏充分认识的，在不少情况下甚至企图否定和取消这种特征。正是儒家美学这种常常会导致极大的片面性的地方，道家美学以强有力的姿态出现了。道家美学从来不讲审美和艺术所具有的教育作用和认识作用，但它对于审美和艺术创造活动的特征却有着深刻的认识。其中最重要的，是看到了审美和艺术创造活动是一种消除了各种外在强制的自由活动，一种超越了功利考虑的活动。道家美学所提出的观点，经常成为冲破儒家各种片面狭隘的功利论的有力武器。"② "以反对人的异化，追求个体的无限和自由为其核心的庄子哲学是同他的美学内在的、自然而然的联系在一起的。两者交融统一，不可分离，这是庄子美学的特征。"③ 这里可以看到德国古典美学对李泽厚、刘纲纪的影响。从康德、席勒到黑格尔的德国古典美学都是围绕着人的自由问题来考察审美的本质的，这同他们对后来马克思所指出的"存在和本质、对象化和自我确立、自由和必然、个体和类之间的抗争"④ 这个历史之谜的解答的努力是分不开的，而庄子哲学显然对此问题有着朴素而朦胧的认识和思考，故李泽厚、刘纲纪明确指出："庄子美学的那些朴素的了解和观察，就其实质来看，不是同康德的美学颇有类似的地方吗？庄子美学在世界美学史上的地位、已经和将要发生的影响，都有待于进一步研究。"⑤ 这种视角与徐复观在《中国艺术精神》中解读庄子的视角是遥相呼应的。庄子确实没有具体地谈到美和艺术问题，甚至有反艺术的言论，但是庄子通过对一些生产实践活动的描述和总结，却恰恰揭示了艺术创造的过程和艺术创作的规律，并且对后世中国艺术及审美理论的发展产生了深远的影响，这是不争的事实。

（四）结语

徐复观并不是先入为主地直接谈庄子的艺术创造和美学问题，而是强

---

① 李泽厚：《美的历程》，第 54 页。

② 李泽厚、刘纲纪主编：《中国美学史》（第一卷），中国社会科学出版社 1984 年版，第 280 页。

③ 李泽厚、刘纲纪主编：《中国美学史》（第一卷），第 240 页。

④ ［德］马克思：《1844 年经济学哲学手稿》，刘丕坤译，人民出版社 1979 年版，第 73 页。

⑤ 李泽厚、刘纲纪主编：《中国美学史》（第一卷），第 284 页。

调生活的艺术精神与艺术的艺术精神的相通性，而这种相通性是建立在对二者区分的基础上的，也即是说，庄子本身有没有美和艺术的意欲是一回事，而庄子在艺术史上产生巨大的影响、刺激了中国艺术家们的艺术创作是另一回事，不可把二者混淆。

首先，我们应该看到，庄子存在反艺术、反美学的倾向。美学根本上是一种感性学，而庄子在根本上是反感性的。庄子否定了世俗浮薄的形式美，否定了纯感官性的音乐，否定了由技术所创造的精巧艺术作品，而追求所谓的“大美”、“大乐”、“大巧”——一种超审美性的生活艺术。“天地有大美而不言”意味着美是天地自然本身所固有的，与人的创造和欣赏活动没有什么关系，这就从根本上否定了美存在的社会文化基础，因而宗白华认为，道家对美和艺术采取的是否定的态度，“又如老庄，也否定艺术，庄子重视精神，轻视物质表现”。“老庄讲自然，根本否定了艺术，甚至要求放弃一切的美，归真返朴。”① 这个评价也是有一定道理的。《庄子》曰：“山林与，皋壤与，使我欣欣然而乐与！乐未毕也，哀又继之。”（《庄子·知北游》）感性的快乐总是短暂的，形式的美总是易逝的，人生的忧患和困苦何日才能得到解脱呢？这显示了庄子贬低感性和超越形式的倾向。在《秋水》篇中，庄子详细地阐述了他的超越之道：

> 庄子与惠子游于濠梁之上。庄子曰：“鯈鱼出游从容，是鱼之乐也。”惠子曰：“子非鱼，安知鱼之乐？”庄子曰：“子非我，安知我不知鱼之乐？”惠子曰：“我非子，固不知子矣；子固非鱼也，子之不知鱼之乐，全矣！”庄子曰：“请循其本。子曰‘汝安知鱼乐’云者，既已知吾知之而问我。我知之濠上也。”

庄子所感受到的“鱼之乐”并非由观“鯈鱼出游从容”而来，而系由“大乐与天地同和”之心境观照得之。以此恒常之心观照万物，则万物莫不和乐。这种境界是一种诗意的生活境界，但不是艺术境界，傅伟勋指出：“我们必须为庄子（以及老子）澄清一点，就是说，庄子谈游心或逍遥游，目的并不在是在成为第一流的艺术家。”② 在此境界下，是不可能产生艺术创造的意欲或现实的艺术创造活动的。

其次，庄子讲“游”并不是为了谈审美和艺术欣赏，而是他照面大千

---

① 宗白华：《美学散步》，第35页。

② 傅伟勋：《生命的学问》，商戈令选编，浙江人民出版社1996年版，第61页。

世界的一个基本态度，甚至不美的事物，庄子也以诗意的眼光观照之，这种诗意和审美来自这个不可穷竭的世界久变幻不定和各种巨大无定型的形式。[①] 庄子观照万物的态度与其说是“美”，不如用“化”来表述更为准确，这种“化”尽管不排除审美化，但更可能强调的是物化、道化。庄子的这些概念还是一种朴素的审美意识，而不是作为美学学科中的审美范畴。庄子这种“化”的工夫不是天生的，而是需要经过一个艰苦的工夫修养过程，《大宗师》很形象生动地阐述了这个过程：

> 吾犹守而告之，三日而后能外天下；已外天下矣，吾又守之，七日而后能外物；已外物矣，吾又守之，九日而后能外生；已外生矣，而后能朝彻；朝彻而后能见独；见独而后能无古今；无古今而后能入于不死不生。

得“道”的工夫即是逐渐忘天下、忘外物、忘自身的过程，由此才能体验到与宇宙同其辽远宏阔的光明境界。然而，这种“朝彻见独”的体“道”方式并不是一种审美体验，艺术欣赏是通过一种感性直观打开自我、创造自我的过程；“至人无己”并不是一种主体意识生成的过程[②]，它把生活世界关在形上学的门外，以内求诸己、自明自了的方式来把握本体，并不体现为个体性原则与道德性原则的统一，也没有使肉身在情绪结构和欲望结构中展开自我和充实自我。庄子的“游”从根本上是排斥感性的，也否定了社会实践，“不知所往”（《庄子·知北游》），带有一种放任自然的神秘主义特征。相比较而言，海德格尔“诗意的栖居”更多的是从审美主体同审美对象的关系来谈论主体的审美创造，这种主体的创造是有目的的，为了非存在而创造存在，为了存在而把非存在揭示出来；庄子的神秘

① Benjamin I. Schwartz, *The World of Thought in Ancient China*, Massachusetts: The Belknap Press of Harvard University Press, 1985, p. 219.

② 在对“至人无己”的看法上，徐复观有新的见解，认为“无己”不是“去己”。他对庄子的“无己”与慎到的“去己”进行了区分：“庄子的‘无己’，与慎到的‘去己’，是有分别的。总说一句，慎到的‘去己’，是一去百去；而庄子的‘无己’，只是去掉形骸之己，让自己的精神，从形骸中突破出来，而上升到自己与万物相通的根源之地。”（参见徐复观《中国人性论史·先秦篇》，《徐复观文集》（第三卷），第353页）这种诠释尽管不无道理，然很难将庄子与作为道家支流的慎到之间划清明晰的界限，庄子的“无己”、“独”、“忘”实际只是虚静到了极点的心，强调一种精神的内观，而关上了通往生活和社会的大门，故而郎擎宵认为庄子“盖亦皆本于老氏绝圣弃智之说而加厉也。然其言之也益肆、而复古之情亦未免太过”。（参见郎擎宵《自序》，《庄子学案》，第3页）

是不可探求的真正的神秘，而海德格尔的神秘则是有意创造的神秘，创造的目的是为了敞开它、暴露它、揭示它、把握它。因而庄子通过“忘知”冲破了逻辑和思维的枷锁进入“天地与我并生，而万物与我为一”（《庄子·齐物论》）的澄明之境并不是一种自由的审美境界。

另外，庄子的“游”是与全生、保身思想结合在一起，它强调的是随遇而安，明哲保身，体现为人生在世的一种生存技巧，一种“方可方不可，方不可方可”的骑墙主义。徐复观在谈辛亥革命时说：“你说他们是革命，而他们又好象是在游戏，大家只是以一片天真之情，去干那被捉住便杀头的勾当。这批人，好象是在共同构造一个艺术品，因而他们也都成了艺术品中的人，脑筋里不曾安顿得上死生问题，更从何处能着半点权利观念?”[①] 这种游戏的政治态度其实有把政治审美化、艺术化的倾向，“游”作为一种诗意的生存方式还可以理解，但如果作为一种政治手段则未免显得过于幼稚和虚幻。心灵的“游”固然可以在与人与物相处时无待而自化，然而在面对社会的争斗与人生的荒谬时，这种“游”的超越色彩、主体意识日益丧失，沦落到屈服于环境、泯灭自我的境地。在此意义上，庄子的“游”又呈现为一种主体性不断丧失、自由精神日益消亡的麻木倾向，对此，徐复观缺乏清醒的省察。《庄子》曰：“游心于淡，合气于漠，顺物自然而无容私焉，而天下治矣。”（《应帝王》）庄子以这种诗意的生活态度批判儒、墨，其实也消解了政治，具有以审美代政治，以审美代伦理的泛审美倾向，而这种倾向在现实社会显然是站不住脚的，它对审美自身生存的独立性和合法性产生了消解作用。

二　徐复观美学思想体系的特点

徐复观认为中国文化中的艺术精神，穷究到底只有孔子和庄子所显出的两个典型，他旗帜鲜明地宣称：“由庄子所显出的典型，彻底是纯艺术精神的性格。”[②]《中国艺术精神》、《石涛之一研究》二书也是围绕此论点而展开的。作为新儒学大师的徐复观，何以在美学思想上独钟情于庄子并称之为中国的“纯艺术精神”呢？儒道两家美学在其美学思想中究竟处于什么样的地位呢？时人对此多有争议。归结起来，学界主要有以下三种流行的观点：（1）“重庄轻儒”；（2）“根儒道华”；（3）“儒学化的庄子”。

---

① 徐复观：《辛亥革命精神之坠失——痛悼居觉生先生》，《中国人的生命精神》，第49—50页。

② 徐复观：《自叙》，《中国艺术精神》，第5页。

从徐复观美学思想的整体视角看，徐复观在儒道互补、诗画融合的基础上又看到了儒道美学、绘画和文学之间的差异，从而突破了传统的以儒家美学为主导的固有思维模式，对庄子美学做出了富有创造性的现代诠释。落实于绘画的庄子美学，是徐复观美学思想的核心，而落实于音乐、文学的儒家美学则是徐复观美学思想的重要补充。

（一）学界关于此问题之主要观点及辨析

徐复观逝世后，港台开始出现徐复观美学思想研究的学术论文。尤其是1987年大陆开始公开出版徐复观的著作以来，学界先后有百余篇学术论文、9篇博士论文和5部学术专著[①]涉及儒道美学在徐复观美学思想中的地位的探讨，其中以“重庄轻儒”、“根儒道华”、“儒学化的庄子”三种观点最具代表性。

（1）“重庄轻儒”。刘纲纪认为，徐复观从哲学史、思想史的角度来考察中国美学和艺术理论，突破了邓以蛰、宗白华、朱光潜等人从美学和艺术角度观照中国美学理论的限制，这是徐复观美学思想的特点，也是其贡献所在。但徐复观给了道家美学比儒家美学更高的评价，对儒家美学的分析阐释不足，这种单线式的分析不免脱离了中国美学发展的多样性与复杂性。[②] 孙邦金亦认为徐复观的艺术精神有归约化的倾向。[③] 从《中国艺术精神》一书来看，刘纲纪的论断是非常中肯的，该书共十章，除第一章谈儒家美学在音乐上的落实、转化外，其余九章都是谈论庄子美学在绘画上的展开与落实。然而，如果我们突破《中国艺术精神》一书的局限，放眼徐复观的整个美学思想，从《中国文学论集》（1965）、《石涛之一研究》（1968）、《黄大痴两山水长卷的真伪问题》（1977）、《中国文学论集续编》（1981）等论著以及百余篇文艺论文入手，则会发现儒家美学其实在徐复观的美学思想中亦占有非常重要之地位，本书将在下章对此进行了详细的论证。在《儒道两家思想在文学中的人格修养问题》一文中，徐复观明确指出：“中国有文字的文学的根，只能求之于儒家的经。”[④] “由道家回到儒家的大统，亦即是回到文学的主流。”[⑤] 从徐复观美学思想的整体看，徐复观给予了儒家美学足够的重视，他其实是以儒家美学为中国文学精神的主体

---

① 学术论文从1987年卢善庆（《中国古代文化中艺术精神的探源溯流——读徐〈中国艺术精神〉》，《中国文化》（复旦大学出版社）算起至2014年5月。

② 刘纲纪：《略论徐复观美学思想》，《徐复观与中国文化》，第509页。

③ 孙邦金：《儒家乐教与中国艺术精神》，《武汉大学学报》（人文社科版）2002年第1期。

④ 徐复观：《儒道两家思想在文学中的人格修养问题》，《中国文学精神》，第13页。

⑤ 同上书，第13—14页。

的，因此，认为徐复观忽略了儒家美学的论断有失偏颇。

（2）“根儒道华”。李淑珍也认为徐复观是从道家中发现儒家的特质，而不是在儒家中寻找道家的痕迹，因而其美学思想更接近于儒家“美善合一”的典型[①]；耿波则明确提出了“根儒道华”的观点，认为徐复观艺术之思的最终点，实际是以儒家为根柢[②]。的确，从艺术作为一种文化现象的角度看，徐复观对西方文化和现代艺术猛烈的批判的姿态，无疑受到了儒家美学“文以载道”传统的影响。然而，从艺术作为一种自足、自律的存在形态来看，这类观点忽略了徐复观对艺术之不同于文化现象的独立价值的发现，其出发点大多是从徐复观写作《中国艺术精神》的动机入手去诠释《中国艺术精神》文本本身的意义，再由此而诠释徐复观美学思想的主旨。然而，作者的意图并不等于文本的意图，正如艾柯所指出的：“‘作者前文本的意图’——可能导致某一作品之产生的意图——不能成为诠释有效性的标准，甚至可能与文本的意义毫不相干，或是可能对文本意义的诠释产生误导。”[③] 诠释既要受到特定历史和语境的制约，又要接受客观文本的检验，如果我们称徐复观美学思想是“根儒道华”，那么徐复观为何主张“根儒道华”？我们又该如何解释徐复观以儒家美学来阐释音乐、文学，而独在对作为“纯艺术精神”的绘画的诠释上，旗帜鲜明地标举庄子美学的大旗呢？以庄子美学论绘画，以儒家美学论音乐、文学，这恰恰体现了徐复观对中国艺术精神的独到理解。

（3）“儒学化的庄子”。刘桂荣认为徐复观有将庄子儒学化的倾向[④]；李薇的《徐复观庄子思想儒学化倾向研究》一文也持此论。将庄子看作儒学的信徒，这种论断其实古已有之。《史记·老庄韩非列传》中谓庄子“其学无所不窥，然其要本归于老子之言”。庄子生活的时代，各种思想相互激荡、冲突、融合，从《庄子》中我们可以发现，庄子对当时流行的各家思想都颇有研究，并自有取舍，其思想除了主要受老子影响之外，还受杨朱“保身、全性”、宋銒与尹文子“齐物”、列子“贵虚”思想以及惠

---

① 参见李淑珍《徐复观论现代艺术——就台湾文化生态及儒家人性论双重脉络的考察》，《徐复观与中国文化》，第558页。

② 参见耿波《徐复观心性与艺术思想研究》，中国传媒大学出版社2007年版，第21页。

③ ［意］艾柯等：《诠释与过度诠释》，柯里尼编，王宇根译，（香港）牛津大学出版社1995年版，第10页。

④ 参见刘桂荣《生命境界的会通——徐复观文学精神的美学阐释》，《名作欣赏》2007年第6期。

施论辩的艺术的影响[①]，当然儒家的影响也少不了[②]。后世也有人将庄子比附为儒学弟子，认为其思想不仅不与儒家相悖，反而大有助于儒学之弘扬，如唐韩愈云："尽子夏之学，其后有田子方，子方之后，流而为庄周，故庄子之书喜称子方之为人。"[③] 认为庄周乃子夏、子方之后学；宋苏东坡在《庄子祠堂记》中也认为庄子之言对孔子皆"实予而文不予，阳挤而阴助之"[④]。清代刘鸿典也持此论："且夫庄子受业于子夏之门人，则其所学者犹是孔子之道，孔子之言性与天道，不可得闻，而心斋坐忘，直揭孔颜相契之旨。"[⑤] 刘鸿典认为庄子之尊孔，其功不在孟子之下。李泽厚也认为老庄道家是孔学儒家的对立的补充者："孔子对个体人格的尊重，一方面发展为孟子的伟大人格理想，另一方面也演化为庄子的遗世绝俗的独立人格理想。表面看来，儒道是离异而对立的，一个入世，一个出世；一个乐观进取，一个消极退避；但实际上他们刚好相互补充而协调……'身在江湖'而'心存魏阙'。"[⑥] 黄锦鋐在《庄子及其文学》一书中，对儒家和《庄子》一书的关联有较详细的考证，他认为，《庄子》中的《天地》、《天道》、《天运》诸篇可能出于秦至汉初的儒家手笔；至于《天下》篇，则为战国后期或汉初儒家后学的作品无疑。[⑦] 刘笑敢在《庄子哲学及其演进》中，也对《庄子》的内、外、杂诸篇从语言及思想的角度进行了详细的考证和辨析，认为《庄子》内篇基本为庄子所作，而外篇、杂篇则多为庄子后学及汉代儒生杂凑而成。由此可见，儒、道之间的共通和互补是历史上存在的客观事

---

① 郎擎宵认为，庄子学说当出自老子而自立为一家，其学较老子为博大。除老子外，对庄子产生影响的人还有杨朱、尹文子、惠施、列子、东郭子、商太宰荡、曹商等，参见郎擎宵《庄子学案》，第9—17页。

② 庄子对孔子也表示过钦佩，《寓言》云："庄子谓惠子曰：孔子行年六十而六十化。始时所是，卒而非之。未知今之所谓是之非五十九非也。"惠子曰："孔子勤志服知也。"庄子曰："孔子谢之矣，而其未之尝言也。孔子云：夫受才乎大本，复灵以生。鸣而当律，言而当法。利义陈乎前，而好恶是非直服人之口而已矣。使人乃以心服而不敢蘁，立定天下之定。已乎，已乎！吾且不得及彼乎！"这里体现了庄子对孔子的赞赏与倾慕，瑞士汉学家毕来德就认为庄子发挥了儒家学说为自己立说。但纵观《庄子》全篇，庄子对孔子和儒家基本上还是持嘲笑和批判的态度，他借田圃之口讽刺孔子"身之不能治，而何暇治天下乎！"（《天地》）借扁子之口批评儒家"饰知以惊愚，修身以明汙，昭昭乎若揭日月而行也"（《山木》）他认为儒家"夫仁义之行，唯且无诚，且假乎禽贪者器"（《徐无鬼》）。

③ 钱伯城导读：《韩愈文集导读》，巴蜀书社1993年版，第152页。

④ （宋）苏轼：《庄子祠堂记》，《苏东坡全集》（上），第251页。

⑤ （清）刘鸿典：《庄子约解》，转引自郎擎宵《庄子学案》，第358页。

⑥ 李泽厚：《美的历程》，第53页。

⑦ 黄锦鋐：《庄子及其文学》，东大图书有限公司1977年版，第18—40页。

实。徐复观的业师黄季刚的老师章太炎也认为儒道是同源的："周秦诸子，儒、道两家所见独到。这两家本是同源，后来才分离的。《史记》载孔子受业于徵藏史，已可见孔子学说的渊源。"① 徐复观曾经研读过章太炎的著作，但他并不同意章太炎的这种说法，而直言："（章太炎）是一个极为有害的国学大师的偶像。"② 可见，徐复观通过台湾"现代艺术论战"和《中国人性论史·先秦篇》的研究，发现庄子美学于儒家美学之外，实有其特异而独立的精神价值，因此走出了这一传统诠释模式的束缚。徐复观通过《中国艺术精神》所要辨明的，不是庄子儒学化的一面，而是要凸显儒道美学相异的一面；不是庄子美学与儒家美学相通的一面，而恰恰是庄子美学中为儒家美学所遮蔽而独有的一面。

以上三种对徐复观美学思想的解读，大多脱离了台湾的历史文化传统和"现代艺术论战"的历史背景，脱离了徐复观个人的性情、遭遇及其内心情感，更忽略了徐复观美学思想的丰富性和内在脉络的差异性，只做了表层的、经验式的解读，从而无法对徐复观的美学思想做出全面的、本质的把握。

（二）儒道美学的会通与差异

理解一个问题，其实就是对这个问题提出问题。徐复观的美学思想，简而言之就是"中国艺术精神"的问题，什么是中国艺术精神？这个问题是悬而未决的，徐复观对这个问题做出了独特的回应："总说一句，不能彻底了解庄子，便无法真正了解中国的艺术。"③ 值得我们注意的是，徐复观并非如其他人那样笼而统之地谈论"儒道互补"④，而是既会通而又能铨别，他以中国艺术的两大主干绘画和文学为例，通过对儒道美学的梳理和区分，围绕着绘画和文学这两条路径来建构"中国艺术精神"体系，儒道美学这种既对立又统一的关系在徐复观的美学思想中体现得尤为明显。

从人性论的角度看，儒道有诸多会通之处，他们共同体现了对个体生命价值的追求。康德说："人具有一种要使自己社会化的倾向；因为他要在这样的一种状态里才会感到自己不止于是人而已，也就是说，才感到他的自然

---

① 章太炎：《国学概论》，上海古籍出版社1997年版，第31页。

② 徐复观曾说："我在住湖北第一师范学校时，每听到几位讲文史的老先生提及'章太炎先生是一代通人'时，心里发生无限的向往……以后也看过他的《国故论衡》之类，总是作懂与不懂之间表示一种莫名其妙的佩服。"［参见徐复观《按语〈评章太炎对中国文化的认识〉》，黎汉基、李明辉编《徐复观杂文补编·思想文化卷》（第一册），第537—538页。］

③ 徐复观：《佛观先生书札》，杨牧辑，萧欣义编《儒家政治思想与民主自由人权》，台湾学生书局1988年版，第360页。

④ 李泽厚：《美的历程》，第54页。

禀赋得到了发展。然而他也具有一种强大的、要求自己单独化（孤立化）的倾向；因为他同时也发觉自己有着非社会的本性，想要一味的按照自己的思想来摆布一切。”① 在人性论的基础上，儒道两家开辟了既具有本质同一性又具有实践差异性的两种不同的生活世界和价值世界。李泽厚在《美的历程》中揭示了儒道之间的这种关系，认为道家是儒家“对立的补充者”②。高尔太也认为，从美学的角度看，儒家是美学上的几何学，质朴、浑厚而秩序井然；道家是美学上的色彩学，空灵、生动而无拘无束。前者的象征是钟鼎，它沉重、具体而可以依靠；后者的象征是山林，它烟雨空濛而去留无迹。从表面上看，二者是相互对立和互相排斥的，但是在最深的根源上，它们又都与同一种忧患意识即人的自觉紧紧地联结在一起。③ 儒道这种对立又统一的关系在徐复观的美学思想中体现得尤为明显。

徐复观在《中国艺术精神·自叙》中认为中国文化“从人的具体生命的心、性中，发掘出艺术的根源，把握到精神自由解放的关键，并由此而在绘画方面，产生了许多伟大的画家和作品”。中国文化在这一方面不仅有历史的意义，而且也有现代的、将来的意义，这是他写作《中国艺术精神》的精神动机。这个动机点出了中国艺术精神的两个重要层面，一是由反省而来的人格修养和人生价值的确立，二是以精神的自由解放为旨归。从第一个层面看，徐复观认为只有儒道两家的思想才有人格修养的意义④，这是儒道之会通的一面。具体而言，它体现在三个方面：首先，从儒道人格修养的工夫来看，无论是儒家的格物致知、正心诚意、修身齐家的进路，还是道家由心斋、坐忘而致“虚”、“静”、“明”境界的进路，可谓大同小异，徐复观说：“儒道两家人性论的特点是：其工夫的进路，都是由生理作用的消解，而主体始得以呈现；此即所谓‘克己’、‘无我’、‘丧我’。”⑤重视内在心性修养是中国传统文化的一个重要特点。

从人格修养所达到的最高境界来看，“道家的‘虚静之心’与儒家的‘仁义之心’，可以说是心体的两面，皆为人生而所固有，每一个人在现实具体生活中，经常做自由转换而不自觉……刘彦和由道家的人格修养而接

① ［德］康德：《世界公民观点之下的普遍历史观点》，《历史理性批判文集》，何兆武译，商务印书馆 1990 年版，第 6—7 页。

② 李泽厚：《美的历程》，第 54 页。

③ 高尔太：《论美》，甘肃人民出版社 1982 年版，第 254—255 页。

④ 徐复观：《儒道两家思想在文学中的人格修养问题》，《中国文学精神》，第 8 页。

⑤ 徐复观：《中国艺术精神》，第 115 页。

上儒家的经世致用，在他不感到有矛盾"[①]。徐复观认为儒道艺术精神，在其最高点上是相通的。"艺术与道德，在其最深的根底中，同时，也即是最高的境界中，会得到自然的融会统一，因而，道德充实了艺术的内容，艺术助长、安定了道德的力量"[②]。这两者可谓殊途而同归。

另外，儒道两家在"为人生而艺术"这一点上是相通的，其基本动机都是出于忧患意识。高尔太指出："儒家和道家也都是同一种忧患意识即人的自觉的两种不同的表现。那种早已在《周易》、《诗经》和各种文献中不息地跃动着的忧患意识，不但是儒家思想的核心，也是道家思想的核心。"[③] 忧患意识乃是人类精神开始直接对事物生发责任感的表现，儒家面对忧患而求救济，道家面对忧患则求超越。孔子有意识地把诗歌、音乐作为提升人格修养之资，而庄子则以精神的自由解放作为人生的归宿。尽管儒道走向了两种艺术形态，但其出发点和归宿点依然是落实于现实人生之上，因而徐复观认为"为人生而艺术"才是中国艺术精神的正流，这种对艺术的认定与海德格尔"艺术作品以它自己的方式开启了艺术主体的存在"[④] 有异曲同工之妙。

徐复观谓庄子的艺术精神是中国艺术精神的主体，"彻底是纯艺术精神的性格"，显然不是要阐述儒道之间的这种相通性，而是在经过深入的研究和思考之后对儒道美学之间差异性发掘的基础上得出的结论。那么，徐复观所发现的儒道美学间的根本性差异是什么呢？那就是中国艺术精神的第二个层面——以精神的自由解放为旨归。这一点上，儒道美学呈现出完全不同的价值取向。

首先，从对艺术的态度来看，孔子所代表的儒家艺术精神，注重对古代传统诗教、乐教的传承，过分强调艺术对行为规范和道德教化的作用，这种"文以载道"、"艺以载道"的艺术观是有其局限性的。徐复观也敏锐地觉察到了儒家艺术精神的这种缺失："儒家所开出的艺术精神，常需要在仁义道德根源之地，有某种意味的转换。没有此种转换，便可以忽视艺术，不成就艺术。"[⑤] 儒家艺术精神无论是对促进艺术自身的自律，还是对艺术在人格独立和精神自由解放方面所做的开拓，以及在现实中对人生活的安顿，都和庄子所代表的艺术精神大相径庭。李泽厚说：

---

① 徐复观：《儒道两家思想在文学中的人格修养问题》，《中国文学精神》，第13页。

② 徐复观：《中国艺术精神》，第15页。

③ 高尔太：《论美》，第255页。

④ Heidegger, *Poetry Language Thought*, New York: Harper & Row Publishers, Inc. , 1971, p. 40.

⑤ 徐复观：《中国艺术精神》，第118页。

"（儒家）由于其狭隘的功利框架，经常造成对审美和艺术的束缚、损害和破坏；那么，后者（道家）恰恰给予这种框架和束缚以强有力的冲击、解脱和否定。浪漫不羁的形象想象，热烈奔放的情感抒发，独特个性的追求表达，他们从内容到形式不断给中国艺术发展提供新鲜的动力。"[①] 道家思想具有某种追求个性自由、情感解放的倾向，从而对中国艺术的发展影响甚大。儒家和道家，一体现为道德精神，一落实为艺术精神。徐复观也注意到了庄子精神的这种倾向，他用了洋洋三十余万言来发掘、阐释这一影响中国艺术数千年而又往往为人们所忽略的艺术精神的根源，可谓前无古人。他对儒道美学这一差异的凸显和诠释，独具慧眼，表现出了伟大的异端精神。由此，我们可以理解徐复观之独钟情于庄子艺术精神的缘由了，他独具个性特色的美学思想恰恰是从对儒道艺术精神的区分开始的。

其次，徐复观独重庄子美学，恰恰是看到了其追求精神自由解放的独特意义，他说："庄子所追求的，一切伟大艺术家所追求的正是可以完全把自己安放进去的世界，因而使自己的人生、精神上的负担，得到解放。"[②] 自由解放不仅是庄子美学的核心，也是中国艺术精神的核心。徐复观痛心地看到，儒学在长期的专制暴政统治下，日益沦落变异为专制的附庸，从"大丈夫"蜕化为"软体动物"。[③] 在《石涛之一研究》中，徐复观认为石涛晚年弃僧入道亦有反抗专制政治之精神趋向，所以他的"画笔浩瀚纵恣，实以此一生命的大升华大解放为基底，不能仅从笔墨技巧上去加以解释"[④]。徐复观曾以岩石中的种子喻道家的这种精神，他说："松树的种子，偶然被风吹堕到岩石的缝隙里，因被岩石所逼，不容许它直挺挺的伸长出来。但种子中的生命力，并未曾因此罢休；不能直挺着伸长，便曲折的伸长；不能成为撑天蔽日的形态，却成为钩铜曲铁的形态；伸长的途径不同，成就的形态各异，要其终能突破岩石的压力而能有所成，以无负于一粒种子所含蕴的价值则一。"[⑤] 这粒在岩石缝隙中生存的种子，其实就是在专制统治下追求精神自由解放的庄子精神的真实写照，它代表了中华民族坚忍不拔、百折不回的精神，代表着人类灵魂的良知、勇气和美！

在现实生活中，追求精神自由解放即是要做一个"真人"。历史上关

---

① 李泽厚：《美的历程》，第 54 页。

② 徐复观：《中国艺术精神》，第 180 页。

③ 徐复观：《痛悼吾敌，痛悼吾友》，《徐复观文集》（第一卷），第 380 页。

④ 徐复观：《石涛之一研究》，第 103 页。

⑤ 徐复观：《张佛千先生文集序》，《徐复观杂文补编》（第一册），第 484—485 页。

于庄子的人格和性情记载极少，然“王公大人不能器之”的姿态人所共知。《史记·老庄韩非列传》记载了楚威王使使厚币迎庄子的故事，在《庄子》的《列御寇》、《秋水》篇中也有类似的记载。[①] 无论是牺牛还是神龟，庄子傲视王侯、嶙峋风骨的冰洁之姿，跃然纸上矣！此即是徐复观所大加标举的庄子之“真人”人格。庄子鲲鹏的寓言反映了庄子哲学追求精神自由的基本趋向，寄托了庄子的人生理想。这种趋向体现在政治上，就是一种“不合作”的姿态，不受任何组织和权力的控制；体现在思想上，则表现为批儒讽墨的颠覆主义立场，对主流的价值观念和权威进行无情的批判和彻底的解构；体现在艺术上，则是与中国山水画自然的融为一体、“独与天地精神往来”的纯粹的艺术精神。徐复观认为争自由解放“必然要迫进到庄子所要求的做一个‘真人’的立场”[②]。这种“真人”人格，后来成为魏晋名士们的人生理想，宗白华赞之为：“这是真性情、真血性和这虚伪礼法社会不肯妥协的悲壮剧。”[③] 庄子的“真人”人格所逼显出的真性情，也是成就伟大艺术作品的精神基础。

再次，从儒道艺术精神的现代价值来看，庄子艺术精神较儒家艺术精神更具有现实意义。从现实的角度来看，孔子通过音乐所显现出的艺术精神，即是仁美合一的境界，有其永恒的艺术价值，这就是徐复观所说的“它将象天体中的一颗恒星样的，永远会保持其光辉于不坠”[④]。这种艺术精神高超玄妙，树立了人类永恒的美的标杆，但它不容易在现实中生根落脚，尤其是对于台湾当时的艺术风气而言，让人有“犹河汉而无极也”[⑤]之感，遥不可及。在这个意义上，徐复观恰恰不是给了道家美学比儒家美学更高的评价，而是充分肯定了儒家美学的重要地位；只不过从艺术的角度来看，庄子美学及其“独生子”中国绘画无疑更具有与西方艺术对话、

---

① 《史记·老庄韩非列传》云：“楚威王闻庄周贤，使使厚币迎之，许以为相，庄周笑谓楚使者曰：‘千金，重利；卿相，尊位也。子独不见郊祭之牺牛乎？养食以数岁，衣以文绣，以入大庙，当时之时，虽欲为孤豚，岂可得乎？子亟去，无污我。我宁游戏污渎之中自快，无为有国者所羁，终身不仕，以快吾志焉。’”《庄子·列御寇》篇云：“或聘于庄子，庄子应其使曰：‘子见夫牺牛乎？衣以文绣，食以刍叔。及其牵而入于大庙，虽欲为孤犊，其可得乎！’”《庄子·秋水》篇云：“庄子钓于濮水。楚王使大夫二人往先焉，曰：‘愿以境内累矣！’庄子持竿不顾，曰：‘吾闻楚有神龟，死已三千岁矣。王巾笥而藏之庙堂之上。此龟者，宁其死为留骨而贵乎？宁其生而曳尾于涂中乎？’二大夫曰：‘宁生而曳尾涂中。’庄子曰：‘往矣！吾将曳尾于涂中。’”三者记载略有差异，然其旨一也。

② 徐复观：《从“哈哈亭”向“真人”的呼唤》，《徐复观文存》，第163页。

③ 宗白华：《美学散步》，第223页。

④ 徐复观：《中国艺术精神》，第35页。

⑤ 同上。

对时代精神加以批判的现实意义。

20 世纪现代文明的发展，造成了单向度的人、虚无主义、工具理性、极权政治等现代性的危机，作为庄子美学在现实中的落实的中国画，对于由机械、社会组织、工业合理化等所导致的精神自由的丧失，以及生活的枯燥、单调，乃至竞争、变化的剧烈而产生的精神病患，能产生积极的治疗作用，这即是中国画的“反省性的反映”的现代意义之所在。《庄子》的艺术精神根本上就是要摆脱由“文明”所导致的各种异化状态，是充分“人化”的丰富性的回归。中国人把对自然山水的亲近、对自然美的欣赏看作是实现自由超脱的重要手段，在大自然中，人不再为一己之生死荣辱所束缚，而是走向了更为广阔的生命观照境界。

（三）影响徐复观归向庄子美学的其他因素

徐复观进行艺术思考的年代，正是台湾自由主义思潮兴起并与专制政治高压相抗衡的时代，无论是作为现代艺术家刘国松、庄喆、谢里法，还是作为新儒家的徐复观，都担负着沉重的文化使命，都怀有对传统精神的情感依恋，都因与大陆地理文化上的隔绝而有疏离感、漂泊感，这种疏离感、漂泊感进一步内化为生命深层的孤独感和精神的寂寞感。论战一方面是一种“逆反式”的交流，“嘤其鸣矣，求其友声”；另一方面也迫使徐复观静下心来反思中国文化和艺术在现代社会中存在的合法性，其在对儒、道美学的梳理中洞察到庄子美学之异于儒家美学的独特个性，并写出了《中国艺术精神》以阐扬之。

把徐复观和孤独联系在一起，这似乎是个很奇怪的想法。的确，徐复观元气淋漓的人生经历和激情飞扬的文字不容易使人发觉他的孤独感，但是细读他晚年的日记，我们却不难感受到这一点，而这对理解一个矛盾而又完整的徐复观至关重要。这种孤独感也许不独是徐复观晚年在香港时的感受，而是贯穿了他生命的始终，只不过由于徐复观在古稀之年被迫从台湾远走香港的变迁使这种隐藏于其生命之内的情感开始凸显于外。从台湾远走香港其实不仅仅是物质条件、工作单位、外在环境的变化那么简单①，

---

① 相比徐复观在台湾东海大学红墙绿瓦、优雅宁静的别墅式洋房，在香港徐复观和夫人只能挤在一套二十余平方米的住房里，经济上也一度非常紧张。1971 年他在给往日学生的信中这样写道：“住在台湾，不外乎勉强能生活，来港后便不行。中大、港大，只能兼课，兼课并不能够吃饭，所以这一月来，为此相当苦恼。”同时，授课对象也发生了一些变化，徐复观在东海大学中文系培养出了杜维明等一批优秀的学生，而新亚书院的学生囿于香港经济腾飞、文化沙漠的社会状况，良莠不齐，又以半工半读者居多，与东海大学不可同日而语。这些反差对徐复观的精神和心境造成了重要影响，所以他说：“别人越是打击，你越是要奋斗。不到香港，写不出《两汉思想史》。”

更重要的是，徐复观从此成为一个漂泊的游子，失去了亲朋故旧，情感和心灵上日益萧疏。徐复观晚年的落寞，恐怕还与教学虽努力、功效却甚微、薪火难传承这一难堪的现实有关。徐复观在专制政治的迫害下，无疑是有委屈的，但这种委屈、孤愤之情又是那样的幽咽难言！恰如庄喆所说："在这种孤独状态下，伟大作品得以产生……越是强烈的爱，越不能为人接受，而越是有强烈的爱的人越憎恶虚伪、丑恶，于是他只有痛苦，而转求在作品中解脱，于是在这种不断循环的周期中，他完成他的生命。"[①] 庄子"独与天地精神往来"的精神成为这种孤独情感的发抒和解脱。

临去世前，在其数百万言的著作中，徐复观独重《中国艺术精神》，并把它看作是唯一可以传之后世的著作。也许，在他的内心深处，庄子精神正是他孤独生命的一种"自我完成"；也许，作为新儒学大师的徐复观此时才意识到，尽管儒家思想也可以开出新"外王"作为现代民主政治的基础，然而，这须待清明盛世和明德仁君才能实现，和孔门的乐教精神一样，高固高矣，美固美哉，但毕竟是"旷千载而一遇"的。而在漫长的历史长河中，庄子精神作为与专制的对抗[②]和对现实"反省性的反映"，正可为专制统治下的自由灵魂提供一栖息之地。也正因如此，他才能深切体会到历史上那些大儒们内心的孤独、激愤和悲凉，这化为他对儒家最简单而又沉重的一个认定："真正的儒家，通常不能为一般人所理解，而常成为四面不靠岸的一只孤独的船。"[③] 事实上，他所隐含的一层意义是：那些与政治为伍的儒家，并非真正的儒家，这也是徐复观的思想初衷——从历史传统中找到中国文化的真精神。这种孤独感，也是一切伟大人物的命运。耶稣在本地不受欢迎，所以他说："飞鸟有巢，狐狸有洞，惟独人子没有枕'首'的地方。"（《新约·路加福音·第九章》）凡高屡次被阿罗的居民告发，最终不得不待在精神病医院。尼采则在他创作力最旺盛的时候，被周围的人看作疯子，气质、个性和徐复观差异很大的殷海光也一而再、再而三地感慨："在这样的时代和环境，一般人既视理想为泡影，我就应该退

① 庄喆：《论艺书信五封》，《当代台湾绘画文选：1945—1990》，第219页。

② 徐复观说："中国的山水画，则是在长期专制政治的压迫下……以获得精神的自由，保持精神的纯洁，恢复生命的疲困，而成立的。"参见徐复观《自叙》，《中国艺术精神》，第7页。

③ 徐复观：《悼念熊十力先生》，《徐复观文集》（第二卷），第354页。

隐到自己的天地里。我少年时代本来就有孤独的倾向。现在，这一倾向愈来愈强烈。”[①]“书生处此寂天寞地之中，众醉而独醒，内心常有一阵一阵莫可名状之凄寒。”[②] 寂寞，不仅是徐复观晚年的感受，而且贯穿他生命的始终，而从更广泛的意义上说，这是一切追寻自己生命意义、真实而清醒的活着的人的共同感受，也是20世纪大变局中中国知识分子的共同的感慨吧。

（四）结语

综上，试作结论如下。

（1）从诠释路径看，徐复观敏锐地洞察到了儒道美学间的差异，从而突破了传统的以儒家为主导的固有思维模式，为中国艺术精神开辟了一片新的天地。徐复观以儒家美学阐释音乐和文学之外，旗帜鲜明地标举庄子美学为中国艺术精神的主体，他通过对“现代艺术论战”和《中国人性论史·先秦篇》的考据和梳理，发现了儒道美学之间存在着极大的差异，并且这种差异在绘画、文学和音乐上有着不同的表现和影响，然而从历史上看，这种差异性却长期为人们所忽视。[③] 徐复观认为儒道两家思想对中国艺术的影响是“双向阐发，各擅其场”，以庄子美学论绘画，以儒家美学论音乐，以及在儒道互补的视角观照文学正体现了徐复观对中国艺术精神的深刻领悟。徐复观写《中国艺术精神》，就是要通过现代语言，把以庄子为代表的道家美学的这种为儒家美学所遮蔽的光辉梳理、凸显出来，并通过有组织的语言对其现代的、世界的意义做出创造性的诠释。庄子美学是徐复观美学思想的起点，也是他“中国艺术精神”问题最终的归结点，这是我们研究徐复观美学思想必须把握的一个关键。

（2）徐复观美学体系的建构也主要是从绘画和文学（音乐）这两个方面展开的，他认为：“中国艺术精神的自觉，主要是表现在绘画与文学

① 殷海光：《致钱思亮》，贺照田编《殷海光书信集》，上海三联书店2005年版，第39—40页。

② 殷海光：《致韦政通》，《殷海光书信集》，第71页。

③ 宗白华在《中国美学史中重要问题的初步探索》一文中，认为中国各门艺术（如文学、绘画、音乐、建筑等）不但各有自己独特的体系，而且各门传统艺术之间，往往相互影响，甚至相互包含。（参见宗白华《美学散步》，第31—32页。）宗白华在此强调的是各门艺术门类之间的相通之处，徐复观则在他的《中国艺术精神》、《中国文学论集》中，强调了不同艺术门类之间精神价值的差异性和特殊性，二者诠释中国艺术的视角显然是不同的。

两方面。”[1] 文学在古代主要体现为诗歌，至于赋、词、小说、传奇、散文等文学艺术则是后来才发展起来的，元稹曰：“《诗》讫于周，《离骚》讫于楚。是后诗人，流为二十四名：赋、颂、铭、赞、文、诔、箴、诗、行、咏、吟、题、怨、叹、篇、章、操、引、谣、讴、歌、曲、词、调……虽题号不同，而悉谓之诗。”[2] 而传统文论仍以诗歌概括之。王维“诗画一体”的提法，使后来的艺术研究者大多不加区分地去认同、混淆甚至借用一些本该属于诗画自身而不宜扩散化诠释的理论，这导致了中国艺术理论的模糊性，很多基本的概念、原理都缺乏界定，呈现一派恍兮惚兮的混沌体系。莱辛曾严厉地批判这种肤浅而懒惰的治学方法：“（他们）从上述诗与画的一致性出发，作出一些世间最粗疏的结论来。他们时而把诗塞到画的窄狭范围里，时而又让画占有诗的广大领域。在这两种艺术之中，凡是对于某一种是正确的东西就被假定为对另一种也是正确的；凡是在这一种里令人愉快或令人不愉快的东西，在另一种也就必然是令人愉快或令人不愉快的。满脑子都是这种思想，他们于是以最坚定的口吻下一些最浅陋的判断，在评判本来无瑕可指的诗人作品和画家作品的时候，只要看到诗和画不一致，就把它说成是一种毛病，至于究竟把这种毛病归到诗还是归到画上面去，那就要看他们所偏爱的是画还是诗了。”[3] 受过现代学术思想影响和学术思维方法训练的徐复观敏锐地发现了作为不同艺术门类的文学和绘画本身也存在巨大的差异，不可混为一团，画与诗在艺术的范围中，可以说是处于两极相对的地位。艺术的分类，通常是把建筑、雕刻、绘画，称为造型艺术或空间艺术，把舞蹈、音乐、诗歌，称为音律艺术或时间艺术。徐复观认为：“美术与文学，有艺术的共性，也各有艺术的特性，只能在某一层次上可以并论，在某一层次上不可以并论……学术的谨严，便表现在这些分际上面。”[4] “画是‘见’的艺术，而诗则是‘感’的艺术。在美的性格上，则画常表现为冷澈之美，而诗则常表现为温柔之美。”[5] 不难看出，徐复观对不

---

① 徐复观：《自叙》，《中国艺术精神》，第5页。

② （唐）元稹：《诗人玉屑·乐府古题序》，本书引用的古代文论皆引自何文焕编《历代诗话》（上下册），中华书局1981年版。

③ ［德］莱辛：《拉奥孔》，朱光潜译，人民文学出版社1984年版，第3页。

④ 徐复观：《我的文学创作观——二答赵冈先生先生》，《徐复观杂文补编》（第一册），第376页。

⑤ 徐复观：《中国艺术精神》，第409页。

同艺术形式的审美特征和自律性的认识①，明显要超出他的很多前辈，他将绘画、音乐和文学等不同艺术形式分而论之，是对中国传统艺术在现代社会中存在价值的合法性论证，从而在中国美学和艺术理论的现代阐释和转化上，做出了卓越的贡献。

（3）结合中国的文化传统和学术传统来探究人物的思想脉络，这对我们梳理和诠释传统中国知识分子的思想是非常重要的。作为一代新儒学大师的徐复观，何以对道家的庄子精神推崇备至呢？这在经过严格的现代学术规范训练的人眼里，无疑是一个思想的矛盾。但对于徐复观而言，这种矛盾则完全不成其为“矛盾”。Guy Salvatore Alitto 在研究梁漱溟的思想时，曾大惑不解：一个人如何可以既是佛家又是儒家？既认同马列思想又赞许基督教？后来他终于明白：“这种可以融合多种相互矛盾的思想，正是典

① 对不同门类的艺术划定边界本身就是艺术自律的一种自觉表现。艺术自律性的观念是现代性在艺术上的一个重要标志，康德最早提出艺术自律的观点，美是不依赖概念而被当作一种必然愉快的对象，而无利害、非功利的审美趣味是审美判断得以成立的条件［参见［德］康德《判断力批判》（上），宗白华译，商务印书馆 1987 年版］。徐复观认为：“及康德《判断力批判》出，对美的成立，艺术的成立，才开始了真正的反省。”（参见徐复观《中国艺术精神》，第 10 页）真正提出现代意义上的艺术自律观念的是 19 世纪德国美学家莱辛，他的《拉奥孔》就专门分析了诗歌与绘画艺术的差别，其目的在于明确每一种艺术形式的特点及其限制，莱辛的结论是：“一门艺术的使命只能是对这门艺术特别适宜而且唯一适宜的东西，而不是其它艺术也能作得一样好、如果不是做得更好的东西……每一门摹仿的艺术都应该首先凭所摹仿的对象所特有的那种优美去使人喜爱，去感动人。物体既然是绘画所特有的题材，而物体的绘画价值又在于它的美，所以道理很明显，绘画应挑选尽量美的物体。理想美就是从这里来的。因为理想美与粗暴勉强的情绪不相容，画家就应避免表现这种情绪。因此在姿势和表情上就应有静穆或静穆的伟大。依我猜想，把这条绘画的原则生硬地搬到诗艺里的作法，纵使不是造成完善的道德的人物性格那条错误规则的原因，也是加强那条规则的力量。诗人固然也追求一种理想美，但是他的理想美所要求的不是静穆而是静穆的反面。因为他们所描绘的是动作而不是物体，而动作则包含的动机愈多，愈错综复杂，愈互相冲突，也就愈完善。”［参见［德］莱辛《拉奥孔》，朱光潜译，人民文学出版社 1984 年版，第 202—204 页］艺术的自律性一方面使艺术从宗教和道德的束缚下解放出来以服务于人自身，另一方面又导致各种不同的艺术门类之间必然遵从独立的形式原则。当然，莱辛对诗与画的区分是从模仿论的观念出发的，朱光潜就认为莱辛“没有找出一个共同的特质去统一一切艺术，没有看出诗与画在同为艺术一层上有一个基本的通点”（参见朱光潜《诗论》，《朱光潜全集》卷三，安徽教育出版社 1987 年版，第 150 页）。徐复观看到了诗歌（文学）与绘画艺术的差异，“画与诗在艺术的范围中，本来可以说是处于两极相对的地位”，并以儒道美学分而论之，这是他眼光独到之处。同时，他又走出了西方认识论美学中对艺术分界的理论在“美”和“表现”之间造成了一条不可逾越的鸿沟的误区，中国艺术的抒情性和表现性使诗与画相互区分而又能彼此融合，儒道美学既各具特质又相互贯通。中国艺术的这种特征具体体现在文人画中，“诗由感而见，这便是诗中有画；画由见而感，这便是画中有诗”。“中国以山水为主的自然画，是成立于自然的情感化之上。这是‘见’的艺术，而同时成为‘感’的艺术。画中自然向精神的追进，即是自然向人生的追进。”（参见徐复观《中国艺术精神》，第 408 页）人与自然的融合统一，这正是中国艺术的现代价值之所在。

型的中国传统知识分子的特质。”① 受过良好传统文化教育的徐复观显然也具备了这种“特质”，这种“矛盾”对徐复观而言，显然不是一个问题，他说：“儒道两家精神，在生活实践中乃至于在文学创作中的自由转换，可以说是自汉以来的大统。”② 由此，我们不仅可以理解他对庄子精神情有独钟的缘由，亦可发现他在唐君毅、牟宗三等“书斋型”③ 新儒家研究路向之外开辟了“学术与政治之间”的学术之路的重要意义了。

第三节 儒家美学——徐复观美学思想的补充

文学在古代常被称作诗，诗本来是一种氏族、部落、国家的历史、政治、宗教的文献，而非个人的抒情作品。到了先秦的《国风》时代，古代氏族社会相继解体，各种艺术相继从宗教祭祀中解放出来走向独立，诗也就不再是宗教、政治的记事文献了，“诗言志”就兼有记事和抒情之功能。在古希腊语言中，诗的词源意义为制造，诗意即是一种意味的制造，一种情绪的孕育。梦就体现了文学的这层本质，梦是一种创造，它既体现了本能的欲望，又包含着情感和理想的诉求。文学是梦，没有梦就没有文学。贡布里希在《艺术发展史》中说“没有所谓的艺术，只有艺术家”（There really is no such thing as Art. There are only artists.），我们也可以这样说：没有所谓的文学，只有一个个的文人梦。梦是生命的象征，文学则是生命的表现，所以我们常说文如其人，诗为心声。

---

① ［美］Guy Salvatore Alitto 采访，梁漱溟口述：《这个世界会好吗——梁漱溟晚年口述》，东方出版中心2006年版，第2—3页。梁漱溟自己也曾反思过这个矛盾：“一个是现实问题，就是现实中国的问题，中国国家的危难，社会的问题很严重。这个现实的问题刺激我，占据了我的脑筋。另外还有一个问题，是一个超过现实的人生的问题，对人生的怀疑烦闷，对人生不明白，怀疑它，有烦闷，该当怎么样啊？这两个问题不一样，一个让我为社会，为国事奔走，一个又让（我）离开。”［参见梁漱溟《答：美国学者艾恺先生访谈记录摘要》，《梁漱溟全集》（第八卷），山东人民出版社1989年版，第1148页］但他最终从儒佛交融的视角，认为不懂救世即是不懂出世，不懂出世即是不懂救世，“观此则二者，不但相容，而且只是一事不是两事”。［参见梁漱溟《谈佛》，《梁漱溟全集》（第四卷），第490页］这可以说是佛教中国化过程中最独特的思想特征。

② 徐复观：《儒道两家思想在文学中的人格修养问题》，《中国文学精神》，第13页。

③ 牟宗三曾说：“对这个大时代而言，徐先生是‘参与者’的身份，而我则是一个‘旁观者’的身份，并未直接参加。”（参见牟宗三《徐复观先生的学术思想》，《东海大学“徐复观学术思想国际研讨会”论文集》，台湾东海大学“徐复观学术思想国际研讨会”执行委员会编，1992年，第2页。）

徐复观通过《中国人性论史·先秦篇》的梳理，确立了以孔子、孟子为代表的儒家作为中国人文精神核心的思想，这种思想体现在艺术上，即是仁与美、道德与艺术在究极之地的统一，它主要落实于音乐上，其价值“象天体中的一颗恒星样的，永远会保持其光辉于不坠”①。但徐复观又认为庄子所代表的艺术精神，才是中国艺术精神的主体，其理由是儒家艺术精神固然高超美丽，但在实现中“乃旷千载而一遇”，无助于现代文明危机的解决。然而，徐复观晚年思考的重点又落实在了文学上，这使他对儒家美学进行了重新的审视和反思。徐复观对艺术的视角为什么会发生这种转向呢？徐复观认为，魏晋文学觉醒之后，文学继承了上古儒家乐教的艺术精神，而成为儒、道、释三家思想共同作用的产物，“中国文学，自西汉后，几乎都受有儒、道两家直接与间接的思想影响。六朝起，又加上佛教”②。徐复观独具慧眼地拈出了中国文学的批判精神，并把儒家美学作为其美学思想的。本书认为可以从以下三个方面看。

一 儒家美学的代表——“乐”的衰落

从历史的发展看，原始儒家的艺术精神最早体现于“乐”中，“乐”是儒家“仁美合一”的理想境界的最高体现，徐复观说：“孔子所要求于乐的，是美与仁的统一；而孔子的所以特别重视乐，也在于音乐在仁中有乐，在乐中有仁的缘故。”③“乐”与“仁”结合在一起，在先秦的社会生活中占有主导性的地位，熊十力认为：“乐者乐也，原夫人之本性，元是通畅而无闭阂。易故谓之太和。乐所由作，实因人性本来通畅，而为之乐，以达其乐。故人不去乐，则其于日常行止语默，恒是油然和畅。”④ 这里所指的“乐”，应该是指古典意义上的“乐”，包含音乐、舞蹈、诗歌等多种艺术门类。郭沫若也指出，中国古代的“乐”所包含的内容相当广泛，音乐、诗歌、舞蹈本是三位一体自不必说，绘画、雕刻、建筑等造型艺术也被包含在内，甚至于仪仗、田猎、肴馔等都可以涵盖。所谓“乐”者，乐也，凡是使人快乐，使人的感

① 徐复观：《中国艺术精神》，第35页。

② 徐复观：《儒道两家思想在文学中的人格修养问题》，《中国文学精神》，第7页。

③ 徐复观：《中国艺术精神》，第13页。

④ 熊十力：《论六经》，明文书局1988年版，第77页。

官可以得到享受的东西，都可以广泛地称为“乐”①，而音乐无疑是其突出的代表②。客观地讲，从漫长的原始时期到先秦、魏晋，音乐确实在中国艺术中占有核心之地位，从现在考古发掘出土的乐器、词谱等文物来看，中国古代的音乐达到了很高的艺术水准，河南舞阳出土的距今约8000年的贾湖骨笛（裴李岗文化）有七个音孔，具备六声或七声的音阶，可以演奏出中国传统十二律中的八律；湖北随州出土的距今2450多年的曾侯乙墓中的编钟，音域自C2至D7，中心音域十二半音齐备，可以旋宫转调，演奏七声音阶的多种乐曲，再加上陪葬的琴、瑟、笙、箫等其他60件乐器，不但能演奏古代乐曲，而且能演奏现代乐曲和外国乐曲，中国古代音乐艺术所取得的伟大成就越来越引发世人的关注。③ 三代至先秦，“乐”开始产生两极分化，一部分成为广大劳动人民口耳相传的民间俗乐，另一部分则是统治阶级、士人及艺术家所推崇的宫廷雅乐。周代设有专门管理音乐的机构，长官为“大司乐”，

---

① 先秦的“乐”，主要还是作为一种诗意的生活状态的“乐”，如和谐、快乐。在先秦时期，艺术和技艺之间并没有严格区分的界限，艺术与生活之间的界限也很模糊，人们生活中到处都充满了美，无论是多么普通的事情：弹琴、游泳、宰牛，甚至面对死亡，只要表现得合乎道或合乎礼，都会获致一种美学的效果，“子在齐闻韶”如是，“庖丁解牛”亦如是。艺术的创作与日常生活的劳动之间似乎是一而非二的，也可以说是一个缺乏艺术自觉的时代，“知之者不如好之者，好之者不如乐之者”。“乐”体现了对人生意义统摄性的生命整体的涵盖性。《说文解字》把“乐”解释为一个下面悬钟的架子，弦乐器发出的音乐是延伸的弦被弹奏后产生的效能，音乐是一种延伸或扩张，目的是获致和谐。把“乐”解释为演奏音乐而非音乐艺术，更加强化了这个概念的人格性和人工操作性的含义。“子在齐闻韶，三月不知肉味”，孔子之受韶乐的吸引是因为它充满并呈现了创造者的人格——道德的至善境界。音乐的“乐”和快乐的“乐”用同一个字来表现，这绝不是偶然的，而是表明在先秦人的生活中，“乐”具有这样重要的意义：它是人生幸福的基础，也是社会和谐的基石，儒家的“独乐乐不如众乐乐”就把“乐”的这层含义凸显了出来。“乐”在先秦更多的还不是作为艺术而存在的，而是贯穿知识的开端和人格完成的始终，成为生活中须臾不可缺少之物。对“乐”的这种态度，我们在尼采那里听到了现代的回声，“愉快只需要多么少的东西！风笛的声音就够了。没有音乐，生活就是一种错误”（参见［德］尼采《偶像的黄昏》，周国平译，湖南人民出版社1987年版，第33页）。音乐更多的是生活的需要，而不单纯是审美的需要。

② 郭沫若：《公孙尼子与其音乐理论》，《青铜时代》，科学出版社1957年版，第187—188页。

③ 有国外专家认为，湖北随县编钟的出土改写了世界音乐史。编钟的每一个音都不是孤立存在的，而是与其他音有着密切的联系，一个音准确与否，取决于与其他音的协调。音与音之间建立了这样复杂的联系而又不紊乱，已非先秦时期所运用的“五度相生律”和“纯律”所能涵盖了，这种音律体系已接近于原来大家公认的中国明代首创的“十二平均律”，世界音乐史的发展因此向前推了两千年。

主掌“成均之法”，秦、汉两朝也有“乐府”这样的专门机构。这样，“乐”不仅成为人们娱人、娱神的一种艺术表现形式，同时也日渐成为道德教化和政治统治的重要手段。

“乐”不仅与先人之祭祀、农业生产、日常生活有紧密联系，甚至与国家的兴衰、种族的繁衍有着至关重要的联系，在维护和巩固社会稳定、宗法制度方面都具有重要的功用。原始时期，“乐”本是巫术的一种，巫术礼仪与歌舞表演是一而二、二而一的。及至先秦，“乐”依然在社会上承担了祭祀、外交、军事、教育等重要的功能。在祭祀上，《周礼·春官》曰：“乃奏黄钟，歌大吕，舞《云门》，以祀天神……舞《大夏》，以祭山川……舞《大武》，以飨先祖。”① 也就是说，不管是祭天、祭神还是祭祖，都必须“举乐”。在外交上：“以六律、六同、五声、八音、六舞大合乐，以致鬼神祇，以和邦国，以谐万民，以安宾客，以悦远人，以作动物。”② 在军事上：“鼓人，掌教六鼓、四金之音声，以节声和，以和军旅。”③ “凡师，有钟鼓曰伐，无曰侵，轻曰袭。”④ 鸣钟击鼓成为军事号令，刘邦的“四面楚歌”战术曾逼得项羽刎颈自杀。在教育上，当时的音乐机构负责教授“六律、六同、五声、八音、六舞”，坚持礼、乐并重，以维护宗法制度和日常生活秩序，这也是孔子“乐正”的动机所在。乐正者，即摒弃郑卫之声，振兴雅、颂之音，使其能发挥“感动人之善心”⑤的教化功能。

在先秦儒家那里，“乐”只在很少的时候才作为一门独立的艺术形式存在。先秦的“乐”，并非现代意义上作为艺术门类的音乐，先秦有灿烂的“乐”文化，但并没有灿烂的音乐艺术。先秦的“乐”，大抵有四种用途：其一是用于军事。作战之时，擂鼓出征；结束之时，鸣金收兵。其二是用于宗教，即祭祀之“乐”。《易·豫卦·象传》曰：“雷出地奋，豫。先王以作乐崇德，殷荐之上帝，以配祖考。”“乐”是人与神沟通和对话的媒介，它由“神权”最终落实为世俗的“王权”，象征着一种合乎礼制的

① （汉）郑玄注、（唐）贾公彦疏：《周礼注疏》（下），赵伯雄整理，北京大学出版社1999年版，第580—583页。

② 见《周礼·春官》，（汉）郑玄注、（唐）贾公彦疏《周礼注疏》（下），第578页。

③ 见《周礼·地官》，（汉）郑玄注、（唐）贾公彦疏《周礼注疏》（上），第314页。

④ 见《左传·庄公二十九年》，杨伯峻编著：《春秋左传注》（第一册），第244页。

⑤ 见《荀子·乐论》篇，王先谦撰：《荀子集解》（下），第379页。

地位和王权。其三是用于教育，即“乐教”。《礼记・乐记》[1] 云：“是故乐在宗庙之中，君臣上下听之则莫不和敬；在族长乡里之中，长幼同听之则莫不和顺；在闺门之内，父子兄弟同听之则莫不和亲……所以合和父子君臣，附亲万民也。是先王立乐之方也。”[2]“夫民有血气心知之性，而无哀乐喜怒之常，应感起物而动，然后心术形焉。是故志微、噍杀之音作，而民思忧；啴谐、慢易、繁文、简节之音作，而民康乐；粗粝、猛起、奋末、广贲之音作，而民刚毅；廉直、劲正、庄诚之音作，而民肃敬；宽裕、肉好、顺成、和动之音作，而民慈爱；流辟、邪散、狄成、涤滥之音作，而民淫乱。”[3]“乐”具有化民成俗、维系纲常和社会秩序的重要功能。其四用于娱乐，如湖北随州发掘出土的曾侯乙编钟，它是古代音乐艺术发展水平的标志，《礼记・乐记》云：“乐者。德之华也。金石丝竹。乐之器也。诗，言其志也。歌，咏其声也。舞，动其容也。三者本于心。然后乐器从之。是故情深而文明，气盛而化神，和顺积中，而英华发外，唯乐不可以为伪。”[4]“乐”是人情之常，是人性的自然流露。概而言之，先秦的“乐”兼有以下三个方面的价值：

第一，政治价值。“乐”在礼乐文明中是一种非常重要的秩序维系手段。儒家美学之所以重视音乐，并非把“乐”与仁混同起来，而是出于古代的传承。“乐”有助于政治的教化，“乐合同”、“乐者异文合爱者也”，儒家要求把情感纳入理性的轨道，使之受到节制，并要为政治、道德、礼仪服务。作为艺术的“乐”本身并不是目的，而只是服务于某种目的的工具和手段，《礼记・乐记》云：“凡音者，生于人心者也。乐者，通伦理者也。是故知声而不知音者，禽兽是也。知音而不知乐者，众庶是也。唯君

---

① 《乐记》的成书年代及其作者在历史上存在着诸多的争议，根据郭沫若的考证，《乐记》大部分取自《公孙尼子》，其中虽有部分被汉儒所抄篡改写，但其主要内容依然来自《公孙尼子》，而公孙尼子“可能是孔子直传弟子，当比子思稍早。虽不必怎样后于子贡、子夏，但其先于孟子、荀子，是毫无问题的”（参见郭沫若《公孙尼子与其音乐理论》，《青铜时代》，第186页）。徐复观批判郭沫若此说“系粗率的臆说”，他认为《乐记》不是来自《公孙尼子》，而是西汉末或东汉时由不相干的人杂凑了《乐记》的若干话编成了《公孙尼子》。但徐复观也认为整理《乐记》的人，当在荀子之后，是孔门音乐艺术理论的总结，“也是世界上出现得最早的音乐理论”。因而，《乐记》的音乐思想依然是先秦美学思想的体现。

② （清）孙希旦：《礼记集解》（第三册），沈啸寰、王星贤点校，中华书局2007年版，第1033页。

③ 同上书，第998页。

④ 同上书，第1006页。

子为能知乐。是故审声以知音，审音以知乐，审乐以知政，而治道备矣。”① 儒家美学带有浓厚的道德理性和功利气息的鲜明印迹，让人觉得窒息和压抑，人丰富的情感需求和内心世界被简单化的强制要求扼杀了。供怡情悦性、精神享受、表达个人情绪的艺术，都受到反对和禁止，用这样的尺度来要求艺术，实际上走向了对艺术的否定。因为唯一被认可的艺术，是为统治者的统治服务的，只能用于特定的场合，只能表达规定的内容，只能遵循一定的规范。总而言之，种种人为的规范和限定，使艺术被异化成了服务于统治者意志的木偶，这是“乐”非艺术的一面。

第二，认知价值。孔子特别强调《诗经》的认识价值，认为它能开启人的智慧，使人对自然和社会生活获得广泛的认识，“不学《诗》，无以言”（《论语·季氏》）。“小子何莫学夫诗？诗可以兴，可以观，可以群，可以怨。迩之事父，远之事君；多识于鸟兽草木之名。”（《论语·阳货》）儒家的乐教以《诗经》为主要内容，自然也非常重视“乐”的认识功能，正所谓“一事不知，儒者之耻”。墨子说儒家“诵《诗》三百，弦《诗》三百，歌《诗》三百，舞《诗》三百”（《墨子·公孟》）。可见，《诗经》是儒家乐教的重要内容，“乐”也是人们认识社会、把握世界、形成人生观的重要途径。

第三，审美价值。首先，从艺术表现形式上看，“乐”是一种纯粹的艺术，它最生动地表现了自然生命的节奏。安乐哲说：“它也许是最少描述其他事物的构成性中介……音乐的意义只存在于音调的内在关联中，而不在于分离的音调中。我们面对的是一种纯粹的形式，音乐并不代表什么东西——它只表现它自身。”② 这里的“乐”就是艺术性的音乐，庄子所说的“止之于有穷，流之于无止”③ 分明是音乐“余音绕梁，三日不绝”的艺术之美的另一种表述。其次，抒情。《礼记·乐记》云：“故歌之为言也，长言之也。说之，故言之；言之不足，故长言之；长言之不足，故嗟叹之；嗟叹之不足，故不知手之舞之，足之蹈之者也。”④ 音乐具有抒发情感的重要作用，它让人沉醉，“子在齐闻韶，三月不知肉味”正显示了音

---

① （清）孙希旦：《礼记集解》（第三册），第928页。

② ［美］安乐哲：《孔子思想中“圣人”概念浅释》，载“国立”台湾大学哲学系编《“国立”台湾大学创校四十周年国际中国哲学研讨会论文集》，1986年版，第265页。

③ 这句话来自《庄子·天运》，《天运》篇一般被看作是后代儒生所作，所谈的音乐概念主要是儒家的。但此篇在强调了音乐“应之以人事，顺之以天理，行之以五德，应之以自然。然后调理四时，太和万物”的教化功能外，又肯定了音乐“止之于有穷，流之于无止”、“无言而心悦”的审美效果，这是我们应该加以留意的。

④ （清）孙希旦：《礼记集解》（第三册），第1038页。

乐的那种陶醉人的感情、解放人的精神的审美效果。《礼记·乐记》云："子贡见师乙而问焉。曰：赐闻声歌各有宜也。如赐者宜何歌也。师乙曰：乙，贱工也。何足以问所宜！请诵其所闻，而吾子自执焉……夫歌者，直己而陈德也，动己而天地应焉，四时和焉，星辰理焉，万物育焉。"① 音乐作为自由表现内心世界的一种方式，它是内心情感的自然流露，所以说"唯乐不可以为伪也"。音乐的起伏跌宕、宛转曲折，确实是情感变化的折射，这既不神秘，也不深奥，如同人高兴了要笑、哀伤了要哭、愤怒了要骂、不满了要发牢骚一样，所以当语言表达不了时就唱歌、手舞足蹈。再次，言志。我们常常探讨音乐对人情感的陶冶、感染作用，却忽视了音乐也有言志的审美倾向，音乐象征着人的志向、抱负、理想，知音者，知心也。发生在汉阳钟家村"高山流水遇知音"的故事，成为中国文化史上的千古美谈。音乐，在中国人的交往中被看作是一种高雅而重要的媒介，钟子期和俞伯牙因为一曲《高山流水》而相遇、相识、相知，《笑傲江湖》中的刘长风和施洋因为"笑傲江湖"曲而结成生死知己，岳飞在受到排斥、蒙冤受屈时悲愤地发问："知音少，弦断有谁听？"鲁迅也在《一九三三年录何瓦琴句书赠瞿秋白》的诗中落寞地感慨："人生得一知己足矣！"② 知音文化是中国文化和中国艺术最为独特的地方，因音乐而成全的惊天动地、荡气回肠的友情，而结成的生死不渝的情侣、知己举世罕见，在这个意义上，音乐又成为一种独立自足的存在而走向其自身。

在徐复观看来，儒家"乐教"的衰落有以下三个因素。

一是"乐"是人格完善的工夫之一，但毕竟不是唯一的工夫，艺术精神的工夫过程，亦可与"乐"毫不相干，"吾非斯人之徒与而谁与"的责任感，这不为艺术所排斥，但亦绝不能为艺术所担当，徐复观认为："人格完成的直接通路，而无须乎必取途于乐。"③ 儒家的艺术精神并不是贯通的，常要在仁义道德之地有某种意味的转换，也就是说，除了艺术的教化功能以外，儒家对作为艺术形式的音乐本身是不够重视的。

二是从日常生活层面上看，韶乐过于"清虚以婉约"，仅仅适合少数知识分子的人格修养，而不一定合乎大众的要求，因此"虽一唱而三叹，固既雅而不艳"④。以魏文侯之好学好古，闻韶乐尚且"唯恐卧"，对一般

① （清）孙希旦：《礼记集解》（第三册），第1035—1036页。

② 鲁迅：《一九三三年录何瓦琴句书赠瞿秋白》，《鲁迅全集》（第五卷），人民文学出版社1981年版，插图页。

③ 徐复观：《中国艺术精神》，第32页。

④ （晋）陆机：《文赋集释》，第183页。

人而言，儒家的韶乐则难免让人感觉索然无味。随着绘画和文学等艺术的觉醒，音乐作为政治教化和道德鉴戒载体的功能日益丧失，先秦韶乐作为艺术的存在也成为“皮之不存，毛将焉附”而可有可无的了，儒家的乐教走向衰落也是情理中的事情。“乐”的这种在艺术与非艺术间游走的二重性，使其从来都不是作为一门独立的艺术形式而存在。

三是具有实用价值和大众趣味的俗乐，始终不能得到儒家的正面承认。[①] 事实上，韶乐也是来自原始的巫乐，本身并无雅俗之分[②]，只是后来经过历代的修正和淘汰，把原始的激情削减掉了，而呈现出一种“文质彬彬，尽善尽美”的形态，故而孔子称之为雅乐。而所谓俗乐的东西主要是指郑、卫、宋、齐之声，也称为新声，《礼记·乐记》云：“郑音好滥淫志，宋音燕女溺志，卫音趋数烦志，齐音敖辟乔志。此四者，皆淫于色而害于德，是以祭祀弗用也。”[③] 由此可知，这些新声是一种含有原始热情的民间音乐或宗教乐舞，类似于今日的流行音乐、西北之信天游及少数民族之对歌等，无怪乎魏文侯百听不倦，颇有孔子闻韶“三月不知肉味”之感。孔子肯定了带有原始宗教意味的祭祀活动，但却否定了用于祭祀的民间俗乐的价值，葛瑞汉认为孔子只是对周代的礼乐文明进行保护和修复，而不擅自发明何物[④]，这是不够客观的。孔子对周代礼乐有继承，也有革新，但他对“乐”所进行的改革，不过是把“乐”由宗教的附庸变为道德教化和政治的附庸罢了。孔子对“乐”从道德方面把它划分为雅俗善恶而不从艺术方面进行审美趣味的划分，这显示了他对“乐”的认识是伦理性重于艺术性，工具性重于审美性，因而孔子的“乐正”并不能挽救雅乐。事实上，在中国艺术史上，雅乐与俗乐既相互对立，又相互统一，“就文艺美学来看，‘雅’文艺最初都是由‘俗’文艺而来的”[⑤]。在这一点上，孔子不如孟子，齐宣王对孟子说：“寡人非能好先王之乐也，直好世俗之乐耳。”孟子的回答是：“王之好乐甚，则齐其庶几乎！今之乐，犹古之乐也。”[⑥]（《孟子·梁惠王章句下》）雅乐和俗乐有共通之处和相互借鉴的地方，雅乐固然高超飘逸、中庸平和，然不适合时代的精神，又不肯进行自

① 徐复观：《中国艺术精神》，第 32 页。

② 滕固认为韶舞是一种假面和化妆的舞蹈活动，有原始巫术活动的特征。参见滕固《挹芬室文存》，沈宁编，辽宁教育出版社 2003 年版，第 133 页。

③ （清）孙希旦：《礼记集解》（第三册），第 1016 页。

④ ［英］葛瑞汉：《论道者》，张海晏译，中国社会科学出版社 2003 年版，第 13 页。

⑤ 李天道：《中国美学之雅俗精神》，中华书局 2004 年版，第 240 页。

⑥ 杨伯峻译注：《孟子译注》（上），第 26 页。

身的改革，受到排斥和走向衰落是必然的事情。

在雅乐的改革上，屈原所取得的成就不容抹杀，王逸在《楚辞章句》中曰："《九歌》者，屈原之所作也。昔楚国南郢之邑，湘、沅之间，其俗信巫而好祠，其祠必作歌乐，鼓舞以乐诸神。屈原放逐，窜伏其域，怀忧苦毒，愁思沸郁，出见俗人祭祀之礼，歌舞之乐，其词鄙陋。因为作《九歌》之曲。"① 楚地的歌舞之乐乃当地的民俗无疑，是一种宗教祭祀的"悦神"形式。② 民歌的节奏效果多于和谐效果，快感多于美感，因不合于儒家"乐而不淫，哀而不伤"的审美原则而一直没有受到重视，而屈原不嫌其"鄙陋"，以此为素材创作了《九歌》。《九歌》所表现的情感特征是活泼而明朗的，并且含有节日祝福和欢愉的意味，充满了活力，这就是陆机在《文赋》中所说的"或袭故而弥新，或沿浊而更清"③，以至于郭沫若因《九歌》"歌词的清新、调子的愉快"而认为《九歌》是屈原未失意时的作品④。"乐"也有古今之异，不可执一常而不知变化，雅乐有不可存之理，郑卫之音也有不可废之理，以不可存而强存，以不可废而强废，都是不符合艺术自身发展规律和历史潮流的，熊十力指出："昔孔子当唐虞三代之后，而论乐独取于韶舞。唐太宗采四裔之乐，而融归华夏之声。今已不可得而闻矣。后有作者，其将以吾古乐之中和，调融近代西人壮厉之音，而作新乐，为人类含养德性，岂不盛哉。"⑤ 屈原看到了这一点，采用民间的新声创作了新的雅乐，在这一点上，他无疑比孔子要高明得多。

先秦的"乐"主要是与尊祖、祭祖和祭天活动相配合的乐舞，后来泛化扩大成为社会生活各方面的礼仪活动及相配合的歌舞、诗歌活动，《诗经》、《离骚》都是乐的歌词。早期音乐、舞蹈、诗歌的联系极为紧密，格罗塞认为："舞蹈、诗歌和音乐就这样形成为一个自然的整体，只有人为的方法能够将他们分析开来。"⑥ 诗与"乐"本来是不分的。诗、"乐"分途后，"乐"的艺术性要求便转化到文学上。"乐"转化为文学，不单是功能上重视教化，而且也表现在形式上，"暨音声之迭代，若五色之相宣。虽逝止之无常，固崎锜而难便。苟达变而识次，犹开流以纳泉"⑦。中国诗

① 王逸：《楚辞章句》卷二，中华书局1957年版，第12页。

② 金开诚：《屈原辞研究》，江苏古籍出版社1992年版，第172页。

③ （晋）陆机：《文赋集释》，第212页。

④ 参见郭沫若《〈九歌〉解题》，《屈原赋今译》，上海书店出版社2003年。

⑤ 熊十力：《论六经》，台北明文书局1988年版，第78页。

⑥ ［德］E. 格罗塞：《艺术的起源》，蔡慕晖译，商务印书馆1987年版，第214—215页。

⑦ （晋）陆机：《文赋集释》，第132页。

词非常讲究平仄格律，讲究节奏，这就体现了“乐”对文学的影响。文学还把“乐”的教化特性继承了下来，笔者认为“文以载道”的传统即是“乐”对文学的影响。

二　儒家美学的特点

徐复观看重儒家的地方，主要有两点：一是儒家体现出的涵容性以及与时俱进的时代感，他说：“儒家因孔子而成立，他的精神，是‘万物并育而不相害，道并行而不悖’的精神，是鼓励自由创发的精神。”① 包容—融合—创新，这是先秦儒家后来之所以能逐渐熔铸百家成为显学的原因，也是中国文化几千年来生生不息、延绵至今的原因。二是儒家重视人性中感性和理性平衡发展、和谐满足的整体性，徐复观说：“诗的道德性，是由诗得以成立的根源之地所显露出的道德性。孔子为人生而艺术的文学观，实即由于把文学彻底到根源之地而来的文学观。”② 在《春蚕篇》等散文中，我们也可以体味到这种浓郁的情感流露，对有情世界的探索，甚至对美的沉醉而不能自拔，这是先秦儒学的一个重要特征。然而，这种精神在孔子以后就衰落了，徐复观不同于其他现代新儒家，就在于他肯定了情欲在人类历史发展中的作用，肯定了道德之心需由情欲的支持始能在现实中生根立脚。徐复观对《诗经》中《关雎》男女情爱的咏叹，对于孔子沉浸在音乐中“三月不知肉味”的推崇，对于春蚕所代表的人间至美情感的自由发抒，都体现了他面对新的时代，企图以通过对儒家思想的梳理，还原中国文化的真精神，为几千年专制统治扭曲而衰蔽沉沦的传统文化注入新的生命力。

在《中国艺术精神》中，徐复观认为儒家美学并不是纯粹的艺术精神，这主要是从解弊现代性的角度而言的，因为历史上，儒家在专制政治压迫下的扭曲、变异使得“这种礼法已经丧失了它的真精神，变成了阻碍生机的桎梏”③。原始儒家道德与艺术合一的艺术精神虽然可以作为万古的标程，但在实现中“乃旷千载而一遇”，尤其对台湾当时的艺术风气和人类的精神危机，“犹河汉而无极也”。④ 徐复观对儒家美学的这种看法自《中国艺术精神》问世就引起了不少的争议。应该说，徐复观对儒家美学的认识是有一定偏差的，既然儒道两家本质上都是“为人生而艺术”，那

---

① 徐复观：《两汉思想史》，《徐复观文集》（第五卷），第512页。

② 徐复观：《中国艺术精神》，第31页。

③ 宗白华：《美学散步》，第225页。

④ 徐复观：《中国艺术精神》，第35页。

他为何再三强调儒家艺术精神流于虚空而庄子艺术精神落实为中国画呢？综观徐复观的美学思想，他其实始终以“乐教”为儒家美学的代表，以儒家“乐教”的衰落为儒家艺术精神的衰落。而文学——他认为是儒、佛、道三家共同影响的产物，不足以作为儒家美学之典型。而庄子艺术精神以及中国画，除了历史上为专制统治下的自由灵魂提供一栖息之地外，在现代社会也对西方文明危机具有对治作用，徐复观说：“假使现代人能欣赏到中国的山水画，对于过度紧张而来的精神病患，或者会发生更大的意义。”① 从这一角度看，徐复观对艺术现实“事功”的重视其实有陆、王一派“知行合一”思想的影响。他在评价方东美论王阳明之学时，谓其“在天泉论道四句话上，发挥得淋漓尽致，文字瑰美，应当算是一篇大文章，但他把王学完全观念化了，完全脱离了事上用工的切义，而只勾画出了一幅浩浩荡荡的虚境。所以凡属方先生这一类型的哲学家，都不能把握到儒家的命脉”②。然而，中国画在历史上也曾如韶乐一样，流于玄虚空疏，在抄袭模仿中走向了“绘画的颓废”，这一点，徐复观不会没有注意到。而就中国画本身的精神指向而言，其意境同样是高超玄妙、富于理想的。对此一问题的忽略，使得徐复观无论是对中国画的改革创新，还是对中国文化的创造性转化，都只停留在观念的层面，而缺乏与整个生活世界、与外在物质性的结构组织接轨，这也反映出了徐复观美学思想的内在矛盾性。

三　徐复观对中国文学精神的发现

从大的方面看，徐复观美学思考的重点在晚年由绘画转向了文学，这种转折和变化主要是源于他对中国文学精神的发现。正如我们以人类劳动工具的变化将上古历史分为“石器时代”、“青铜时代”、“黑铁时代”，如果我们对中国艺术史作一个大致的梳理的话，那么我们可以大致将原始社会至先秦称为“乐”的时代；魏晋至唐、宋、元的发展，绘画由人物画而山水画，发展到了极高的水平，最终成为书法、诗歌、金石、篆刻的集大成者，这一时期可以称为绘画的时代；而明、清及近代以来随着印刷术的广泛应用、民主启蒙意识的觉醒和绘画的文学化发展，文学实成为社会文化中最活跃的角色，《三国演义》、《水浒传》、《西游记》、《金瓶梅》、《牡丹亭》、《聊斋志异》、《红楼梦》等鸿篇巨制竞相涌现，明、清两朝及

---

① 徐复观：《自叙》，《中国艺术精神》，第7页。

② 徐复观：《一个政治家的王阳明》，《徐复观杂文续集》，第29页。

20 世纪大兴“文字狱”，都可见文学之影响力号召力，因而这一时期可以称为文学的时代。对中国艺术史作这样划分可能失之笼统，甚至这三者也不是截然分开而是犬牙交错状的发展，但不可否认的是，魏晋以后绘画继承了音乐的教化功能、空间意识和节奏技法，开始在中国艺术中占有日益重要的地位。而近代以来，艺术的主权转移到了文学，五四新文化运动在艺术上的表现首先是白话文运动和新文学革命，而非如西方的文艺复兴那样是绘画艺术革命。徐复观敏锐地感觉和把握到了这一时代精神，而以文学作为他在“学术与政治之间”游走的一个重要媒介。

不同的艺术类型需要不同的表达方式。宗白华说音乐是最高的艺术，就在于音乐的内容和形式是合一的，所以音乐是最有表现和感染力的艺术，也成为最容易被人欣赏和接受的艺术，这一点，和书法是十分接近的。绘画的内容要受到形式的制约，绘画的突破往往直接表现为形式的创新。而文学，又不同于音乐和绘画，从形式决定内容这方面看，文学是一门独立的艺术，文学的创作就是艺术创作；从内容决定形式来看，文学还具有非艺术的一面，内容决定形式，即文学的内容决定了形式的表现，这显然是不符合艺术的独立和自律的，从这一点看，在这种思想影响下的文学，只是政治和教化的工具。受儒家艺术精神支配的文学、诗歌道德说教的意味，遮蔽了其艺术上的审美意味而成为歌功颂德的工具，失去了其讽谏的现实意义。事实上，文学的这种伦理精神是非艺术的。

另外，从儒家“中和”、“温柔”的趣味上看，中国文人在专制统治之下，偏好文学的抒情性，对社会和人生缺乏深刻的反省意识，郭沫若说：“东方人对于文学喜欢抒情的东西，喜欢沉潜而有内涵的东西，但不要伤于凝重。那感觉要像玉石般玲珑温润而不像玻璃，要像绿茶般于清甜中带点涩味，而不像咖啡加糖加牛乳。”① 而儒家“可以怨”的传统，则由于专制政治的压制和乡愿心态的排斥，日益走向了消极的抒情、感叹和虚无主义，从而不能在人性的深度、厚度的开拓上做出积极的贡献。对这一点，郎擎宵在评价庄子的文学价值时，曾借顾实之言加以表出：“庄子与孟子俱染受战国之风，而英迈豪隽之气，自有不可当者，故发露其激越之感情，不少顾惜。竖说横论，而痛言快语，毫你藏锋芒，两者全类似，但以人种之差异，与南方之天然，使庄子更比孟子成就文学之价值。”② 此论

① 郭沫若：《契诃夫在东方》，《郭沫若全集》（第十九卷），人民文学出版社 1992 年版，第 467 页。

② 郎擎宵：《庄子学案》，第 241 页。

可谓一针见血。

明、清以来，由于资本主义工商业的发展和人性解放的思潮，在艺术上也出现了对儒家审美思想的批判与反思。袁宏道非常推崇《离骚》的批判精神："且《离骚》一经，忿怼之极，党人偷乐，众女谣啄，不揆中情，信谗赍怒，皆明示唾骂，安在所谓怨而不伤者乎？穷愁之时，痛哭流涕，颠倒反覆，不暇择音怨矣，宁有不伤者？且燥温异地，刚柔异性，若夫劲质而多怼，峭急而多露，是之谓楚风，又何疑焉。"（《叙小修诗》）《离骚》体现了楚风之美，打破了儒家"中和"之桎梏。清代郑板桥也对儒家的"温柔敦厚"提出批判："文章以沉着痛快为最，《左》、《史》、《庄》、《骚》、杜诗、韩文是也。间有一二不尽之言，言外之意，以少少许胜多多许者，是他一枝一节好处，非六君子本色。而世间娓娓纤小之夫，专以此为能，谓文章不可说破，不宜道尽，遂訾人为刺刺不休。夫所谓刺刺不休者，无益之言，道三不着两耳。"① 贺贻孙则认为悲愤是艺术创作的动力："风雅诸什，自今诵之以为和平，若在作者之旨，其初皆不平也！若使平焉，美刺讽诫何由生，而兴、观、群、怨何由起哉？鸟以怒而飞，树以怒而生，风水交怒而相鼓荡，不平焉乃平也。观余诗余者，知余不平之平，则余之悲愤尚未可已也。"② 杜维明也认为："真正在知识分子的心灵里发生化学作用、引起很大威力的是另外一个传统，我叫它悲愤的传统。"③ 徐复观一方面通过对"文以载道"、"温柔敦厚"的辨正，对儒家艺术精神进行了新的发掘和还原；另一方面他又清醒地看到，儒家的艺术精神经过孔子对《诗经》"思无邪"的诠释以及《礼记正义》对"温柔敦厚"的注解发生了很大的转变，尤其是儒家批判、斗争、抗议的精神自汉代以后就日益湮没在专制的淫威之下，他痛心地说："民国以来可悲可痛之事万千，而对此现象之发抒之诗篇不见一二……对现实有所讽刺，并非即等于要推翻现实，并非即是要造反。《诗·变风·变雅》中，很露骨的讽刺现实，甚至于是咒骂现实的诗，不在少数。孔子删《诗》，都要把这一类的录而存之，使人便于讽诵。"④ 因而，要重构中国艺术精神，就是要在还原儒家

① （清）郑板桥：《潍县署中与舍弟第五书》，《郑板桥集》，上海古籍出版社1986年版，第21页。

② （清）贺贻孙：《诗笺》，《清诗话续编》（第一册），郭绍虞编选，富寿荪校点，上海古籍出版社1983年版，第137页。

③ ［美］杜维明：《现代精神与儒家传统》，台北联经出版事业公司1996年版，第308页。

④ 徐复观：《按语〈论陈含光的诗与文艺奖金〉》，《徐复观杂文补编·思想文化卷》（第一册），第513页。

真精神的基础上，贴近时代的现实去发现新的生命。徐复观在20世纪的离乱之世中所把握到的中国文学精神就是这种“文以载道”的精神，“文以载道”不是以文学为政治服务，而恰恰是以“道统意识”对抗“治统意识”，以文学传承民族文化的价值生命，以文学来唤醒社会民众、重建现代中国人的精神家园。同时我们也要注意，徐复观重建中国文学精神仍然是以“文以载道”、“艺以载道”为价值指向的。“文以载道”将德性内化于文学中，忽略了个体的内心感受而倾向于社会层面上的话语生产，这就使它难脱“工具”的特性。徐复观没有对文学中怨愤、批判传统的这种伦理—艺术的两面性做出区分，这就没有从根本上解决文学如何走出为专制政治服务的历史命运的问题。

另外，徐复观学术思想的转变还与其人生经历紧密相关。徐复观从政治转向学术研究的五六十年代，正是西方文化甚嚣尘上、步步紧逼而中国文化瓜果飘零的时代，尽管徐复观不断与人发生论争，甚至多次感叹“我的生命，给偶然的机缘消耗得太多了”①，但其整个心态实际上都处于一种道家式的退隐状态。这种状态体现于生活上，是由大陆退居于台湾的台中②；体现于人生上，则是由政治退而为学术；体现在思想上，则是以庄子“虚”、“静”、“明”的艺术精神作为中国艺术精神的核心。而在1969年台湾东海大学发生的“被迫退休”事件，对徐复观的思想和心灵的影响更是至为深远，虽然在其学术著作中，徐复观并未就此事详加追讨，然而他从中所体味到的中国知识分子在专制统治下强烈的悲凉、压抑、抗争情绪是极为深刻的，他的同乡、自由主义思想家殷海光晚年又何尝不是如此？他的朋友、《自由中国》杂志的主编雷震又何尝不是如此？殷海光晚年感叹台湾二十年来专制统治的恐怖形成的空气，使台湾已成“绝地”，无法谋生，“我之所以迄今坚持这种态度，非与何人等争意气，意气只象煤烟。我主要系为中国知识分子保持一点残余的尊严”③。在殷海光受到专制政治的迫害英年早逝的同一年，徐复观也遭受了同样的不公正“待遇”，被迫以古稀之年离开生活了二十年之久的台湾，在风雨飘摇之中来到香港新亚书院安身。在离开台湾时，徐复观心情是复杂而苍凉的，“从此才真正有浮生漂泊之感”。人生的巨变和命运的沉浮，使得徐复观从60年代末期开始由一个隐者型的道家心态转向了勇者型的儒家心态，正所谓树欲静

---

① 徐复观：《自序一》，《中国文学精神》，第1页。

② 徐复观曾自言之所以选择定居台中而不去台北，是为了和现实政治保持距离，以免人事的纷扰，“议政”而不“参政”正是一种隐士的心态。

③ 殷海光：《致徐复观》，《殷海光书信集》，第21页。

而风不止，一颗不容于己的“感愤之心”使他选择了“不平则鸣”的文学，以一篇篇战斗檄文，来为天下的受压迫者、受到不公正待遇者伸冤，为历史上受到委屈的儒生伸冤。贾谊凭吊屈原，他在屈原身上找到了自己；司马迁作《屈原贾生列传》，他在屈原、贾谊身上发现了自己；徐复观写作《两汉思想史》，也正是在汉代司马迁、贾谊等在专制统治下的儒生身上看到了中国知识分子在“赏罚二柄的驱策下”的悲剧命运。正因如此，他非常看重中国文学“文以载道”中的“道统意识”和“不平则鸣”的批判精神，也只有文学，才能寄托、表达徐复观晚年的悲凉心境。

四　结语

徐复观在评价西汉文学时，对萧统《昭明文选》的选文标准提出了严厉的批判，他说：

> 不选严忌的《哀时命》何以能了解梁园宾客的“身既不容于浊世兮，不知进退之宜当”，“外迫胁于机臂兮，上牵联于矰弋”。但他还是“上同凿枘于伏戏兮，下合矩矱于虞唐。愿尊节而式高兮，志犹卑夫禹汤”，而终叹息于“愿壹见阳春之白日兮，恐不终乎永年”，这决不是魏晋以后的门客清客的胸襟气象。不选司马相如的《哀二世赋》，何以能了解他对汉武帝因侈泰之心所造成的危机之大，能烛照如此之明，忧虑如此之深。不选董仲舒的《士不遇赋》，何以能了解他对当时的评价是“生不丁三代之盛隆兮，而丁三代之末俗”，“鬼神之不能正人事之变戾兮，圣贤亦不能开愚夫之违惑”。不选东方朔的《七谏》，何以能了解这位以俳谐滑稽自容者的内心，实以屈原自况，而对于当时朝廷用人行政的看法，只不过是“橘柚萎枯兮，苦李旖旎。甂瓯登于明堂兮，周鼎潜乎深渊”。不选刘向的《九叹》，何以能了解他为什么编集《楚辞》，要在当时多面发展的文学中，特标举属于楚辞的这一系列。不选王褒的《九怀》，何以能了解他对当时“瓦砾进宝兮，损弃随和”的愤懑，而仅从他的《四子讲德论》及《圣主得贤臣颂》看，以为他只不过是歌功颂德的文人。一直到东汉王逸注《楚辞》，可以说两汉伟大文学家的心灵，大多是由屈原的遭际和巨制所感动、所启发的。[①]

① 徐复观：《西汉文学论略》，《中国文学精神》，第452—453页。

由此可知，徐复观的文学是在文学的抒情和言志之间倾向于言志，在“才智深美”和“文以载道”之间倾向于“文以载道”，在畅神怡情和“不平则鸣”之间倾向于“不平则鸣”，中国文学传统中的这种担当意识和批判精神是徐复观所特别看重的。李泽厚、刘纲纪也给予了这个传统以极高的评价：“在屈原之后，写下了‘无韵之《离骚》’——《史记》的司马迁，向前发展了屈原的反抗性和批判性，突破了屈原的‘怨而不怒’的局限性，把屈原的美学思想推向了一个极为光辉的新的高度，使之同中国古代人民的英雄主义结合起来了。唐代韩愈所谓的‘无不得其平则鸣’以及宋代欧阳修所谓的‘诗穷而后工’的说法的提出，都明显地受到屈原美学思想的影响。屈原的高度重视艺术美和不受儒家束缚的自由的反抗的精神，始终活在中国历代文艺中，成为抑制和救正儒家美学重善轻美的偏颇和打破儒家思想束缚的一个有力的传统。”① 这个评价是非常中肯的。徐复观一方面继承了来源于以《诗经》为代表的史官文化系统中的历史意识和现实主义立场，高举“文以载道”的旗帜，对儒家“可以怨”的文学传统特加表出；另一方面又融合了以《楚辞》为代表的巫官文化系统中的批判意识来完成新的文学精神的建构，这是他结合文化传统和现实状况而对中国文学精神做出的新的诠释。

---

① 李泽厚、刘纲纪主编：《中国美学史》（第一卷），第385—386页。

第四章　徐复观与20世纪中国文艺思潮

徐复观美学思想的形成大致与20世纪中国美学的发展是同步的，甚至在很多问题上具有前瞻性和启示性。20世纪的中国，发生了三次比较大的中西文化交锋，第一次是20世纪初的五四新文化运动，第二次是20世纪五六十年代台湾的“中西文化论战”，第三次是20世纪八九十年代中国大陆改革开放而引发的中西文化冲突。五四新文化运动对中国社会、文化的影响是众所周知的，它被称作是“中国的文艺复兴”，影响深远；改革开放以来的中西文化冲突则是与政治、经济转型及全球化思潮交织在一起的，它的余波至今未平；唯独发生在台湾的“现代艺术论战”和“乡土文学论战”，由于历史与现实的原因，国人较为隔膜，学界关于此问题的研究也甚少，[①] 而台湾60年代“现代艺术论战”及70年代“乡土文学论战”的过程和体现出的时代精神，既可以看作是五四新文化运动启蒙精神的延续，又可以看作是八九十年代以来中国大陆中西文化冲突的预演；而大陆美学界在近三十年来热衷于探讨的中国艺术精神、中国美学精神等问题正是徐复观在20世纪60年代所开启的。徐复观先生正是站在20世纪中西文化交锋的浪尖上，开启了研究中国艺术的价值重估、中国艺术精神的重构、台湾文学的本土性等在20世纪中国美学界产生巨大影响的重要问题，这些问题也是近三十年来中国学术界的热点问题，回顾和反思这些论战无疑具有重要的学术价值和现代意义。

---

① 关于“现代艺术论战”，介绍性的文章主要有范泓的《四十年前的一场“中西文化论战”——〈文星〉杂志与一桩诉讼》，《书屋》2005年第2期，第4—14页。研究性的文章有刘建平的《不同世代的精神共鸣——“现代艺术论战”中的徐复观与刘国松》，《台湾研究集刊》2009年第2期，第100—106页。

第一节　不同时代的精神共鸣
——徐复观与台湾“现代艺术论战”

20世纪60年代初台湾的“现代艺术论战”[①]是中国美术现代化运动的重要组成部分，这场论战中提出的很多问题，在八九十年代以来的中国大陆引起了强烈反响。徐复观一生多次与人打笔战，除了与刘国松的“现代艺术论战”外，还有与虞君质关于诗和画的论战、与李敖的中西文化论战、与李渔叔关于释杜诗的论战、与饶宗颐等关于黄大痴山水长卷真伪问题的论战等。但这些论战要么是意气之争，流于人身攻击而学术意义不大（如前二），要么就是偏于考据论证，与艺术关涉无多（如后二）。唯有这次“现代艺术论战”，论辩双方围绕现代艺术及中国画的本质问题针锋相对展开讨论，就事论事，真可谓君子之争、学术之争。通过这场论战，人们认识了刘国松及以他为代表的台湾现代艺术家，也对台湾艺术的发展和中国艺术的现代创新产生了深远的影响。

一　徐复观与刘国松论战的缘起

20世纪60年代初的台湾社会，社会动荡不安，文化论争不断。胡秋原、徐复观与胡适、李敖的“中西文化论战”以胡适的遽然离世而告一段落，然而这场文化论战却在美学和艺术领域激起了层层涟漪，引发了徐复观、刘国松、虞君质、庄喆等人的激烈论战，对台湾艺术的发展和中国艺术的现代创新产生了深远的影响，至今仍然给人以无穷的回味和思考。

首先，从世界文化生态的角度看，台湾“现代艺术论战”的产生，有其特定的历史源流和文化背景，它是中西文化冲突的产物。从世界文化的发展看，20世纪五六十年代正是西方现代文化艺术的繁盛时期，超现实主义、抽象表现主义、波普艺术等汇成现代文化的汹涌大潮，台湾年轻一代的知识分子，几乎是没有选择余地地拥抱了这股潮流。更重要的是，西方现代文化艺术涌入台湾，也使其中那种颠覆、反叛和对现实的绝望情绪深深地渗透进了台湾年轻一代的血脉。就西方文明的发展而言，现代主义的

① 台湾“现代艺术论战”，指的是发生于1960—1961年前后在台湾发生的以徐复观和刘国松为代表的新、旧艺术评论家之间的论争，台湾有些文献也称之为“现代画论战”。因为这场论战不单涉及现代画的问题，还波及电影、文学、戏剧等艺术领域，故本书认为用“现代艺术论战”更为准确和贴切。

产生，正是出于对现代文明的怀疑和绝望，是对过度现代化的文明的唾弃，而台湾的现代艺术潮流则来自对现实的政治高压和文化控制的反抗。因此，本来在西方是批判现代文明的现代艺术，在台湾却被看作是现代文明的标竿而受到年轻艺术家的热捧。从20世纪50年代起，台湾开始逐渐融入现代世界，出现了轰轰烈烈的现代文化运动，也出现了互相对立的两大思想阵营，一是以西方文化为导向的自由主义思潮，二是以传统文化为本位的现代新儒学思潮。艺术上也出现了以“五月”、“东方”等艺术团体为代表的现代派和以徐复观为代表的传统派之间的论争。以“五月”画会为代表的现代派成员大多受过完整的学校教育，他们能写会画，尤其以刘国松、庄喆为代表，乃“现代艺术论战”的中坚力量，而后台湾师范大学的美学教授虞君质、现代诗人余光中也加入进来。在理论上，他们认为中国画法的挥写笔触和现代艺术抽象的形式有某种契合的因素，因而喊出了“抄袭新的，并不能代替临摹旧的，惟有创造才是现代绘画的精神”的口号，[①] 这种自我觉察的创新渴求是台湾现代美术运动的起点，这也形成了台湾现代水墨画的滥觞。以徐复观为代表的传统派在1961年前后对现代艺术展开了一系列的批判，这些批判始终贯穿着他对西方现代性文明危机的思考。台湾的“现代艺术论战”是西方文化涌入台湾后在艺术上激起的一个涟漪，也是近两百年来中国文化应对西方霸权的一种本能反应。

进入20世纪以后，西方文明进入了高度发展的新阶段，资本主义的生产方式和消费社会的生活方式结合在一起，形成了强大的现代主义思潮。它主要体现在：一是都市化浪潮。为了更好地促进生产和消费，社会结构出现了巨大变化，乡村在萎缩，人口日益集中，从而形成了一个个的国际化大都市。二是消费主义的盛行。都市中生存的现代人，由于生活和工作节奏的加快，出现了心灵的空虚化和精神的荒漠化趋向。康德认为，近代以来，“其他一切科学都不停在发展，而偏偏自命为智慧的化身、人人都来求教的这门学问却老是原地踏步不前，这似乎有些不近情理”[②]。同时，由于都市竞争的激烈和生存空间的狭小，人们时常感到压抑、沉闷，于是出现了满足口腹之欲的餐厅酒店、吸引大众注意力的各类商品和时装、迎合心灵空虚寂寞的影视娱乐和各类性刺激活动。在追求利润的功利驱使下，对物质的崇拜成为社会文化的主流。现代技术创造了繁荣的物质

① 刘国松：《永世的痴迷》，山东画报出版社1998年版，第8页。

② ［德］康德：《任何一种能够作为科学出现的未来形而上学导论》，庞景仁译，商务印书馆1997年版，第4页。

财富，也创造了大量的污染和居高不下的犯罪率，虚伪、欺骗、低俗、浮躁、功利成为流行的生存方式，整个社会出现了徐复观所说的“是在探求宇宙奥秘面前的‘浮躁者’，在奔走骇汗地热闹中的‘凄凉者’和由机械、支票把大家紧紧缚在一起的‘分裂者、孤独者’”①。西方的现代艺术正是在这种危机下走上历史舞台的，它承接了18、19世纪的浪漫主义运动追求个性解放的思潮，而从更深层次上对人类的处境和生存的价值意义做一颠覆式、反思式的突破。现代艺术以空虚、赤裸裸的自我的面貌展示在世人面前，它对西方现代文明所抱持的怀疑、绝望无疑是非常深刻的。而台湾的现代艺术运动，则是台湾的现代艺术家们对中国近代百年来的问题和台湾本身所遭逢的现实处境，做个人式的抗议和反思，在这一点上，西方现代艺术家和台湾现代艺术家们具有某种一致性。

1960年，徐复观到日本进行文化考察，通过切身的体会深刻感受到了西方现代文明的冲击。他认为现代社会是一个不思不想的时代，人和人之间只是像被捆在一起的木柴，彼此之间没有那种生命相连的感觉。他希望通过对人性论的发掘和艺术精神的现代疏释，为当代中国人奠定一安身立命的文化根基，这也是他在《为中国文化敬告世界人士宣言》中早就昭示了的文化使命。② 可以说，现代新儒家之所以能在中国艺术精神的研究中取得较大的成就，根本上乃是因为现代新儒家在西化大潮中被挤压、被迫害的精神压力下出于文化自卫的心理而对传统做出了具有开创性的现代诠释，它有着鲜明的对治时代危机的忧患意识。徐复观在台湾“现代艺术论战”中所回应的对象正是现代社会价值坎陷、道德沦丧、生存异化的现实困境，是对中国人20世纪生存状况和发展前景最清醒的反思。

其次，从中国文化生态的角度看，台湾“现代艺术论战”是传统中国和现代世界对话的产物。论战的导火索，最早可以追溯到1957年，徐复观的友人、著名自由主义思想家殷海光在《自由中国》上发表了《重整五四精神》一文，以自由主义思想大肆攻击唐君毅、牟宗三等人，这引起了徐复观的愤怒。徐复观著文《历史文化与自由民主——对于辱骂我们者的答复》，以“文化暴徒”来形容西化主义者。1958年徐复观与唐君毅、牟宗三等人联名发表了《为中国文化敬告世界人士宣言——我们对中国学术研究及中国文化与世界文化前途之共同认识》一文，标明了他在中西文化夹缝中的思想立场。宣言发表以后，当时的“中央研究院”院长胡适说其

---

① 徐复观：《日本的镇魂剂——京都》，《徐复观文集》（第一卷），第260页。

② 徐复观：《徐复观杂文续集》，第408页。

中论述宋明理学的部分是“错的、骗人的”，这导致了徐复观与胡适关系的恶化。1961 年，胡适在夏威夷举行的亚东科学教育会议演讲中说：“现在正是我们东方人开始承认在那种古老文明中，很少有灵性、或者没有的时候了。”[①] 徐复观著文《中国人的耻辱，东方人的耻辱》针锋相对地进行了驳斥，这直接掀起了台湾中西文化论战的狂潮，60 年代初的台湾“现代艺术论战”就是在这样一个背景下发生的。1961 年，徐复观在《华侨日报》上发表了《现代艺术的归趋》一文，质疑现代艺术对自然形相的破坏、反合理主义将把人类的精神引向毁灭，这直接是“为共党世界开路”，此语一出，举世皆惊。[②] 以刘国松为代表的台湾现代艺术家奋起应战，与徐复观就现代艺术的本质、内涵及走向展开了针锋相对的论辩，你来我往，最后刘国松以“抽象艺术乃自由世界的象征”[③] 说服了大众，而徐复观则被艺术史家指责为台湾现代美术运动“最险恶的挑战者”。为民主和自由呐喊、奋斗了一生的徐复观何以获得这样的骂名？从徐复观的文艺论著论文和杂文来看，他并不是一个迂腐、保守的知识分子，而刘国松则是以中国画创作而闻名于世，他们二人在艺术观上甚至有很多共同之处，都承载着为中国艺术现代转型而努力的文化使命。这场论战也在很多领域引起了连锁反应，如诗歌方面的余光中，戏剧方面的俞大纲，美学方面的姚一苇，音乐方面的许常惠，建筑方面的王大闳，绘画方面的庄喆、谢里法等都进行了艺术、美学方面的创新和尝试。现代艺术家们一方面尽力地接受西方的现代主义，另一方面又回头反观中国的传统艺术，“现代艺术论

---

① 徐复观：《中国人的耻辱，东方人的耻辱》，《论战与译述》，台北志文出版社 1982 年版，第 164 页。

② 在实际生活中，艺术批评家往往是不成功的艺术家，他们常常在作品与天真无邪的观众之间筑起了一堵高墙，所以康定斯基曾说：“艺术批评家是艺术最凶恶的敌人。”（参见［俄］康定斯基《论艺术的精神》，查立译，腾守尧校，中国社会科学出版社 1987 年版，第 87 页）徐复观在台湾“现代艺术论战”中也差点扮演了这样的角色。值得注意的是，徐复观的批判虽然有对现代艺术偏见、隔膜的一面，但另一方面他对现代艺术的批判也不无中肯之言，在日本和欧洲留学多年的美术史家邓以蛰在评价林风眠具有现代艺术风格的绘画时也认为：“由理想变为空想，它的表现必近于夸诞驳杂，唤不起观者诚意的领略。”（参见邓以蛰《艺术家的难关》，《邓以蛰全集》，安徽教育出版社 1998 年版，第 84 页）也批判了现代艺术脱离理想之怪诞虚无的倾向。徐复观的论敌刘国松后来反省说：“我在走中西结合之前的抽象画就是随着潮流画的，根本不能提，不要说深度，简直什么也不是。”（参见李君毅编《刘国松研究文选》，台湾“国立”历史博物馆 1996 年版，第 319 页）这也间接地印证了徐复观对台湾现代艺术家的批判并非全是外行话，这也是我们尤其要多加留意的地方。

③ 刘国松：《为什么把现代艺术划给敌人——向徐复观先生请教》，《论战与译述》，第 70 页。

战”可以看作是中国美术现代化运动在台湾的延续与发展。

台湾相对于大陆，没有那么多传统可借鉴，也就没有那么多历史束缚，在接受西方文化艺术时又得风气之先，故而非常强调艺术的独创精神。身处这样的环境之中，徐复观自然也受到了此风气之影响，他虽然站在传统的立场上和台湾的现代艺术家们论战，但他和台湾的现代艺术家们其实在精神上有诸多相似的困境，这一点容易为我们所忽略。首先，他们都担负着沉重的文化使命。从“东方”和“五月”画家们的作品中，我们可以感受到他们的文化意图是明显而迫切的，对异质文化的接触，重新激发起了他们重认家国历史和传统价值的自觉意识，台湾艺术家白先勇说：“我们之间有不少人都走过同一条崎岖的道路，初经欧风美雨的洗礼，再受‘现代主义’的冲击，最后绕了大圈终于回归传统。虽然我们走了远路，但在这段歧途上的自我锻炼及省思对我们是大有助益的，回过头来再看自己的传统，便有了一种新的视野，新的感受，取舍之间，可以比较，而且目光也训练得锐利多了，对传统不会再盲目顺从，而是采取一种批判性的接受。”① 台湾现代艺术家们着意于将传统中国文人画的精神和西方现代艺术的形式做一有机的结合，从而将中国的水墨画推向一次空前的大跃进，谢里法说：“我们都有一种失落感，是在传统与现代两条激流冲击的漩涡中迷失了方向。我们一定要找回自己，确立自己，而后才有所作为。”② 这种心理无疑和现代新儒家为中国文化求起死回生而努力的使命感是一致的。但是，中国传统何以中断？中国艺术的现代转型从哪里着手？这些问题是台湾现代艺术家们头脑中始终困惑的一个问题，这也造成了他们的自我迷失。谢里法认为台湾当时的现代艺术画派的特征是“古代的非现代思想以及外国的非本国思想造型的结合”③，此论可谓精辟！同时，对传统精神的情感依恋和现实大陆—台湾地理文化上的隔绝所造成的疏离感、漂泊感，这是台湾的现代艺术家们和现代新儒家精神上的第二个相似点。白先勇曾这样描述他刚到美国读书时的精神状态：“虽然课堂里念的是西洋文学，可是从图书馆里借的，却是一大叠一大叠有关中国历史、政治、哲学、艺术的书，还有许多五四时代的小说。我患了文化饥饿症，捧

① 白先勇：《〈现代文学〉创立的时代及其精神风貌》，《白先勇自选集》，花城出版社1996年版，第352页。

② 刘国松：《永世的痴迷》，第11页。

③ 谢里法：《六零年代台湾画坛的水墨趣味》，郭继生主编《当代台湾绘画文选：1945—1990》，雄狮图书股份有限公司1991年版，第250页。

起这些中国历史文学，便狼吞虎咽起来。”① 因时代的变动而造成的两岸文化的隔绝和交流的中断，使台湾现代艺术家们头脑中故国山水的记忆日渐模糊，对祖国的山川灵气的直观感触日减，所以，他们笔下的三山五岳不再如前辈般那样生动和明朗，而化为想象中的烟云了。相同的精神困境造成了台湾现代艺术家和现代新儒家的对话，而不同的文化选择又使他们在论辩中走向了新的道路。

另外，从台湾的文化生态来看，20世纪60年代是世界经济全球化大潮涌动的时期，也是台湾本土文化形成的时期，徐复观和刘国松的论战体现了“全球化”和“本土化”两大潮流之间互动而又抗争的紧张关系②，究其实，这场论战是台湾政治、经济、文化进入转型时期各种矛盾、冲突在艺术上的一个反映。

从经济上看，20世纪五六十年代的台湾，正是由农业社会向工业社会转型的关键时期。50年代初期，随着台湾土地改革的实施，农民对土地产生了强烈的认同感，土地不仅是他们生死以之的安身立命之所，也是他们神圣价值的依托之所，台湾农业的发展为工业起飞打下了深厚的基础。60年代台湾工业化开始后，社会文化中土地的这种神圣性被解构，代之以浓郁的世俗性和商业性，农业开始成为诸种谋生手段之一，这表现为农民对土地的依赖性大为降低，农民不再视它为生活的保障或地位的象征。台湾的社会调查数据显示，有75%的农民认为出卖土地不一定是丢脸的事情，57.6%的人不认为土地可以衡量一个人的身份地位，高达75%的农民愿意出卖土地以便让子女受到最好的现代教育。③ 50年代到60年代，正是台湾“农本意识”日趋没落、新的经济人格开始形成的转折时期。与此相对应的是，农业在台湾国民生产总值中的比重也逐年下降：1952年，农业占到台湾国民生产总值的35.9%，而到了1964年，在农业生产率大幅提高的情况下也只占到了28.22%，以后更是逐年递减，到1972年只占14.12%，到1982年为8.7%，而到1987年仅为6.1%（见图5）。④

---

① 白先勇：《蓦然回首》，《白先勇自选集》，第309页。

② Tu Weiming, “Cultural Identity and the Politics of Recognition in Contemporary Taiwan”, *The China Quarterly*, 1996, pp. 1115 – 1140.

③ 黄俊杰：《台湾意识与台湾文化》，正中书局2000年版，第149页。

④ 同上书，第151页。

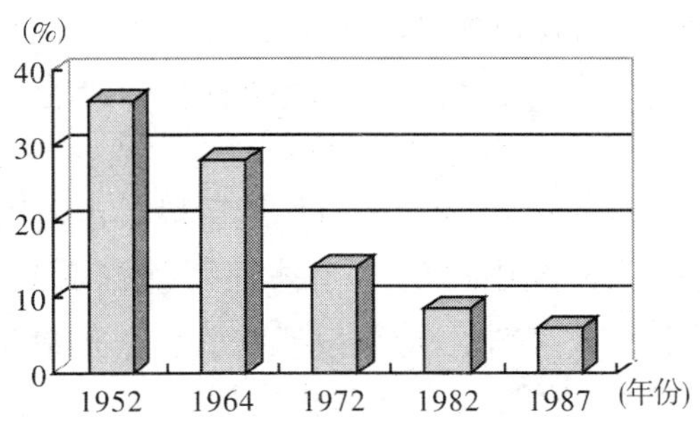

图5　农业在台湾国民生产总值中的比重

随着农业在台湾社会经济中的地位逐年下降，社会对农民的认同发生了很大变化，杨照曾指出：“到了七十年代中期，农村经济的下降恶化，进行了将近二十年，农村破产的景况，再凄惨不过……那样的政治经济发展，牺牲了农业、牺牲了农村。”[①] 农村受到来自工业文明和都市次文化的冲击洗礼，整个社会已经从以前的务农心态转变为疏离土地、奔向城市的“都市心态”了，这种传统的“农民灵魂”的消逝，是台湾经济发展中最惊心动魄的精神转向。徐复观在这一时期写了很多怀念农村和农民的文章，如《谁赋豳风七月篇——农村的回忆》、《春蚕篇》、《旧梦·明天》等，呼吁人民不要忘记了自己的根，不要忘记了中国文化的生命根源，正是针对台湾社会的这种急剧的变化有感而发。

从台湾文化发展的内在脉络来看，20世纪五六十年代正是台湾本土文化风格的形成时期。台湾地处边陲，又曾两度被殖民割据，其文化风格和艺术传统有着完全不同于大陆的特征，以大一统为特色的专制政治和儒家文化传统在台湾的根基不如大陆那样深厚牢靠。1949年以后，背井离乡来台的很多年轻人，随着地理、文化上与大陆的隔绝，精神上也出现了无根的危机。国民党政府进入台湾后，在政治上实行一党专制的高压政策，不仅压制西方的民主、自由思想，也排斥原始儒学的启蒙观念（他们提倡政治儒学），同时为了控制台湾岛内年轻人的思想，刻意斩断他们的历史意识，禁绝了五四运动以来的现代文化在岛内的传播，鲁迅、巴金等人的作品都被列为禁书。现实政治人为地把台湾知识青年和传统中国隔绝开来，历史文化的断层使得传统中国人的安身立命的精神之所对他们而言，只是

① 杨照：《雾与画：战后台湾文学史散论》，城邦文化事业股份有限公司2010年版，第211—212页。

一个逝去的“迷梦”。随着台湾经济起飞以及由此而来的个体意识的觉醒，这种政治上的高压与文化上的专制导致整个社会弥漫着一种价值虚无化的倾向。黄俊杰认为，台湾社会文化中“个体性”的觉醒主要是指“个体”从过去作为完成“个体”以外的其他目的之手段，走向以“个体”的发展为目的的存在状态。[①] 传统中国的“个体性”深深受到“社会性”的宰制，台湾社会的这种“个体性”是在与“社会性”的竞争和对抗中发展起来的，尤其是60年代台湾的工业化初步完成以后，它表现为社会脉络中的个人，常常努力将个人对于社会的影响力发挥到极致，或者在公共领域中透过各种文化艺术活动，将个人的价值观念转化成为社会的“集体记忆”。[②] 在“现代艺术论战”中，徐复观之所以标举庄子美学代表的中国纯艺术精神，实则是以中国传统文化作为台湾本土文化的主体，来表达对“全球化”思潮的抗议。

20世纪60年代正是台湾自我意识觉醒、本土文化抬头的时期，徐复观在台湾生活了二十余年，比他在故乡湖北浠水的时期还长，尤其对台中更是充满了深厚的情感，他与台湾本土文艺人士张深切、庄垂胜、彭醇士、叶钟荣、洪炎秋等相交甚笃，过从甚密，这些经历了日据统治时期反殖民斗争洗礼的台湾本土知识分子对祖国传统文化的依恋，对殖民文化的反感也在有意无意间对徐复观产生了潜移默化的影响。徐复观对台湾社会的这种西化倾向表示强烈的愤慨，批评当时台湾很多知识分子宁可“在美国捧盘子，背死尸，也不愿在自己的国家当一名工人、农人、教师。这就好象一个枯槁的母亲，挤出最后一滴奶把孩子养大，但孩子养大后一有机会站到别人的朱门下，便瞧不起自己的母亲”[③]。在台湾70年代的乡土文学论战中，徐复观与胡秋原、郑学稼等人力挺陈映真、黄春明、王拓，对抗余光中、朱西甯、陈芳明等人对乡土文学的攻击，[④] 徐复观说：“所谓‘转型’，是指在中华文化复兴的虚伪口号下疯狂地把中国人的心灵彻底出卖为外国人的心灵而言。”[⑤] 在徐复观身上，既有着传统儒家的责任意识和抗议精神，又有着现代自由主义知识分子的独立人格，他立足于中国文化

---

① 参见黄俊杰《台湾意识与台湾文化》，第142页。

② Maurice Halbwachs, The Collective Memory, translated with an introduction by Mary Douglas. New York: Harper-Colophon Books, 1950, p. 56.

③ 徐复观:《徐复观文录——文学与艺术》，环宇出版社1971年版，第91—92页。

④ 此一方面内容，本书下节有详细论述。

⑤ 徐复观:《徐复观杂文——论中共》，台北时报文化出版企业股份有限公司1980年版，第134页。

的土壤，这就使他在虚无主义的浪潮中，为中国文化找到了新的养分。

二 徐复观与刘国松艺术观的差异

台湾“现代艺术论战”有力地推动了台湾现代文化的发展，由于论争中双方“多是带着强烈情绪的笔触，少有冷静理智的分析”[①]，故而1965年，刘国松写出了《中国现代画的路》一书，全面而系统地阐述了他的艺术思想。1966年，徐复观也写出了《中国艺术精神》，作为对这场论战的总结和反思，由此而折射出徐复观和刘国松在美学思想上的诸多差异。

首先，二人对现代艺术的态度不同。徐复观认为现代艺术破坏了自然的形相美，破除人的想象空间，流于感官的刺激。事实上，徐复观对现代艺术的批评，并不单单是出于对现代艺术表现形式的厌恶，他所真正担忧的，是隐藏在这些变而又变的艺术潮流下的幽暗意识和分裂人格，“现代艺术的精神背景，是由一群感触敏锐的人，感触到时代的绝望、个人的绝望，因而把自己与社会绝缘，与自然绝缘，只是闭锁在个人的‘无意识’里面，或表出它的‘欲动’，或表出它的孤绝、幽暗……并没有含着艺术的永恒性”[②]。在徐复观看来，现代艺术之不能永恒，是因为它代表着灰暗、绝望、颓废的精神，因而是一种扭曲人性的变态艺术。徐复观的现代艺术观反映了他对时代精神困境和“对西方现代性文化危机的思考”，[③] 在他看来，现代艺术是西方文明现代性的外在表征，对现代艺术的批判也就是对现代性的批判。刘国松则全身心地拥抱和热情地讴歌现代艺术。首先，他认为现代艺术是对传统艺术的继承和发展，“野兽主义在颜色上求得了解放，立体派又在造型上获得了蜕变，而‘达达’却在技巧上有惊人的改革……假山异石、奇木怪根早就为先民所赏识，只是没人把它特别拿出来展览罢了”[④]。现代艺术是人类文化发展的产物，也是由传统而来。其次，他认为现代艺术反映了时代的精神状况，现代艺术追求心灵的自由，个性的发展，思想的表达，情感的宣泄，具有重要的时代意义。因而，刘国松认为毕加索“在美术史上与米盖朗基罗、伦布朗、塞尚、康定斯基、蒙德里安等大师处于同等重要的地位”[⑤]。

---

① 程延平：《通过东方、五月的足迹重看中国现代绘画的几个问题》，郭继生主编《当代台湾绘画文选：1945—1990》，第266页。

② 徐复观：《现代艺术的永恒性问题》，《徐复观文集》（第一卷），第276页。

③ 陈昭瑛：《一个时代的开始：激进的儒家徐复观先生》，《台湾儒学的当代课题：本土性与现代性》，中国社会科学出版社2001年版，第193页。

④ 李君毅编：《刘国松谈艺录》，河南美术出版社2002年版，第39页。

⑤ 同上书，第32页。

现代艺术和传统艺术一样，具有不朽的价值。

徐复观对现代艺术的批判曾被很多人斥为文化守成主义、“义和团”，但即使是深受西方文化影响的林语堂对现代艺术亦作如是观：“现代艺术最明显的特征，不是努力抚慰我们的心灵，而是竭力刺激我们的感官。”[①]而这一点，是刘国松等现代艺术家很少正视的。

其次，二人对艺术本质的理解大相径庭。受卡西尔的影响，徐复观认为，艺术既不是纯主观的，也不是纯客观的，而是把主观生命的跃动投影到某一客观的事物上去，借助于一客观事物的形相，把生命的跃动表现出来。形相是艺术的基础，也是艺术生命之所附着，离开了“形”，“神”就无从谈起。而艺术的根源，在于艺术精神主体的自觉，这种内在世界的开辟并非通过本能或者无意识而来，而是通过人格修养的工夫，把自然、社会吸收进来，而与其发生亲和、交感的作用。“艺术的究竟义是要表现一个人的人格，并且是要通过艺术而使人格得到充实、升华，升华到可以从一个人的人格中去看整个世界、时代。”[②] 徐复观认为，对人格修养的重视，正是中西艺术之分野，艺术正是在这个意义上，敞开了艺术主体的心灵，而彰显着时代的精神和人类永恒的存在。

与徐复观把艺术看作是一种“文化现象”[③] 不同，刘国松认为艺术是自足的，除其本身外别无他义，真正的艺术是那“永远也说不出的艺术本身”[④]，对艺术本质的探究，就如同用手指指月亮，手指不是月亮本身，语言文字的说明也触及不到艺术本身，我们只能用心灵才能体会。一切艺术应以逼近音乐为指归，因为音乐里内容与形式混化无迹，从这里可以看出宗白华对他的影响。对艺术本质的理解显示了作为艺术评论家的徐复观和作为艺术家的刘国松观照艺术的不同视阈。

另外，二人对艺术创新方式的理解不同。徐复观引用苏东坡的“故画竹者必先得成竹于胸中”之语，认为绘画不应脱离自然形相去求抽象，不应脱离自然精神去求创造；主张中国画的创新，必须打破明清以来只知临摹、不思创造；流于空虚玄疏的旧习，回到以造化为师、以人格修养为宗的正统——“胸有成竹”上来。徐复观的“胸有成竹”，其真义不是主张模仿、写实，而是认为艺术家应多亲近自然，胸中有丘壑，下笔方有神韵。“胸有成竹”的艺术创作方式，强调的是艺术家“意在笔先”的工

---

① 林语堂：《中国人》，郝志东、沈益洪译，学林出版社1994年版，第290页。

② 徐复观：《石涛之一研究》，第73页。

③ 徐复观：《现代艺术的归趋》，见曹永洋编《论战与译述》，第76页。

④ 刘国松：《永世的痴迷》，第26页。

夫，即以虚静之心去观照自然，而得到美的意欲，进入“身与竹化”的境界，这样作画，自然就下笔如有神了。

刘国松则主张“画若对弈”，他认为中国绘画走向衰落根本上是艺术家们受封建思想束缚，不敢创造，不敢表现自我，“六七百年来的重复，断送了中国绘画的生机，难怪黄宾虹感叹曰‘唐画如曲，宋画如酒，元画如醇。元画以下，渐如酒之加水，时代愈近，加水愈多。近日之画，已有水而无酒，故淡而无味’”[①]。艺术创造是建立在不断地对旧有形式的否定上，“成竹在胸”的创作传统设计感太强，不自然，而且容易重复、千篇一律，他一反古典原则，强调“画若对弈”，即创造的随机性，因为“我们头脑中出现的形象与我们用肉眼看到的形象其实并不一致”，[②] 在艺术创作之前，艺术家应无定见；制作未定，艺术家也未必知道最终结果，艺术创造就是在偶然的不经意间，随机而发。刘国松从70年代初太空画的硬边形式及浓重的亚克力色面，转回到纯粹使用水墨媒材，就是为了避免“过于设计性”、“过于西化”而做出的选择。

对于这个问题，郑板桥解释得更为清晰，在《板桥题画·竹》中说道：“其实胸中之竹，并不是眼中之竹也。因而磨墨展纸，落笔倏作变相，手中之竹又不是胸中之竹也。总之，意在笔先者，定则也；趣在法外者，化机也。”[③] 由此，他认为文与可画竹强调定则，而他自己和石涛画竹，比较重野趣，“略无纪律，而纪律自在其中”[④]。因此，“胸有成竹”和“画若对弈”，其实只是一个道理，艺术创造的定则就是艺术创造的边界，而艺术创造的边界就是艺术创造的本质。

三　徐复观与刘国松艺术观的契合

值得注意的是，徐复观与刘国松无论是家庭出身、人生经历还是学术轨迹实有诸多的相似之处，他们都出身贫寒，疾恶如仇；都狂傲直率，对中国山水画都推崇备至，对中国文化的态度都经历了肯定、否定、再肯定的心路历程；[⑤] 徐复观以勇者型的儒家而闻名，一生为中国文化的现代疏释而努力，

---

① 刘国松：《永世的痴迷》，第17页。

② ［英］贡布里希：《艺术的历程》，党晟、康正果译，陕西人民美术出版社1987年版，第380页。

③ （清）郑燮：《板桥题画·竹》，《郑板桥集》，上海古籍出版社1979年版，第154页。

④ 同上书，第155页。

⑤ 徐复观曾说：“我对于中国文化，从二十年的厌弃心理中转变过来，因而多有一点认识，也是得自熊先生的启示。”［参见徐复观《我的读书生活》，《徐复观文集》（第一卷），第293页。］

刘国松则是第一个回大陆办画展的台湾艺术家，毕生致力于探索一条“中国现代画的路”。平心而论，无论是作为传统派的徐复观还是作为现代派的刘国松，他们在精神上有诸多相似的困境，他们在这样一个特定时代的论战确实发人深省，正如李淑珍所言：“他们老少二人在‘现代画论战’中针锋相对，实在是因为他们没有机会了解对方。”[①] 这两个世代之间的相通性，和他们的差异性一样值得我们注意，这种相通性主要体现在五个方面：

第一，对中国绘画传统的态度。徐复观认为对中国绘画的梳理和思考是探讨中国艺术精神、中国画的创新的基础，“今日有些人太不受到这种历史事实的限制了，甚至连起码的字句也不懂，便放言高论谈起中国的绘画……这便更促成我动笔的决心”[②]。徐复观重新诠释的庄子精神，正是他为西方现代艺术困境提供的一个解决方案。在完成《中国艺术精神》后，徐复观说：“这等于测量地图，测量的基点总算奠定了。”这种立足于美术发展本身的历史及规律来求创新和突破的态度和刘国松是相近的。刘国松认为，一味地抄袭古人自命为“传统大师”者，既不了解传统的真义而实际上又是背叛传统的，为了了解传统的真义，就必须先从学习美术史做起。研究美术史是想从绘画自身的发展规律中找到其未来的发展道路，“我要找出那阻碍中国画继续发展的原因在哪里，以便唤醒我国美术界正视它的问题所在以及寻求解决之道”[③]。他也同时研究西方美术史，在中西艺术发展中参照印证，正因如此，刘国松才能“既保留了中国传统艺术的精髓，又把握住了这个时代的精神，兼容中西文化之长而进入一个新的绘画境界”[④]。重视对中国绘画传统的梳理，这是两人的相似之处，只不过徐复观立足于继承，刘国松立足于创造，然其旨一也。

第二，技巧在绘画中的地位。徐复观非常重视绘画中的技术训练，认为技巧是表现个性的工具。[⑤] “仅一副朴素的性情，并不能创造出艺术品来，当然要有技巧的钻仰、澄练。”[⑥] 他认为技术训练是从事绘画创作的必由之路。在评价萧立声的绘画时，他认为萧立声由人物画训练就的精严技巧以入

① 李淑珍：《徐复观论现代艺术》，见李维武编《徐复观与中国文化》，湖北人民出版社1997年版，第552页。

② 徐复观：《自叙》，《中国艺术精神》，第4页。

③ 刘国松：《先求异再求好——从事美术教育四十年的一点体悟》，《荣宝斋》，人民美术出版社1999年版，第21页。

④ 李铸晋：《宇宙心印》，《刘国松七十回顾展》，财团法人“中华文化基金会”2002年版，第21页。

⑤ 徐复观：《再谈毕加索》，《华侨日报》1973年4月28日。

⑥ 徐复观：《中国艺术精神》，第362页。

山水画，“于虚灵幻化之中，有笃实苍朴之味”[①]。在《石涛之一研究》中他认为《石涛画语录·运腕章》主要就是谈技术问题，“石涛的画，还是由早年的精工，走向晚年的放逸，并且精工为放逸必不可缺少的技巧修炼过程”[②]。技术是艺术创作活动的起点，从技术出发，艺术要恪守自身的本性并达到完美的境界，技术在艺术创作过程中敞开了自己，又完成了对自己的遮蔽，也就是由技巧而达于忘巧，“由技进道”，走向心灵自由的表现。

刘国松把技巧视为把握艺术本质的途径，“不能了解真正技巧的人，就不能把握住真正艺术的本质；没有真正技巧的人，就不可能成为真正的艺术家”[③]。他认为技巧本身应该是独立的，中国传统绘画的弱点就是技巧与形式不分，绘画中的技巧是死的，不是为了创造而作的技术准备。由此，他对一般哲学家、美学家、批评家所排斥的技巧和艺术家眼中的技巧进行了区分，艺术评论家所说的技巧，是与艺术家精神思想游离的技巧，仅是一种手的动作，不是真正的技巧；而艺术家的技巧，显然不是通过绘画训练而来的技巧，而是和新思想、新观念结合在一起的创造性的表现技巧，这种认识无疑是极富洞见的。

第三，绘画的功能。徐复观认为艺术对社会的反映，一为顺承式的，艺术要反映现实，为现实服务；一为反省式的，“艺术对人生、社会的意义，并不在于完全顺着人生现实上的要求，而有时是在于表面上好象是逆着这种要求，但实际则是将人的精神、社会的倾向，通过艺术的叛逆的反映，而得到某种意味的净化、修养，以保持人生社会发展中的均衡，维持生命的活力、社会的活力于不坠”。中国的山水画正是“在长期专制政治的压迫以及一般士大夫的利欲熏心的现实之下，想超越向自然中去，以获得精神的自由，保持精神的纯洁，恢复生命的疲困，而成立的”[④]。中国的山水画不仅是一种反省性的反映，而且还是一种超越性的反映，由世俗超越而向自然，以获得精神上的自由，保持精神的纯洁，恢复生命的疲困。因此，中国画对于解救现代文明的病症具有重要的现实意义。

刘国松认为艺术与社会的关系有两种，一是反映，一是超脱，现代艺术主要是反映式的，相对而言，刘国松更重视艺术的超脱功能。艺术应该表现美好的东西，并借着自己的美的享受和感动给予别人享受和安慰，

---

① 徐复观：《由精能向纵逸——读唐鸿先生的画》，见黎汉基、李明辉编《徐复观杂文补编·思想文化卷》（上），第298页。

② 徐复观：《石涛之一研究》，第100页。

③ 李君毅编：《刘国松谈艺录》，第71页。

④ 徐复观：《自叙》，《中国艺术精神》，第7页。

“艺术不应该停留在极简单的反射作用上，我也不要在狭窄的感情上打圈子……用一种超越的方法，把自己抬高了去看社会”。这和方东美说的“中国的绘画，在精神上犹如‘太空人’，能够提神太虚，俯视万物”[①] 如出一辙。徐复观和刘国松都非常重视中国画的这种功能，并认为它不仅有历史的意义，而且有现代的、将来的意义。也正是基于这种认识，刘国松最终回归中国画现代化之路的探索，“我渐渐觉得民族风格的重要，任何一位有创造性的画家都离不开他自己的传统”[②]。这也体现了20世纪中国知识分子在中西文化冲突中的寻根意识和价值选择。

第四，庄学对中国艺术的影响。徐复观《中国艺术精神》中的思想显然是承接1961年台湾“现代艺术论战”所做的理论上的梳理和反思。[③] 徐复观认为：“老庄精神当下所成就的人生，实际是艺术的人生，而中国纯艺术精神，实际系由此思想系统所导出。中国历史上伟大的画家和画论家，常在若有意若无意之中，在不同程度上，契会到这一点，但在理论上尚缺乏彻底的反省、自觉。今人则喜欢在写实与抽象之间，为附会迷离之说。这不仅辜负了此一伟大思想所应担当的历史使命，且对中国历史的了解和发展，可能成为一种障碍。”[④] 徐复观写作《中国艺术精神》的动机，正是要扫清历史的迷雾，“以开中国艺术精神的坦途”。在徐复观看来，由人格根源之地所涌现、所转化出来的庄子精神，其根源性、整合性正是现代艺术的个人性、片面性之所缺。

刘国松从庄子“时无止，终始无故”的时空观得到了绘画中生命节奏的启发，“以动的点线构成极为平静寂淡的画面背后，却又蕴藏着宇宙极动的生命节奏，是静中之极动，是动中之极静”[⑤]。他的画常以大山大河乃至宇宙天体作为描绘对象，有从宇宙俯览地球，有从高空鸟瞰喜马拉雅之巍巍群峰，有从海流奔涌处看莽莽昆仑，这种宏大的气魄和雄浑景象，与庄子《逍遥游》中扶摇直上的大鹏鸟、体长不知几千里的北冥鱼极为相似。刘国松认为中国画的精神境界源自崇尚自然的老庄哲学，它让人透过一种超越俗世功利的审美过程，以逍遥自在的心灵解放为旨归。

---

① 方东美：《中国艺术的理想》，冯沪祥译，见牟宗三等编《中国文化论文集》（第二编），幼狮文化事业公司1980年版，第345页。

② 刘国松：《永世的痴迷》，第5页。

③ 刘建平：《庄子精神与现代艺术》，见武汉大学哲学学院、中国传统文化研究中心编《“徐复观与20世纪儒学发展”海峡两岸学术研讨会论文集》，2003年，第362—385页。

④ 徐复观：《中国艺术精神》，第41页。

⑤ 刘国松：《永世的痴迷》，第86页。

第五，中国画现代化的走向。徐复观很早就意识到了西方的文化霸权造成了中国人内在价值的认同危机，他从“无声之乐”的意义推下来，创造性地提出不单是由孔门之乐，也可以由俗乐、胡乐、西洋的和声音乐，提升到孔子所要求的音乐境界，即仁美合一的境界。在这个问题的认识上，徐复观与其论敌刘国松、孙旗等人的观点其实是一致的，“如果我们承认，社会、文化、艺术必须进步、变动不居，传统既不能‘反’，也不值得‘原封不动’”[①]。中国艺术必须以开放的胸怀去吸收人类优秀的艺术传统，才能够真正平等地和西方艺术进行对话，而不是总跟在别人后面摇尾巴，附庸风雅。中国艺术只有建立了自己的解释系统，[②] 才能在保有自身个性的前提下，有资格、有能力在世界文化的共性中挺身站起来，做正常的接触与交流，在吸收西方艺术的长处时，又使中国画的生命精神和自然意识，得以彰显于世界。

刘国松对“现代艺术 = 西方艺术，国际绘画 = 欧美绘画”的状况深感忧虑，主张革新中国画，创造一种既是中国的又是现代的画风，“我们早已被教育灌输得跟着西洋的调子唱，跟着欧美的拍子跳……艺术上全盘西化之不可能，一味追随西洋现代画的潮流，不是我们应该走的路，也违背了现代艺术的精神”[③]。中国现代绘画之所以为“中国现代绘画”而异于“西洋现代绘画”，就在于“我们既非古时之中国人，亦非现代的西洋人，我们既非生活在宋元的社会，亦非生活在欧美的环境。我们抄袭中国古画是作伪，画西洋现代画又何尝不是？模仿西洋新的并不能代替模仿中国旧的”[④]。中国画的现代革新必须从创造一种“中国人所独有的，是世界所新创的，也是西洋所没有的”新的绘画语言做起，这与徐复观所说的“中国文化对今后人类之有无价值，不关于其与西方文化之有无相合，而关于其曾否提出在西方文化中所未曾提出之问题、方法与结论”[⑤] 是一致的，中国画现代化的路其实是一条中西融合的创新之路。

结　语

在中国画现代化的探索中，台湾的现代艺术家们企图用新的绘画语言

---

① 孙旗：《现代艺术哲学·增订版序》，第 4 页。

② 李维武：《徐复观思想评传》，北京图书馆出版社 2001 年版，第 225 页。

③ 刘国松：《永世的痴迷》，第 10 页。

④ 刘国松：《二十一世纪东方绘画的新展望》，《二十一世纪视觉艺术新展望国际学术研讨会论文集》，“行政院”文化建设委员会 1999 年版，第 577 页。

⑤ 徐复观：《复张君劢先生答希腊哲学有初中后三义函》，见曹永洋编《论战与译述》，第 174 页。

来再现过去的光荣传统，虽然他们在绘画工具、材料乃至表现效果上，给人以耳目一新之感，但其所达到的境界乃是一不复存在于我们真实经验中的假象。现代人的生命，早已过于沉陷于现代化、理性、汽车、股票等消费社会庸俗化、碎片化的泥潭之中，那种山水画的意趣已经远离了现代中国人的生命和心灵，这是我们不愿承认却必须面对的现实。台湾现代画派的艺术理念并不具有前瞻的开阔性，又缺少生命实感的背景，最终必然走向狭隘和空洞，侯立朝曾一针见血地指出："（台北街头的现代画）不论是哪一派，都没有表现出他自己的思想、自己的创造意志。因此，尽管从他们笔底下流泻了无数的红绿黑紫，三日一小展，五日一大展，其结果给人的感觉是：有画展，无画家！这都是因为着色太浓而头脑太空的缘故。"①20世纪80年代以来，刘国松及大陆的吴冠中、周韶华等对中国画的现代化之路进行了可贵的创新；而儒家哲学、中国传统文化与现代民主、自由的相接、融合，也随着受中华文化影响的"亚洲四小龙"等区域经济的崛起而成为现实，刘国松和徐复观之间的论争体现了艺术家和思想家观照艺术的不同视角，他们之间的共通性折射出了60年代台湾社会的时代精神，而他们之间的差异性则反映出了"不同的生命火光的激荡"，② 这需要我们进一步的总结和反思，而中国文化的开陈出新、中国画现代化之路，也许就辩证地孕育在这种歧异的共鸣中吧。

第二节　守住文艺的灵根
——徐复观与台湾"乡土文学论战"

20世纪60年代以来的台湾思想文化界，先后发生了多次有影响的大论战，如60年代的中西文化论战及"现代艺术论战"、70年代的"现代诗论战"以及"乡土文学论战"、80年代爆发并持续至今的"台湾意识"和"中国意识"问题的论战等，这些论战推动了多元社会思潮的涌起，促进了开放的、多元的民族意识的形成。尤其是70年代的"乡土文学论

① 侯立朝：《"现代艺术哲学"的出版》，《现代艺术哲学》，第12页。

② 殷海光在去世之前，曾这样形容他和徐复观之间的关系，"相识二十多年来，先生为光提到时所常厌恶的人物，但亦为光心灵深处所激赏的人物之一。这种矛盾，正是不同的生命火花激荡而成。一个时代创造动力的泉源，也许辨证的孕育在这一歧异中吧！"（参见殷海光《殷海光书信集》，第24页）其实，这种不同的生命火花激荡何止是徐复观与殷海光之间如此呢？

战”，它是台湾社会文学界、思想界、政治舆论界一场空前的论战，不仅引发了陈映真、尉天聪、王拓、彭歌、余光中等文学家的激烈笔战，还引发了徐复观、胡秋原等在台文化界人士以及国民党左右两派、台独势力的参与，可谓规模巨大。尤其是徐复观，多次撰文赞颂乡村朴实的人情和自然美德，他的乡土情怀对其人性论思想和美学思想的形成产生了重大影响，并形成了他独具一格的文化观和艺术观。徐复观和乡土文学作家高举“民族意识”，呼唤中国文学精神和风格的复归和重建，对台湾社会的重新整合，对台湾新文学的发展，都有着不可磨灭的历史贡献。

一　台湾“乡土文学论战”的缘起

20世纪，当现代化的思潮挟西方的坚船利炮、强势的政治经济席卷全球时，中国思想界也出现了一批异议者，相对于激进的革命派、西化派，他们坚守本民族的文化传统和精神命脉，在思想界有对现代唯物主义、科学主义持批判态度的杜亚泉，在文学界有崇尚乡土、以乡下人自居、质疑社会进步的沈从文，这一类人是社会思潮中的少数派。五四运动爆发后，杜亚泉在陈独秀的抨击下寂然去世；而在1949年以后的历次社会运动和政治高压下，沈从文也从中国文学界消失了。20世纪中国文学史上，在相当长的时间里，在乡土文学阵营中占压倒性优势的力量是对农村、农民“劣根性”的批判，对以阿Q、闰土为代表的草根阶层的“哀其不幸，怒其不争”。台湾的“乡土文学论战”为处于中西文化冲突中的人们提供了一个反观传统和乡土的视角。

台湾的“乡土文学论战”前身是“现代诗论战”。在这场运动中，纪弦是整个潮流的领导者和推动者，纪弦在20世纪30年代曾和戴望舒、徐迟等办过《新月》，他把中国新诗的现代主义火种带到了台湾。1956年，纪弦发起成立了“现代派”诗社，提出了著名的“现代派六大信条”，引发了一场旷日持久的关于现代诗发展方向的争论。当大陆强调诗歌在民歌传统、古典诗歌基础上的继承和发展时，相对而言，台湾文艺界强调的是“横的移植”、“学习新法”，也就是新诗应向西方学习，包括向现代主义、象征主义学习。在“现代诗论战”的背景下，台湾文艺界也出现了一批立足于本乡本土、坚持自身文化传统的文艺家，主要代表是杨逵、吴浊流、钟肇政、郑清文、李乔、陈映真、王祯和、洪醒夫等老、中、青三代乡土文学作家，由于《台湾文艺》、《文学季刊》等刊物的极力倡导和这些作家们的努力实践，在20世纪六七十年代，台湾乡土文学的发展已初具规模。“乡土文学论战”可以说是“现代诗论战”的持续，或者说是对“现代诗论战”中文学西化派的一种反弹。但即便如此，这个时候的台湾“乡土文学”还是没能形成大气候，只是到了70年代以后，现实主义的文学观逐渐渗入乡土文学作家的作品当中，而成为可以和当时文坛主流——“现代主义”文学——分庭抗礼的一个文学主张，才真正汇成一场席卷整个台湾文坛的文学运动。乡土文学的重要作家陈映真、黄春明、王祯和、王拓、杨青矗等人，都逐渐在文坛上渐露头角。

在“乡土文学论战”中，乡土作家们的价值取向主要体现在三个方面。首先是弘扬了与崇洋媚外相对立的民族精神。历史上的台湾文学运动大都是民族运动或启蒙运动的一部分。在台湾，“乡土文学论战”爆发的诸多因素中，最直接的推手不是来自文学，而是源于政治危机，即与当时岛内外一系列重大政治、经济事件的冲击及民族主义思潮的兴起有关。“乡土文学论战”是在民族精神被重新唤醒、民族文化思潮勃兴的历史背景下进行的。60年代美国兴起了民权运动、反越战运动。70年代初，菲律宾爆发“第一季暴风”，反对美国在政治、思想、文化各方面的干预和支配。这一季“暴风”使菲语首次在法律上被承认为国语，自此，菲语文学逐渐争得了主导地位。印尼人民在日本首相田中角荣来访时，爆发了反日爱国运动，这对新一代印尼文学也产生了深刻的影响。1970年，美国单方面宣布将钓鱼岛于1971年连同琉球群岛划归日本管理，台湾各大中专院校学生不顾当局的政治恫吓，掀起了反美反日的保钓运动。台湾保钓运动作为民族文化复兴的一个契机，引起了社会各界对台湾政治、经济、社会、思想和文化的全面反省。一批留学海外、接受了西方社会激进思想洗礼的台湾知识分子，对于支配岛内文坛二十年的“现代主义”文学的代表——现代诗展开了强烈的批判，称之为台湾现代主义文学买办性、模仿性的“恶质西化”，20世纪50年代反共肃清恐怖以来不曾被提起的现实主义、文学的民族性、文学的民众性等问题首次被提出。1977年前后，王拓、尉天聪、黄春明、蒋勋、江汉、张系国、舒凡和陈映真等纷纷发表文章，讨论文学的社会基础、文学的发展方向、台湾文学的乡土意识与民族性等问题，并且引起彭歌、余光中、司马中原、银正雄、朱西宁和一些政府支持的作家与媒介的围剿、批评、反驳，甚至政治诬陷。彭歌公开搞“点名批判”，指控乡土文学有“台独”之嫌。[①] 1977年8月20日，余光中在《联合报》上发表《狼来了》一文，一口咬定台湾的乡土文学就是中国大陆的“工农兵文学”，“乡土文学”作家就是“工农兵文艺作者”，乡土文学中若干观点和毛泽东的《在延

---

① 彭歌：《不谈人性，何有文学》（上），载《联合报·联合副刊》1977年8月17日。

安文艺座谈会上的讲话》“竟似有暗合之处”。[①] 将“乡土文学”比之为大陆的“工农兵文艺”，这些吓人的政治红帽子，对当时尚处于紧张对立状态两岸关系中还笼罩在强人统治阴影下的台湾作家来说，都是足以置人于死地的政治陷害。余光中的这篇《狼来了》发表以后，“一时之间被喻为‘血滴子’的大帽子在文坛弄得风声鹤唳，弥漫着肃杀的血腥气息”。在这样的气氛下，有人公开发出要把“乡土文学”作家“绳之以法”，他们指责乡土作家对现代主义文学的批判观点有左翼、“唯物主义”之嫌，实质上是在为中共统战张目，“乡土文学论战的爆发使现代主义者与统治当局的关系更加紧密，并使他们与主流作家形成了新的联盟关系”[②]。在此背景下，“乡土文学论战”被国民政府扩大到“国军文艺大会”上，据杨碧川统计，单单是国民政府官方媒介以及《中国时报》和《联合报》两大主流媒介，从1977年7月15日到11月24日为止，就发表了58篇攻击乡土文学的文章。[③] 国民政府官方也曾将这些批评文章的一部分以《当前文学问题总批判》为名整理出版，[④] 一时弄得舆论哗然，形势恐怖。渗透了太多的非文学因素导致了“乡土文学”论战的非文学化。

在这种形势下，身经多次中国现代重要文艺论战的胡秋原、徐复观、郑学稼等先生公开出面，声援乡土文学作家；一些长期研究台湾文学的旅美学者们也为乡土文学做有力的辩护，使台湾乡土文学作家有幸免去了由一场文艺争论导致的“文字狱”。对此，古继堂在他所著的《台湾小说发展史》一书中做了这样的总结：“乡土文学论战是以文学的名义进行的政治搏斗；是在论战的口号下进行残酷围剿；是在官方的导演下进行的民间交锋。”[⑤] 陈映真在回顾这次论战时也指出：“不管是日治时期或武装抗日斗争、台湾语文运动、或者是国府统治时期的二二八反内战斗争、七零年代的保钓运动以及七八年的乡土文学论战，都在在反映了台湾反帝民族运动的反殖民、反同化、坚持种姓（中国的种姓）的性质。”[⑥] 民族意识急剧增强，政治、社会改革思潮兴起，是70年代台湾社会的一个重要特点，“乡土文学论战”正是台湾社会思潮冲突在文学领域里的一次深刻体现。

---

① 余光中：《狼来了》，《联合报·联合副刊》1977年8月20日。

② 张诵圣：《论台湾文学中的现代主义潮流》，《扬子江评论》2014年第2期，第57页。

③ 杨碧川：《台湾历史词典》，台北前卫出版社1997年版，第335页。

④ 彭品光：《当前文学问题总批判》，台北青溪新文艺学会1977年版。

⑤ 古继堂：《台湾小说发展史》，春风文艺出版社1989年版，第334页。

⑥ 陈映真：《台独批判的若干理论问题：对陈昭瑛〈论台湾的本土化运动〉之回应》，《海峡评论》1995年第52期，第30页。

台湾“乡土文学论战”的第二个焦点就是关注现实、参与现实的精神。有学者认为，中国的传统文学中没有“乡土文学”的概念，我们有山水诗、田园诗，古代的长篇小说基本是城市市民生活经验，但没有在农业文化之外对乡土进行观察和判断的作品。中国的乡土文学是现代性和启蒙主义价值观的产物。从鲁迅开始，现代作家们以启蒙主义的眼光打量中国，他们笔下的乡土大多是破败的、封闭的，乡土的人物是愚昧和麻木的；20世纪30年代沈从文式的乡土描写，则开始把乡土看作是精神的故乡、理想的家园，创造了“乡土文学”的另外一种范型；再后来从左翼文学到延安文学，是“乡土文学”的革命书写、批判书写和家园书写，是截至20世纪70年代末，乡土文学的三个主要类型。[①] 莫言的“红高粱”系列使“乡土”进入了文化哲学、人类学的视野，“乡土文学”又变成了广义的历史记忆或者农业经验的一种书写。

在“乡土文学论战”中，乡土作家们认为台湾乡土文学要大胆写台湾的现实，写普通民众在台湾的生存经验，体现了对生活在台湾的普通民众的命运的关切。陈映真的乡土小说创作作为“台湾乡土文学的一面旗帜”而饮誉海内外，他继赖和、吴浊流、杨逵、钟理和等乡土文学的前驱之后，建构了另一个独特的艺术世界。在他的小说里，现实主义深沉的笔触和现代主义波谲云诡的艺术境界融为一体。1977年，在台湾文艺界围绕乡土文学问题展开的讨论中，陈映真先后发表了《建立民族文学的风格》、《文学来自社会反映社会》、《“乡土文学”的盲点》等文章，有力地反击了国民政府御用文人对乡土文学的围剿，巩固了乡土文学的阵地。台湾乡土作家的“现实意识”可以看作是“五四”新文学运动精神的一个延续，立足现实的主张是符合“五四”人文主义思潮的，周作人曾大力呼吁：“现在的人太喜欢凌空的生活，生活在美丽而空虚的理论里，正如以前在道学古文里一般，这是极可惜的，须得跳到地面上来，把土气息、泥滋味透过了他的脉搏，表现在文字上，这才是真实的思想与文艺。”[②] 台湾的乡土文学毅然承接了这一文学主张，重现实，接地气，在语言、情节和精神诸方面都有新的开拓。

“乡土文学论战”关注的第三个问题就是台湾自身的命运问题。1972—1978年的“美台断交”和中日建交、中美建交，1979年年底的“高雄事件”等，使陶醉于“经济起飞”奇迹中的台湾民众，尤其是思想

---

① 金莹：《乡土文学，一个概念已然终结?》，《文学报》2009年6月22日。

② 周作人：《地方与文艺》，参见《谈友集》，岳麓书社1989年版，第15页。

较为敏锐的知识分子阶层，开始逐渐从被美、日等国“抛弃”、“出卖”的现实中觉醒过来，严肃地思考着台湾日渐孤立的国际地位，思考着建立在大量美日经援基础上的“经济奇迹”的得失利弊，思考着台湾社会的现实和未来的命运。台湾“乡土文学论战”是政治运动在文学上产生的反应，经受着时代风云变幻的重大冲击的台湾作家，也同样参与了这一牵涉自身和台湾社会发展命运的社会性思考。所不同的只是，他们是以文学的形式来表达他们思考的结果和结论。

台湾“乡土文学论战”的一个核心问题就是，台湾文学或乡土文学是中国文学的一部分，还是独立于中国文学之外的另一种文学？1977年5月，叶石涛在《夏潮》上发表了他酝酿已久的《台湾乡土文学史导论》，认为“台湾文学的主体性”是相对于中国文学的主体性而言的，“台湾文学的主体性”在“日据”的20世纪20年代有关“台湾话文”和“乡土文学”的论争中初见萌芽；在光复初期新生报《桥》副刊有关台湾文学的定位中得以发展；经过70年代台湾“乡土文学论战”得以确认，——这就是台湾文学的发展脉络。[①] 在这篇文章中，叶石涛第一次明确提出了“台湾意识”这一概念，且以此为中心建构了他的“台湾文学主体性”理论。游胜冠于90年代后期出版的《台湾文学本土论的兴起与发展》进一步发展了叶石涛的台湾文学主体论，其主要框架仍是《台湾文学史纲》的“台湾文学主体性发展三阶段论”。他认为：“台湾文学的成立本来就是水到渠成再自然不过的事，之所以还额外兴起本土化论，只不过是为了对抗外来文化强权对台湾文学的支配而已。”[②] 基于一种特殊的政治与文学敏感，陈映真发现了其中隐藏着“台湾意识”对“中国意识”的某种背离倾向，遂于1977年6月在《台湾文艺》以《“乡土文学”的盲目》一文对叶石涛的“台湾中心论”提出质疑，强调了台湾意识的中国归属。[③] 台湾“乡土文学论战”的双方主要是官方意识形态与乡土文学派，可在乡土文学派内部同样隐含了“统”、“独”之争的矛盾。尽管这种矛盾与纷争依旧无法摆脱强烈的政治色彩，但对“台湾文学的主体性”、“台湾文学的未来发展”等问题的思考和探索却是这次文学论战可能达到的深度之所在。

“乡土文学论战”也引发了两岸关于“台湾文学主体性”问题的大讨论，争论焦点是台湾文学的主体性是建立在反抗外来种族（荷兰、明郑、

---

① 参见叶石涛《台湾文学史纲》，高雄文学界杂志社1987年。

② 游胜冠：《台湾文学本土论的兴起与发展》，台北前卫出版社1996年版，第463页。

③ 相关史实转引自刘登翰、庄明萱、黄重添、林承瑛主编《台湾文学史》（下册），海峡文艺出版社1993年1月，第102页。

清政府、日本、国民党）殖民的基础上还是建立在中国文学传统与台湾特殊的历史经验相结合的基础上。

从台湾乡土文学的固有传统来看，台湾的乡土文学从一开始就有着十分强烈的反抗殖民统治的政治意识和反抗异族文化同化的民族意识，70年代的台湾“乡土文学论战”与日据时期的“乡土文学”有着文学精神的历史承续关系，“民族意识”是台湾历次“乡土文学”运动高高飘扬的精神大旗。叶荣钟的诗句“忍辱包羞五十年，今朝光复转凄然”是当时台湾知识分子的普遍心照，这些最初的地域主义情结在经过“二二八”事件①的点燃后，终于爆发出来，尽管它被国民党政府镇压下去，但由此而产生的台湾本省人与外省人之间的矛盾，成为战后台湾社会最大的裂痕。“台湾意识”在传统的台湾乡土文学的表述中强调的是乡土文学的本土性，即台湾乡土文学的地域性甚至台湾的民族性。在“乡土文学论战”中被重新诠释的“台湾意识”概念在80年代以来逐渐演变为一个长期以来受压制的、被边缘化的台湾地域意识的概念——“台独意识”，如廖文毅造出了台湾“民族血统论”，将国民党的政治压迫扩大为民族压迫，把隐伏着的省籍矛盾扩大为民族的甚至种族的矛盾。② 由于“乡土文学论战”中所着意强调的台湾本土意识，那种过分强调台湾文学与大陆文学差异的观念，被后来的一些别有用心的人无限地放大之后，台湾的乡土文学也就摇身一变而成了“本土文学”，“深具阶级意识和区域意识的乡土概念，已被‘台湾’

---

① “二二八”事件是台湾于1947年2月底引发的大规模民众反抗政府事件。“二二八事件”发生原因众说纷纭，第二次世界大战结束后，来自中国大陆的军政人员对举目皆是日本风格的台湾感到适应不良，进而生起排斥歧视的心态，并时常对台湾人抱持着优越感，以征服者、胜利者自居，对待人民骄纵专横。而长期在日本统治下的台湾人民，对于相对落后的中国社会、教育、法治观念、卫生条件、生活习惯等缺乏了解，导致由原本的满怀期望转变成深感失望。事件的导火索是1947年2月28日一件私烟查缉血案而引爆冲突，引发了台北市民的请愿、示威、罢工、罢市以及3月至5月间国民政府派遣军队镇压屠杀台湾人民、捕杀台籍精英知识分子事件。其中包括民众与政府的冲突、军警镇压平民、当地人对外省人的攻击以及台湾士绅遭军警捕杀等。台湾经历了日本50年的殖民统治，刚刚重回祖国，国民党当局和台湾人民之间彼此都不大了解。而恰恰是在这一段磨合期，国民党当局采取了非常错误的政策，激化了与台湾人民的矛盾，也导致了台湾人的本土意识、“台湾意识”的萌生，“二二八事件”也因此成为后来“台独”运动兴起的重要原因。

② 这和大陆乡土文学的概念是截然不同的，大陆著名乡土文学作家刘绍棠说：“我所致力的乡土文学，是社会主义乡土文学，它具有不可混淆的阶级性，应该坚持以辩证唯物主义和历史唯物主义的科学思想为指导的革命现实主义创作方法，保持和发扬强烈的中国气派和浓郁的地方特色，坚持和发展中国文学的民族风格。”参见刘绍棠《乡土文学和我的创作》，《我与乡土文学》，春风文艺出版社1984年版，第73页。

这个整体多元的历史指称所涵盖的‘本土’所取代”[①]。从而成了少数台独分子和本土文艺理论家制造台湾独立的一个所谓的筹码，“台独意识”是“台湾意识”地域观念膨胀的结果，这正是这场论战的负面效应。

台湾“乡土文学论战”结束后，台港学界有多篇重要专著及论文对“乡土文学论战”进行总结，如尉天骢主编的《乡土文学讨论集》[②] 对参与论战的文章进行了全面而系统的整理；彭品光在《当前文学问题总批判》[③] 中对这次论战中出现的乡土文学的定位、民族文学的风格、台湾文学的主体性等问题进行了深入的探讨；陈映真在《台湾乡土文学·皇民文学的清理与批判》[④] 中认为乡土文学要“鼓舞一切中国人，真诚的团结起来，为我们自己国家的独立，民族的自由，努力奋斗”；龚鹏程主编的《五十年来的中国文学研究》认为，台湾的“乡土文学论战”受到了“五四”文学的启蒙与刺激，对香港“都市文学”的发展、大陆“寻根文学”的兴起都产生过一定的影响。对此次论战进行反思、影响比较大的还有叶石涛的《台湾文学史纲》、游胜冠的《台湾文学本土论的兴起与发展》等专著。1991 年，台湾《中国时报·“人间”副刊》曾专门组织了一次乡土文学论战专题回顾和讨论，发表了叶石涛、黄春明、陈映真、蔡源煌、张大春等人的文章，希望“乡土文学论战”能够成为刺激台湾文坛向前迈进的良性因素。大陆改革开放以后，台湾“乡土文学论战”所讨论的一些问题在中国大陆也激起了强烈反响，学界对“台湾意识”、“乡土文学的定位”、“中国文学精神”等问题的研究开始成为一种思想自觉。例如，翁光宇的《台湾乡土文学简论》是大陆较早的探讨台湾乡土文学的论文，在这篇文章中，翁光宇提出：“我们所说的台湾乡土文学，不仅是一个地域的概念，而是特指‘五四’以来台湾的现实主义进步文学。”[⑤] 朱双一的《“乡土文学论战”述评》、陈映真的《回顾乡土文学论战》则对此次论战进行了反思，认为此次论战不够深入，理论探讨不足，乡土文学定位模糊。

---

① 许诱祯：《台湾当代小说纵论：解严前后（1977—1997）》，五南图书出版公司 2001 年版，第 1140 页。

② 尉天骢编：《乡土文学讨论集》，台北远景出版社 1978 年版。

③ 彭品光编：《当前文学问题总批判》，青溪新文艺学会 1977 年版。

④ 陈映真：《台湾乡土文学·皇民文学的清理与批判》，台北人间出版社 1998 年版。

⑤ 翁光宇：《台湾乡土文学简论》，《暨南学报》（哲学社会科学版）1982 年第 4 期。

二 徐复观对乡土文学的态度

回归文化之根，回归文艺之根，这是徐复观对中国现代文艺发展的根本看法。乡土是什么？乡土是一个人的本根，乡土是一个民族的童年的理想和历史记忆。巴什拉说："在我们向往童年的幻想中，在我们所有人都希望为重温我们最初的梦想、寻回幸福的天地而写下的诗篇中，童年呈现出来，按照深层心理学的风格本身，它象一个真正的原型，单纯幸福的原型。这确实是我们身心中的一个形象，一个吸引幸福形象并排斥灾难经验的形象中心。但这一形象依照它的原则看并不完全是我们的；它的根比我们简单的记忆更为深远。我们的童年是人类童年的见证，是那被生活的光辉触及的存在的见证。"① 乡土一端连接现实的生存，另一端维系着诗意的梦想，通过对乡土的回忆、眷念、憧憬，我们在梦想中直观到世界的本原，进入自由的境地。一个人不能忘记他的本乡本土，一个民族不能忘记他的源和流，否则这个民族就是一盘散沙，就无法为未来的发展找到一个立足点。

"五四"运动的核心精神是启蒙，它之被称作是"新文化运动"，因为它代表着一种新的思潮，一种新的观念，一种新的人生观和理想，它的根本任务是改造"国民性"，将愚昧沉沦的旧民众改造成文明自强的新国民，但其为时过短，它的启蒙使命并未完成。1931 年"九一八事件"开始，知识分子将其关注点从对国民的"启蒙"转向对国家命运的"救亡"。到了 1937 年抗日战争全面爆发，"中国传统文化自我改造的探索"和"国家民族生存的外部挑战"之间发生了不可调和的冲突，美国学者舒衡哲对此转向进行了详细描述："由于 1937 年 7 月战争的爆发，内部的反封建解放斗争和外部的保家卫国安全的斗争之间的矛盾越来越大。由于在 1937 年的紧要关头，中国连遭败绩，知识分子的启蒙信念衰退了。在保卫民族生存的斗争异常危机之时，他们不能够用批判民族传统为自己辩护，更不用说向同胞交代了。在这种情况下，毫不奇怪的是，大多数人成了民族救亡的宣传者。他们对'五四'遗产的依恋，反映在他们不时的而且常常是笨拙的把'启蒙'和'救亡'统一起来的努力上。"② 救亡成了头等大事，"救亡"压倒并且取代了"启蒙"，这在一定程度上改变了五四运动的发

① ［法］加斯东·巴什拉：《梦想的诗学》，刘自强译，三联书店 1996 年版，第 156 页。

② ［美］舒衡哲：《中国启蒙运动：知识分子与五四遗产》，刘京建译，新星出版社 2007 年版，第 272 页。

展方向。席卷中国大陆的"五四"新文化运动的"启蒙"精神对台湾影响甚微，在台湾的"乡土文化论战"中，徐复观对国民性的批判，在某种程度上一方面是将这种中断的、批判国民性的"五四"传统继承下来；但同时徐复观又反对全盘否定传统伦理和美德的现代价值，他提醒人们，我们不要矫枉过正，而要留意在我们的乡土中，还存在很多由普通人维系着的淳朴道德，这是我们这个民族现代化的重要资源，也是我们民族的根，有着重要的精神价值。徐复观在台港之间奔走三十余年，故乡故土无时无刻不萦绕在他的脑海里，他写了很多深情并茂的对故乡的回忆，在《旧梦·明天》中徐复观写道："我的生命，不知怎样的，永远是和我那破落的塆子连在一起；返回到自己破落的塆子，才算稍稍弥补了自己生命的创痕，这才是旧梦的重温、实现。"[①] 徐复观在病逝前给浠水友人的信中表示："万一在港随草露以俱化，如得政府许可，亦当埋骨灰于桑梓之地。"他终身认定自己就是"农村的儿子"，故土风俗、乡间人事中所承载的，是人们对中国传统的缅怀和记忆，乡土情结是徐复观进行文化和艺术思考的逻辑起点。

乡土不仅有着自然秀美的风景，还有着醇厚朴实的人情美。徐复观认为，农村是一个充满温馨人性美的世界，"农村富有人情味，一直到灯节，人人堆上笑脸，满口都说吉利话，一团喜悦，一片温情……农村的新年，才真是人情味的世界，才真可以看出是人的世界……使中国的农村，不是由鞭子所造成的冷酷黑暗，而富有温暖光辉"[②]。在《旧梦·明天》中，徐复观高度赞颂乡村女子所代表的纯洁高贵的人性，"当我读师范时，有一次，偶然在踏青时节看到陈家的三位姐妹；一直到现在，我觉得这三位女孩子，才代表了人间所能见到的最圆满的女性"[③]。徐复观对故乡的赞美并不仅仅是简单地抒发思乡之幽情，还通过对地方先贤、风俗人情、历史沿革的勾画，提炼出地方的文化精神，勾勒出个人、集团、民族的运命，"钱宾四先生在《中国文化史导论》中，把农业文化的静穆敦厚之美，描写得有声有色；而我的朋友程兆熊先生，是学农而由艺以进乎道的，在他的许多文章中，常以幽峭空灵之笔，写绵绵不尽之心，总是把人类的前途，归到土的上面，归到农的上面"[④]。对乡土文化精神的选择和自我认同体现了徐复观的文化情怀和审美趣味，也决定了其在美学风格上的偏向。

---

① 徐复观：《旧梦·明天》，李维武编《徐复观文集》（第一卷），第333页。

② 同上书，第343页。

③ 同上书，第335页。

④ 同上书，第338页。

他通过阐释乡土文化，将农村的美德和精神上升为一种民族精神的普遍性，上升到民族文化传统的高度，“农民的辛勤和德性，在周公，至少是在作《诗序》的人看来，就是周朝王业和风化的根本”[①]。在徐复观看来，乡土文学无疑是乡土地域精神最好的体现形式，对中国文化传统的重建和新生具有重要意义。

徐复观认为，乡土文化还可以解现代文明之蔽。台湾乡土文学作家黄春明认为，乡土是心灵的故乡，[②] 台湾的“乡土文学论战”的另一个重要背景就是处于现代化转型中的台湾社会对现代西方文明、都市文明的反省。乡土才是中国文化的发源地，也是中国人性美德的来源之所，“在生死之际能坚持一种信念，立下自己的脚跟，如忠孝节烈、耕读传家之类，这是中国文化在农村中最深厚伟大的成就”[③]。农村所保持的淳朴人性和美德，正与城市文明的腐败、麻木形成鲜明对比，“台湾层出不穷的出现学生流氓组织，据保安司令部负责指导的人分析其原因说：‘父兄位居显要’，‘受都市不良生活之感染，不谙物力艰难及农村之疾苦，养成其趋腐逐臭之习惯’”[④]。现代都市文明使传统的道德分崩离析，失去了自由。

徐复观认为，乡土文学的危机从根本上讲是人性的危机。“十多年来……大家把信心完全失掉了。几个老百姓敢讲一句真话？几个干部敢讲一句真话？这是‘人的问题’太严重了。这个问题的解决应该在传统文化中去寻找的。我们今日不必空谈什么哲学、什么主义，只须要求每一个人好像孔子所说的‘主忠信’、‘己欲立而立人，己欲达而达人’这种自强不息的人。有这种人，社会的问题才可解决，共产党员也要如此，才算是好的共产党员。”[⑤] 乡土文学的“土气息、泥滋味”是与中华民族的民族根性联系在一起加以考虑的，乡土风情是民族文化自然积淀最深厚的地方。比如《阿Q正传》中的未庄风情，《孔乙己》中咸亨酒店冷漠的闲人，《祝福》中柳妈的鬼神观念，以及其他乡土小说家所描写的典妻、冥婚、水葬、宗族械斗等，这样的乡土风情之中，大量的自古遗留下来的民族的劣根性都成为现代乡民的集体无意识。只有通过乡土小说的乡土风情

① 徐复观：《旧梦·明天》，李维武编《徐复观文集》（第一卷），第338页。

② 徐秀慧：《附录二：黄春明访谈》，《黄春明小说研究》，硕士学位论文，淡江大学，1998年。

③ 徐复观：《徐复观文集》（第一卷），第346页。

④ 同上书，第339页。

⑤ 徐复观：《徐复观杂文·记所思》，时报文化出版企业股份有限公司1980年版，第100页。

的描写才能将它们形象地揭示出来，以得到清算的可能。因而乡土文学是“五四”新文化运动的重要组成部分，也是追求人的解放的一个重要环节。徐复观谈到中国艺术精神对现代工业社会工具理性、科学技术对人性宰制的反省，也正是基于农村人与自然的那种天然融合共生的生存状态，“在中国古代，人与万物皆为天所生……所以容易与自然发生亲和之感，因而在道德上、在艺术上，都表现出人与自然谐和融合的境界”①。徐复观对现代文明和现代艺术的批判也立基于此。1960年徐复观在日本写下了《樱花时节又逢君》一文，认为“现代文明，是把自己从属于自己所造出的机械。机械变成了主体，而人自己反成为机械的附庸”②。都市文明使人失去了本来的面目，失去了自由和宁静，而沦为不思不想的存在物。徐复观的文化理想就是以乡土世界的传统心灵、道德样态来重构现代人的精神世界。

再次，徐复观通过乡土文学来反思中国文学的危机。文学中所体现出的人的人格、精神、心灵的现代化，是评价文学现代化的最佳标尺。在乡土文学论战的高潮时期，徐复观公开赞许陈映真为文学上“海峡东西第一人”，原因主要有三：

（1）文学家必须勇敢地直面现实，大胆地描写现实。在台湾“乡土文学论战”中，徐复观批判了现代主义文学的空疏化、主观化，“不少的现代诗人，以玄学的语言写了不少即令诗人自己也不懂得的理论——也终于造成了现代诗的萎殆”③。正因如此，现代诗在精神上是空虚的，在意义上是匮乏的，现代主义中除了“天下至大，唯有一个我”这样一种庸俗、浅薄的思维外，别无思维，造成了现代诗在思想上极度的贫困。相比之下，以陈映真为代表的乡土作家的作品之所以具有感染力，首先是语言上朴实生动，充满生活气息，“陈映真小说中的语言，可能较之三十年代作家，更多使用了社会现实生活中带有各种特性或个性的语言；这不仅能给读者以新鲜的感觉，更对于人与事的形象化发挥了更大的效用”④。这种带有地方特色和民俗意味的语言，正和很多打着现代主义旗号的作品的“玄学语言”形成鲜明对照，“只有活语言与文化语言间取得谐和，才能新鲜而不

---

① 徐复观：《徐复观文集》（第一卷），第333页。

② 同上书，第185—186页。

③ 徐复观：《海峡东西第一人》，《徐复观最后杂文集》，时报文化出版企业股份有限公司1984年版，第8页。

④ 同上书，第9页。

晦涩，并且能保持特性中的共同性”[1]。70年代一系列岛内外重大政治、经济事件的冲击，直接推动和加快了台湾文学与现实结合的进程，而积聚于70年代初期，集中爆发于70年代中期的“乡土文学”运动，则是台湾文学界在时代风云的冲击下参与当时这一社会性思考并付诸实践的具体行动。

（2）乡土文学的作品在情节上富有诗意，“把具体的情节，化为若有若无的气氛，使小说富有诗的最高意境”[2]。陈映真之所以能做到这一点，在于他对人物情态进行了细致入微的观察、体验，所以他的描写也是入微入细，引人入胜。“他便以情节发展中的跳跃，避免了由微细而来的繁冗。但在跳跃中埋下若干草蛇灰线，不着痕迹的，把各种跳跃点连缀起来，保持作品的统一。”[3]

（3）从根本上讲，陈映真的乡土作品不仅仅是发乡愁之幽情，而是着力于对人性的发掘和民族本根意识的复归。在台湾的“乡土文学论战”中，徐复观继承了“五四”新文化运动的批判精神，他以批判国民性、培养健全而现代的人格，作为自己思想的出发点。在乡土文学论战中，现代主义者的形式实验和在创作中对技巧的强调，被当作多余的外形花哨而不切实际的东西，并且与买办心理相关，从而受到严厉的批评。徐复观特别欣赏陈映真小说中下面一段话：“倘若人能象一棵树那样，就好了。树从发芽的时候，便长在泥土里，往下扎根，往上抽芽。它就当然而然的长着了……有谁会比一棵树快乐呢?”[4] 徐复观认为他深刻地把从大陆迁移到台湾孤岛上的中国人心中那份心酸、牵挂、失落的形象刻画了出来。很多去台人员，他们的家属大部分都在大陆，仅一水之隔却无法与家人团聚，这种乡愁是刻骨铭心的。他悲愤地说：“我痛恨我自己不是诗人，坐视这一代忘本的人们，随意将农民加以欺凌侮辱，除了心酸以外，再无其他方法表达这一代农民所受的疾苦烦冤；因此，我更希望中国还会有伟大的诗人，作出新的《七月》篇来，唤起现在人的记忆，在记忆中抓住一点自己生命的根子，重新在历史的车轮中站起。”[5] 徐复观赞赏乡土文学作家对此一惨绝人寰的人间悲剧进行批判、揭露，乡土是中国人的生命之根、精神之根，文艺作品只有敢于直面现实，才能为我们这个“失根”的民族重新找回自己的自尊与自信。然而，徐复观

---

① 徐复观：《海峡东西第一人》，《徐复观最后杂文集》，第9页。
② 同上书，第10页。
③ 同上。
④ 同上书，第11页。
⑤ 徐复观：《徐复观文集》（第一卷），李维武编，第340页。

并未能准确把握20世纪六七十年代台湾文艺思潮的走向，也未能充分预料乡土文学运动背后所蕴含的巨大政治颠覆潜能，对于乡土文学运动中“乡土”“民族”等歧义丛生的概念缺乏辩证的分析和深入的理解，这也是其思想局限性之所在。

三　一颗伟大的中国艺术心灵

台湾“乡土文学论战”的影响是深远的，用杨照总结“乡土文学论战”的话来说：“环顾台湾战后历史，我们找不到另一个思想如此被重视的年代，我们也找不到另一个盛情如此真挚丰沛、地位如此关键重要的论战了。”①徐复观在这场论战中的一些观点尽管有值得探讨和反思的因素，但他所主张的重建现代人格以及坚持民族统一无疑是极具前瞻性和洞察力的，因为这些主张顺应了历史发展的潮流，体现了一个文化遗民②在浓烈的乡愁中对民族文化传统的坚守和对国族命运的反思，具有重要的思想价值和时代意义。

首先，徐复观认为乡土文学应该站在人性健康发展的立场，反对人性异化，这切中了乡土文学的本质。我们经常把台湾乡土文学和80年代大陆“寻根文学”做比较，认为二者有非常多的相似点。③ 然而正是在重建现代新人格的努力方向上，我们看到了两者间的巨大差异。

台湾乡土文学的新人格建构是基于现代民主、自由、科学，同时也提醒现代化中的我们不要忘记了民族和乡土；而大陆“寻根文学”的新人格则是建立在唤醒传统伦理优秀传统的基础上，“着力去描写新时期的农村生活，塑造具有新时期特点的农村社会主义新人”④。80年代乡土文学创作的兴起就是奠基于当时文坛几乎独占鳌头的寻根文学创作潮流，寻根文学作家似乎从拉美文学对本土文化的开掘取得的辉煌成功中得到启示：中国文学要跻身于世界文学的先进行列，就必须把文学之根深植于民族的优良传统文化土壤之中。他们痛心疾首地反省着以往对民族文化的忽视，希冀借对民族文化的呼唤和补课填补当代文学中所出现的文化断层，借对民族文化的纵向开掘纠

---

① 杨照：《关键论战的现场写真》，尉天骢编《乡土文学讨论集》，台北远景出版社1978年版。

② 参见刘建平《现代新儒学的“西迁”与“南移”》，香港树仁大学、台湾“中央”大学及新亚研究所编《“北学南移”国际学术研讨会论文集》2013年8月28—31日。

③ 相关论文有：倪思然、倪金华：《大陆“寻根文学”与台湾“乡土文学”比较》，《集美大学学报》2011年第4期。范钦林：《乡土风情与本土意识——大陆、台湾乡土文体与文学语言比较》，《江苏教育学院学报》2003年第5期。吴奕锜：《新时期寻根文学与台湾乡土文学之比较》，《社会科学》2001年第5期。

④ 刘绍棠：《“乡土文学”与创作》，第198页。

正文坛天平失衡的状态。寻根文学的根本出发点就是追寻和挖掘积淀在人们心灵里的传统文化，儒、道、释等传统文化资源以及黑龙江白山黑水的“北方文论”、晋陕山地的秦汉文化、江浙一带的吴越文化、湘西山区的楚文化等地域文化，无不成为寻根作家们“寻根”的对象，它们构成了新时代的乡间风俗画。寻根文学表现在它除了寻民族文化劣根之外，还要寻中华民族得以生存延续的文化优根，即民族传统文化中积极有生气的力量和促进民族再生的良好的精神素质。贾平凹的商州系列小说，通过对商洛地区现代农民生活的描绘，勾勒出新时代下农民精神文化心理结构之图。他的《天狗》就是一幅新旧交融的商州农村的人情世态图，通过农村改革的新貌和“招夫养夫”的传统习俗，展示了天狗淳朴、善良、勤奋、进取又助人为乐的美好品德，从而表现了一种团结互助的新的人际关系。在天狗身上，体现出来的是民族文化的优质之根。正是这种优质之根，构成了中华民族经历十年浩劫而不垮进而迈向现代化建设的一种内在动力。[①] 在西方文化、艺术思潮的强烈冲击下，“寻根文学”向民族传统文化深层底蕴的开掘，使我们在中外文化的比照、借鉴中，认识到一个民族的文化要走向世界，必须不断地扬弃民族文化、民族精神的精粗优劣，不断吸收世界新文化，正像李泽厚说的，中国的现代化进程既要求根本改变经济政治文化的传统面貌，又仍然需要保存传统中有生命力的合理东西。没有后者，前者不能成功；没有前者，后者即成为枷锁。这种对中华民族优、劣之根的全面追寻，正是为了重塑民族灵魂，以适应现代化建设的需要。

从这个视角看，台湾的“乡土文学论战”与80年代大陆的“寻根文学”，既有内在的相似的精神趋向，又有在不同的社会背景下不同的思想旨归。台湾的“乡土文学论战”是在西方文明大肆入侵的背景下，承接“五四”国民性批判的精神，认为我们传统中确实有很多值得我们

---

① 在这一点上，香港文学和大陆文学中的乡土具有某种相似性，香港并未出现中国大陆的乡土文学或者台湾70年代的乡土文学浪潮。香港也出现了关于都市“罪恶”的批判，相对于作为“自然”的乡村，“文明”的都市被看作是污秽的、拥挤的、孤立的、冷漠的、压抑人性的、疏离隔阂的场所，这是香港作家对城市最早的观照态度，他们通过对农村和自然的缅怀来弥补都市生活的欠缺，反映了都市人渴望从精神上“逃离”城市的心态。然而，香港是一个移民城市，香港作家的生活一天也离不开这“罪恶”的都市，这就形成了都市文学批判的另一个层面，也就是在接纳和认同都市的前提下，对都市文明及其“罪恶”采取一种新的思考态度，既把都市作为“正文”来阅读，又把自己关于都市的创作，看作是“正文”的一部分。也就是作家既是都市的“阅读者”，也是都市的“创造者”。随着70年代香港经济的起飞，香港成为一个国际化的大都市，推动了香港文学的发展，使得香港文化呈现出既不同于内地又不同于台湾的独特风格。香港文学从根本上讲，是一种现代主义的都市文学。

反思的问题，但又批判以现代全盘否定传统，批判粗暴扼杀传统的价值，提醒我们留意我们传统的文化和道德；而大陆的“寻根文学”是承接“伤痕文学”、“反思文学”而来，它不仅没有承接“五四”国民性批判的精神，反而将“五四”的反传统与反文化、反人性混为一团，片面地鼓吹传统的价值，将新的价值“等同”于传统（甚至很大层面上是传统的负面价值）这个“根”上。寻根派的代表人物阿城曾说：“五四运动在社会变革中有着不容否定的进步意义……加上中国社会一直动荡不安，使民族文化断裂，延续至今，‘文化大革命’更其彻底，把民族文化判给阶级文化，横扫一遍，我们差点连遮羞布也没有了。”[①] 他们对西方文化也持“义和团式”的排斥态度，“近几十年间，就社会生活而言，我们实在可以产生世界上第一流水平的作品。但一代作家民族文化修养的欠缺，致使我们难以征服世界。卖风俗、卖生活、卖小聪明，跟在西人屁股后面爬行（我绝不反对引进），大约是征服不了世界的”[②]。“寻根派”的理论家们没有看到“文化大革命”的“三忠于”、“四无限”不仅是“传统文化”的产物，也与“五四”一代启蒙知识分子猛烈批判的“奴隶人格”有着血脉上的关联。没有看到当代文化与“五四”启蒙传统的断裂，才是当代文艺乱象并生的根源。由于看不到问题的实质，他们也描写了人的愚昧、呆滞、麻木，却没有鲁迅笔下那种自觉的批判意识，而是多少还表现出对这些负面的国民性（“劣根性”）的欣赏，在这样一种观念主导下寻到的“根”只能是愚昧之“根”，是丑陋之“根”。对于“寻根派”文学的这些观点，汪晖、李书磊等都进行过尖锐的批判，如李书磊旗帜鲜明地指出：“我对文学上认同传统文化的寻根思潮非常反感，尤其是在我们民族正艰难而痛苦的进行自我改造的时候……仅仅从功利角度看，中国传统文化也是一种曾经使我们民族与国家濒临衰灭的失败的文化（这在近代史上已有证明），而且还将继续危害我们这个民族。”[③] 徐岱也尖刻地指出：“将偷鸡摸狗、扒灰乱伦的卑劣行径统统贴上‘中国传统文化’的标签……事实表明，就在文艺界门槛中的一些人借着‘写文化’和‘寻根’等等的话题而竞相抖露低级庸俗东西的时候，不仅文学的社会功能日益萎缩，而且文学的审美魅力也大幅度褪色。”[④] 在社会的转型期和价值重估的时代，当作家放弃了“启蒙”的

① 阿城：《文化制约着人类》，《文艺报》1985年7月9日。

② 郑义：《跨越文化断裂带》，《文艺报》1985年7月13日。

③ 李书磊：《从“寻梦”到“寻根”》，《当代文艺思潮》1986年第3期。

④ 徐岱：《也谈文学与文化——寻根小说得失谈》，《当代文坛》1987年第5期。

立场，放弃了对社会中个体的关爱和对民族命运的反思，他也就放弃了一个作家应有的责任和使命。对于这个问题，李建军在《“国民性批判”的发生、转向和重估》[①] 一文中有详细的论述。与此相对应的是，80 年代中国的文化精神是以一种诗意的、豪迈的激情将中西文化的冲突淡化，甘阳指出：“中国要走向世界，理所当然的要使中国文化也走向世界；中国要实现现代化，理所当然的必须实现‘中国文化的现代化’——这是 80 年代每一有识之士的共同信念，这是当代中国伟大历史腾飞的逻辑必然。”[②] 讲物质的现代化等同于文化的现代化，讲文化的现代化混淆于中国文化走向世界，这些模糊的概念替换、武断性的词语和革命性的语调代表了 80 年代的那种浪漫主义理想和诗意狂欢的精神，对传统的反思、对现代性的批判被一种强烈的民族自尊、文化自信的豪迈情感所取代。

其次，徐复观认为乡土文学应该关注社会底层民众的生活，反映时代的真精神，这对中国文学的健康发展具有重要的启示意义。乡土文学在近百年中国文学史的发展过程中占有举足轻重的地位，从“五四”时期到启蒙文学、寻根文学，传统的乡土文学大多以知识分子为主体，站在城市的立场改造或评判乡土中国与农村、农民形象的流变。与台湾乡土文学受时局变化影响并与现实政治紧密互动形成鲜明对比的是，大陆的“寻根文学”仅仅是一场文学运动，它的创作及相关的理论探讨始终也仅在文学界中进行着，其影响也基本限于文学文化界中人，即使文学理论界有人誉其为“具有里程碑意义”[③]，但是在文学圈外，却几乎荡不起任何涟漪。很多乡土作家笔下仍然只是文化原型的乡村，他们对现实的乡村问题，如农村的贫困、落后，农民的愚昧、自私，农村的无法治、无道德状态等持相对回避的态度。很多人写农村，是为了写自己的那点乡愁，把农村当成与城市相对立的一种文化范畴来写，他们对农民的心理不了解，对农民真实的生存状态不了解，对农村基层政权的运作模式不了解，对农村伦理关系出现的变化不了解，正如樊星所言：“作家们对这些底层百姓生活的重新发现和理解，也显示了新的时代精神：不再奢求‘改造国民性’，而是以通达的情怀去理解百姓的不易、底层的艰难。今天的作家的平民立场正是当代人对于历次政治运动‘改造思想’（不妨

---

① 李建军：《“国民性批判”的发生、转向和重估》《文艺研究》2009 年第 10 期，第 15—25 页。

② 甘阳等：《卷首语》，《文化：中国与世界》第一辑，三联书店 1987 年版，第 1 页。

③ 陈其光主编：《中国当代文学史》，广东高等教育出版社 1992 年版，第 417 页。

将这一口号也看作‘改造国民性’主题的延伸）恐怖记忆的远离。”① 乡土题材作品的难以书写，还在于其变得日益复杂和模糊的价值判断。

20世纪80年代以来，随着现代化、城市化进程速度的加快，乡村社会日益被瓦解，乡村作为千百年来人们的心灵故乡正遭受着从未有过的变化。乡土文学思潮和思想解放、社会转型以及人们对自我本根的找寻等意识融合在一起，催生了一大批贴近乡村或社会底层、重新反思新时期乡村变革的动力与未来，同时也重新思考自身价值立场及叙事模式的乡土文学作家，如张贤亮、高晓生、陈忠实、张抗抗、路遥、张承志、莫言、贾平凹、铁凝、刘亮程、叶炜等，体现了人们对现代化的反思和对农业文明的重新审视。贾平凹的《小月前本》，以主人公小月的眼光，观照了两种不同文化心理结构的青年农民——才才与门门。才才这个老实粗壮的农民，纯粹是鲁迅笔下闰土的后代。他随遇而安，安分守己，恪守着传统的生活秩序，只知道两眼盯在土地上埋头干活，现代生活的气息，一点也没进入他的生活氛围。他显示出的迂腐、麻木、保守的精神情态和封闭、落后的文化心理，与20年代乡土文学中那些愚弱的国民性格是血脉相承的。从20年代到80年代，这种传统文化的劣根在农民身上仍然是绵延不断、根深蒂固的，传统文化将这两个时代农民的灵魂连在了一起。而与才才性格相对的门门，则是个在现代意识熏陶、影响下生活着的农民。他头脑灵活，善于接受新事物，能因势利导，广开门路，不怕困难，勇于开拓，成为新一代农民的代表。才才与门门相对比，就显出新时期农民的两种文化心理：一个是封闭、保守、落后的惰性力量；一个是开放、进取、活跃的新生力量。这一新一旧的心理结构，正是促进和阻碍新时期改革的两种精神因素。

近些年来，尽管城市化运动风起云涌，但“乡土中国”及8亿农民仍是中国文化最底层、最本质的维系所在，社会学家费孝通曾经指出：“从基层上看去，中国社会是乡土性的。”② 生存问题、身份问题、现代与传统的冲突问题、社会转型过程中的价值挤压与制度不公正等问题以前所未有的矛盾、冲突方式存在，并影响着乡村生活与传统文化心理结构。叶炜的《后土》就是通过塑造新时期新农民青年的梦想，来观察和思考当下乡村的状态，并涉及工业化背景下农村女性地位如何提高、留守儿童和老人的心灵关怀以及农村未来的发展问题，具有浓烈的乡土气

---

① 樊星：《新时期文学与“新民族精神”的建构》，《文学评论》2009年第4期。

② 费孝通：《乡土中国　生育制度》，北京大学出版社2004年版，第6页。

息和鲜活的时代感。这类乡土文学作品使农村从“被观察”的客体变为“能思考”的主体，曾经的反思者就成了被反思者，代表着乡土文学发展的一个新的方向。其实在全球化的语境中，中国一直是一个“乡土中国”，北京、上海、广州这样的大都市，其实也只是乡土文化背景中的都市。传统乡村的萎缩以及对土地的情感、崇拜等价值观念的消逝、“留守儿童”问题等乡村发生的一切都会影响到都市，影响到整个社会的思想和观念，这一转变和复杂的存在将给作家的写作带来巨大挑战。

再次，台湾“乡土文学论战”争论的一个核心问题就是台湾文学或乡土文学是中国文学的一部分，还是独立于中国文学之外的另一种文学。徐复观在“乡土文学论战”中始终不渝地坚持中国立场，痛斥“台独”的险恶用心，尤其是他高度赞扬叶荣钟、庄垂胜等人有一颗伟大的中国心，对今日破坏民族统一的“台独”逆流具有重要的警示意义。

20世纪70年代以来，在民族主义浪潮的冲击下，台湾自我身份认同出现了一定程度的模糊和混淆。这一点与香港20世纪50年代一直延续至今的自我身份定位的矛盾冲突是相似的，刘以鬯在《书与城市》中说：“一九四九年以后在香港成长的一代，在我们长大的过程中，会发觉并没有一种可以遵循的生活方式。逐渐长大，会发觉社会中严重的缺点，很难无条件接受遵循……这一代的香港青年是面对破碎的一代，问题是他往往不晓得如何扮演自己的角色，如何建造。”① “乡土文学论战”是70年代台湾社会思潮冲突在文学领域里的一次深刻体现，包含着反抗殖民统治的政治意识和反抗异族文化同化的民族意识的“台湾意识”概念就是在这种背景下提出来的。台湾“乡土文学论战”一个非常值得我们反思的地方就是，它促进了台湾社会本土意识的觉醒，在论战之前，“‘本土’这个认知仍然隐约之间侧身于‘中国’符号之下，尚未正式浮显为一种抗争场域”②。而这场论战直接引发了20世纪80年代台湾社会“台湾结”与“中国结”问题的大讨论，对台湾社会的发展产生了深远影响，甚至一直持续到现在。根据台湾“行政院”陆委会公布的历年调查资料表明：在1992年，台湾成年人中，有44%认为自己是中国人，16.7%认为自己是台湾人，36.5%认为自己既是台湾人也是中国人；但到了2000年，认为自己是中国人的减少到16.3%，认为自

---

① 刘以鬯：《书与城市》，香港香江出版公司1985年版，第4—5页。

② 陈明成：《陈芳明现象及其国族认同研究》，硕士学位论文，“国立”成功大学，2002年，第121页。

己是台湾人者增加到42.5%，而认为自己既是台湾人也是中国人仍有38.5%。[1] 由台湾乡土文学发展到台湾本土文学、“台独文学”，这是台湾文学发展中一个值得警惕的异向。

民族的命运就是艺术家的命运，台湾近代以来特殊的历史命运，唤起了台湾作家对自身存在意义和台湾命运的反思，这是台湾“乡土文学论战”的历史与现实根源。在台湾20世纪70年代“乡土文学论战”中，徐复观与胡秋原、郑学稼等人力挺陈映真、黄春明、王拓等乡土文学作家，对抗余光中、朱西甯、陈芳明等人对乡土文学所做的攻击。徐复观在台湾生活了20多年，并且和叶荣钟、庄垂胜等一批土生土长的台湾本土人士结下了深厚的友谊。在中西文化冲突的背景下，台湾俨然成为徐复观的“第二故乡”，他经常自觉不自觉地站在台湾的视角，对西方文化的侵袭和岛内独立思潮进行批判，强调台湾的传统文化不是日治文化、殖民文化，而是中国传统文化；爱国不是爱党，也不仅仅是爱台湾，体现了一颗伟大的中华儿女的拳拳赤子之心。胡秋原邀请乡土文学作家进入《中华杂志》编辑部与发表文章，并亲自写作《谈人性与乡土之类》、《谈民族主义与殖民经济》、《中国人立场之复归》登载《中华杂志》，驳斥乡土文学是搞地域主义的批评。

从20世纪中国文学发展史来看，“乡土文学”是中国文学的一个重要流派，它所具有的乡镇生活、乡土气息、地方色彩与风俗画面的种种特点，从鲁迅、沈从文到陈映真、王拓，到刘绍棠、莫言，一直延续下来。必须指出的是，彰显乡土文学的地域性本是无可厚非、无可指责的，中国是一个多民族聚居地，存在着特色各异的民族风情，即使在汉民族区域，由于方言及地方文化的差异也存在着风采各异的地域特征，这都是不言自明的。因而乡土作家立足于本区域风土与文化立场，就自然可以写出小说的“异域情调”，但这种地区风格的特殊性并不能自成独立性或所谓的主体性。台湾乡土文学的特殊性不是变成另外一国的文学，而是由台湾的地理位置、地形地质、海洋气候等自然环境造成的，当然在这个过程中，又融入了被奴役和沦陷的人文历史，用林曙光的话说，就是“建立台湾新文学的目标不应该在于边疆文学，我们的目标应该放在构成中国文学的一个

① 以上资料转引自黄光国《台湾意识与中国意识：台湾民族主义的心理基础》，载洪泉湖、谢政论主编《百年来两岸民族主义的发展与反省》，东大图书有限公司2002年版，第168页。

成分，而能够使中国文学更得到富有精彩的内容，并且达到世界文学的水准”[①]。从其根子上看，台湾文学仍然是中国文学大传统下的有机组成部分。“台湾文学的主体性”是建立在台湾特殊经验与中国文学发展传统的结合基础上的风格特殊性和发展自主性。“乡土文学论战”双方在对民族国家的理解上，在“乡土意识”与“台湾意识”、“台湾文学的主体性”等概念的理解上产生了激烈的碰撞和对立，反映了在相当长的时期内，文学诠释权仍将是困扰台湾文学发展的一个重要问题，其影响超出了文学的范畴而波及台湾思想文化领域乃至整个台湾社会。

结　语

萌生于20世纪70年代的“乡土文学论战”已成为台湾社会——特别是知识界意识形态中有影响的思潮之一，至今仍同台湾前途问题有着密切的关系。从乡土文学自身的发展看，乡土派和现代派在冲突、撞击中，激发了理论探究和创作自省，促进了不同流派审美观念和艺术表现方式的交融互补，它对于输入西方现代主义文学的观念和技巧，打破台湾威权政治禁锢文艺的僵化局面，使诗人获得创作自由都产生了重要作用。“乡土文学论战”结束后，骨子里有着炎黄语言文化意识的台湾诗人，终于在西方现代主义思潮与中国古典诗歌传统的撞击中站稳脚跟，探寻现代汉语诗歌的艺术轨迹。乡愁诗人余光中曾反省道：“两岸同文同种，一脉相承。文化作为连接的纽带，已经存在了几千年，根深蒂固，深入人心，这是任何人无法割断的。”[②]“乡土文学论战”体现了中华文化传统已经深深地扎根在中华大地华夏儿女的心中，他们厌倦了漂泊的状态，希望重新扎根本土的语言和诗歌艺术。同样，在论战过程中，台湾的现代派作家也进行了各种各样的试验，他们站在当下时空的交点，以开放的姿态，汲取西方现代主义各个流派的观念和表现技巧，透过现代经验和反射，运用各种不同的表现方法，创造出符合现代人的精神内涵的乡土文学作品，呼应现代人的生活节奏，展示现代人的生命丰采。另一方面，乡土文学把视角扩大到整个社会，视野开阔，题材拓展。一部分乡土作家以强烈的参与意识和社会使命感正面突入禁地，催生了政治小说的发展，催生了台湾文学20世纪80年代以来宽容的、多流派的、

---

① 濑南人：《评钱歌川、陈大禹对台湾新文学运动意见》，见《桥》第130期，1948年6月23日。

② 余光中：《浅浅海峡深深乡愁》，《泉州晚报》（海外版）2006年4月15日。

多题材的多元格局的形成。

近年来，随着现实社会的变异和文学自身的发展，台湾文学界建立比较完整的乡土文学理论，尤其是本土文学的研究成为热门。[①] 特别是20世纪90年代中期以后，台湾高校论文中本土文学研究增长较快，其中又以台湾现当代文学研究增长更速，“它（台湾本土文学）所受到的注目，已经不亚于中国古典文学”[②]。台湾本土文学研究增长的势头虽确实值得注意，其中“台湾文学的主体性”的观念更值得关注和警惕。台湾行政当局和教育文化部门对乡土文学，尤其是台湾现当代文学的“本土文学”研究采取关注和鼓励态度，台湾师范大学国文系召开的“第一届台湾本土文化国际学术研讨会”以及《台湾本土文化国际学术研讨会论文集》的出版即是由台湾教育行政机构资助的。从20世纪80年代后期起，台湾开始对本土文学研究的课题进行经费资助。台湾的一些大学和研究机构也为台湾本土文学研究助力，1999年2月6日“台湾文学学会”在台湾师范大学综合大楼内宣告成立，由辅仁大学外语学院院长林水福任理事长，其章程中就有“建立属于台湾文学的理论及观念”、“有系统地推介台湾优良文学作品到海外”等任务。1997年真理大学（前淡水工商管理学院）建立了台湾文学系，这是台湾第一个研究台湾文学的系，同时创办《淡水牛津台湾文学研究集刊》，并设立“台湾文学研究所”，这是台湾第一个专门研究台湾文学的研究所。其他高校的中文系也在积极争取筹办本土文学研究所，从1996年开始，台湾大学中文系、静宜大学中文系都在积极申请并筹办了台湾文学研究所，这是台湾文学发展的一个重要趋向。

同时，正因为乡土文学运动与现实政治运动纠葛在一起，所以“乡土文学论战”本身就不是一场纯粹的文学运动，它体现了台湾知识阶层渴望放眼世界而又立足中国本位的意识。“乡土文学论战”从初期的积聚到中期的激烈论战到后来的走向辉煌，具有划时代的文化和社会意义，影响范围大大地超越了文学以外的疆界。徐复观支持陈映真的小说，就是因为他认为陈映真的作品“透出了中国绝对多数人是没有根之人的真实”。[③] 他从对“中国艺术精神”问题的思考，到对民族本根艺术资源的高度赞扬，到支持代表台湾本土文化的乡土文学，体现了一个普通中国人伟大的艺

① 20世纪80年代以来，台湾在校的研究生，无论是报考时专业的选择，还是学位论文的选题都发生很大的变化，台湾本土文学研究成为报考的热门和毕业论文的主要选题之一。

② 龚鹏程主编：《五十年来的中国文学研究》，台湾学生书局2001年版，第81页。

③ 徐复观：《海峡东西第一人》，《徐复观最后杂文集》，第11页。

术心灵。“乡土文学论战”是台湾文坛上西化和反西化的斗争、政治上“独”“统”势力以及文化上围绕传统的“离心力”与“向心力”之间的冲突日趋激烈的一个反映。正是在70年代“乡土文学论战”的激励下，台湾作家始终站在民族大义的历史发展视角，正确地引领着时代发展的潮流，[①] 正如著名台湾文艺评论家洛夫所言：“一个现代中国诗人必须站在纵的（传统）和横的（世界）坐标点上，去感受，去体验，去思考近百年来中国人泅过血泪的时空，在历史承受无穷尽的捶击与磨难所激发的悲剧精神，以及由悲剧精神所衍生的批判精神，并进而去探索整个人类在现代社会中的存在意义，然后通过现代美学规范下的语言形式，以展现个人风格和地方风格的特殊性，表现大中华文化心理结构下的民族性，和以人道主义为依归的世界性。”[②] 台湾乡土文学有着强烈的地域特色，但从根本上讲仍然是中国乡土文学的重要组成部分。80年代以来的台湾怀乡思亲的文学作品充满了对中华民族大团结大统一的期待和热爱，台湾乡土文学中的本土意识、台湾意识升华到民族和解、国家统一，是时代的潮流，历史的必然。

第三节　新美学范式的形成
——徐复观与“中国艺术精神”问题

“中国艺术精神”问题不仅贯穿着徐复观美学和艺术思想的始终，也是中国美学从庄子到现代一以贯之的重要问题，[③] 只是在20世纪的现代语境下，这个问题被赋予了新的内涵。“中国艺术精神”问题萌生于20世纪启蒙与救亡、保守与激进、解构与重构的中西矛盾冲突中，它之所以成为20世纪中国美学的主题，既有时代危机的影响，也与中国文化、艺术内在逻辑的发展相关。从外部情况看，20世纪的中国长期处于内忧外患的动荡环境中，时代的这种特征为中国艺术精神打下了深深的烙印。艺术的发展

① 这方面的代表作家有陈映真、黄春明。参见刘建平《黄春明文学的当代新儒家路向——从“乡土文学论战”谈起》，《黄春明文学国际学术研讨会论文集》，黄大鱼文化艺术基金会编，2015年10月。

② 转引自姜耕玉《台湾现代派诗的“母语情结”》，《东南大学学报》2005年第4期。

③ 陈鼓应认为，中国哲学史上的主要论题和基本观念，不少是引发于《庄子》。参见陈鼓应《修订版前言》，《庄子今注今译》，中华书局2008年版，第1页。还可参见刘建平《哲学的艺术精神——从庄子到徐复观》，《文化中国》（加拿大）2008年第1期。

没有一个相对稳定的环境，受到诸多社会因素的影响，并且这些因素常常打破艺术自身发展的内在逻辑，从而使艺术精神呈现出混杂、矛盾、冲突而多元的价值取向。政治无疑是当中的主要因素，文化艺术向来被看作是解决政治问题、挽救社会危局的“强心剂”。20世纪中国的每一次政治运动，都少不了以艺术作为开路先锋，“文艺是民族的生命，文艺运动是民族复兴的前驱”[①]。无论是“五四运动”中的“文学革命”，还是作为“文化大革命”导火索的“海瑞罢官”事件，以及改革开放之初“伤痕文学”的兴起，我们都可以看到艺术在屡次政治运动、社会文化运动中所扮演的重要角色，毛泽东在《在延安文艺座谈会上的讲话》中一针见血地指出，文艺只有“从属于政治”，成为革命机器中的“齿轮和螺丝钉”[②]，才能给予现实社会重大影响。“为艺术而艺术”的呼声也有，如鲁迅认为：“一切文艺固是宣传，而一切宣传却并非全是文艺……革命之所以于口号，标语，布告，电报，教科书……之外，要用文艺者，就因为它是文艺。”[③] 但这种主张并不是主流，为现实社会服务的价值观成为解放以后很长一段时间内艺术发展的主导思想，这使得20世纪中国艺术不仅面临着内部转型的困境，同时也受到外部政治强大的“非艺术化”的功利主义思想的压制，从而造成了精神本根性的自我迷失。

除了政治因素外，文化危机也是“中国艺术精神”问题酝酿、萌生的“发酵剂”。在20世纪西化大潮的冲击下，中国知识分子很难从自身的传统中找到与之相抗衡的价值体系，熊十力的“亡国族者必先亡其文化”的观念也是20世纪很多中国知识分子的共识。他们冀望于对传统采取某种姿态，能与西方文明顺利连接，获得尊严，事实上他们所主张的与真正认同的历史和价值也许是分离的，尤其是在救亡图存和“五四”、“文革”对传统全盘否定的社会背景下，传统文化走向消亡似乎已经成为不可逆转的历史事实，列文森所说的儒家文化“博物馆化”以及余英时认为儒学在现代社会已成为失去了其寄身之所的“游魂”都是这种文化危机意识的形象描述。“中国艺术精神”问题可谓是百余年来中西文化冲突的一个思想结晶，20世纪中国知识分子重新思考和建构“中国艺术精神”也是在新的视野中对自我的反思和追问。这种对中国文化、艺术的梳理、批判、反思以及现代转型的启蒙思潮开始萌生、汇

---

① 周子亚：《论民族主义文艺》，吴原编《民族主义文艺论集》，上海书店出版社1984年版，第5页。

② 毛泽东：《在延安文艺座谈会上的讲话》，人民出版社1953年版，第2页。

③ 鲁迅：《文艺与革命》，《鲁迅全集》（第四卷），人民文学出版社1981年版，第84页。

聚成了浩浩荡荡的对“中国艺术精神”进行探索的思潮，并且随着中国改革开放以来政治、经济、文化的现代转型而成为时代精神的重要体现，成为我们面向新的世纪、新的世界不能回避且不容回避的一个重要问题。

“中国艺术精神”的命题不是徐复观首先提出来的，但毫无疑问，徐复观是20世纪“中国艺术精神”问题探索者中影响最大的。徐复观的美学思想，简而言之，就是围绕着“中国艺术精神”这个问题展开的。徐复观有书名为《中国艺术精神》，他在该书的《自叙》中不仅谈到了传统思想的“现代疏释”，还大谈中国艺术反专制统治以及反省现代性的现代价值，可见他有从解决“中国艺术精神”问题出发、重构中国艺术和美学研究范式的企图。徐复观的“中国艺术精神”不仅仅包含《中国艺术精神》一书中所阐明的中国绘画艺术的精神以及儒家乐教的精神，还应包括他后来在《中国文学论集》及《中国文学论集续篇》两书[①]中所阐明的中国文学的精神。徐复观以庄子美学为主体、儒家美学为补充来建构他的“中国艺术精神”体系，就是力图建立一个与西方文化艺术系统不同的美学“范式”。

刘纲纪认为，自“五四”以来，中国学者对于中国古代书画及其精神内涵的研究，基本上是循着两条不同的途径进行的，一条着重于资料的收集、整理、考证，另一条着重于用“现代学问”即西方近现代的哲学和美学来观察中国古代书画，企图对它做出一种美学上的理论的解释和说明。[②]走着后一条道路并在美学和艺术史研究上取得重大成就的，有王国维、邓以蛰、宗白华、滕固、李泽厚等人，这几代美学家凭着坚定的信念，筚路蓝缕，前仆后继地对中国美学和艺术做开创性的理论建构。他们虽视角不一，结论不同，但都对“中国艺术精神”这个问题做出了现代的回答，给予了我们诸多启迪。

用西方哲学和美学理论来反观中国艺术，这是20世纪中国美学和艺术评论家不同以往的艺术评论家最显著的特点，王国维最早使用这种方法来探究文学艺术问题，在《〈红楼梦〉评论》中，他认为：“吾国人之精神，世间的也，乐天的也，故代表其精神之戏曲、小说，无往而不著此乐天之色彩：始于悲者终于欢，始于离者终于合，始于困者终于亨。”[③] 这种

① 大陆将此二书合编为《中国文学精神》出版，见徐复观《中国文学精神》，上海书店出版社2006年版。

② 参见刘纲纪《美学与哲学》，第253页。

③ 王国维：《〈红楼梦〉评论》，《王国维文学论著三种》，商务印书馆2001年版，第12页

现实、乐观的精神落实在艺术上，又呈现出南北不同的艺术风格，“北方人之感情，诗歌的也，以不得想象之助，故其所作遂止于小篇。南方人之想象，亦诗歌的也，以无深邃之感情之后援，故其想象亦散漫而无所丽……大诗歌之出，必须俟北方人之感情，与南方人之想象合而为一”①。他认为屈原的文学精神即是“通南北之驿骑”的代表，也即是中国艺术精神的典型。王国维所探讨的艺术，主要是文学，对于绘画虽偶有涉及，但不是重点。② 王国维还提出了一个研究中国艺术精神的重要方法，那就是“二重证据法”，即不可专从文化和哲学上去探讨艺术精神，还要结合地下的考古发现和传世的文物、文献相互印证，这当然是受到了西方近代考古学田野调查研究方法的影响，如米海里斯在《美术考古学发现史》中针对古希腊、古罗马的雕塑被考古发现以后，有的文献记载不全、有的记载不确切的情况，提出了根据各种陶器的形式与装饰纹样来辨别文化之时代的相异，也就是把历史研究同美学阐释结合起来，这在当时是一个很有前瞻性的思想，很值得我们注意。③

宗白华主要是从艺术欣赏的角度，从文化传统、时空意识、生命情调和艺术意境四个层面对中国艺术，尤其是音乐、书法、绘画、诗歌等做出一种感性直观的把握，并将中国艺术精神归结于哲学上《易经》的“动”，认为“动”的宇宙创生论，正与中国艺术精神相表里。这个“动”的精神在艺术上表现为一种伟大的创造精神——飞动的生命与深沉观照的统一、灵动与韵律的和谐。宗白华说，中国艺术所表现的美，就是这种“至动而有条理的生命情调”④。他所说的中国艺术是以绘画为中心展开的⑤，他所理解的中国艺术精神即是指中国艺术的理想，或曰中国艺术的最深心灵，这个心灵是一个有生命的形式空间，“一个艺术品里的形式的结构，如点、线之神秘的组织，色彩或音韵之奇妙的谐和，与生命情绪的表现交融组合成一个‘境界’。每一座巍峨崇高的建筑里是表现一个‘境界’，每一曲悠扬清妙的音乐里也启示一个‘境界’”⑥。这个境界，包含

---

① 王国维：《屈子文学之精神》，《王国维集》（第一册），周锡山编校，中国社会科学出版社2008年版，第28—29页。

② 王国维说：“美术中以诗歌、戏曲、小说为其顶点，以其目的在描写人生故。”参见王国维《〈红楼梦〉评论》，《王国维文学论著三种》，第6页。

③ 郭沫若采用这个方法并在历史研究上取得了较大成就，他对周代至战国青铜器的考证上就将历史考古与美学阐释合二为一，参见郭沫若《青铜时代》，科学出版社1957年版。

④ 宗白华：《美学散步》，第119页。

⑤ 同上书，第146页。

⑥ 宗白华：《美学与意境》，人民出版社1987年版，第114页。

直观感相、活跃生命、最高灵境几个层次，相对应的就是艺术的写实、传神及妙悟，因而其本质上是一个有生命的小宇宙。由此可见，宗白华主要是从审美心理的角度谈中国艺术精神的，换句话说，他所理解的不是中国艺术的精神，而是中国艺术美感的根源。

邓以蛰认为中国艺术经历了一个由静到动、由狭隘到开阔、由“形体一致”到“形体分化”的发展过程，他把中国书画史与书画理论结合起来，以“气韵”作为中国艺术精神的核心，邓以蛰说：“气韵则超过一切艺术，即超乎形体，神或意出于形，而归乎一‘理’之精微。此其所以为气韵生动之理，而为吾国画理造境之高之所在也。”① 气韵是中国艺术发展的根本原理和最高追求。

高友工的美典理论可以看作宗白华意境理论的新发展。宗白华立足于古典文化语境，发掘出“意境美学”，而高友工则在不同艺术类型比较的视野下，提出了“抒情美学”，“我以为这个传统所蕴含的抒情精神却是无往不入、浸润深广的，因此自中国传统的雅乐，以迄后来的书法、绘画都体现了此种抒情精神而成为此一抒情传统的中流砥柱”②。在高友工看来，抒情美典乃是弥漫贯穿在整体中国文化中的，成为中国文化之主流或主要部分。在《中国抒情美学》一文中，他通过对中国古代五种艺术门类即音乐、文学、诗歌、书法和绘画的发展历程的探索，发掘了蕴含其中的质朴而潜在的美学以及由此形成的一整套艺术标准和技术规则，确立了中国抒情美学的一贯特征，③“抒情原则上有一种即兴性、瞬间性、主观性，而它的特色是在它短暂和有限的形式中却要象征一种永恒和无限”④。高友工试图借鉴“经验”与“形式”等现代美学形态，对中国古典传统加以“现代性转化”。

以上四者可以看作是立足于中国艺术发展史的视角，以线性结构的方式去把握中国艺术精神的代表。

把握中国艺术精神的第二种路向突破了传统的线性结构模式，改变了以往对中国艺术精神做单一化、归约化的诠释方式，而是把中国艺术的核心范畴以体系的形式联结起来构造一个网状结构，形成一个有层次、有组织、复合的价值体系，这一路向的代表有韩林德、陈望衡、易中天、朱良

---

① 邓以蛰：《画理探微》，《邓以蛰全集》，第217页。

② 高友工：《美典：中国文学研究论集》，三联书店2008年版，第91页。

③ 高友工：《中国抒情美学》，见乐黛云、陈珏编《北美中国古典文学研究名家十年文选》，江苏人民出版社1996年。

④ 高友工：《美典：中国文学研究论集》，第141页。

志等。韩林德在《境生象外——华夏审美与艺术特征考察》一书中认为，华夏美学与艺术的精神不但与儒、道、释相关，更重要的是与《周易》、元气论及阴阳五行学说所透露出来的宇宙意识、时间意识有关，《周易》、元气论及阴阳五行学说这三大思想体系是“华夏美学殿堂赖以拔地而起的三块基石”[1]，是中国艺术精神的思想根源。他从美善统一、情理统一、主客统一、有限与无限的统一、认知与直觉的统一等方面论述了华夏美学和中国艺术的基本特征。陈望衡认为，中国美学的精神就是以“情象”为基本范畴的审美本体论、以“味”为核心范畴的审美经验论、以“妙”为主要范畴的审美品评论以及真、善、美相统一的艺术创作论，落实在中国艺术上，就形成了中国艺术崇尚中和的审美理想、崇尚空灵的审美境界、崇尚传神的审美创造以及崇尚“乐”与“线”的审美意味。[2] 易中天在《中国艺术精神的美学构成》一文中认为生命活力是中国艺术精神最核心的内容，他从气、情、象、法、言五个层次把中国艺术精神的美学结构概括为生生不息的生命之气，与天地同和、有节奏有韵律的情感律动，主客默契、心物交融、情景合一的意象构成，无偏、有节、尚中、美善合一的理想态度以及抽象、单纯、韵味无穷的线条趣味，与之相对应的艺术象征就是舞蹈气势、音乐灵魂、诗画境界、建筑法则和书法神韵。[3] 朱良志在《中国艺术的生命精神》中把中国艺术精神归于生命意识，[4] 并从生——生命结构论、时——生命时间论、气——生命基础论、象——生命符号论四个层面对中国艺术的生命精神做出了系统性的解读，这可以看作延续宗白华的“生命情调”、方东美的“生命精神”对艺术精神做出新的诠释，颇具新意。

对中国艺术精神进行探索的第三种路向就是从哲学精神中寻找艺术精神的根源，从而把中国艺术精神归结到文化精神和哲学精神上。高尔太认为：“在中国，艺术创作的动力核心是作为主体的人类精神，它先达到意识水平，然后又沉入无意识之中，不断积聚起来，由于各种客观条件的触动发而为激情，发而为灵感，表现为艺术。”[5] 章启群也认为：“艺术精神是指一种艺术独自具有的、内在的品质或气质……一种艺术所体现出的精

---

① 韩林德：《境生象外——华夏审美与艺术特征考察》，三联书店1995年版，第117页。

② 陈望衡：《中国古典美学史》，湖南教育出版社1998年版，第1—25页。

③ 易中天：《中国艺术精神的美学构成》，《厦门大学学报》（哲学社会科学版）1998年第1期。

④ 参见朱良志《中国艺术的生命精神》，安徽教育出版社2006年版。

⑤ 高尔太：《论美》，第257页。

神，不可能来自艺术本身，而应该源自民族文化中最核心处的东西——哲学或宗教。”[①] 现代新儒家是这条路向的重要代表，他们总体上以“心”作为中国艺术精神的根源，徐复观标举心之“虚”、“静”、“明”的境界，方东美发现了心之生命精神，唐君毅则高扬心之自由意识，都是从哲学中去寻找精神资源，以完成对中国艺术精神的现代重构，在哲学家型的美学家这一点上具有一致性，共同体现了现代新儒家在美学思想上的主旨和特色。

与其他美学家将中国艺术精神归于儒家或道家而流于偏颇不同，李泽厚在《美的历程》中对中国艺术精神的发展变化做了鸟瞰式的把握，中国艺术经历了一个由再现（模拟）到表现（抽象化），由写实到符号化的过程，积淀了中国古代文化的礼乐传统在后来的发展历程中，不断深化、升华出了这个传统的精神意味，这个精神意味就是“儒道互补”。他认为中国艺术和文学精神的自觉始于秦、楚两大文化融合的汉代至魏晋，他从“儒道互补”的视角透析中国艺术精神：“老庄作为儒家的补充和对立面，相反相成地在塑造中国人的世界观、人生观、文化心理结构和艺术理想、审美兴趣上，与儒家一道，起了决定性的作用。”[②] 儒家思想虽为正统，对美学艺术发展的目的、功能、标准、导向有所制约，但由于它多从统治者和政治的立场和需要出发，往往将艺术与政治、伦理混同了，从而限制了美学的健康发展和艺术的独立。道家美学表面上不占主导，但却奠定了美学的基础，它着重于艺术内部的规律探讨，对中国艺术的创作与审美理论影响至深。对道家美学在艺术上的重要影响的认同，李泽厚和徐复观是一致的。不同的是，徐复观则表达了和李泽厚截然不同的诠释倾向，而认为儒家是庄子的对立面和补充者。徐复观在儒、道区分的视野下，认识到了庄子精神所特有的、对中国艺术产生重要影响的精神特质，以庄子精神作为中国艺术精神的主流，而以儒家和禅宗作为中国艺术精神的有机补充。徐复观对庄子精神的这种态度也有很多共鸣者，如方然认为：“在中国美学史上，道家不仅仅是儒家的一个补充体，而是超乎众家，对各类艺术都产生了深远影响的杰出美学流派。”[③] 这都可以看作是这条路向的发展和深化。应该说，“儒道互补”或“儒、释、道互补”的提法比较全面地反映

---

① 章启群：《怎样探讨中国艺术精神？——评徐复观〈中国艺术精神〉的几个观点》，《北京大学学报》2002年第2期，第27页。

② 李泽厚：《美的历程》，第53页。

③ 方然：《重估庄子在中国美学史上的地位——兼评李泽厚“儒道互补”说》，《河南师范大学学报》1997年第1期。

了中国艺术精神的内涵，但在具体观照某一阶段的艺术状况时，却又略显笼统。毕竟，在不同时期、不同艺术门类中，儒、道艺术精神的影响往往有所偏重，从而在不同时期呈现出各异的艺术风格，而厘清这一点至关重要。

从整个20世纪中国美学发展的历史脉络看，在徐复观之前，有对“中国艺术精神”问题的思考而没有产生广泛的影响；在徐复观之后，对“中国艺术精神”问题的探究开始成为一种有意识的思想自觉，并出现了多部学术专著以及十余篇博士论文或硕士论文，因此徐复观在20世纪“中国艺术精神”问题的链条上可谓是一个“原点”。换句话说，“中国艺术精神”问题正是通过徐复观的现代诠释而成为20世纪中国美学的重要问题，并在20世纪下半叶以来的海峡两岸产生了强烈的反响，成为一个有着鲜明时代烙印的美学“范式”。[①] 徐复观在中西文化冲突和西方文明危机的忧患中，以全新的研究方法从艺术史发展的层面反思中国美学及艺术精神的本质，在现代的视野下与世界文化艺术精神相互比较、衡量中反观民族艺术精神的价值及其限度，并由此开陈出新，重构现代中国艺术精神的价值体系。事实上，徐复观也好，20世纪的其他中国美学家也好，他们在中国艺术精神的探索上给我们提供了很多启示，但也有诸多的迷误。徐复观在20世纪60年代台湾中西文化艺术论争的背景下对“中国艺术精神”问题做出的现代回应既受其文化本位主义思想的局限，亦极具针对西方文明危机及“艺术终结论”思潮对治性的“工具”意识，因而在一些重要问题的分析上不免流于偏颇。在《中国艺术精神》中，他这样写道：“回顾我们学术界的现状，我宁愿多做点开路筑基的工作，而期待由后人铺上柏油路。”[②] 由徐复观所开创的这条中国艺术精神的现代转型之路，并未随着《中国艺术精神》的出版而完成，相反，它所激起的思考和探索，才刚刚开始。

---

① 称“中国艺术精神”为审美范式，是因为它在80年代以来的中国美学研究中成为一个处于核心地位的主流话语系统，沈语冰认为：“自从徐复观的《中国艺术精神》在80年代中后期的中国内地出版以后，‘中国艺术精神’就与80年代初的‘积淀’（李泽厚）一道，担当起了对中国艺术现代化的持久的反动的使命。”（参见沈语冰《艺术与哲学》，中国社会科学出版社2003年版，第79—91页。）“中国艺术精神”在美学研究中的这种主流话语形态，高友工也称之为“美典”，参见高友工《美典：中国文学研究论集》，第143页。

② 徐复观：《自叙》，《中国艺术精神》，第8页。

第五章　徐复观与中国美学的现代发展

贺麟曾经指出，新儒家思想的发展，将是中国现代思潮的主潮。[①] 以徐复观为代表的海外新儒学思潮的勃兴可以看作是对“五四”思潮的一次承接和发展。作为“五四”知识分子之第二代中的佼佼者，徐复观从回应西方文化的逼迫和解决现代社会文明危机的忧患意识出发，主张融合中西方现代思想、理论和方法对中国传统文化和艺术精神进行重新诠释，重建现代中国人的人生理想和精神家园。在美学上，徐复观继承了“五四”新文化运动以来立足现实人生来思考美学问题的精神，强调审美、艺术对现代人格建构的积极意义，并创造性地阐发了传统艺术具有解蔽现代科学技术、极权政治所造成的人性缺失、工具理性的反省价值。徐复观对“中国艺术精神”问题的思考体现了中国美学家在现代语境中为传统文化、艺术寻找理论支撑以及对民族文艺心灵返本开新的非凡努力，更是以此努力对世界范围内“艺术终结论”的思潮做出有力的回应，对改革开放以来的中国美学界具有重要的启蒙作用。

第一节　徐复观对五四启蒙思潮的继承和发展

“五四运动”以争取民族独立为起点，在文化上则是百家争鸣，但以全盘西化派的民主、自由、科学思想为主潮。徐复观从师友那里直接或者间接地受到“五四”启蒙思潮的影响，他自认为是五四精神的继承人，“真正继承五四时代精神的，决不是他们（指傅斯年、胡适——编者注），而是以雷震、殷海光为中心的《自由中国》半月刊……以《民主评论》为中心的一批朋友，他们在学术文化上想走出一条融会中西文化的路。想使西方文化，能以文化自身的性格（不挟带金钱、政治等势力），充实我们

① 参见贺麟《儒家思想的新开展》，《思想与时代》创刊号，1941 年 8 月。

民族的精神，而我们民族的传统文化，能从各种诬蔑、渣滓中，澄汰出来，以其本来面目，与世人相见，对人类新文化的创造，也能有所贡献”[①]。在徐复观看来，以方东美、唐君毅等为代表的现代新儒家大多有求学或游学海外的西学背景，但这种背景不仅没有让他们全盘西化，反而使他们在中西比较中能够理性地反思和继承中西文明，他们是“五四”精神的继承者。方东美、唐君毅、徐复观的美学思想就是围绕着“中国艺术精神”问题的思考展开的。方东美被称作“诗人哲学家”，他善于用抒情的笔触，采用东西方的诗词来象征、比喻中国美学意境中蕴含着的同情交感、天人和谐之神韵[②]，尤其是长篇论文《中国艺术的理想》，把中国艺术精神的源头追溯到“生生之德”；唐君毅在1953年出版的《中国文化之精神价值》一书中以两个专章[③]来论述中国艺术精神并将之归结为孔子的“游”；而在“中国艺术精神”问题上影响最大者则非徐复观莫属，在台湾“现代艺术论战”后的1966年，徐复观出版了《中国艺术精神》一书，把庄子所创造的艺术化的生活态度及生存方式作为中国艺术精神的主体，在海峡两岸产生了巨大的影响。方东美、唐君毅、徐复观都以继承、弘扬五四精神为己任，不同的思想个性和人生轨迹也为我们勾勒出了20世纪中国美学的发展脉络和精神归宿。

一　方东美的“生命”精神

方东美美学思想的核心是“生命”精神。方氏早在1924年丁文江同张君劢进行“科学与人生观”论战时，就开始思考美学问题，1936年方东美出版了《科学哲学与人生》，体现了他以文学艺术境界来陶冶科学知识、融合哲学智慧的思想进路。[④] 从思想渊源上看，方氏的美学思想受到伯格森生命哲学的影响。伯格森认为世界的唯一实在是一种向上的、创造的“生命冲动”，生命是一种超越空间、永不停息、无始无终的宇宙运动，在过去、现在、未来的无限交合变化中衍化出生命的发展进程，生命是人类精神生活的源泉和基础。与伯格森强调生命的进化运动性不同，方东美

---

① 徐复观：《五十年来的中国学术文化》，《中国人的生命精神——徐复观自述》，华东师范大学出版社2004年版，第56—57页。

② 蒋国保、余秉颐：《方东美思想研究》，天津人民出版社2004年版，第379页。

③ 分别为“第十章：中国艺术精神”、“第十一章：中国文学精神”，见唐君毅《中国文化之精神价值》，正中书局1987年版。

④ 《科学哲学与人生》一书约完成于1928年，初版为1936年，见唐君毅《有关方东美先生之著述二三事》，《中华人文与当今世界补编》（下），第674页。

强调生命的内在生成性，他将儒、释、道相提并论，认为中国大乘佛学、原始儒家、原始道家和宋明新儒学是中国文化的四大传统，他融合了道家生生不息的生命精神、儒家积健为雄的艺术精神、佛家一体参融的智慧来诠释中国艺术的生命精神。

方氏所谓的“生命”是“不断的、创进的欲望和冲动”，弥漫于自然，又内化于万物之中；生命是创造万物的行健不息的力，宇宙万物都处于这一永不停息的创造和流动贯通之中，这种生生不已的宇宙时空观是他思考美学问题的哲学基础。他通过对宇宙形象的探索把握到了中国哲学的中心在于生命，并由生命内蕴的发现来探索中国艺术精神的内涵，因而特别看重中国艺术所表现出来的协和宇宙、参赞化育、天人合一、相与浃而俱化的浩然生气与酣然创意。方氏对中国艺术之生生不息的生命精神的阐释与宗白华非常相似，宗氏认为，《易》中“天地絪缊，万物化醇”之生生的节奏是中国艺术境界的最后源泉，“这最高度的韵律、节奏、秩序、理性，同时是最高度的生命、旋动、力、热情，它不仅是一切艺术表现的究竟状态，且是宇宙创化过程的象征”①。一般认为，方氏的艺术精神来自《易》，也就是儒家，但事实上，方氏自谓他在精神上是道家的②，“从道家看来，生命在宇宙间流行贯注着，是一切创造之源，而大道弥漫其中，其意味是甜甜蜜蜜的，令人对之兴奋陶醉，如饮甘露，因此能在饱满的价值理想中奋然兴起，在灿溢的精神境界中毅然上进，除非我们先能了解道家这种深微奥妙的哲理，否则对很多中国艺术，象诗词、绘画等，将根本无从领略其中机趣”③。“庄子是兼有诗和哲学两方面造诣的伟大天才。”④道家哲学对于沟通、融会传统儒家，融合、消化外来的佛学，实现中国文化的融会贯通，实现中西艺术精神的对话，实具有不可替代的作用，并在很大程度上被方氏看作是对失其本真而沦于末流的儒家思想的对治。

由庄子而得以完成的审美解脱之道有三，一是个体化与价值原理，二是超然原理，三是自发性自由理论。⑤ 道家在广大的宇宙空间中开辟出一个空阔的境界，可以保持精神的自由而不受现实羁绊束缚，方氏提出的“太空人”之概念正是此一解脱之道的提炼。“太空人”有两个象征意义，一是超越世俗及日常生活的特性，二是用审美的眼光观照世界，这可以说

---

① 宗白华：《美学散步》，第79页。

② 方东美：《方东美讲演集》，黎明文化事业股份有限公司1978年版，第55页。

③ 方东美：《中国艺术的理想》，第338页。

④ 方东美：《生生之德》，黎明文化事业股份有限公司1979年版，第273页。

⑤ 方东美：《中国哲学之精神及其发展》（上），成均出版社1984年版，第192—193页。

是道家精神最根本的思想特征。“道家逍遥放旷，得天尤厚，其精神自由翱翔，飘然高举，致于‘寥天一’之晶天高处，而洒落太清，然后居高临下，提神而俯，将永恒界点化之，陶醉于遗篇浪漫抒情诗艺之空灵意境。斯后道家遂摇身一变，成为典型之‘太空人’矣。”① 这里的太空，并不是几何学、物理学上有形的空间，而是像德国艺术史家沃尔夫林（Wolfflin）所谓的诗的空间。“因为如果是物理的空间，则在一层层的空间上仍然受障碍，而诗的空间则可一直在上界腾云驾雾，超升而了无障碍，如此一来，庄子乃可到达‘寥天’一处，再回头看世界，以地为天，以天为地，必然说‘天之苍苍，其正色邪？其远而无所至极邪？其视下也，亦若是则已矣。’以天为地，才能看出本地的妙处，云光灿烂，仿佛太空人在月球上对地球所拍摄之照片，成为极美的领域。所以道家事实上是艺术幻想中的太空人，因此精神能如此超升，到达高超的境界，再回看世界，对于世间的许多愚蠢、愚昧、错误的地方才可以原谅，如此回到人世间，人世间便不再是卑陋世界。”② 这里的“太空人”，其实是对人沉浸在审美境界中的诗意描述，“提神太虚而俯之，俨若要囊括全天地宇宙之诸形形色色而点化之，成为广大和谐之宇宙秩序，同时把下界尘世的种种卑陋都忘遗掉，摆脱干净！”③ 也就是借超脱解放的自由精神而将现实点化为理想境界以达到“乘虚凌空”的境界，只有具有了大的才情、气魄、胸怀和自由开放的精神，才能把握这种精神。

艺术，本身就是文化系统中一个极为重要的要素，艺术与文化中的其他要素有诸多的相通之处，艺术作为人类心灵独特活动的体现，是文化诸要素中最敏锐地反映出人类精神状况和时代精神的。艺术精神显然会受到哲学精神的影响。方氏将中国哲学精神与中国美学精神熔为一炉，“如果从艺术史来看，则整个中国艺术所表现的创造精神，正是这两家（儒家和道家——编者注）在哲学上所表现的思想”④。他对庄子的诠释，最能体现他作为一位开创性的思想家的创造性诠释之独特思想路径和创造精神。方氏所谓的“后设哲学”的诠释方法，就是阐发、挖掘《庄子》文本背后所隐藏的哲学意蕴，把庄子放在现代条件下来阐释和理解，这固然体现了中国艺术精神体用不二、上下贯通的特质，然艺术精神有着不同于哲学精神的特点，艺术精神并不直接就是哲学精神，很多哲学概念是不宜直接挪用

① 方东美：《中国哲学之精神及其发展》（上），第169页。

② 方东美：《原始儒家道家哲学》，黎明文化事业股份有限公司1983年版，第43页。

③ 方东美：《生生之德》，黎明文化事业股份有限公司1979年版，第396页。

④ 方东美：《中国艺术的理想》，第336—337页。

到艺术评论体系中的，对于这些概念在艺术精神中的特殊意义和界定的缺乏省察，使得他对中国艺术精神的阐释歧义甚多，也极易招致误解。

二 唐君毅“游”的艺术精神

唐君毅美学思想的核心是“游”。现代新儒家对“中国艺术精神”问题的探讨中，唐氏是一个承前启后的人物，他在《中国文化之精神价值》第一版《自序》中曾说到，他的美学思想受到了方东美、宗白华论中国艺术与美感思想之启发。① 方氏影响了唐氏，唐氏则某种程度上影响了徐复观，而徐氏又以其《中国艺术精神》将此一问题表出并论述之，影响了80年代以来海峡两岸众多学者。

从思想渊源上看，唐氏的美学思想除了受到传统儒、道、释三家的影响外，主要受康德、费希特、叔本华、黑格尔等德国观念论的影响，他自谓：“以近代德国思想中之理想主义平衡英美式功利主义新实在论思想对中国之影响，又以西洋中古精神补西洋近代精神之偏蔽，再进而以东方中国之宗教道德思想，补充西方基督教思想之意。”② 唐氏从德国古典哲学和华严宗的视野出发，以“道德自我”为出发点，并由此推扩为生命存在与心灵境界，因而他美学思想的核心仍然是道德的理想主义的，非常重视道德精神与艺术精神之间的关系，“艺术把我们一些卑下自私的志愿超越了，而有一生命精神之内在的开拓升腾，心灵之光辉之自己的生发照耀”③。但是，不同于其他新儒家的是，唐氏并未高估艺术对人生的这种救赎和超越的意义，而是认为：“宗教、艺术与文学，只能把人之精神暂时移入一超现实的境界，而不能使人长住于此境界。”④ 这种对艺术功能的认识和苏

---

① 笔者以为唐氏思想还受到邓以蛰的影响，尤其是他提出“以小观大”的艺术欣赏法则，显然是邓以蛰“以大观小”艺术创作法则的深化和发展。宋代沈括因不满李成“仰画飞檐”的画法，而提出“以大观小”的艺术创作手法（参见沈括《梦溪笔谈·论画山水》）。邓以蛰对“以大观小”进行了深入的阐释：“以大观小者，盖将主观放大，自然缩小，若居高临下、隔岸观山之态度，则眼前景物弥觉无边。‘欲穷千里目，更上一层楼’，登高适所以放大主观。”（参见邓以蛰《辛巳病余录》，《邓以蛰全集》，第283—284页）唐君毅在此基础上提出“以小观大”的艺术欣赏方法，他说：“能以小观大，于一物而见一太极，于最少物质，见更多的美，表现更丰富之精神活动或心之活动。”（参见唐君毅《中国文化之精神价值》，第297页）二者虽一言创作，一言欣赏，然其内在的联系不言自明。

② 唐君毅：《收拾精神，自作主宰——答徐复观先生书》，《中华人文与当今世界补编》（下），第210页。

③ 唐君毅：《人生之体验续编》，台湾学生书局1984年版，第86页。

④ 唐君毅：《人生之体验续编》，第87页。

珊·朗格倒是相似的，“音乐通常并不影响行为……整体来说，既使听了最激动人心的音乐演奏后，听众的行为也和常人没有什么不同……它对道德的影响或者说它使人精神升华的力量是微不足道的”[①]。它只能使人在日常生活中所压制的良心理性得到暂时的发泄，而不可能长久地解脱和安顿。

唐氏对西方哲学和艺术非常了解，所以他在中西比较时能客观地看待西方艺术的价值，“中国旧式之怡情养性之音乐与绘画，固不足以凝摄耳目。中国式之亭台楼阁与园林之疏朗，亦不如钢骨水泥之大建筑足团聚人心。西方式之小说、戏剧、史诗、电影，善于兴发人意志，激荡人精神，吾人又岂能不承认其更为能客观地表现出生命之精彩者?”[②] 他尤其看重西方悲剧的“气魄之雄伟，想象之丰富，命意之高远，皆可引动人之深情”，而其中所表现出的解脱感、神秘感、人生道德价值之尊严感，为中国艺术所未有。唐氏从建筑、书画、音乐、雕刻等方面描绘了中国艺术精神之现实落实，充分肯定了中国艺术家重人文精神的传统，即“使志气充塞于声音，性情周运于形象，精神充沛乎文字，以昭宇宙之神奇，人生之哀乐，历史文化世界之壮彩，人格世界之庄严与神圣”[③]，并以此对照西方艺术家“恒持其灵感之闪光、宗教之企慕、生活之激荡，既竭天才与生命力于艺事，无以怡养其精神，乃颓然以老，疯狂以死，其事可哀”。此乃中西艺术家之分野，中国美学之重“体证与实践”实迥异于西方，中国艺术家之目的不在表现客观之真、善，而是人的性情、胸襟之自然流露，“以自充实其自身之表现，而使每一种艺术，皆可为吾人整个心灵藏、修、息、游所在者也”[④]。“中国第一流之文学艺术家，皆自觉的了解最高之文学艺术为人格性情之流露，故皆以文学艺术之表现本身，为人生第二义以下之事，或人生之余事，而罕有以整个人生贡献于文学艺术者。”[⑤] 这就意味着，唐氏的艺术精神，最终还是落脚于儒家的人伦日用、安身立命上。也就是说，“为人生而艺术”才是中国美学精神的本质，这与徐复观如出一辙[⑥]，这体现出中国艺术并非如西方艺术那样指向对真理的认识，而是落实于现实人生上，不仅可“观”，而且可“游”。

唐氏非常重视“游”的艺术精神。“凡可游者，皆必待人精神真入乎其

---

① Su Sanne Langer, *Philosophy in a New Key*, Cambridge: Harvard University Press, 1951, p. 212.

② 唐君毅:《中国文化之精神价值》，第 384 页。

③ 同上。

④ 同上书，第 316 页。

⑤ 同上书，第 393 页。

⑥ 徐复观:《中国艺术精神》，第 118 页。

内，而藏焉、息焉、修焉、游焉，乃真知其美之所在。既知其美之所在，即与之合一，而忘其美之所在，非只供人之外在欣赏，于其美加以赞叹崇拜而止者。"[①]时也能让我们的心灵和精神安顿其中自由驰骋，让我们的生命与外在的对象融为一体而进入浑然忘我的境地。中国艺术所开启的世界，不仅是一个"可行可望"的世界，更是一个"可居可游"的世界。这里的"游"并非道家意义上的，唐氏认为，庄子言至人、真人、神人，主要是从超越人伦和从"游"这一角度论述的，"庄子则游于天地万物之中而更透过之，超出之，以游于无穷，而成其所谓真人、天人、至人、圣人，即皆兼为超世间人伦之人耳"[②]。这正如唐氏在解释"无待"时，认为："儒者便常要以此无待的精神来安顿其生命，如中庸说的'无入而不自得'的精神，便是无所待的，有了这精神，然后才能对外真有所待。"[③]此乃儒家艺术之特色。他把"游"的艺术精神归结为孔子的"游于艺"，杨伯峻对"游于艺"的注释为："不兴其艺，不能乐学。故君子之于学也，藏焉、修焉、息焉、游焉。夫然，故安其学而亲其师，乐其友而信其道，是以虽离师辅而不反也。"[④]可游之美，可使人随时停下加以玩味吟咏，因而随处可使人的精神藏、修、息、游于其中。孔子的"游于艺"之"艺"主要是指"六艺"（《论语·述而》），徐氏指出："当时之所谓'艺'，如论语'游于艺'、'求也艺'之艺，及庄子'说圣人耶，是相于艺也'的'艺'字，主要指的是生活实用中的某些技巧能力。"[⑤]它包含礼仪上、知识上、军事上的各项技能。在先秦的文化语境中，儒家"六艺"兼有道德教化意义上的"善"、社会学意义上的"幸福"和艺术意义上的"审美"等多重含义，而不同于现代意义上的"美的艺术"（Fine Arts）的概念。儒家的"游于艺"强调的是一种通过技能和社会化的训练，使人能作为一个道德实体，昂然自足地立于这个世界上，显现出人性的光辉，"游于艺"的生活是一种有道德合乎礼乐的生活，而不一定是艺术化的生活，更不是现代意义上的审美生存。唐氏对"游"字做出的"藏焉、修焉、息焉、游焉"的现代诠释正是表明"游"之目的，并不在于艺术本身，而在于陶冶性情，将人的心灵安顿于德性圆融之境。

唐氏把孔子的"游"作为中国艺术精神的本质，凸显了儒家艺术精神的

---

① 唐君毅：《中国文化之精神价值》，第302—303页。

② 唐君毅：《中国哲学原论·原道篇》，《唐君毅全集》（卷十四），台湾学生书局1986年版，第348页。

③ 唐君毅：《中华人文与当今世界补编》（下），第528页。

④ 杨伯峻译注：《论语译注》，中华书局2002年版，第67页。

⑤ 徐复观：《中国艺术精神》，第42页。

特质和重要地位。唐氏有别于方氏、徐氏之处还在于其对中国艺术精神的多元共生性的阐释，在“游”、“回环往复”之美之外，唐氏又从多维的视角透视中国艺术的特质，点出了中国艺术在空灵恬淡之外，还追求“以有限观无限”的精神之美，“中国书画之妙，在纯以线条为主，以最少之物质性，表极高之形式美与精神意味”[①]。这是他在这一问题上的伟大贡献。必须注意的是，现代意义上的人是一个多层面、有着多重需要的个体，而非仅仅是一个道德主体。道德理性所建构的本体世界忽略了人的知性、感性和审美的需要，最终造成了人的片面发展和道德本身的扭曲、异化。道德实践仅仅在人格修养的意义上还具有传统儒学的意涵，而现代意义上的道德已超越了传统儒学，与整个社会实践、人的感性理性需要、全面自由发展结合起来，对人的本质重新加以规定。同时，唐氏认为“中国艺术家恒只视艺术为人格之流露”[②]，并以道德理性作为艺术精神的核心，显然忽略了艺术自身的独立性和自足性，中国艺术不可只停留于道德教化阶段，而必须开创出自身独立之文化领域，中国艺术的未来发展，必须以追求艺术之独立地位为方向。

三　徐复观“虚、静、明”的艺术精神

方氏、唐氏、徐氏进行美学之思的背景是不同的，三者都非传统意义上的美学家或艺术研究者，方氏最有艺术气质，他曾出版《坚白精舍诗集》，是兼有艺术创作和艺术研究的美学家；唐氏虽也写有一些画评，但对于诗、画艺术创作是较为隔膜的，唐氏曾自言：“我因对于画，无专门研究，所以以前朋友们开画展，要我写文时，从未写过。”[③] 唐君毅更侧重于艺术理论的探讨；徐氏对艺术下过苦功，他在 1961 年前后读了很多绘画理论，也看了很多画，正因如此，他才能入木三分地评价郑午昌的《中国画学全史》“抄了不少材料，但因其缺乏理解力，所以他自己的议论，皆是麻木不仁的一些话”。徐氏对艺术的体验，更多地来自旧体诗的创作。从个人艺术气质上看，方诗意，唐宽容，徐激情。

徐氏认为庄子所创造的艺术化的生活态度及生存方式是主导中国艺术主流的内在精神，中国艺术精神的主流是“为人生而艺术”，他说：“为人生而艺术，及为艺术而艺术，只是相对的便宜的分别。真正伟大的为艺术而艺术

① 唐君毅：《中国文化之精神价值》，第 312 页。

② 唐君毅：《中国艺术之特质》，《中西哲学思想之比较论文集》，台湾学生书局 1988 年版，第 219 页。

③ 参见唐君毅《吴在炎先生画展之感想》，《中华人文与当今世界补编》（下），第 601 页。

的作品，对人生社会，必能提供某一方面的贡献。”① 也就是以艺术来重塑生命，提升人格，超越小我，追求诗意。这种观照艺术精神的视角显然承续和发展了五四运动以来梁启超、宗白华、朱光潜等人的“人生艺术化”的思潮。梁启超在20世纪20年代最早提出“生活的艺术化”的口号，他融情感、哲思、意趣为一体，趣味生命的实现即是生活艺术化的实现，人类不可能个个都成为美术家，但是人人皆可成为美术人，这奠定了“人生艺术化”命题的核心精神；尔后，朱光潜主张以出世的精神做入世的事业，以“无所为而为”的艺术精神来涵养人生的理想与情趣；宗白华批评人类“飞翔于自然之上，又束缚于自己的私欲之中”，强调个体生命、群体社会、宇宙大化的融合，以艺术精神实现个体生命境界的升华。徐复观认为，中国艺术精神无主客之对立，“成己”与“成物”是一体的，中西艺术家最大的差异也正由此而来，“庄子的艺术精神，与西方之所谓‘为艺术而艺术’的趋向，并不相符合。尤其是庄子的本意只着眼于人生，而根本无心于艺术。他对艺术精神主体的把握及其在这方面的了解、成就，乃直接由人格中所流出”②。人格修养上的“虚”、“静”、“明”之心，正可成为人生与艺术相融通的诗性渠道。

何谓“虚”、“静”、“明”呢？“虚”本义为大山，后引申为不实之称，表示空虚、虚无、虚幻等。③《道德经·十六章》云：“致虚极，守静笃。”《庄子》亦云：“唯道集虚。虚者，心斋也。”（《人间世》）“虚而已，至人之用心若镜。”（《应帝王》）道家所说的“虚”是通过“心斋”所达到的精神状态。作为艺术精神的“虚”包括三个层面：一是艺术创造之前心境要“虚”，艺术修养之意义即在此。徐复观认为，无方隅之成见谓之“虚”，无私欲之烦扰谓之“静”，“虚所以能保持心灵的广大，静所以拔出于私欲污泥之中，以保持心灵的洁白”④。《庄子》中的“虚”，确实具有类似于现象学所说的“照亮”的作用，它是主体心灵呈现的一片空灵境界，“在艺术精神的境界中，是一种圆满具足，而又与宇宙相通感、相调和的状态”⑤。二是艺术创造过程中笔法要“虚”。“人但知有画处是画，不知无画处皆画，画之空处全局所关，即虚实相生法。”⑥ 苏珊·朗格也认为：“在绘画中，虚空可以称为‘首要幻象’……这个虚空是与线条

① 徐复观：《中国艺术精神》，第35页。
② 同上书，第118页。
③ （清）段玉裁：《说文解字注》，上海古籍出版社1988年版，第386页。
④ 徐复观：《〈文心雕龙〉的文体论》，《中国文学精神》，第198页。
⑤ 徐复观：《中国艺术精神》，第60页。
⑥ （清）王翚、恽格评：《画筌》，笪重光撰，《中国古代画论类编》（下），第814页。

和色彩一起产生的，并不是在这之前产生的——而是指在绘画艺术中创造出来的永远只能是一种虚空。即使是低劣的绘画，也必须创造出这样一种空间，否则的话，它看上去就不象是绘画了，而象是一种彩迹斑斑的平面了。"①虚实相生正是中国艺术的奥妙所在。三是艺术欣赏时心境要"虚"，以与古人之心相接。"艺术的境相本是幻的，所谓'灵想所独辟，总非人间所有'。但它同时却启示了高一级的真实"②。这里的"灵想"是通向"幻境"的，也就是通向艺术想象所建构的诗意空间。一个人自我意识太强，就是佛家所说的"我执"，是不能欣赏艺术的。

"静"、"明"则是"虚"的深化和升华，心灵虚空而能"静"，"静"则能回归本心，玄览万物，进入"万物并作，吾以观复"的澄明之境。邓以蛰认为："虚者空虚也，高深平远之境，微茫荡漾之情，赖之以见。大气流动于空虚为万物之蕴藉。唯表出空虚者为近于气韵生动矣。"③"虚"、"静"则主体心灵清净涵容而耳目内通，有所发见，此即是"明"。由艺术化心灵，而对万物作审美的观照，这就是由虚、静之心升华上去的艺术精神。"'虚'、'静'、'明'之心，乃是人与自然，直来直往，成就自然之美的心，我便说这是艺术精神的主体。"④"虚"、"静"、"明"主要是通过心斋、坐忘等工夫所呈现出来的空明灵动而涵纳万象的心灵境界，因而徐复观认为，"心斋"与"坐忘"是庄子整个精神的中核。⑤"虚"、"静"、"明"之心也即是能"游"的心，"游"是艺术精神在人生中呈现时的情境，"'游心于淡，合气于漠'，乃心斋之心之另一说明"⑥。与唐氏不同的是，徐氏的"游"是庄子的"逍遥游"，《庄子》中所谓的至人、真人、神人都是能"游"的人，也就是呈现了艺术精神的人。由此可见，徐复观在20世纪西方文明危机和中西文化冲突的困境中独拈出庄子"虚"、"静"、"明"的艺术精神，实有着鲜明的解蔽西方科技文明对人性宰制所造成的精神危机的对治意识。

长期以来，由于海峡两岸政治、文化交流的隔绝，徐复观在中国美学史上的地位被种种非学术的因素遮蔽了，这是不公平的。而他对改革开放

---

① ［美］苏珊·朗格：《艺术问题》，滕守尧、朱疆源译，中国社会科学出版社1983年版，第33—34页。

② 宗白华：《略论艺术的"价值结构"》，《艺境》，北京大学出版社1987年版，第80页。

③ 邓以蛰：《画理探微》，《邓以蛰全集》，第214—215页。

④ 徐复观：《儒道两家在文学中的人格修养问题》，《中国文学精神》，第10页。

⑤ 徐复观：《中国艺术精神》，第61页。

⑥ 同上书，第100页。

以来中国大陆美学界所产生的巨大影响和启蒙作用，又因为意识形态、学术规范以及人为的因素被学界所忽略，这种情形一直到今天仍然没有得到改观，本书下一节将详细论述之。

结　语

兴起于20世纪20年代现代新儒学思潮，改革开放以来在中国大陆成为与马克思主义、西方文化鼎足而立的三大思潮之一。现代新儒家美学思想的路向在于开一条和西化不同的具有儒家特色的现代化道路，这种理论的现实推动力是以“东亚四小龙”经济腾飞的“经验事实”来重估马克斯·韦伯关于儒家伦理与资本主义经济发展之间的关系，认为是儒家文化推动了东亚经济的现代化，还认为现代化是多元的，儒家文化区的国家可以开辟一条和西化不同的具有儒家特色的现代化道路来。如果说唐君毅、牟宗三、徐复观、张君劢在1958年发表的《为中国文化敬告世界人士宣言》还只是代表一种一厢情愿的文化本位主义理想的话，那么，在东亚经济腾飞的七八十年代，林毓生的《中国意识的危机》一书中提出的“传统创造性的转化”则具有了现实的物质根基。这种“创造性的转化”基于两种方式，一是价值符号之间的分离，对某些价值进行重新定位；一是对某些价值进行现代的反思及嫁接。① 以方氏、唐氏、徐氏为代表的现代新儒家对

---

① 当代新儒家的这种艺术和文化的自我认同和建构的主张也曾被称为“文化守成主义”。杭之认为：“所谓四小龙的现代化过程其实是西方资本主义扩张过程中被整编到世界经济体系中的过程，且其整个过程是以部门独立之依赖经济发展为主体之‘依赖的现代化过程’。如果我们要问所谓的‘东亚现代性’或所谓的‘儒家伦理是否是东亚经济发展之动力’等问题，也只能在这样的大坐标上来谈‘四小龙被整编到世界经济体系的过程中形成了怎样的特殊性’或‘儒家伦理是否在四小龙成功的被整编到世界经济体系中而进行其依赖发展时扮演了积极的角色’之类的问题……所谓东亚四小龙在短短的二三十年的现代化发展的形态并不是源自‘本身之内’之社会、文化根源的自发发展，而是借取西方现代理性意识结构的某些片段，生猛惊人而一枝独秀的集中表现在经济成长这一部门的依赖现代化发展。以我们的社会来说，各种社会制度（特别西方现代社会成立过程中居关键地位之理性的法政制度结构）的理性化，并不象西方自发之现代化进程那样大抵是经济理性化平行而健全发展的，即使在经济理性化方面，尽管我们在经济成长方面有惊人表现，但经济理性化也不是均衡而健全的发展。这一切使得我们的各种社会制度距离具体表现现代理性意识结构之现代制度还有一段相当的距离，这只要从我们各种社会制度在面对前述的综合并发症时所显露出来的瘫痪无力，以致不断引发各种蓄势待发之新兴社会运动这一点可以看出来。换句话说，我们在经济成长方面的生猛表现是在世俗功利之心的刺激下，充当美、日两大中心国之加工出口区的结果，这种发展在位列上决不能和‘现代化的第一个例子’等质齐观。这就是东亚四小龙之现代化的实相的一个侧面。”（参见杭之《一苇集》，三联书店1991年版，第176—183页）刘小枫也认为：“现代儒家学说毕竟不是一种现代的社会理论，没有一套发展生产力的经济理论和‘科学的’历史观垫底。”（参见刘小枫《儒家革命精神源流考》，上海三联书店2000年版，第29页）这段话也提醒我们不可盲目地陶醉在所谓的儒家文化推动现代文明的神话里而走上复古的老路，儒学的复兴应该是“复新”而非复古。

五四精神的继承以及对中国古代美学传统的继承、转化和创新，也是对西方文艺美学思想的吸收、融合与改造的结果，这使得它较之传统美学具有了现代特色，较之西方美学又具有民族特质，尤其是他们较早地对以科技为中心的西方近现代文明的反省，对我们现在的现代化建设是一笔宝贵的财富，但同时也有不少值得我们反思的地方。

在五四运动科学、民主思潮汹涌澎湃之时，蔡元培在《新青年》杂志上发表《以美育代宗教说》一文，疾呼“文化运动不要忘了美育”，使得美学开始进入中国主流知识阶层的话语体系之中。“以美育代宗教”在一定程度上填补了价值真空，审美教育成为五四新文化运动的重要组成部分。而提倡审美和艺术教育的目的，则和道德养成有着密切的关系，蔡元培提出：“纯粹之美育，所以陶养吾人之情感，使有高尚纯洁之习惯，而使人我之见、利己损人之思念，以渐消沮者也。”① “教育之目的，在使人人有适当之行为，即以德育为中心是也……所以美育者，与智育相辅而行，以图德育之完成也。”② 在审美与道德之间，现代新儒家也坚持道德优先的立场，唐君毅说：“一切观照、欣赏、优游的艺术精神，都不能使人生自己有最后的安身立命之地。”③ 因为最后的安身立命，“待于人之能有一表现其心灵之无限性、超越性之宗教的精神要求与宗教信仰，及宗教性之道德与实践。此可求于一般宗教，亦可求之于儒者之教”④。而如个人之财富、名誉、权力、爱情、知识技能等，以及政治经济事业、艺术文学活动和哲学科学理论，因为都不能满足心灵的无限、超越性，所以无法担负人的终极安顿。牟宗三一方面指出中国哲学以生命为中心，其内核是心和性，另一方面又强调“人的一切活动，一切实践，皆不能离此道德的实践之仁心而别有其本。离开此本，没有一事是值得称赞的，公然否定此本，没有一事不是恶的”⑤。强调心与性在道德实践上的落实。同样是对前儒“良知”的坚守，与其他新儒家相比，方东美对道德本体的拘执相对较弱，但他在肯定中国哲学和宇宙观念以生生为特质的同时，仍要说“中国人的宇宙乃是一个道德的宇宙”⑥。至于熊十力、梁漱溟、冯友兰等人，尽管治学之方各有侧重、形态不侔，却无不坚持儒家道德本位的立场，这样，艺

① 蔡元培：《以美育代宗教说》，《蔡元培美学文选》，北京大学出版社 1983 年版，第 70 页。
② 蔡元培：《“美育”词条》，《蔡元培美学文选》，第 174 页。
③ 唐君毅：《中国人文精神之发展》，第 16 页。
④ 同上书，第 310 页。
⑤ 牟宗三：《道德的理想主义》，台湾学生书局 1992 年版，第 15 页。
⑥ 方东美：《中国人的人生观》，《中国人生哲学》，第 126 页。

术与道德就理应存在高下之别。但我们只有先了解现代新儒家“道德优先原则”的真正用意，才能对其道德—艺术高下之判定，获得同情的理解。

徐复观似乎也注意到了这一点，他指出艺术与道德二者“在最高境界上虽然相同，但在本质上则有其同中之异”。“由天下归仁而必定涵有‘吾非斯人之徒与而谁与’的责任感，这不为艺术所排斥，但亦决不能为艺术所承当。”① 在牟宗三看来，良知之觉悟（“心觉”）与生命是两回事，“心觉离不开生命，但生命助它，亦违它”②。“依柏克莱，一个存在，在依存于心觉的关系中，始能有具体而现实的存在，有具体的呈现。假定这依存于心觉，是依存于良知本体之朗照，则特殊性即不自成一机括，而消融于良知本体之具体普遍性中，吾即恢复其统一的个体性，虚无怖栗之痛苦即算过去了。”③ 唐君毅以艺术审美活动为“观照凌虚”，说它自忘且忘其自忘；牟宗三也是如此，说：“审美判断是反身判断，是无所事事、无所指向的品味判断（judgement of taste）。故决定判断亦可曰有指向的判断，反身判断亦可曰无指向的判断。”这体现出他们身上一定程度的康德与叔本华的影子。既然唐君毅视艺术活动为不含反省的“观照凌虚”、为自足自封的固闭系统，那么它的与道德境界合一、它的收摄于圣贤境界，又是如何可能的呢？中国传统的艺术活动，很难说是完全凌虚自忘的活动，中国艺术忘中而有所不忘，有它的反省与超越精神，表现出艺术与道德、宗教的可融贯性。傅伟勋曾指出：“在‘美感经验’层面，我也有两点建议。其一，美感创造与鉴赏有其独立性，不应常与人伦道德混同，亦不应受泛道德主义甚或伪善的寡欲主义箝制。其二，我们应该多所关注传统美的再发现课题，这就涉及中国美学理念的重新探讨。”④ 这种强调审美与道德的关系，强调审美对人的高尚情感、道德人格的养成作用的“人生艺术化”思潮，固然体现了20世纪中国知识分子的社会责任感和文化使命感，但也留下了一个关系到中国美学存亡的隐患：美学中没有美，美学中没有人。在五四新文化运动这一思潮的影响下，几代美学家们大多不把美学看作是一种本体性的存在，而仅仅视之为工具——社会改革的工具、救亡图存的工具、宣传教育的工具、人性启蒙的工具等，美学自身的本体论建构却被忽略了，美学自身的超历史性、超现实性的终极关怀的一面，却被弃置一旁。

① 徐复观：《中国艺术精神》，第17页。

② 牟宗三：《五十自述》，第155页。

③ 同上书，第150页。

④ 傅伟勋：《从西方哲学到禅佛教》，第492页。

同时，徐复观、唐君毅认为人格修养融于创作之中，实即也就是创造主体的心灵与外物的交融互渗，它的极致便是古人所说的“灵境”，宗白华也曾说：“一切美的光是来自心灵的源泉。”[①] “心”是艺术之为艺术的关键。现代新儒学的心学取向，主张以根源于生命的心性之家园去代替现实欲望、情绪的感性之国度的体验，代替超验生命的神性维度的探寻，最终难免陷入自我陶醉、自我欣赏、自我美化、自我礼赞的盲目快感之中，正如邓晓芒所言：“真正的本心则是虚静、‘无事’、‘空’……这样一种‘人之镜’，不仅没有激发中国人的自我意识，反而成了使人放弃一切自我追求、退入无所欲求的永恒虚无之镜的‘宝鉴’。”[②] 这种“本心”既遮蔽了真相，又看不到真我，它让我们麻木地接受世界的无诗性，然后又一厢情愿地诗化之；无视现实生存的感性体验，却在超越的幻想中求得自我的安慰。在20世纪中国美学家们的美学理论中，最为缺乏的正是个性解放、情感自由的启蒙精神，正是来自灵魂、信仰及人文关怀方面的召唤，这正是20世纪中国美学始终在现实关怀、心灵超越方面越位而人文关怀方面缺席的原因所在。

第二节　徐复观对世界美学思潮的回应

从20世纪中国美学发展的历程看，20世纪的中国美学家之所以热衷于探讨“中国艺术精神”问题，不辞辛劳地对中国艺术史做正本清源的梳理、澄清工作，它还包含有站在中国美学价值重构的立场上，通过对“中国艺术精神”问题的追问回应世界范围内的“艺术终结论”思潮，以重建民族审美意识的主体性的意图。1817年，黑格尔在海德堡的一次被后人誉为“西方历史上关于艺术之本质的最全面的沉思”的美学演讲中提出了一个令西方思想界目瞪口呆的观点：艺术行将终结。这一石破天惊之语如同20世纪传播学界的一位大家麦克卢汉的“媒介即信息”一样，让人惊骇，让人猜测，并由此引发了不绝如缕的争论。

黑格尔的“艺术终结论”有两个维度。第一个维度是时间维度，黑格尔将艺术的发展史划分为三个阶段，即象征型、古典型和浪漫型，划分标准是内容与形式的关系。在黑格尔看来，所谓象征型艺术是以古埃及和古

---

① 宗白华：《美学散步》，第70页。

② 邓晓芒：《人之镜——中西文学形象的人格结构》，云南人民出版社1996年版，第4页。

印度艺术为代表的，其特点是形式大于内容，它代表了艺术的发端；古典型艺术是以古希腊艺术为代表，内容和形式的统一是它的特点，与此同时古典艺术还代表着艺术的顶峰；浪漫型艺术是近代西方艺术，其特点是内容大于形式，同时它也代表着艺术的衰落。所以，黑格尔说："就它的最高的职能来说，艺术对于我们现代人已是过去的事了。因此，它也丧失了真正的真实和生命，已不复能维持它从前的在现实中的必需和崇高地位。"① 即人们对理念的认识不能从艺术的感性形象中获得了，而只能转向哲学。

"艺术终结论"的另一个维度是精神维度。黑格尔认为艺术中最重要的莫过于内容，所谓内容即是精神、理念，而精神有其自身的发展过程，艺术只是其中的一个阶段。浪漫主义艺术的出现，是因为在艺术这个阶段最开始是物质性的东西重于精神性的东西，即形式大于内容，然后是物质与精神的统一，但是精神却又不会满足于一直在物质之中，正是因为这样才使它要冲破形式的束缚而产生新的艺术形式。他说："每个人在各种活动中，无论政治的、宗教的、艺术的还是科学的活动，都是他那个时代的儿子。他有一个任务，要把当时的基本内容意义及其必有的形象制造出来，所以艺术的使命就在于替一个民族的精神找到合适的艺术表现。"② 时代发生了变化，那么表现时代精神理念的艺术形式也会发生变化；某个时代精神的终结，也必然导致某种艺术形态的消亡。在《艺术哲学讲演录》的序言中，黑格尔认为："尽管我们可以希望艺术还会蒸蒸日上，日趋于完善，但是艺术的形式不复是心灵的最高需要了。我们尽管觉得希腊神像还很优美，天父、基督和玛利亚在艺术里也表现得庄严完善，但是这些都是徒然的，我们不再屈膝膜拜了。"③ 这更像是针对艺术终结所做的悼词。

黑格尔的"艺术终结论"成为艺术史上的一个巨大隐喻，20世纪很多美学家开始对艺术表现出一种不信任的悲观态度，先后用"衰退"、"死亡"、"消亡"这样的字眼来表达类似的思想。维特根斯坦认为艺术会退化；海德格尔认为艺术会慢慢消亡；瓦特·本雅明认为科技和生产力的发展导致艺术进入机械复制的时代，艺术作品独一无二的存在方式消失了，艺术也随之消失了……那么艺术为何会终结呢？终结是什么意义上的终结呢？其中最有代表性的观点来自阿瑟·丹托。

---

① ［德］黑格尔：《美学》（第一卷），朱光潜译，商务印书馆1979年版，第15页。

② ［德］黑格尔：《美学》（第二卷），第375页。

③ ［德］黑格尔：《美学》（第一卷），第132页。

丹托认为，20世纪的艺术发展证明了黑格尔的语言是有理论说服力的，"我们进入了一个艺术极为自由的时期，以致艺术似乎只是无限玩弄自身概念花样的一种名字：好象谢林把历史的终结状态当成'普遍存在的诗歌海洋'的想法是实现了的诺言。从这一术语的两种意义上说，艺术创作都是其自身的终结：艺术的目的就是艺术的终结。没有该去的更远的地方"①。丹托通过"瓦萨里事件"和"格林伯格事件"来认识艺术，当艺术不能以某种特殊的方式被认识时，艺术也就终结了。② 丹托用艺术的哲学自我意识来理解艺术的终结，他说："任何可能是艺术作品的东西都可以解释为对自我意识的探索，其结果，艺术的历史终结了。但是，既然艺术的历史取得了我称之为哲学自我意识的东西，我想对后历史时期对客体的审美反应作考察。生存于一个任何东西都可以成为艺术作品的世界中，艺术意味着什么呢?"③ 由此可见，丹托与黑格尔在艺术观念上有着内在逻辑上的一致性，那就是二者都是从更普遍的形而上学终结这个层面上来思考艺术问题。艺术的消亡和终结，从根本上说是对美学和艺术形而上学的克服，瓦蒂莫说："艺术的死亡是描述，或者更准确地说是仍然构成形而上学终结时代的一种措辞。黑格尔预言过这个时代，尼采生活于这个时代，海德格尔在这个时代注册。就形而上学而言，这个时代的思想所持的是一种克服的立场。形而上学没有像人们扔掉一件破旧不堪的衣服一样被废弃，用历史的术语来说，它仍然构成着'我们的人文科学'；我们服从它，我们用它来治愈我们自己，我们把它作为命中注定属于我们的某种东西来顺从它。"④ 所谓机械复制时代的艺术、大众媒介的审美化和艺术的生活化所导致的艺术终结问题，实际上终结的是形而上学的美学概念。

那么，我们该如何理解黑格尔提出的这一命题呢?

首先，黑格尔所说的艺术并非广泛意义上的艺术，而是特指古典型艺术，艺术终结也只是根据古典型艺术的理想来说的。很明显，在黑格尔看来，古典型的艺术其特征是内容与形式的统一，它的美学品格就是美。而浪漫型艺术，内容和形式是分裂的，它以丑、荒诞等形式进入艺术，这样

---

① ［英］阿瑟·丹托：《艺术的终结》，欧阳英译，江苏人民出版社2001年版，第191页。

② Arthur Danto, *After the End of Art*: *Contemporary Art and the Pale of History*, Princeton N. J., 1997, p. 125.

③ Arthur Danto, *Art and Meaning in Theories of Art Today*, Noel Carroll ed., The University of Wisconsin Press, 1999, p. 139.

④ Gianni Vattimo, *The End and Modernity*: *Nihilism and Hermeneutics in Post-modern Culture*, Polity Press, 1988, p. 52.

的艺术类型必然会导致传统艺术概念的崩溃，因而艺术走向消亡就是理所当然的了。事实上，黑格尔认为消亡的只是理想的艺术即内容与形式相统一的艺术、美的艺术，而并没有否认艺术本身的存在。

其次，浪漫型艺术并不意味着艺术生命力的消亡。对黑格尔而言，浪漫主义时代可以追溯至西方基督时代的艺术阶段，浪漫型艺术在中世纪晚期走向顶峰，并一直延伸到19世纪初期，经历了漫长的演变和发展过程。当时的艺术家们幻想着艺术的一切都依赖于他们的精神世界和天才创造力，这种浪漫主义至上的观点在当时深入人心，在艺术观念上“浪漫主义范式”的稳固导致了艺术家的日趋保守和不宽容。基于此，黑格尔迫切地想打破浪漫主义至上的既定模式，于是便提出了“浪漫主义行将终结”的观点，这种反传统、反规则的理念的提出体现了他对艺术史发展的深刻反思。表面上看，西方现代艺术对浪漫型艺术的反叛和打破证明黑格尔的确言之有理，现代艺术突破了古典主义的束缚，解放了艺术家的个性，出现了许多风格流派。然而，我们也须注意，现代艺术相对于浪漫型艺术是一种“断裂”，但这种“断裂”并非意味着浪漫型艺术的消亡，徐复观指出：“完全没有传承的创造，在文化上几乎是不可能的，问题是看他能不能由传承走向创造。”① 现代艺术也是继承西方艺术传统而来的，不只有反叛、颠覆的一面，也有继承、创造的一面。现代艺术反传统的目的，乃是为了创建一个更新的传统，它有着一种更积极的意义，那就是创造。

另外，艺术作为人类情感的本质需要，是不可能消亡的。现代派艺术消解了艺术与生活的界限，淡化甚至取消美在艺术中的统治地位。当艺术的边界被打破后，艺术就成为任何物，而任何物也可能成为艺术，在此意义上，艺术融入生活，这也意味着它走向了自身的终结。然而艺术就真的这样消失了吗？随着社会不断向前发展，生产力和科技水平的不断加强，人们的物质需求也就越容易满足，但是物质需求的满足却不意味着精神需求也得到了满足，这其中也包括审美需求，人还是需要一个比较充分地满足自己审美欲望的生活方式，后现代意义上的艺术所打破的就是传统艺术概念所设置的种种樊篱，而试图成为一种开放的存在。

“艺术的终结”首先是指古典艺术的死亡，即古典艺术在新的社会形势下，已经无法完成其自我的内在更新。杰姆逊认为，德国古典美学家无论是康德、席勒还是黑格尔，都认为心灵中的美学这一部分审美经验是拒绝商品化的，而这种观念在后现代主义中结束了。他说：“在后现代主义

---

① 徐复观：《宋代特征试论》，《中国文学精神》，第459页。

中，由于广告、形象文化、无意识以及美学领域完全渗透了资本和资本逻辑。商品化的形式在文化、艺术、无意识等等领域是无处不在的……商品化进入文化意味着艺术作品正在成为商品，甚至理论也成了商品。"[①] 艺术溢出了自律性的边界，并终结了古典的艺术概念，它重新调适自我以适应时代的可能性已经趋于消耗殆尽，只有一种不同于它的新的艺术形态才能完成此使命。其次，艺术的终结意味着古典艺术达到自身完满后的一次裂变和突破，从艺术发展史的角度看，这与其说是一次终结，不如说是一次突破。海德格尔所说的终结就是这个意义上的，他说："艺术是对我们的历史性此在来说仍然是决定性的真理的一种基本的和必然的发生方式吗？但如果艺术不再是这种方式了，那么问题是：何以会这样呢？"[②] 艺术的终结意味着一种完满和完成，它向源头的回返也是指向未来，甚至是从未来走来，如荷尔德林的诗等。艺术突破了传统和自身所形成的诸多法则、条规，而向一种更有活力的、创造性的、哲学式的艺术形态跃进，阿多诺认为："艺术可能凭借其内涵在某个崭新的、不同的、摆脱了其粗野文化的社会中而得以幸存。"[③]"艺术的终结"在当代更多地意味着一种转向，一种新的美学形式的发展，各种不同艺术元素的重新组合汇聚。艺术在反叛、颠覆和反思中，最终完成其对自身的再确认。

20世纪的"艺术终结论"思潮在中国也激起了强烈的反响，然而这种反响并不是以"艺术终结论"的面目出现的，而是表现为一种对中国传统艺术现代命运的忧患意识，徐悲鸿曾惊呼："中国画学之颓败，至今日已极矣。凡世界文明理无退化，独中国之画在今日，比二十年前退五十步，三百年前退五百步，五百年前退四百步，七百年前千步，千年前八百步。民族之不振可慨也夫！"[④] 黄宾虹在《评历代绘画》中也感叹道："唐画如曲，宋画如酒，元画如醇。元画以下，渐如酒之加水，时代愈近，加水愈多。近日之画，已有水而无酒，故淡而无味。"[⑤] 尤其在大众文化泛滥、消费思潮主宰一切、全球化思潮铺天盖地的文化语境中，各种各样的"艺术终结论"甚嚣尘上，中国美学和艺术也面临着自身身份焦虑和精神危机，徐复观于此背景下重构中国艺术精神可以看成是建立此类范型的一

---

① ［美］F. 杰姆逊：《后现代主义与文化理论》，唐小兵译，北京大学出版社1997年版，第162页。

② ［德］海德格尔：《艺术作品的本源》，《林中路》，第64页。

③ T. W. Adorno, *Aesthetic Theory*, Routledge & Kegan Paul, 1984, p. 5.

④ 徐悲鸿：《中国画改良论》，《绘学杂志》第一期，北京大学绘学杂志社1920年6月。

⑤ 王伯敏编：《黄宾虹画语录》，上海人民美术出版社1961年版，第5页。

个尝试。我们从严格意义上的哲学与科学史的著作中知道，学术发展的关键在于重大与原创问题的提出，而这种问题的提出则与思想家所接触的文化发展之内在脉络及其所处的文化中特殊的基本信念具有密切的关系，以徐复观为代表的20世纪中国美学家们对“中国艺术精神”现代重构的尝试和努力，在全球化浪潮汹涌澎湃的今天，依然有其独特的学术价值和时代意义。

近百年来，中国文化在世界文化版图上已经被边缘化了，即使在中国内部，台湾面临着“去中国化”的文化危机、政治危机，大陆则经过了“文化大革命”的清洗和马克思主义的改造，文化传统几乎已经丧失殆尽，这是我们不愿承认却不得不面对的现实。宗白华在感慨中国文化艺术精神的消失时说：“一个最尊重乐教、最了解音乐价值的民族没有了音乐。这就是说没有了国魂，没有了构成生命意义、文化意义的高等价值。”[①] 中国社会从传统到现代的断裂使得传统艺术精神成为一个无处附体之“游魂”，成为一首荡气回肠的历史挽歌，成为一个和现代中国人的现实生活、生命情感失去了天然联系的瑰丽幻影，这是当代中国人的精神悲剧，也是我们重建中国艺术精神的责任所在。在全球化浪潮的冲击下，中国艺术也面临着“非中国化”、“非艺术化”以及艺术精神的虚无化、粗俗化等问题，中国艺术要走向丰富、成熟和大美的境界，可能还有很长的路要走，尤其在今天艺术的生存环境和社会文化发生急剧变化的情况下，对我们已经走过的路，对其中的经验和教训，在现代的视野下进行反思和总结还是相当必要的。正是在此意义上，徐复观对中国艺术精神的建构才会进入我们的视野，它是我们解决“中国艺术精神”问题的重要资源。

首先，随着改革开放以来消费主义的肆虐和物质生产的丰盈，“艺术终结论”思潮和日常生活审美化、艺术生活化的理论共同构成了当代中国的美学语境，而这些理论本身也会有“非审美化”、虚无化、“性感拜物教”的一面，因而对我们回应现代人对生存意义的追寻、培育高雅的品位和健全的心理、感性的解放和人的全面自由发展具有不可忽视的消解作用。在一个过分审美化的时代，中国艺术是否应该承担起文化批判的角色，是否应该起到给人震惊、使人振作的社会责任呢？马尔库塞说：“事实上，美学形式是以歌颂普遍人性来回应孤立的个体主义；以提升灵魂之美来回应物质的剥夺；以提高内在自由的价值来回应外在的奴役……当肯定与否定之间的张力，快乐与悲伤之间的张力，较高文化与物质文化之间

---

① 宗白华：《中国文化的美丽精神往那里去?》，《艺境》，第172页。

的张力已经不存在了，审美便失掉了它的真理，失去了它自己。"[1] 艺术所开启的，应该是一种他者的存在，一种源自我们自身同时又异于我们存在的一种存在。中国艺术近代以来所面临的精神困境和"失语"状态，表明它与当下的审美现实发生了深层的断裂，中国艺术精神的重建，正体现了人在自然、物性和商业等实在原则面前的一种反思性和自主性，它是民族本根迷失的中国人对自我的救赎、再认和反思。

其次，中国艺术精神与后现代社会的精神困境存在着对话的空间。后现代意义上的"回归"虽然并非回到农业社会，但在对现代主义的批判和反省这一点上，中国艺术精神的重构获得了其后现代意义上的发言权和精神价值。陈鼓应认为："庄子所处的社会环境，很象存在主义者在经历了世界大战的普遍灾难感所描绘的人类'极端情境'。"[2] 现代世界虽然科学技术高度发达，全球化经济蓬勃发展，政治也呈现出民主化发展趋势，然而，战争的威胁无处不在，核爆炸的乌云笼罩全球，温室效应在缓慢地吞噬着我们的生存空间，道德沦丧使每天都有数不清的悲剧发生……存在的荒谬感、悲剧感回荡在每一个人的心中，回响在每一次闭上眼睛的梦魇里，每一个有良知的人都不禁对未来的茫然和当下的无奈产生巨大的无助感和绝望感。庄子从宇宙的视角来把握人的存在，升华存在的苦痛，以艺术的心灵和审美的眼光来观照大千世界，这虽然不能改变现实，但对生此乱世的我们却具有超越和舒缓的治疗作用，这正如徐复观所说的："由机械、社团组织、工业合理化等而来的精神自由的丧失，及生活的枯燥、单调，乃至竞争、变化的剧烈……现代人能欣赏到中国的山水画，对于由过度紧张而来的精神病患，或者会发生更大的意义。"[3] 中国艺术精神作为现代多元文化中重要的一极，影响并安顿着中国人的精神和心灵。

再次，从世界美学发展的趋势看，西方现代美学对传统美学有一个明显的转向。西方传统的哲学美学，其主流是从人与自然、人与社会的矛盾、冲突的视野来进行审美和艺术创造的，陈望衡指出："近代崇高型艺术的总体特征，是把构成艺术的诸元素予以分裂、对立，组成一个不均衡、不稳定、不和谐、无序、动荡的矛盾体。"[4] 而由现象学及存在主义哲学为基础的现代西方体验美学主张消泯主体与客体、人与社会的割裂对

---

① Herbert Marcuse, *Aesthetic Dimension*, London: MacMillan Press, 1979, p. 2.

② 陈鼓应：《关于庄子研究的几个观点》，《老庄新论》，五南图书出版公司 2006 年版，第 319 页。

③ 徐复观：《自叙》，《中国艺术精神》，第 7 页。

④ 陈望衡：《20 世纪中国美学本体论问题》，武汉大学出版社 2007 年版，第 371 页。

立，世界是人生活于其中的世界，人与世界是一种“诗意的”而非“工具性”的关系。徐复观之所以多次引用现象学来谈论中国艺术问题，恐怕也是源于现象学反传统形而上学的思维方法与他反形而上学的文化思想在此一方面存在某种一致性。现象学美学就是站在超越传统美学二元论思维方法的立场上对形而上学进行批判，这也是整个西方现代美学的主流思潮。这种反形上学思潮体现在美学上就是反本质主义，维特兹认为：“艺术是不可定义的，从柏拉图到今天，哲学家、批评家和艺术家都试图回答这一问题。同时，它又是一个非常现代性的哲学问题，它提出：诸如《俄底浦斯王》、巴特农神庙、《伊里亚特》、沙特勒兹教堂一直到毕加索的《格尔尼卡》，它们的共同性究竟在什么地方呢？”① 从尼采到伽达默尔的现代德国思想以及法国的生命哲学、存在主义都注重对非形上学思想的建构，而分析美学则通过语言分析和逻辑分析，清除了传统美学中那些无意义的形上学命题，以此来完成对美学的“治疗”。徐复观写《中国艺术精神》，也就是要通过有组织的现代语言，把中国文化这种主客一体、天人合一、美善互融、自由超脱的成就显发出来，“使其堂堂正正的汇合于整个文化大流之中”②。在“艺术终结论”的背景下，20世纪中国美学家重构中国艺术精神的努力顺应了世界美学的发展大潮，对人类文明的发展具有独特的贡献。

维柯曾说：“世界在它的幼年时代是由一些诗性的或能诗的民族所组成的。”③ 人类的童年是天生的诗人，那是一个田园牧歌的时代，万物有灵，人与自然融为一体，整个宇宙生生不息，充满了情意与韵味，因而，那样的时代是诗性的年代，也是审美和艺术成为一种日常生活方式的年代。而我们现在生活的世界呢？它不再是诗性的，而是科学性的；不再是人与自然水乳交融、生生不息，而是人与自然互相征服、互相疏离的时代——用马克思的话说，这是一个生存“异化”的时代，这种“异化”不仅贯穿于生活的始终，甚至连存在本身都对象化了，而最终是人的本质的“异化”，现实动物性的“蜗居”、“蚁族”的存在状态和人类应该享有的诗意栖居成为生存的悖论。

人类“异化”的生存状态使得生活世界失去了让我们可感受的多样性和丰富性，而沦为一种日常生活式的平庸和贫乏。中国艺术精神对诗意生

---

① Morris Weitz ed., *Problems in Aesthetics*, New York: Macmillan, 1959, p. 4.

② 徐复观：《自叙》，《中国艺术精神》，第2页。

③ ［意］维柯：《新科学》，朱光潜译，人民文学出版社1987年版，第231页。

存状态的坚守，对人与自然融合为一的理想追求，对人类心灵世界的开拓和对多样化、个性化的生存状态的尊重具有重要的现代意义，它对于解蔽被功利、物欲所遮蔽的现代人类精神，解蔽现代性对人类心灵的束缚和异化具有积极的时代价值。在“科学技术是第一生产力”、“GDP 万岁”的现代化狂潮中，诗意的存在似乎是不合时宜的。笔者以为，恰恰是在这样一个诗意匮乏、价值萎缩、自我迷失的时代，对中国艺术精神的思考和重新建构显得尤其必要。科学时代的危机并不意味着艺术的终结，而恰恰意味着艺术比以往任何时候都应该具有更高的地位。正是在这个意义上，徐复观从反省现代性出发，对西方现代文明和艺术进行深刻反思，并以此作为建构中国艺术精神的思想基础，这无疑是具有高瞻卓见的。也正是在这个意义上，中国艺术精神对人类文明的未来发展的重要价值是不可替代的。

第三节　徐复观对 20 世纪中国美学的影响

徐复观美学思想的形成在某种意义上也是陷入困境的中国美学、艺术内在逻辑发展的必然结果，它承载着 20 世纪中国美学现代转型的历史使命。徐复观对 20 世纪中国美学的影响，首先体现在他对中国艺术精神现代重构方面所做出的巨大贡献，在 80 年代以来的中国大陆，成为中国美学现代转型的启蒙资源。其次体现在对中国艺术现代意义的发掘上，开中国绘画、文学审美现代性研究之先河。徐复观在这两方面的贡献前面章节皆有论证，不复重述。本章要专门谈一下徐复观对中国美学的影响的第三个方面，那就是他对传统美学的现代诠释，影响了中国美学界诠释传统美学的视角，如他以自己的治学方法对中国传统思想进行梳理时，发现儒道两家发展的思想轨迹，最后都落到了“心”上，提出了中国哲学是立足现实的“为己之学”的说法，影响甚大。尤其是他在《中国人性论史 · 先秦篇》、《中国艺术精神》中诠释庄子思想的模式和方法论，影响深远。限于篇幅，笔者不一一展开做宏篇大论的论述，兹以在道家哲学和美学研究方面成就卓著的陈鼓应及中国美学研究方面影响巨大的李泽厚、刘纲纪二先生等哲学家、美学家为例，来和徐复观的思想做一对照和论证，梳理二者之间的源流和脉络。

徐复观在《中国人性论史 · 先秦篇》、《中国艺术精神》等论著中最为精彩的见地，莫过于他对庄子思想做出了现代的诠释，在海峡两岸产生了巨大影响，并直接影响到学界诠释《庄子》的模式。关于《庄子》一书的成书年代问题，钱穆在《关于〈老子〉成书年代之一种考察》一文中就说："《老子》书之晚出，大可于各方面证成，此篇特其一端。乃自古代学术思想之系统着眼，说明《老子》书当出《庄子·内篇》七篇之后者。"[①] 徐复观对此发表了不同的看法，在《中国人性论史·先秦篇》中他从思想性格、《老子》和《庄子》两书中的名词概念、《庄子》文本中材料的引证及文体等多个方面进行了有力的考证，提出了《老子》早出《庄子》的论断，[②] 几成学界定论。关于《庄子》一书文本的真伪问题，自古以来学界一直争论不休，有学者认为内篇是庄子所作，外杂篇是庄子后学之作，也有学者意见与之相左。徐复观认为解决此问题的关键要从《天下篇》着手，再由《天下篇》来考察《庄子》一书。《天下》篇的作者可能就是庄子，即使不是出于庄子本人之手，亦必出于其及门学徒之手；[③]《庄子》内篇成书时间应该早于外杂篇，系出于庄子本人之手。外杂篇则有些仍出于庄子之手，有的是其门人所为，甚至可能还杂入了秦朝统一后的材料。徐复观这些深入、透彻的论证，既继承了前人，又远远超越了前人，为后人进一步研究《庄子》开辟了道路。后来刘笑敢从字词发展的角度考证了《庄子》内篇早于外杂篇，其中也可以看出徐复观的影响。

徐复观还对庄子思想的现代意义进行了重新疏解，他消解了庄子思想的形而上学性，除去了庄子身上的神秘主义色彩，将庄子的思想重新定位归结为精神的自由解放，为海峡两岸庄子哲学研究者开辟了一个新的视角。陈鼓应说："我于六十年代，在一个特殊的环境下，对庄子富有抗议性的言论及其突破儒学框架的思想视野发生兴趣。"[④] 陈鼓应在《庄子今注今译》一书中多次引用徐复观对庄子的诠释，如在解释庄子的"有所待"时，他引用徐复观的话："人生之所以受压迫，不自由，乃由于自己不能支配自己，而须受外力的牵连。受外力的牵连，即会受到外力的限制甚至支配。这种牵连，称之为'待'。(《中国人性论史》三八九页)"[⑤] 在解释"乘天地之正"时，他引用徐复观的如下说法："乘天地之正，郭象以为'即是顺万物之性'……所以不能顺万物之性，主要是来自物我之对立；在物我对立中，人情总是以自己作为衡量万物的标准，因而发生是非好恶

---

① 钱穆：《庄老通辨》，三联书店2002年版，第22页。

② 参见徐复观《中国人性论史·先秦篇》，上海三联书店2001年版，第322—323页。

③ 同上书，第322、318—319页。

④ 参见陈鼓应《修订版前言》，《庄子今注今译》（上），中华书局2008年版，第1页。

⑤ 陈鼓应：《庄子今注今译》（上），第16页。

之情，给万物以有形无形的干扰。自己也会同时感到处处受到外物的牵挂、滞凝。有自我的封界，才会形成我与物的对立；自我的封界取消了（无己），则我与物冥，自然取消了以我为主的衡量标准，而觉得我以外之物的活动，都是顺其性之自然。（《中国人性论史》三九四页）”[①] 在解释“无己”时，他引用徐复观的如下观点：“《庄子》的‘无己’，与慎到的‘去己’，是有分别的。总说一句，慎到的‘去己’，是一去百去；而庄子的‘无己’，让自己的精神，从形骸中突破出来，而上升到自己与万物相通的根源之地。（《人性论史》三九五页）”[②] 在谈到“齐物”问题时，他引用徐复观的下述观点：“《庄子》不从物的分、成、毁的分别变化中来看物，而只是从物之‘用’的这一方面来看物，则物各有其用，亦即各得其性，而各物一律归于平等，这便谓之‘寓诸庸’。《秋水篇》：‘以功观之，因其所有而有之，则万物莫不有。因其所无而无之，则万物莫不无。知东西之相反而不可以相无，则功分定矣。’按《秋水篇》之所谓‘功’，即《齐物论》之所谓‘庸’；‘以功用观之’，即‘寓诸庸’（《中国人性论史》四零二页）。”[③] 在解释“见独”时，他引用徐复观的说法：“《庄子》一书，最重视‘独’的观念。《老子》对道的形容是‘独立而不改’，‘独立’即是在一般因果系列之上，不与他物对待，不受其它因素的影响的意思。不过《老子》所说的是客观的道，而《庄子》则指的是人见道以后的精神境界（引自徐著《中国人性论史》三九零页）。”[④] 在解释“物成生理”时，他引用徐复观的观点：“‘物成生理’，是说成就物后而具有生命、条理。”[⑤] 类似引证，俯拾即是，不一一枚举，此足见徐复观对陈鼓应诠释《庄子》的影响。

从文艺美学上对庄子思想做出现代性诠释，并将中国艺术精神的主体归于庄子，徐复观可谓开风气之先，从阐释庄子的自由精神到发掘庄子的艺术精神是徐复观对庄子思想的最大贡献。徐复观认为，庄子的一生，是体道的一生，即艺术化的人生，庄子以人生之乐为“至乐”、“天乐”，人生之美为“天地之大美”，而这种美是在精神的自由解放即“游”中实现的，“能游的人，实即艺术精神呈现出来的人，亦即是艺术化了的人”。他还引进西方文艺理论，对庄子的艺术心理过程进行了层层剖析，细致入

---

① 陈鼓应：《庄子今注今译》（上），第16页。
② 同上书，第17页。
③ 同上书，第64页。
④ 同上书，第185页。
⑤ 陈鼓应：《庄子今注今译》（中），中华书局2008年版，第311页。

微，在庄学阐释史上可以说是对庄子艺术美学论述得最完整、最透彻的了。尤其是他的《中国艺术精神》出版后，在台湾激起了强烈反响，涌现出了颜昆阳的《庄子艺术精神析论》、郑峰明的《庄子思想及其艺术精神之研究》、董小蕙的《庄子思想之美学意义》等深受其影响的论著。而在80年代的中国大陆也出现了大量探讨庄子美学思想的论著，如漆绪邦的《道家思想与中国文学理论》、刘绍瑾的《庄子与中国美学》、张利群的《庄子美学》以及陶东风的《超迈与随俗——庄子与中国美学》等，从这些论著中，我们可以很容易找到徐复观相关论著的影响。而这其中影响最大的，非李泽厚、刘纲纪主编的《中国美学史》莫属。李泽厚、刘纲纪在《中国美学史》中以4万余字的篇幅，从庄子美学的哲学基础、美的本质、审美感受、历史地位等几个方面比较全面地梳理了庄子的美学思想。与徐复观的《中国人性论史·先秦篇》、《中国艺术精神》相比，二者在庄子美学的自由本质、儒道两家关系的梳理、在中西美学的比较中评价庄子美学的现代意义等思维脉络和相关论断有诸多相似、相合之处。例如徐复观在“精神的自由解放——‘游’”一节中谈到庄子哲学的主旨时指出：“我已在《中国人性论史·先秦篇》第十二章中详细指出庄子思想的出发点及其归宿点，是由老子想求得精神的安定，发展而为要求得到精神的自由解放，以建立精神自由的王国。”① “庄子不是以追求某种美为目的，而是以追求人生的解放为目的。”② “形成庄子思想的人生与社会背景的，乃是在危惧、压迫的束缚中，想求得精神上彻底的自由解放。”③ 李泽厚、刘纲纪则在《中国美学史》（第一卷）中说：“‘道’所具有的这种自然无为的特征，从我们今天看来，不是别的，正是自由。” “庄子哲学中关于‘道’的学说是企图从自然现象的生成变化的观察上，从自然的无限和永恒上，去找到人类如何才能达到无限和自由的启示和秘密。”④ “庄子的根本目标却在于使人的生活和精神达到一种不为外物所束缚、所统治的绝对自由的独立境界。”⑤ 徐复观在谈到庄子美学的精神特征时指出：“美或艺术，作为从压迫、危机中，回复人的生命力；并作为主体的自由的希求，是非常重要的。”⑥ 李泽厚、刘纲纪则在《中国美学史》（第一卷）中说：

① 徐复观：《中国艺术精神》，第53页。
② 同上书，第117页。
③ 徐复观：《中国人性论史·先秦篇》，第348页。
④ 李泽厚、刘纲纪：《中国美学史》第一卷，第238页。
⑤ 同上书，第237页。
⑥ 徐复观：《中国艺术精神》，第53页。

"美不是别的东西，它就是人所生活的感性现实的世界（包括自然和社会两者）对个体的自由的肯定，也就是属于一定社会的个体的自由在他所生活的周围自然界和社会关系中的感性具体的实现。"[①] 徐复观认为："与天地精神相往来，即是同于大通，所以能不傲倪于万物。个人精神的自由解放，同时即涵摄宇宙万物的自由解放。此一精神，乃贯穿于《庄子》全书之中。"[②] 李泽厚、刘纲纪则在《中国美学史》（第一卷）中说："庄子以自然无为为美，也就是以个体人格的自由的实现为美。这是庄子美学的实质和核心，是我们了解庄子美学的关键所在。"[③] "以反对人的异化，追求个体的无限和自由为其核心的庄子哲学是同他的美学内在的、自然而然的联系在一起的。两者交融统一，不可分离，这是庄子美学的特征。"[④] 在谈到庄子哲学与人生境界的关系时，徐复观认为："庄子所要成就的，乃是向内展开的，向道与德上升的个性；这在他，便称之为'安其性命之情'。能安其性命之情，亦即是使人能从政治压迫中解放出来以得到自由。"[⑤] 李泽厚、刘纲纪则在《中国美学史》（第一卷）中说："人的生命的价值在庄子思想中占有崇高的地位。而且庄子还和孔子一样，追求和赞颂个体人格的主动性、独立性的发挥，并且竭力要把个体人格的价值扩大到无限的整个宇宙，达到所谓'天地与我并生，万物与我为一'（《齐物论》）、'独与天地精神往来'（《天下》）的境界。'"[⑥] 在谈到庄子哲学与艺术创造的关系时，徐复观指出："庄子所说的学道的工夫，与一个艺术家在创作中所用的工夫的相同，以证明学道的内容，与一个艺术家所达到的精神状态，全无二致。"[⑦] 李泽厚、刘纲纪则在《中国美学史》中说："（庄子）实际上恰好从最根本意义上朴素而深刻地抓住了美之为美的实质，包含着美是合规律性与合目的性相统一，是人的自由地实现的意思。"[⑧] 在谈到艺术审美的功用时，徐复观指出："人在美的观照中，是一种满足，一个完成，一种永恒的存在，这便不仅超越了日常生活中的各种计较、苦恼；同时也超越了生死。"[⑨] 李泽厚、刘纲纪则在《中国美学史》中说："物对于

---

① 李泽厚、刘纲纪：《中国美学史》第一卷，第 240 页。

② 徐复观：《中国人性论史·先秦篇》，第 357 页。

③ 李泽厚、刘纲纪：《中国美学史》第一卷，第 246 页。

④ 同上书，第 240 页。

⑤ 徐复观：《中国人性论史·先秦篇》，第 365 页。

⑥ 李泽厚、刘纲纪：《中国美学史》第一卷，第 229 页。

⑦ 徐复观：《中国艺术精神》，第 47 页。

⑧ 李泽厚、刘纲纪：《中国美学史》第一卷，第 245 页。

⑨ 徐复观：《中国艺术精神》，第 97 页。

人来说，不是满足功利欲望的对象，而是观照、欣赏的对象。这就扩展了审美的范围，发挥了审美态度的主动性，使人们在艰难的生活处境中仍然可以找到美，得到审美的快乐和慰藉。”① 在谈到艺术与技术之间的关系时，徐复观认为：“庄子所想象出来的庖丁，他解牛的特色，乃在‘莫不中音，合于桑林之舞，乃中经首之会’……这是在他的技术自身所得到的精神上的享受，是艺术性的享受而上面所说的艺术性的效用与享受，正是庖丁‘所好者道也’的具体内容。至于‘始臣之解牛之时’，以下的一大段文章，乃庖丁说明他何以能由技进乎道的工夫过程，实际是由技术进乎艺术创造的过程。”② 刘纲纪在《艺术哲学》中说：“这就是说，庖丁所好的不只是‘技’，他的‘技’已经超越了一般的‘技’，他的‘技’已经超越了一般的‘技’而进入‘道’的领域了。在庄子看来，达到了神化之境的技艺本身即是‘道’的表现，‘艺’与‘道’也是相通、一致的。”③ 以上诸处，不一一列举，二者对庄子思想的基本观点的相似、相契之处可见一斑。

徐复观对庄子思想这一层内涵的新发现，为庄学研究开辟了新的道路，大大拓宽了庄子对中国文化传统的影响，也极大地丰富了20世纪中国的美学理论。徐复观从儒、道两分的视角去看待中国美学，对庄子哲学做了审美化的诠释，把庄子的“虚”、“静”、“明”及其代表的艺术精神作为中国艺术精神的主干。事实上，庄子并没有谈审美或艺术问题的意欲，徐复观指出：“因为他们本无心于艺术，所以当我说他们之所谓道的本质，实系最真实的艺术精神时，应先加两种界定：一是在概念上只可以他们之所谓道来范围艺术精神，不可以艺术精神去范围他们之所谓道。因为道还有思辨（哲学）的一面。”④ 然而，徐复观对《庄子》思想原初意蕴的区分和辨析却被大多数研究庄子美学的学者忽略掉了，如李泽厚、刘纲纪认为：“庄子的美学同他的哲学是浑然一体的东西，他的美学即是他的哲学，他的哲学也即是他的美学，这是庄子美学一个突出的特点。”⑤ 陶东风认为庄子的哲学就是美学，“庄子有关艺术和美学的所有言论，都是与其人生哲学不可分离的，它们同时参与了中国古代文人的心态、人格以

① 李泽厚、刘纲纪：《中国美学史》第一卷，第264页。
② 徐复观：《中国艺术精神》，第46页。
③ 刘纲纪：《艺术哲学》，第689页。
④ 徐复观：《中国艺术精神》，第44页。
⑤ 李泽厚、刘纲纪主编：《中国美学史》第一卷，第227页。

及艺术趣味、艺术风格的铸造"[1]。这里的"浑然一体"、"不可分离"固然是庄子美学的一个特点，但同时也是庄子美学最大的缺陷，这种模糊笼统和语焉不详的解释既没有对庄子的哲学和美学做出区分，也没有对这种"泛审美化"的解读方式进行自我规定，以至于造成了庄子思想审美化诠释的"泛滥"。很多美学家忽略了对二者内涵和价值的区分，因而无论是对中国美学精神的阐发，还是对徐复观美学思想的探索都易流于浮浅俗论。从这一方面来看，相当一部分中国美学家对庄子美学的研究和理解还没超出半个世纪前徐复观的水平。把庄子的哲学和美学混为一团、把庄子的生存论和审美论等同起来，这类学界"共识"性的解读方式反映的恰恰是庄子研究单一化、肤浅化的倾向。对此，傅伟勋曾提出过严厉的批评。[2]毕来德也对国际汉学界诠释庄子的倾向进行了严厉的批判，他说："其实大家之所以如此众口一词，恐怕是因为这样的观念，让人大可不必细读文本，尽可能人云亦云，生套些陈词滥调，或对庄子随意诠释解说，也不必担心遭到别人的反驳。"[3] 他们的批判对国内学界也同样具有警示作用。学术工作就是要从这笼统、庞杂中梳理出头绪，给予各种思想适当的定位，徐复观无疑在这方面做出了很好的示范。

在学术研究越来越专门化、信息流通越来越便捷、知识产权保护法规越来越完善的今天，我们该如何去看待徐复观与李泽厚、刘纲纪美学思想中的这种相似之处？以及怎样认定二者之间的互相影响呢？这是一个有趣而又需要慎重对待的问题。基于上面思想的比较和文献资料的可得性而言，我们必须承认这种影响的存在。[4] 造成徐复观与李泽厚、刘纲纪美学思想上契合的原因并不是偶然的，首先，二者美学思想的出发点是相似的。徐复观思想的特点是辩证的、历史的，以人为一切问题的出发点，这与受马克思主义影响把人自身的存在和发展看成是人类生存的最高目的的

---

① 相关论述参见陶东风《从超迈到随俗——庄子与中国美学》，首都师范大学出版社 1995 年版。

② 参见傅伟勋《审美意识的再生——评介李泽厚与刘纲纪主编〈中国美学史〉第一卷》，《"文化中国"与中国文化》，东大图书股份有限公司 1988 年版，第 187—189 页。也可参见：FU Wei - xun，"Beyond Aesthetics：Heidegger and Taoism on Poetry and Art"，Kenneth K. Inada，ed.，East - West Dialogues in Aesthetics，Asian Studies Series，State University of New York at Buffalo，1978。

③ ［瑞士］毕来德：《庄子四讲》，第 2 页。

④ 刘纲纪先生也是我多年的老师，本书论及至此，既无意于为先生辩护，也无意于溢美先生的成就。只是就收集到的文献和二者思想上的关联性如实论述之。以先生之气度和雅量必不至于怪我，也望其他同仁及同门勿望文生义，妄加揣测。

李泽厚、刘纲纪有相通之处。徐复观站在儒家和道家人性论的立场上对现代文化、现代艺术的批判与马克思对资本主义异化危机的批判也颇为相似。其次，二家之论从时间上看，有其先后——徐复观所论在前，李泽厚、刘纲纪所论在后。徐复观的《中国人性论史·先秦篇》早在1963年已由台湾"中央"书局出版，他的《中国艺术精神》1966年也由台湾学生书局出版，1968年因此书而获得了以76岁的国画家马寿华为首的"中国画学会"颁发的"金爵奖"，反响巨大，流传甚广。根据徐复观在去世前的日记记载，徐复观曾于1980年12月间将他学术著作的大部分分装为两个包裹，寄给北京的中国社会科学院文学所资料室和他的故乡湖北省图书馆。[①] 因此，在李泽厚、刘纲纪写作《中国美学史》的时候，不少大陆学者是能够借阅到徐复观的大部分著作的。从资料的易得性上讲，李泽厚、刘纲纪具备阅读和借鉴徐复观相关著作的条件；从他们对庄子的诠释模式看，李泽厚、刘纲纪受到徐复观的《中国人性论史·先秦篇》、《中国艺术精神》的影响是完全可能的。

当然，李泽厚、刘纲纪对庄子的诠释并不是完全照搬徐复观的观点。我们也要注意到，李泽厚的相关思想在早年即已成形，除了对中国哲学本体论的认识有前后的转进，他的思想大多保持了前后之一贯，但我们仍无法排除徐复观对李泽厚、刘纲纪等人影响的可能性。另一方面，我们还需注意二者间的同中之异，徐复观思想的特点是辩证的、历史的，以人为一切问题的出发点，这与受马克思主义影响的李泽厚、刘纲纪有相通之处，徐复观对现代性的批判与马克思对资本主义异化危机的批判是极为相似的。当然，徐复观与李泽厚、刘纲纪对庄子的认识差异也颇大，徐复观是从中国传统思想出发对现代性危机进行反思，强调庄子精神对于现代社会工具理性、科学技术宰制造成的"精神危机"、"人的危机"等问题具有"夏天的清凉饮料"般的反省作用；而李泽厚、刘纲纪则是承续马克思主义从西方文化自身出发去批判现代性，并创造性地把庄子追求精神的自由解放和反"异化"问题联系起来，在传统资源的现代转化上无疑更为系统和深刻。只不过李泽厚、刘纲纪关于庄子美学的研究，并没有形成严整的

---

① 徐复观1980年12月间有几则日记谈及此事，12月1日日记记载："检初王师葆心及熊十力先生遗著与《湖北诗征传略》二十册，及我所著纯学术性之著作，由世高分包两包，寄湖北省图书馆。"（参见徐复观《无惭尺布裹头归——徐复观最后日记》，第66页）12月3日日记记载："早服药满两周。与世高寄书两包与湖北省立图书馆，寄一包与（中国）社会科学研究院文学研究所图书馆。写一封信与徐孝宓先生言寄书事。"（参见徐复观《无惭尺布裹头归——徐复观最后日记》，第67页。）

论著——或许在大学课堂上他们会偶尔论及这些问题，但庄子美学只是整个《中国美学史》的一部分——尽管是非常重要而且关键的一部分。而徐复观则不同，他学术思想最初的格局，就建立在先秦人性论的研究上。在20世纪60年代以后，徐复观的学术思想更见深广，艺术与人性成为他对中西思想文化比较、探寻的一个重要视角，他学术思想中时代感和问题意识非常强烈，“我们中国哲学思想有无世界的意义，有无现代的价值，是要深入到现代世界实际所遭遇到的各种问题中去加以衡量，而不是要在西方的哲学著作中去加以衡量。面对时代的巨变……我们‘简易’的哲学思想，是要求从生命‘生活中深透进去，做重新的发现”①。总的来说，李泽厚、刘纲纪更显得精致深密、推阐详尽；徐复观则站在人性论的立场上，以一种泛观博览的姿态，更注重从中西文化的共通性上、对话性上去把握和阐释艺术精神，使艺术思考服务于他的整个文化哲学。徐复观和李泽厚、刘纲纪二家之学，都在求传统文化之自觉，不以拾人牙慧为满足。不仅徐复观与其后的李泽厚、刘纲纪有相似之处，而且徐复观与之前的宗白华，二者在思想上也颇有渊源，在论述中国美学的很多问题时，都显示出了一种跨时空、跨文化背景的“默契”，因而也有学者认为“宗白华美学是现代新儒学致思方向上的美学收获”②。这也是值得我们留意的。宗白华、徐复观、刘泽厚、刘纲纪对中国美学的研究，都源于自身对文化传统和艺术精神的深切体验，“故中国之求友，乃取友以相攻错”，“所以开拓心量，而显吾心之仁德者也”。所谓“同声相应，同气相求”、“嘤其鸣矣，求其友声”说的就是这个意思。他们的思想见地的切近，如果能当被我们当作现代中国知识分子的不同思潮、同种用心来把握，就会领略到学术大家之间相互发明、所见略同的精神意味。

综上，我们研究徐复观，不仅仅是纪念他，更要以实事求是的态度去审视他，客观地评价他的是非得失，并合理地给予他应该享有的学术地位。徐复观的美学思想与梁启超、蔡元培、朱光潜、邓以蛰、方东美等几位重要美学家相似的地方就在于其不是单纯学科意义上的理论性的建构，而是直面现实中人的生存意义和价值问题，从而在理论形态、话语方式上具备了与西方美学、与现实的社会人生对话的思想基础。中国美学在他们的努力之下摆脱了传统的诗话、词论的束缚，而成为一种新的话语型态，例如庄子的“游”不再是一种无所为而为的内在追求，而成为反异化、解

---

① 徐复观:《中国思想史论集自序之三——我的若干断想》，台湾学生书局1988年版。

② 参见姜勇《宗白华美学与现代新儒家》，博士学位论文，吉林大学，2008年。

蔽现代性的重要手段，徐复观的美学思想就体现出了鲜明的价值观念、超越的诗意情怀和积极的美育指向。徐复观最重视艺术价值中的情感价值，他认为："人类如有前途，一定还要在情与意的纯化、升华中创作、创造。"① 这与蔡元培提出的"陶养情感"、梁启超提出的"情感教育"、朱光潜提出的"养性怡情"可谓是一脉相承的。徐复观对《庄子》的审美化诠释及对庄子批判思想的发掘，在海峡两岸产生了巨大影响，并直接影响到学界诠释《庄子》的模式，陈鼓应说："我于六十年代，在一个特殊的环境下，对庄子富有抗议性的言论及其突破儒学框架的思想视野发生兴趣。"② 他在《庄子今注今译》一书中多次引用徐复观对庄子的诠释，这可看出徐复观的影响。从徐复观对五四新文化运动以来"人生艺术化"思潮的承接和发展来看，他在中国当代美学史上是与梁启超、宗白华同等重要的美学家；从徐复观对中国美学和艺术精神的现代梳理、开陈出新的努力来看，他的"中国艺术精神"理论与李泽厚的"积淀说"可谓是改革开放三十年来对中国社会影响最大的美学理论，他对20世纪下半叶以来的中国美学界又起着重要的启蒙和引导作用。

① 徐复观：《历代诗论·序》，《中国学术精神》，第279页。

② 陈鼓应：《修订版前言》，《庄子今注今译》（上），中华书局2008年版，第1页。

第六章　通过徐复观而思

继承一份遗产乃是要将它接收过来，让其重新迎向未来，而非紧随其后，遵循过去的指导，研究徐复观的美学思想亦是如此，思考这个问题跟纪念徐复观是两回事。笔者在走进徐复观、理解徐复观后，又以徐复观为出发点，站在20世纪中国美学发展史的角度去反思、评价徐复观的思想价值和学术成就。20世纪中国美学家对中国艺术精神做了很多重要的澄清和还原的工作，特别强调了其在现代社会的价值，认为中国艺术所体现出的自然、虚静、和谐、恬淡、天人合一的意识，使被现代工业和技术文明宰制和压迫的人类心灵，可通过对中国艺术的欣赏而得到澡雪、宁静和安顿的效用，这即是徐复观所说的“精神由污染而纯真，由卑屈而高洁，以恢复人值得称之为人的人格尊严的地位”①。值得注意的是，20世纪中国美学家所标举的艺术精神的价值倾向，大多是反省的价值，所标举的艺术形态，大多是一种隐逸者的审美趣味，因而他们所开出的艺术精神，在本质上依然是传统意义的艺术精神，而不是立足现实、面向社会的现代的艺术精神。同时，因为现实社会救亡图存的影响及中西交流的障碍，20世纪中国美学家对中西文化艺术精神所做的很多类比、印证、契合是模糊而勉强的，对某些价值的定位也显得似是而非，这是他们的局限之所在，也是时代留给我们的新课题。

第一节　艺术精神的单线化

艺术的含义非常广泛，传统艺术有六大门类，我们一般将之分为空间艺术和时间艺术，建筑、雕塑、绘画等属前者，而音乐、舞蹈、戏剧等属后者，而在现代社会，艺术的内涵和外延都大大扩展了。徐复观以绘画为

---

① 徐复观：《在神木庇荫之下》，《徐复观杂文补编》（第一册），第417页。

中国艺术精神的代表，虽然具有一定的合理性，但有以偏概全之嫌。严格说来，徐复观所谓以绘画为中心的艺术，是指古典意义上的中国艺术，尤其是元明以来，诗歌、书法、篆刻皆融入绘画之中，绘画成为中国古典艺术的“集大成者”[①]，这大体上是站得住脚的。

艺术精神，不仅表现出作者的思想情感，也表现出一个民族、一个时代、一个社会共同的心理倾向和一种文明传统共同的价值理想，这才是艺术作品的精神根源。从艺术精神的内涵看，20世纪中国美学家大多把中国艺术精神归结为空灵、虚静、自然、恬淡、天人合一等艺术境界。显然，放眼整个中国艺术史，尽管在很长一段历史时期里这些艺术价值曾占据了主导地位，但以此来代替、归约、轻视其他的艺术价值无疑是有失偏颇的。早在宋代，邓椿就从艺术风格上将画分为“士画”和“匠画”，他引证了苏东坡的“观士人画，如阅天下马，取其意气所到；若乃画工，往往只取鞭策皮毛，槽枥刍秣，无一点俊发，看数尺许便倦”[②]来阐述文人画的特征。郭若虚则以李成、关仝、范宽为例，将中国画分为三派，“夫气象萧疏，烟林清旷，毫锋颖脱，墨法精微者，营丘之制也。石体坚凝，杂木丰茂，台阁古雅，人物幽闲者，关氏之风也。峰峦浑厚，势状雄强，枪笔俱均，人屋皆质者，范氏之作也”[③]。南宋李澄叟则从艺术批评的角度指出南画和北画之不足，“北画病在重坡，南画伤乎多水”[④]。至明代，王骥德从地域的角度，将中国艺术精神划分为南北两种气质，南方柔婉，北方沉雄，“北人工篇章，南人工句字。工篇章，故以气骨胜；工句字，故以色泽胜”[⑤]。董其昌则从艺术技巧和方法上将画分为南北宗，并引禅宗之“南顿北渐说”论画：“李昭道一派，为赵伯驹伯骕，精工之极，又有士气……譬之禅定，积劫方成菩萨。非如董、巨、米三家，可一超直入如来地也。”[⑥]刘熙载则针对不同艺术门类的精神意象做了更详细的划分，如诗

① 丰子恺曾说中国文人画是“文学的绘画”，“这种画完全以诗句为主而画为宾，画全靠有诗句为题而增色……故中国古代的画家，大都是文人、士大夫。其画称为‘文人画’，中国绘画与文学的关系之深，于此可见”（参见丰子恺《绘画与文学》，胡经之主编《中国现代美学丛编》，北京大学出版社1987年版，第341页）。诗、书、印统一于绘画，这一方面促进了中国山水画的成熟，另一方面，诗、书、印入画也在无形中削弱了绘画自身的表现力，使艺术家精力分散，反而忽视了绘画自身的创造。

② （宋）苏轼：《又跋汉杰画山二首》，《东坡题跋》（卷五），人民美术出版社2008年版，第314页。

③ （宋）郭若虚：《图画见闻志论三家山水》，《中国古代画论类编》（上），第627页。

④ （南宋）李澄叟：《画山水诀》，《中国古代画论类编》（上），第621页。

⑤ （明）王骥德：《曲律·杂论》。

⑥ （明）董其昌：《画禅室随笔》，《中国古代画论类编》（下），第733页。

有四境：花鸟缠绵，云雷奋发，弦泉幽咽，雪月空明；赋有三类：屈原之缠绵，枚叔、长卿之巨丽，渊明之高逸[①]；书法有两气：沉着屈郁之阴，奇拔豪达之阳[②]。总而言之，刘熙载认为中国艺术古来即存在两种不同形态的美，即阳刚之美与阴柔之美。

郭沫若在运用近代考古学的科学方法考证了两周青铜器铭文后，认为中国艺术在审美风格上存在着南北两大系统，“南文尚华藻，字多秀丽，北文重厚实，字多浑厚……故二系之色彩浑如泾、渭之异流”[③]。郭沫若不仅从精神上将中国艺术划分为“秀丽”和“浑厚”，还从艺术表现形式上划分为“华藻”和“厚实”，而两者之间最显著的差异就表现在色彩上。

邓以蛰则认为，中国艺术精神是由南方以楚骚为代表的“楚风”和北方以《诗经》为代表的“国风”两大美学风格为核心的，他说：“今试将金勾赭绛之法，追溯其来源，恐非远及于周末之‘楚风’不可也。世人多言秦汉，殊不知秦所以结束三代之文化，故凡秦之文献，虽至始皇力求变革，终属于周之系统也。至汉则焕然一新，迥然与周异趣者，孰使之然欤？吾敢断言其受‘楚风’之影响，无疑。汉赋源于楚骚，汉画亦莫不源于‘楚风’也。何谓楚风？即别与三代之严格图案式而为气韵生动之作风也。”[④] 他认为“楚风”对中国艺术浪漫瑰丽、生动活泼的审美风格的形成有着重要的影响。

宗白华则更进一步指出中国艺术一直存在着“初发芙蓉”和“错采镂金”两种不同的美的理想：“鲍照比较谢灵运的诗和颜延之的诗，谓谢诗如‘初发芙蓉，自然可爱’，颜诗则是‘铺锦列绣，亦雕缋满眼’。《诗品》：汤惠休曰：‘谢诗如芙蓉出水，颜诗如错采镂金’。颜终身病之。这可以说是代表了中国美学史上两种不同的美感或美的理想。这两种美感或美的理想，表现在诗歌、绘画、工艺美术等各个方面。”[⑤] 前者如汉代陶器、王羲之的书法、顾恺之的画、陶渊明的诗、宋代的白瓷、宋元的山水画；后者如楚国的文学与漆器、琳琅满目的汉墓画像、汉代的赋、六朝的骈文、明清的瓷器、京剧的服装等，这两种美的理想在中国艺术史上一直贯穿下来。总而言之，宗白华主要是从艺术形式的角度去把握中国艺术华丽繁复的美

① 参见（清）刘熙载《艺概·赋概》，第94页。

② 同上书，第163页。

③ 郭沫若：《〈两周金文辞大系〉序》，《沫若文集》（第十六卷），人民文学出版社1958年版，第308页。

④ 邓以蛰：《辛巳病余录》，《邓以蛰全集》，第281页。

⑤ 宗白华：《美学散步》，第34页。

和平淡素净的美，而这两种美都源自《易经》“刚健、笃实、辉光”的美学，因而这两种美在本质上并不矛盾，而应该“相济有功”。

徐复观也注意到了中国艺术存在两种不同的审美取向，他从人性的角度，认为人性中天然存在着刚柔之异，“气韵生动”观念的提出，“正是把早经存在的这种刚柔之异，加以清晰化，精密化”[①]。他创造性地指出气是阳刚之美，韵是阴柔之美，李唐夏珪之北宗以气胜，张关董巨之南宗则以韵胜。庄子精神中的清、虚、玄、远都是偏向于韵的，尤其是用墨的技巧成熟以后，中国画更是形成了以崇尚虚静阴柔之美的“文人画”为主流的艺术系统。虽然徐复观认为，“没有因此而可以排斥气韵的气的道理。气韵兼举，才是最周衍的陈述”[②]。然而，他在论述中国艺术精神主体之呈现时，却以宋元及以后的山水画为例，高举“虚”、“静”、“明”之庄子精神的大旗[③]，忽视甚至否定了另外一种形态的艺术精神的价值，这对我们全面认识和把握中国艺术精神及中国艺术的现代转型都是有失偏颇的。中国美学不仅崇尚虚静之美，也崇尚刚健之美；不仅崇尚清淡朴素之美，也崇尚华丽精工之美，这是不可否认的历史事实。

从人类审美意识的形成过程来看，华丽繁复的美来源于人类早期的装饰观念。李泽厚认为，在漫长的劳动实践过程中，“广大世界中的节奏、韵律、对称、均衡、连续、间隔、重叠、单独、粗细、疏密、反复、错综、交叉、一致、统一等种种形式规律，逐渐被人们自然的掌握”[④]。而这些对称与均衡、节奏与比例、单调与变化慢慢演化成为人们自觉地对装饰美、形式美、色彩美的追求，商周的青铜饕餮、先秦的漆器、欧洲的巴洛克、哥特式建筑精妙绝伦的彩绘等都体现了人类的这种审美倾向。从审美形态上言之，华丽繁复的美较平淡素净的美更具历史深度和审美内涵，明代仇英富丽中显高雅的院体青绿山水画，连诋毁青绿山水和院画的董其昌也为之折服。徐复观通过对台北故宫博物院宋人画册的鉴赏，认为这些院画“精能之至，亦通神妙，远非许多率易地文人画所能及”[⑤]。“错采镂金”就代表着中国艺术中精工、华丽、刚健之美。然而，以儒、道、禅为代表的精英文化从善与美、真与美的角度对这种唯美主义倾向的艺术观念

---

① 徐复观：《中国艺术精神》，第153页。

② 同上书，第156—157页。

③ 徐复观认为：“以淡为韵的后面，则是以清为韵，以远为韵；并且以虚以无为韵。只是庄子的精神，落实于绘画之上，必然地到达点。”参见《中国艺术精神》，第160页。

④ 李泽厚：《美的历程》，第40页。

⑤ 徐复观：《中国艺术精神》，第389页。

提出了批判，儒家“人格本位”的艺术观和道家“法天贵真”的认识论都对这种美的形态持否定的态度。孔子主张“文质彬彬，然后君子”，华丽繁复的美过分张扬了形式的丰富多彩，从而掩盖了艺术内容本身的宏大意义；老子认为华丽绚烂的美使人目盲耳聋、人心发狂；墨子认为华丽繁复的美劳民伤财，是亡国之道……“错采镂金”被认为格调不高，自然朴素才代表着中国艺术的最高境界，这种审美趣味由诗歌、音乐、书法向绘画、园林扩散，最终使得中国艺术的艺术性让位于思想性，审美价值让位于教育价值，而华丽繁复的美一方面为宫廷贵族所弘扬，另一方面则逐渐从文人士大夫艺术退缩到民间艺术之中。到了近代，中国戏曲可能是硕果不多的华丽繁复的美的形态的继承者，“曾使中华民族的重要人群进入整整两百年的审美痴迷状态”① 的昆曲艺术就是这种审美理想的典型代表。

由华丽繁复的审美趣味向自然朴素的审美趣味的转变固然反映了中国艺术鲜明个性特征的形成，但一个不可避免的结果就是对虚静和清淡的过分强调，在中国艺术中产生了一种畸形化的倾向，其他的精神和形式无法发展出一套与之争锋的体系而逐渐流于消亡。由刚健辉光向内敛冷寂的转变使得整个中国传统美学和艺术日渐失去了其丰富多元、自我更新的生命活力，一种美轮美奂、充满生机、丰富多彩的艺术形式最终走向单线条化、程式化和无病呻吟化，失去了生机与创造力，中国艺术最终由热烈、明朗的情调转向了孤寂、玄淡的审美境界，中国山水画由多元化的丰富探索转向了相对单纯化的文人画的发展。徐复观认为在中国历史上，兴亡交替的战乱时期往往成为中国艺术最富有活力的时期，“中国的山水画，也常和哲学思想发展的情形一样，每积蓄发展于乱离或兴亡交替、政治控制失效之际，而在所谓太平盛世的时候，除非有真正特出的人物，一般反归于疲困钝滞”②。但他却没有进一步反思正是中国艺术单线条的发展，最终导致了中国艺术生命力的衰退的原因。而“乱离或兴亡交替、政治控制失效之际”正是思想解放、多元价值争鸣的时期，在中国历史上，这样的时期也往往是艺术多线条的丰富化发展、最富生机的时期，正像宗白华所说的，魏晋时期是三国鼎立、南北朝分裂、五胡乱华的混乱时代，然而也是“精神史上极自由、极解放、最富于智慧、最浓于热情的一个时代。因此也就是最富有艺术精神的一个时代”③。中国艺术一直以阴阳均衡、刚柔相

① 白先勇编：《牡丹还魂》，文汇出版社 2004 年版，第 6 页。

② 徐复观：《中国艺术精神》，第 407 页。

③ 宗白华：《美学散步》，第 208 页。

济为最高境界，以书法为例，汉隶中的《张迁碑》、《礼器碑》具有阳刚之美，《曹全碑》、《史晨碑》有阴柔之美；魏碑中的《始平公》、《魏灵藏》具有阳刚之美，《张猛龙》、《张黑女》有阴柔之美，然而皆未臻于完美之境，只有王羲之的《兰亭序》，兼善内擫外拓之笔法，杂糅方笔圆笔于点画，才达到了阴阳莫测、鬼斧神工的神品境地。因此，探究中国艺术精神应该如汤用彤所说“统计全局，不宜偏置”[①]，这才是中国艺术精神的现代转型之路。

宗白华在考察中国艺术史后，曾发出了“中国文化的美丽精神往哪里去”[②] 的疑问。的确，我们在欣赏了古代楚国华丽的漆器、敦煌的色彩艳丽的壁画及精致的京剧服装后，似乎也有类似的感慨。中国未来的艺术应该是线条与色彩共舞，绚烂与朴素共存，它根植于民族的历史，又符合现代世界的发展潮流，这是一条多元共生的融合创新之路。宗白华对此敏锐的提出：“‘色彩的音乐’在中国画久已衰落……中国画此后的道路，不但须恢复我国传统运笔线纹之美及其伟大的表现力，尤当倾心注目于彩色流韵的真景，创造浓丽清新的色相世界。更须在现实生活的体验中表达出时代的精神节奏。”[③] 这个新的世界，应该就是苏东坡所言的“端庄杂流丽，刚健含婀娜”[④] 的境界吧。

第二节　艺术精神的虚无化

在20世纪中西文化冲突的尘嚣中，徐复观对传统艺术精神所做的具有开创性的诠释有着鲜明的西方文化危机的对治意识和强烈的文化使命感，从根本上讲乃是出于一种受迫害的文化自卫心理。然而，也许正是这种对治艺术和使命感，使得他更注重从传统资源中去寻找具有工具理性色彩的价值范畴，而不是对传统艺术精神进行现代重构，因而他对中国艺术精神的诠释更多的依然是在传统美学与艺术概念上的再理解，这种精神与现代中国的时代精神和世界艺术潮流在某种意义上存在相悖的一面。徐复观以传统艺术精神来回应西方现代艺术的反传统与突破，并没有真正揭示出中国艺术精神的实质。

① 汤用彤：《评近人之文化研究》，《汤用彤学术论文集》，中华书局1983年版，第74页。

② 宗白华：《中国文化的美丽精神往哪里去?》，《艺境》，第170—173页。

③ 宗白华：《美学散步》，第135页。

④ （宋）苏轼：《和子由论书》，《苏东坡全集》（上），中国书店1986年版，第42页。

首先，从传统艺术精神所包含的价值意蕴来看，徐复观认为庄子美学包含两层内涵，一是作为中国艺术精神主体的“虚”、“静”、“明”之心。他以庄子美学来统摄儒、佛，徐复观说：“‘虚’、‘静’、‘明’之心，乃是人与自然，直来直往，成就自然之美的心，我便说这是艺术精神的主体。”① 由此而成就了中国艺术冲淡、平和、气韵等审美品格。二是庄子美学中的阳刚之美。徐复观认为：“庄子由离形去智而来的虚静之心，同时也即系‘以天下为沉浊’，及‘独与天地精神往来’的精神，这是一体的两面。而在‘以天下为沉浊’及‘独与天地精神往来’的精神中，实含有至大至刚之气，以为从沉浊中解脱而超升向‘天地精神’的力量。”② 这一点是我们在解读徐复观的“中国艺术精神”时容易忽略的。徐复观反复申论说庄子的柔、淡是以刚大为其根底，“在此精神纯白之姿中，刚与柔实形成一个统一”③。庄子精神“从某方面看是柔；从另一方面看是刚”。“淡的天骨应自高洁虚静的心灵中来。高洁虚静的心灵，是忘掉了自己的一切，忘掉了世俗所奔竞的一切，所以他便会投向自然，涵融自然，这中间便须要刚健之气撑持上去。”④ 这就是徐复观为中国传统美学所做的“翻案”工作。他是把儒家狂狷的气质、道家刚大的精神重新表出并彰显之。徐复观对庄子精神这个层面内涵的揭示，开了“道家风骨说”⑤ 之先河。徐复观的“中国艺术精神”是在20世纪60年代的台湾这样一个特定的历史条件和特定的文化视域中针对特定的对象提出来的，因而，他对于这个问题的诠释和回应就不可避免地带有一定的偏向性。徐复观在批评董其昌南北分宗时，认为：“董氏在艺术中对刚劲一派的排斥，深刻地看，是和知识分子这一大的堕落倾向，及他晚年的富贵寿考，有其关连。更投合了一般软体型的知识分子的脾味，完全消解了老庄思想中所涵蕴的刚健的性格，也即消解了作为保障一个艺术家的高洁而虚静地心灵的理想。”⑥ 他虽

---

① 徐复观：《儒道两家在文学中的人格修养问题》，《中国文学精神》，第10页。

② 徐复观：《中国艺术精神》，第404页。

③ 同上。

④ 同上书，第405页。

⑤ 徐复观对道家这种反专制、反异化的性格的诠释，其思想源头可追溯到宗白华。在20世纪中国学术界，宗白华在《论〈世说新语〉和晋人的美》中称道家为“天真仁爱的赤子之心”，最先表达出此一性格；在徐复观之后，李泽厚、刘纲纪在《中国美学史》中也从反异化的层面上对此进行了揭示，而萧萐父则将道家的这种性格名为“道家风骨”并展开了系统论述，参见刘建平《萧萐父论“道家风骨”》，《武汉大学学报》（人文社会科学版）2010年第1期。

⑥ 徐复观：《中国艺术精神》，第405页。

然深刻意识到中国艺术的堕落与刚健之气的缺失有莫大的关系，然而针对高歌猛进的西方科学主义思潮的冲击，针对世界范围内的“艺术终结论”思潮，他以“虚”、“静”、“明”作为对西方文明危机的反省和对治，可见其诠释《庄子》的视域是生存论意义上而非艺术发展意义上的，徐复观强调的也是中国艺术所包含的反省现代文明、解蔽现代性和救治现代人的精神病患的现代价值，而庄子美学第二个层面的意涵则在历史的长河中被扭曲、异化，以至于湮灭不显了。

其次，从艺术家的现实生存状况来看，20世纪中国美学家所拈出的传统艺术精神与中国艺术家生活上的隐逸形态是紧密联系在一起的[①]，无论是“虚静”、“自然”还是“恬淡”、“荒寒”之艺术境界，都是这种意识的体现。随着封建社会文化日益走向没落化和封闭化，中国艺术家的生活大多呈遗世独立的高蹈式发展。尤其是宋元以后的文人艺术家，大多丧失了原儒至大至刚的气魄，亦无道家逍遥自由的情怀，而醉心于“空山无人，水流花开”的冷僻禅境，文人画成为失意文人海阔天空的心灵栖息地，宋代韩拙云：“是以山水之妙，多专于闲隐逸幽之流，名卿高蹈之士，悟空识性，明了烛物，得其趣者之所作也。”[②]“山水之妙”和“闲隐逸幽”的生活方式有着内在而深刻的精神联系。宋代的赵彝斋也曾“隐居广陈镇，山水之外别无兴趣，诗酒之外别无寄托，田叟野老之外别无知契。孤昂肃洁之操，如云中之龙，雪中之鹤，不可昵近者也”[③]。元代的倪瓒“至乱，斥卖田宅，得钱数百缗，会稽张伯雨至，倪念其贫且老，悉推与之，不留一缗。遍舟遨游，终于故人之家”。元代的黄公望亦如此，他“终日只在荒山乱石丛木深筱中坐；意态忽忽，人不测其为何。又每往泖

① 徐复观拈出了庄子的“虚”、“静”、“明”的艺术精神并以此为中国的“纯艺术精神”，庄子精神蕴含的叛逆因素越来越多地为消沉、悲观、退隐的思想所遮蔽，以至于王南溟以《精神的流失》为题对徐复观建构的中国艺术精神进行了激烈的批判：“徐复观为中国艺术建立了一个完整的体系，即艺术的庄学体系，仿佛只有庄学是精神而现代美术是骗人的东西。正像社会思想史研究中徐复观为儒学翻案一样，在艺术史上，徐复观为庄学翻案……儒学与道学自古以来都共同为专制效力，也自古以来与精神相背离，中国艺术史是回避的艺术史，所以，艺术精神，如果称为精神的话，决不在传统艺术，而只能在现代艺术和现代之后的艺术之中，徐复观所认为的艺术精神，早已是一个丧失精神的避难所，这里隐藏着所有的胆怯、懦弱、油滑、伪善，也因此需要现代艺术，因为现代艺术的精神指向就是对这种胆怯、懦弱、油滑、伪善的批判，由于这种批判才使艺术精神真正成为精神。”（参见王南溟《艺术必须死亡》，上海书画出版社2006年版，第177—178页）此论尽管偏激，然也点出了中国艺术家在精神上的消极倾向。

② （宋）韩拙：《山水纯全集》，《中国古代画论类编》（下），第684页。

③ （清）石涛：《苦瓜和尚画语录》，《中国古代画论类编》（上），第160页。

中通海处看急流轰浪，虽风雨骤至，水怪悲诧而不顾”[①]。清代张沅谓石涛与赵彝斋“其人同，其行同，其履变也无不同，盖彝斋之后复一彝斋，数百载下可以嗣芳徽，可以并幽躅矣”[②]。这些文献记载所反映的就是中国艺术家们这种高蹈的生活方式。这种生活情形所呈现的荒寒冷僻的禅境意味在文人画中就有所表现，从元代的吴镇、黄公望、倪瓒到清初的八大山人、石涛、渐江等一脉相承，甚至陈洪绶、八大山人、石涛、虚谷干脆就出家做了和尚。

文人艺术家带有神秘意味的生活状态虽然也有反抗专制制度、追求精神自由的思想倾向，但以隐逸的方式对现实政治的抗争仍流于消极和私人领域化，这必然导致“中国传统的人格追求模式倾向于追求伦理道德上的自由，即忽略了政治上的自由”[③] 的结果。隐逸是一种带有乡愿性格的人生态度，这是长期专制政治所形成的苟全心理和无可奈何的精神写照，青木正儿一针见血地指出：“高蹈的世界，是由浮世的纷扰、个人的失意而生的苦闷而生的救济场。”[④] 很多艺术家脱离社会、脱离现实，他们把生命中的痛苦、欲望和真实的自我消解了，以一种隐逸和逃避的姿态把社会和现实人生的斗争、际遇沉浮超越了，而一头栽进了盲目的仿古和个人逸趣的追寻中，刘熙载标举文之“是”与“真”[⑤]、王国维推崇艺术之写“真景物、真感情”[⑥] 都反映了艺术评论家对这一流弊的反驳。中国封建社会后期的文化艺术精神带有一种盲目仿古、惰于创新、主体坎陷、自我缺席的倾向，梁漱溟敏锐地发现：“中国文化最大之偏失，就在于个人永不被发现这一点上。一个人简直没有站在自己立场说话的机会，多少感情要求被压抑，被抹杀。”[⑦] 这颇有点“空山不见人，但闻人语响”的意味。邓以蛰也尖锐地批评中国艺术只是艺术家的艺术，“中国现今的艺术简直很难打动民众的感情。她只有极少数好之者可以赏悦；若这少数好之者求不到的时候，便只有同类的艺术家可以看得懂；艺术家再不能赏识的时候，只有自己一人顾

---

① （明）李日华：《竹嬾论画山水》，《中国古代画论类编》（下），第760页。

② （清）石涛：《苦瓜和尚画语录》，《中国古代画论类编》（上），第160页。

③ 张世保：《西化思潮的源流与评价》，华东师范大学出版社2005年版，第253页。

④ ［日］青木正儿：《中国文学概说》，隋树森译，重庆出版社1982年版，第39页。

⑤ 刘熙载曰：“盖文惟其是，惟其真。舍是与真，而于形模求古，所贵于古者果如是乎？”参见（清）刘熙载《艺概·文概》，第46页。

⑥ 王国维曰：“故能写真景物、真感情者，谓之有境界。”参见（清）王国维《人间词话·六》，选自《黄风词话·人间词话》，王幼安校订，人民文学出版社1982年版，第193页。

⑦ 梁漱溟：《中国文化要义》，学林出版社1987年版，第259页。

而乐之"[①]。邓以蛰对艺术的这个评价就是近代以来艺术在中国社会中生存境遇的形象写照。这种带有隐逸趣味的精神境界是以回避现实的矛盾冲突和命运的抗争为代价的，并不是真正的自由，中国艺术家所谓的淡泊、隐逸、超越，是对自身逃剧命运及其虚无结局的无可奈何的叹息与逃避；中国艺术家传统人格中所谓的"自由"，是消解个体主体意识后的玩世不恭；中国艺术家所谓的独立人格，是在无自我、无个性的前提下向"自然"、"天道"、"本性"的无人格状态的自觉回归。艺术家们这种"遗世而独立"的半封闭生活情态使中国艺术失去了时代和现实社会生活的精神滋养，无法开出近代意义上的崇高、丑及荒诞等美学形态，包兆会认为："缺少对命运抗争和内在心理活动的中国古典艺术，它很难让我们体会到我们对自身命运和历史的一种展开能力，以及面对虚妄的人生和具体历史语境时的一种挣扎和反抗，从而使我们摆脱人的自然有限性而达到超越，并获得生存的意义和价值深度，因为深度必须存在于我们所为而不是所是之中。"[②] 真正的自由是客观的、具体的、现实的、实践的自由，自由存在于对必然的认识之中，存在于对现实的实践和改造过程中。缺乏有现代意识、有独立人格、有真实自我的艺术家，哪来现代意义上的艺术精神和艺术作品呢？这正是中国艺术精神丧失生命活力的现实根源之所在。早在一百多年前马克思对此就有着清醒的认识："社会的人的感觉不同于非社会的人的感觉。只是由于人的本质的客观地展开的丰富性，主体的、人的感性的丰富性，如有音乐感的耳朵、能感受形式美的眼睛，总之，那些能成为人的享受的感觉，即确证自己是人的本质力量的感觉，才一部分发展起来，一部分产生出来。因为，不仅五官感觉，而且所谓精神感觉、实践感觉（意志、爱等），一句话，人的感觉、感觉的人性，都只是由于它的对象的存在，由于人化的自然界，才产生出来的。五官感觉的形式是以往全部世界历史的产物。"[③] 审美对象的全面性、丰富性是审美主体全面性和丰富性产生的基础，审美对象的深刻性也制约着主体审美能力的发展水平，因而，这个问题牵涉到艺术家自身的社会角色转变的问题。传统的中国艺术家，除了少数专职画家外，大部分人不过是把艺术当作生活的调剂品[④]，最终"业余的文人画家逐渐加多，竟成了中国画的主流，而专业的职业画家地位逐渐低落，

---

① 邓以蛰：《民众的艺术》，《邓以蛰全集》，第100页。

② 包兆会：《庄子生存论美学思想研究》，南京大学出版社2004年版，第111—112页。

③ 《马克思恩格斯全集》第42卷，第125—126页。

④ 李美燕：《荷兰高罗佩在中国雅文化方面的文物收藏与创作》，台湾《中国文哲研究通讯》卷十八，2009年第二期，第180页。

大受文人画家的轻视和排斥"[①]。这种只具有日常调剂作用的艺术活动显然不足以维系艺术精神的发展和艺术创造的顺利开展。

中国传统的艺术家具有鲜明的"前现代"特色，他们既是诗人、画家，又是政治家、教育家、隐士，徘徊在学术与政治之间，这有点类似于西方文艺复兴时期那些百科全书式的人物。而现代意义上的艺术家首先是作为一种职业而存在的，韦伯认为现代人最大的特征是具有职业属性，现代化的过程就是职业化、专业化、理性化的过程，这一过程和工业化、科技化紧密联系在一起。事实上，在现代意义上，艺术创作不再是一种古典意义上的自娱和修身养性的生存方式，同时也是一种职业和谋生方式。其实，以实用目的为动机的艺术创作，并不会妨害艺术的纯粹性和伟大，韦政通认为："一个艺术家是否能创造出伟大的作品，主要靠他的才能或技巧，有的艺术家迫于生活，或是为偿还债务而工作，有的则为了自娱，甚至也有为一种使命感所驱迫，他们都同样能产生出不朽之作。"[②] 这也就是说，艺术创作的目的和艺术作品的价值之间，并不存在一种必然的联系，对传统道德主义艺术观念的打破，是中国未来艺术教育的一个重要使命。中国艺术家对自身社会角色的重新定位，直接关系到中国艺术精神的未来走向和中国艺术的现代革新。

另外，从"虚静"、"自然"、"恬淡"等艺术精神所反映的艺术功能来看，这些精神形态都强调中国画对时代"逆的反映"的反省价值，而认为："顺着现实跑，与现实争长短的艺术，对人生、社会的作用而言，正是'以水济水'，'以火济火'，使紧张的生活更紧张，使混乱的社会更混乱。"[③] 显然，这是有失偏颇的。艺术与现实的关系有两种，一是反映，一是反省，反映现实社会的艺术并非仅仅是现实的再现，事实上，反映现实的艺术作品所呈现的世界在现实世界中是不存在的，并且从未存在过，但它与现实世界并非毫无联系，刘纲纪指出："不论艺术家的个性如何独特，也决不会独特到同他生活于其中的整个社会、阶级毫无关系。他的独特个性归根到底不过是他所生活的社会、阶级的一种独特的表现。"[④] 艺术对现实的反映功能，刘若愚称之为"现实的延伸"[⑤]。过分标举反省的功能而忽

---

① 陈衡恪：《文人画之价值》，《中国画论选读》，俞剑华注译，江苏美术出版社2007年版，第480页。

② 韦政通：《中国的智慧》，水牛出版社1988年版，第253页。

③ 徐复观：《中国艺术精神》，第287页。

④ 刘纲纪：《艺术哲学》，第44页。

⑤ 参见［美］刘若愚《中国文学艺术精华》，王镇远译，黄山书社1989年版，第2页。

略了反映的功能会导致艺术的畸形发展，使艺术自身的审美价值为教育价值所遮蔽，邓以蛰认为："艺术家对于现象，是先要把它的五官性情搬出来，放在时时刻刻变动的现象中当作寒暑表或镜子似的，现象如何动，五官性情就如何迎合。"[①] 艺术只有反映时代的精神，并关注时代普通人的命运，才能获得自身的生命力和价值。黄药眠说："我们所面对的现实，已经不是地球的表面，而是辽阔的太空。从前月亮是高行在云中，而现在我们已可以遨游太空，把月亮踏在脚下；从前我们只能向地下挖出几千米的矿藏，而现在我们已经可以在万米以下的海沟探险了；从前我们的耳朵只能听见本城本市的电话铃声，而现在我们的耳朵，已可以听到太阳系以外的星球的信息。"[②] 时代的变化、科技的发展丰富和催生了艺术的创造和变革，这使艺术家在艺术表现上有了新的可能和新的境界。

综上，在中国经历了百余年的贫穷屈辱、由传统向现代转型的过程中，我们既需要反映中华民族走向伟大复兴、走向现代化的豪迈精神的反映式的艺术，也需要盛夏凉饮般的反省式艺术，如对工业技术理性宰制人的反省、专制政治对人性压抑的反省、对陈腐观念死灰复燃的反省等。只有这两种艺术都得到健康的发展，才能消除传统中的种种负面因素，对培育自由、民主、包容、和谐的现代人格和现代精神起到积极的作用。[③] 20

① 邓以蛰：《艺术家的难关》，《邓以蛰全集》，第42页。

② 黄药眠：《我又来谈美学》，朱光潜、黄药眠、常任侠：《美学和中国美术史》，知识出版社1984年版，第25页。

③ 强调艺术对现代人格精神的塑造及对现代人类精神的安顿等社会功能与重视艺术自身的独立性、自主性并不矛盾，伟大的艺术必能对人类的情感和心灵起到良好的熏陶、陶冶作用。李明辉在谈到儒学的本质时，曾对其本质面和非本质面做出了区分："儒家的实践以道德实践为本，由此再延伸到社会与政治中的实践。我们可以根据这两面，将儒学的本质界定为'内圣之学，成德之教'。但就内圣为外王之本而言，内圣的一面更具本质性；脱离了内圣之学而言的'实践'……儒家必视为无本之论。儒家的内圣之学必然要求开出外王，这属于儒学的本质面。但外王涉及历史时空中的偶然条件，故又有其非本质的一面。"（参见李明辉《当代儒学的自我转化》，中国社会科学出版社2001年版，第11页）。这一点其实对艺术也同样适用。艺术有其自身的规定性，这是艺术的本质面；而艺术的社会功能，只是这种本质面的附属品，过分强调了艺术的社会功能，只能使艺术重新沦为道德教化的工具。当然在历史上，这两者并不是截然分开的，先秦的"乐"可谓是打通"内圣之学"与"成德之教"的重要媒介，它构成先秦文化生活和艺术的中心，由"成于乐"的内圣之学到"礼乐文化"的政治实践之间是畅通一体的。然而，当艺术走向觉醒、艺术门类逐渐分化之后，艺术中的非艺术因素就日渐分离出来。中国艺术精神的现代转化同时也意味着它对现代人的心灵陶冶、现代人格的养成将产生重要的影响，这是中国艺术本质性的层面；由此种人格和心灵而形成什么样的社会实体、形成什么样的政治架构，这不是中国艺术的本质要求和主要任务，而是时代潮流使然。以上是我们在建构中国艺术精神时应该加以区分的。

世纪中国美学家大多过分强调反省式的艺术不仅不符合现代化的时代潮流，还很容易堕入复古的传统老路上去，成为披着现代外衣的封建幽灵。就整体而言，中国诗歌、绘画等艺术与西方艺术所展现的视野是同样广阔的，所表达的思想和情怀也是同样深刻的，而在观察的敏锐、感觉的细致、表达的含蓄等方面，中国艺术较之西方有过之而无不及。中国艺术展现的丰富而多彩多姿的人生，完全可以和西方艺术相媲美。只有把中国艺术的价值发掘出来并让它汇入世界文化大潮中，才能避免欧洲中心主义或中国中心主义的狭隘倾向。

第三节　禅宗与中国艺术精神

刘梦溪认为，现代新儒家的思想渊源之一，是佛教哲学的影响。[①] 事实上，不仅是梁漱溟、熊十力、张君劢、方东美、唐君毅、牟宗三等现代新儒家，20 世纪的中国知识分子如梁启超、王国维、宗白华、马一浮等，均在佛学研究上颇有造诣，他们通过研究佛教哲学中的名相分析、逻辑推理中所包含的现代认识论、心理学等相似的内容来弥补传统思维之不足，回应西方现代思想的冲击和挑战，这其实与晚清以降中国社会剧变、思想动荡、文化交融有莫大的关系。郭齐勇认为，在中国思想史上，这种思维进路可以上溯到明末的王船山、方以智、傅山等人对佛学的注目，“17 世纪以来，伴随着中西文化的交融，中国学人借助于佛学唯识学来改变自己的思维方式，尝试着走出中世纪”[②]。梁漱溟、熊十力、唐君毅都曾问学于一代佛学大师欧阳竞无，梁漱溟实以佛学研究名家；熊十力引儒论佛写成了《新唯识论》，建立了现代新儒家的第一个形而上的思想体系；马一浮则打通儒、佛二家，熔铸一炉，成为一代儒宗；方东美也曾言：“我在家学渊源上是儒家；在精神性格上是道家；在宗教情感上是佛家；而在哲学训练上是西家。”[③] 然而，20 世纪的中国美学家在探讨中国艺术精神时，

---

① 参见刘梦溪《中国现代学术要略》，三联书店 2008 年版，第 100 页。楼宇烈也认为，佛学对中国近代哲学尤其是新儒家有着广泛而深刻的影响，参见楼宇烈《中国的佛教与儒教》，《中国哲学的诠释与发展——张岱年先生九十寿庆纪念论文集》，北京大学出版社 1999 年版，第 83 页。相关论述还可参见何建明《佛法观念的近代调适》，广东人民出版社 1998 年版；觉醒、赖永海主编：《现代新儒家与佛学》，宗教文化出版社 2007 年版。

② 郭齐勇：《熊十力思想研究》，天津人民出版社 1993 年版，第 157 页。

③ 方东美：《方东美讲演集》，第 55 页。

对禅宗与中国艺术精神之间的关系却常常持一种极端的态度，他们要么过分标高禅宗对艺术精神的影响，要么完全忽略禅宗对中国艺术的价值，把中国艺术精神完全归于儒、道两家，这些都是不符合历史事实的。客观而理性地评价禅宗对艺术的影响，既能促进中国艺术精神的自我创新，又能保持禅宗自身良性的、健康的发展，笔者以徐复观为例，对禅宗与中国艺术精神之间的关系进行简要的分析。

一　徐复观对禅宗的误读

无论是对思想史的梳理，还是对中国艺术精神的现代阐释，佛学在徐复观的思想体系中始终处于一个被忽略的边缘地位。徐复观认为中国文化中的艺术精神，穷究到底，只有孔子和庄子代表的两个典型，而禅宗对山水画的影响，主要是通过老庄在起作用，因而本质上是老庄哲学对艺术的影响，他说："禅在文化中、在文学艺术中的巨大影响，实质是庄子思想借尸还魂的影响。"① 在《中国艺术精神》中，他认为庄子所代表的道家精神是中国艺术精神的主体，以庄学统禅宗，把禅宗对中国艺术的影响归结到道家和庄子身上，这就使得他忽略了禅宗对中国艺术的独特贡献，在禅宗与中国艺术精神之间关系的认识上流于偏颇和狭隘。

徐复观在谈到禅宗对中国绘画的影响时，认为："宋以后所谓禅对画的影响，如实的说，乃是庄学、玄学的影响。"② 他在论董其昌好以禅论画时，认为："夷考其实，则因庄子有与禅相通的地方，故有此近似而实非之论。"③ 由此他对铃木大拙过分标举禅宗对艺术的影响提出了严厉的批判。徐复观在论述魏晋山水画的出现时，认为佛教对绘画的影响是宗教性的神佛绘画，而非山水画，"技巧当然向神佛人物方面发展，而不向山水方面发展。山水的基本性格，是由庄学而来的隐士性格"④。他在评价黄山谷因参禅而识画时，认为黄山谷"实际是在参禅之过程中，达到了庄学的境界，以庄学而知画，并非真以禅而识画"⑤。即徐复观把禅宗对绘画的影响看作是禅宗与庄学的冥合。他在谈论画家"胸有丘壑"时认为，"胸有丘壑"是创作绘画的必需条件，而禅宗的四大皆空，"根本没有人与物的关系的问题，更不能停留在'胸有丘壑'的阶段上，也不能在由胸有丘壑

① 徐复观：《儒道两家思想在文学中的人格修养问题》，《中国文学精神》，第9页。

② 徐复观：《自叙》，《中国艺术精神》，第3页。

③ 徐复观：《中国艺术精神》，第41页。

④ 同上书，第219页。

⑤ 同上书，第326页。

而成的艺术作品上起美的意识”[①]。因为这是“有所念”、“有所住而生其心”的，而禅宗是以“无念为宗”，应“无所住而生其心”。他在探讨“淡”的思想来源时，认为淡的意境，是从庄学中直接透出的意境，“禅的向上一关不是‘游戏’所能透入的，透上一关所把握到的，将是‘寂’而不是‘淡’”[②]。他在评价董其昌的成败得失时，认为董氏的一大错处便是：“因受禅宗衣钵相传的影响，来建立一个衣钵相传的画史系统，贻误了后人对画史的客观了解。”[③] 又云董其昌之不能深入把握“淡”的境界是因他“缺乏庄学的自觉，而只是在禅的边缘去加以沾惹”。他在《中国艺术精神》的姊妹篇《石涛之一研究》中认为石涛晚年绘画的浩瀚纵恣，与他抛弃僧服、改充道士有莫大的关系[④]，因为佛禅在历史上与政治的关系过于密切，而这与中国山水画“是在长期专制政治的压迫，以及一般士大夫的利欲熏心的现实之下，想超越向自然中去，以获得精神的自由”[⑤]的价值趋向是不相符合的……，徐复观类似以上诸论者甚多，不枚胜举。他在《中国艺术精神》中，用了一章来阐释孔子的艺术精神，用了九章来对庄子的艺术精神做现代疏释、佐证和举例，而对于禅宗对艺术的影响则仅以少许笔墨轻轻带过，如在论述“神格”时，他引用《最胜王经》卷七“世尊金刚体，权现于化身”，用佛菩萨为普度众生权宜地化为人身的例子，来说明“神格”的“妙合化权”之义。在谈到水墨山水画的精神自觉时，他引用董其昌《画旨》中的佛理喻之，“众生有胎生、卵生、湿生、化生。余以菩萨为毫生。盖从画师指头放光拈笔之时，菩萨下生矣。佛所云，种种意生身，我说皆心造，以此耶?”[⑥] 在谈到庄学与禅宗相通之处时，他认为：“禅家亦云须参活句，不参死句。书家有笔法，有墨法；惟晋、唐人具是三昧。”[⑦] 在解释“了法”一词时，他引用《圆觉经略疏》的“了义者，抉择究竟显了之说，非覆相密意含隐之谭”[⑧] 来说明“了法”可能是由佛教中的“了义”依此而来……但在这些地方，徐复观并不认为这是禅宗对艺术的影响，而只是以佛经和禅理来说明、印证艺术的境界罢了，他对禅宗与中国艺术精神之间关系的认识由此可见一斑。

---

① 徐复观：《中国艺术精神》，第 327 页。
② 同上书，第 363 页。
③ 同上书，第 365 页。
④ 徐复观：《石涛之一研究》，第 103 页。
⑤ 徐复观：《自叙》，《中国艺术精神》，第 7 页。
⑥ 徐复观：《中国艺术精神》，第 221 页。
⑦ 同上书，第 364 页。
⑧ 徐复观：《石涛之一研究》，第 37 页。

二　徐复观对禅宗误读的原因辨析

是什么导致徐复观忽略了佛学与禅宗对中国艺术的贡献呢？从外在的学术背景看，徐复观对禅宗的误读源于他对佛学缺乏研究，对禅宗的认识存在一定的偏见；从内在的思维理路分析，徐复观对中国艺术精神的建构并没有很好地结合当时的工艺品、美术作品本身来研究，这就导致了他虽然认为庄子精神是中国山水画的精神根源，但却没有注意到从先秦、魏晋到唐代，不是山水画而是人物画一直占据着中国绘画的主体地位这一史实，从而未能对这一悖论做出合理的解释。山水画并非庄子精神直接催生的，魏晋时期这一历史的转折点至关重要，除了庄子的影响之外，佛教、儒家与道家的交流融合对绘画的影响亦不可忽视，这使得徐复观对中国艺术精神的建构有非历史性和主观臆断的一面，宗白华就指出过，“脱离当时的工艺美术的实际材料，就很难透彻理解他们的真实思想。”[①] 同时，从人性论的视角来看，徐复观认为作为中国文化三大主流之一的佛学、禅宗对中国文化的影响，只局限于思想层次，而与人格修养无关，因此不能作为人生价值的根源和艺术精神的根源。[②] 徐复观从道家与禅宗的差异处着眼，把禅宗视作老庄的附庸，而看不到禅宗的独立价值，因而导致了对禅宗以及禅宗与中国艺术精神之间关系的误读。

此外，徐复观对禅宗与中国艺术精神之间关系的误读又有其合理性的一面，这是不能加以全盘否定的。禅宗思想自身存在诸多反艺术、反审美的因素，这一点往往容易为人所忽视，历史上由学佛而好艺术者少，由学艺术而逃禅者多，关于这一点，阮璞早就指出：“两宋禅者固不乏能画之人，然如释梵隆画佛像之为效法李公麟，释仲仁（华光）写墨梅之为脱化于文、苏竹派（华光绍圣初试手作墨梅，便邀苏轼首肯），俱不过为文人墨戏画之支流剩派，何可颠之倒之？”[③] 这是可以认定的事实，在这方面，禅宗与艺术、美学的关系无疑较庄子要疏远得多。

首先，禅宗的直觉是非审美的，艺术的直觉是审美的。禅宗的直觉是一种哲学意义上的认识方式，一条到达真理的路径，其终极目标指向对自我心性的彻悟，如禅宗“风幡”的公案，众人都求诸物，只有慧能求诸心，“幡无如余种动，所言动者，人者心自动耳”[④]。这种破除逻辑推理，

---

① 宗白华：《美学散步》，第34页。

② 参见徐复观《儒道两家思想在文学中的人格修养问题》，《中国文学精神》，第8页。

③ 阮璞：《中国画史论辩》，陕西人民美术出版社1993年版，第250页。

④ （唐）惠能：《坛经校释》，郭朋校释，中华书局1983年版，第25页。

而靠顿悟、直觉把握事物本质的思维方式是一种“无差别”的绝对自由的精神境界。而艺术的直觉既是认识论意义上的理性环节，又是本体论意义上的感性结果，是对审美对象感性、理性融合为一体的完整把握，如秦观《踏莎行》中的“可堪孤馆闭春寒，杜鹃声里斜阳暮”，欧阳修《玉楼春》中的“直须看尽洛阳花，始共东风容易别”等，就不单纯是一种风景的再现，同时也是心灵世界的写照，艺术创造“不涉理路”而又不离理路，这里的“音”、“色”、“象”就是感性与理性、物与我融合为不间不隔、浑然一体的艺术意境。禅宗的“一超直入如来”把自然万象看作是幻相，使画家更多地停留在个人心象的证悟上，而不肯深入自然，不敢表现个人内心面对自然时最真实的感受，也不能创造出新的皴法和境界，刘纲纪对此提出了尖锐的批评：“禅宗所追求的美的境界较之于儒道两家更加是内向的，并且狭窄得多。所谓禅境，有一种孤寂凄清的特色，缺乏儒家面向社会，道家企图与无限的大自然合为一体的精神。”[①] 文人画所推崇的“逸笔草草”、“胸中逸气”就是这种心理状态的写照，它为中国画缺乏创新的偷懒、浮华作风埋下了伏笔。

其次，禅宗虽然也重视直觉体验，但这种体验根本上是非情感性的，甚至是反情感的。《心经》云：“色不异空，空不异色，色即是空，空即是色。”即只有脱出七情六欲的束缚，六根清净，才能得大自由。凯兹在提到黄檗希运禅师时，亦认为：“禅宗里无所谓善与恶，美与丑。”[②] 禅宗要求破除一切善、恶、美、丑的偏执，这就从根本上否定了情感。很多学者认为禅宗也讲情，认为只是“无凡情，非无圣情也”。但确切地说，禅宗的“圣情”是指那种“见色不乱”、“无所住心”、摆脱是非好恶诸烦恼的超尘出世之情，与现代心理学和艺术上所讲的情感并不是一回事。对于这一点，徐复观也早指出过，他在评价董其昌的艺术思想背景时说：“董氏所把握到的禅，只是与庄学在同一层次的禅；换言之，他所游戏的禅悦，只不过是清谈式、玄谈式的禅；与真正的禅，尚有向上一关，未曾透入。”[③] 这“向上一关”所把握到的，将不是艺术的“淡”，而是“空寂”。而艺术直觉是一种情感性的体验，这种情感表现是自发的、自由的，苏珊·朗格认为：“艺术品本质上就是一种表现情感的形式，它们所表现的正是人类情感的本质。”[④] 艺术家所表现的并非一般的模糊、混沌的情感，

---

① 刘纲纪：《美学与哲学》，第352页。

② Martin Buberman, *Black Mountain*, Ancho Press, 1973, p. 369.

③ 徐复观：《中国艺术精神》，第363页。

④ ［美］苏珊·朗格：《艺术问题》，第7页。

而是一种创造性的情感，卡西尔说："这种情感是我们生活在形式的生活中感受到的形式，每一形式都不仅是一种静态存在，而是一种动态力量，一种它自身的动态生命。"[①] 这种情感正是通过艺术家重构一个意象化的世界而得以呈现的。

综上，禅宗思维与艺术思维之间存在着巨大的差异，但两者之间的差异并非是不可打破的，如苏轼就将禅宗的"空静观"做了合乎艺术创作规律的诠释，提出了"诗法（佛法）不相妨"[②] 的观点，以禅宗思维来丰富和完善艺术创造的思维。需要说明的是，禅宗的思维方式对于唐宋艺术的发展和成熟起了至关重要的推动作用，但唐宋艺术发展到高峰的根本原因还是艺术家对艺术规律自身的认识和把握达到了前所未有的水平，不是禅宗的大师，也不是僧人信众，而是那些文人艺术家，创造了至高至美的艺术境界。王维虽然好佛学，但他首先是诗人，他的佛学修养显然不如很多禅宗大师，苏轼也是如此。由于禅宗思维与艺术思维的这种差异的存在，过分地标高禅宗对艺术的作用不仅无益，而且还有害，这是值得我们认真反思的。

三 禅宗对中国艺术的影响

禅宗对艺术的影响，主要是通过影响社会意识而影响到整个社会心理、文化心理来实现的，由此决定了禅宗对中国艺术影响的隐秘性、普遍性和深刻性。山水画成为中国绘画中的一门独立的专科，当自唐朝开始，在此之前的魏晋南北朝，虽然有宗炳的《画山水序》和王微的《叙画》等伟大的山水画理论著作，也出现了宗炳、宗测等著名的山水画家，然而山水画的成熟，还是要到隋唐时期，这一时期产生了吴道子、李思训、郑虔、王维等山水画大家。尤其是王维，被推为山水画之鼻祖。王维的画作，一般认为以他晚年隐居在陕西辋川时期为最高，但根据今天能看到的作品来分析，我们只能说王维是中国山水画的奠基者，他的作品（如《山阴图卷》《千岩万壑图卷》）并没有到达他在画论中所宣称的"置丘壑于胸中，生烟云于笔底"那样"造微入妙"的大成境界。宋人郭若虚在《图画见闻志叙录》中对画史有中肯的论断："若论佛道人物，仕女牛马，则近不及古；若论山水林石，花竹禽鱼，则古

① ［德］卡西尔：《语言与神话》，于晓等译，三联书店1988年版，第140页。

② 苏轼《送参寥师》云："欲令诗语妙，无厌空且静。静故了群动，空故纳万境。阅世走人间，现身卧云岭。盐酸杂众好，中有至味永。诗法不相妨，此语当更清。"参见《苏东坡全集》（上），第150页。

不及今。”[1]禅宗兴盛于唐中叶以后，唐代佛教的势力之盛，历史上已成不争的事实，佛教对艺术的影响首先反映在皎然的《诗式》、司空图的《诗品》等艺术评论上而非具体的艺术创作上，这是什么原因呢？皎然和司空图都是诗人，同时都有出家或隐居之经历，受禅宗影响自不待言。然而从历史上看，宋代以前佛教的影响更多的在山林寺庙，距离市井社会尚有相当的距离；五代以后的佛教，虽然教义教理的创新似乎走向了停滞和衰落，然而此时佛教、禅宗一方面已与儒、道融合为理学，另一方面则普及一般的文人和民众生活中去了。从宋代开始，随着城市经济的繁荣，禅宗开始向城市、都邑及大中寺院发展，在这个潮流中，许多禅僧受到市井各种经济利益和政治地位的诱惑，形成了奔走权门、逢迎官僚、以图发达之风尚，灵源惟清曾指出当时禅徒有“忧院门不办，怕官人嫌责，虑声位不扬，恐徒属不盛”（《禅林宝训》）的现实心态，这股风气的优劣我们暂不评骘，然而它直接促进了禅宗的市民化发展，扩大了禅宗在文人知识分子中的影响力。此时禅宗的影响主要不是表现在观念上，而是浸透在广大的社会生活中，成为一种文化的伏流[2]，这种伏流平时不易见到，然而经一念的反省，便在观念上立刻涌现出来。中国艺术家在对自然的静观寂照中，求返于自己内心深处的心灵节奏，以与天地自然的宇宙生命节奏相呼应。因此，中国山水画真正的成熟和高峰，恐怕还要以宋元两朝为泰山北斗了。

从社会的政治、文化状况看，宋代武备废弛，外族屡次入侵，文人们一方面痛感国族的衰弱，另一方面又担忧来日的大难，精神上难以自遣，就自然出现了避世、超世的趋向，很多文人画家，感到道家逃避得不够彻底，乃转而研习禅理，寻求解脱。在禅宗看来，世间的一切实相，都足以解脱苦海中的波澜；大地上的山川风景，都可看作是解脱的净境与顿悟的机缘。而绘画，在当时更被看作是一种“墨戏”，即以幽淡的山林，写胸中的逸气，禅宗对心的作用[3]的强调无疑对中国艺术心灵的自觉具有重要的促进作用。陈华昌认为，禅宗所推崇的“凝神静思、直觉观照、活参顿

---

① 虞君质：《山水画里的禅家思想》，《中国画论丛》（第一集），存萃学社编，大东图书公司 1978 年版，第 46 页。

② 参见徐复观《中国文化的伏流》，《徐复观文集》（第一卷），第 43 页。

③ 对于心的作用，儒家、道家和禅宗精神趋向各不相同，儒家强调的是心在“一念自觉之间”的道德反省作用，道家强调的是心的自然虚静的本性，禅宗强调的是心的超越虚幻本质。

悟、简练含蓄的思维和表达方式对山水诗、山水画创作具有特别重要的意义。"[①] 自北宋开始，中国的山水画吸收了禅宗的"空"、"淡"、"明心见性"的思想，偏向于水墨渲淡一派，如营丘的寒林，南宫的雨山，开始由以古为师，以人为师，转变为以造化为师，以心为师了。正是由于禅宗的渗入，中国艺术才把"神"的位置完全落实到人的内心，道信禅师曾说："千百法门，同归方寸。河沙妙德，总在心源。"以心为师，就体现了禅宗所言的大自在与大解脱，也体现了山水画意与禅心的结合。画家养成了宗炳所说的"闲居理气，拂觞鸣琴，披图幽对，坐究四荒，不违天励之藂，独应无人之野。峰岫峣嶷，云林森眇。圣贤暎于绝代，万趣融其神思"[②]的工夫，就能凝念默参，物我一体，妙造自然，动合天机，获得师心自用之妙。在宋元的诸多画作中，我们都可以体会到这种"从禅机悟画理，以画理证禅机"的审美特征。

宋元两代的山水画家十有八九精通禅理，这个时期的佳作大多景色荒寒冷僻，立意高远富有禅趣，如《秋山行旅图》和《关山雪霁图》就体现了一种寂渺、空阔的禅境，范宽、马远、夏珪、巨然的山水画，无不深契禅宗的机锋而又有各异的表现，其最终的目的，都是为了"悟"。叶维廉说："艺术不是要从混沌中求取组合的秩序……而是一种苏醒的方法，醒向我们刻刻生活着的生命，醒向那一旦我们做到心欲俱除，任其自然自发，便全然美好的生命。"[③] 用禅宗的话讲，艺术的目的就是要"明心见性"。严羽曰："禅道惟在妙悟，诗道亦在妙悟，且孟襄阳学力下韩退之远甚、而其诗独出退之之上者，一味妙悟而已。惟悟乃为当行，乃为本色。然悟有浅深、有分限、有透彻之悟，有但得一知半解之悟。"[④] 能妙悟，才能不涉理路，不落言诠；能妙悟，才能不着一字，尽得风流。禅宗的妙悟是靠"以心传心、心领神会"的机锋，这种情感和心灵相互印证的机锋本身就非常具有艺术色彩，如《景德传灯录》（卷四）记载的舒州天柱山崇慧禅师与门人的问答，就充满了诗情画意：

> 问：如何是天柱宗风？
> 答：时有白云来闭户，更无风月四山流。
> 问：如何是道？

---

① 陈华昌：《唐代诗与画的相关性研究》，陕西人民美术出版社1993年版，第173页。
② （南北朝）宗炳、王微：《画山水序、叙画》，第8—9页。
③ 叶维廉：《道家美学与西方文化》，北京大学出版社2002年版，第138页。
④ （宋）严羽：《沧浪诗话校释》，郭绍虞校释，人民文学出版社2006年版，第12—13页。

答：白云覆青嶂，蜂鸟步庭花。
问：如何是和尚利人处？
答：一雨普济，千山秀色。

这里的每一个问答都是诗，也都可以入画，都需要靠想象和妙悟才能感知，问者与答者构筑了“知音知心”的互为主体性的诗意空间。不同的是，禅宗的妙悟要靠语言或行为，而画家的妙悟则要靠色彩和线条作为媒介去表现了。

综上所述，禅宗对中国艺术精神的形成和中国山水画的发展、成熟是起着至关重要的启蒙和推动作用的，20 世纪很多美学家在谈到中国艺术精神时，要么过分标高禅宗对艺术的影响，要么只承认儒、道的影响而忽略了禅宗对山水画的影响，这是不够客观的。禅、道虽有诸多相似之处，但禅宗对于中国艺术实有着不同于道家的独特贡献。禅宗对中国艺术的影响，也有为道家所不及的地方，如禅宗对自我的肯定、对自性的证悟、“人生如梦”的悲剧意识等，都极大地丰富了中国艺术的内涵，这是不容随意抹杀的。

结　语

综上所述，20 世纪中国美学家对中国艺术精神的建构所使用的语言虽然还是传统的资源（庄子美学、儒家美学），但这些资源在他们的洞见下被赋予了新的含义。中国美学现代转型的问题，不仅仅是中国艺术的表现题材走出传统的山水、牧童、茅屋、池塘而落根于现实生活的问题，也不仅仅是在美学思想上走出“虚静”、“隐逸”的精神形态以及艺术家走出消极、颓废的生存状态而培育出积极、开放、健康的现代人格的问题，而是在走向现代社会的同时又能坚持自身的特性，坚守艺术的本根。中国美学不是一个静态的价值体系，而应是一种不断发展、不断更新的活的精神系统，真正的美学家，应该站在全球的立场，正视现代工业文明的发展和科学技术的进步，细心地捕捉肉眼、“物眼”所带来“心眼”的变化，韦启美曾指出：“嫦娥在月桂下起舞的形象和宇航员在月球上采集土样的形象同样地永远流传和保存在人们诗意的生存中。如果艺术家没有文化意识的觉醒，便不能感受到现实要求艺术给以表现的期待，不能感受到来自艺术本身的创新的胎动。”[①] 因而，这种表现和超

① 韦启美：《民族油画随想》，《美术研究》1998 年第 2 期。

越不是基于阿Q的“精神胜利法”，而是基于一种现代的、新鲜的生活体验，基于一种现代主体人格的重新确立，基于一种自我本根的重新发现，这才是中国美学的未来发展之路。

附录一

中国画的现代路
——刘国松先生访谈录

刘国松　1932年生，祖籍山东青州。14岁在武昌读初中时开始学画，20岁转习西画。1956年毕业于台湾师范大学，并于同年创立“五月画会”；1961年参与台湾“现代艺术论战”，是徐复观的主要论敌；1968年倡导成立中国水墨画学会，后任香港中文大学艺术系主任，其间曾在美国依阿华大学及威斯康星州立史道特大学任客座教授。1966年曾获美国洛克菲勒三世基金会两年环球旅行奖金，1968年获国际青年商会十大杰出青年奖，1969年获美国主流国际美展绘画首奖，1977年当选为国际教育协会亚洲区会长，1979年获国际静坐协会艺术完美奖，1984年获第六届全国美展特别奖，2008年获台湾“国家文艺奖”，2010年获美国世界艺术文化学院荣誉博士学位，2011年获中国文化部首届“中华艺文奖终生成就奖”。在世界各地举办个人画展近百次，作品为世界各大美术馆收藏。他也是台湾文化界赴大陆交流访问第一人，享有“中国现代绘画先驱”、“现代水墨画之父”之盛誉。2008年10月24日，借刘国松赴武汉参加“周韶华先生从艺六十周年纪念活动”之机，笔者与他进行了关于中国画的现代之路的访谈。

一　艺术的本质问题

笔者：欢迎您来到中国大陆。据我所知，您对绘画的兴趣好像是从很小的时候开始的？

刘国松：确实如此，你了解得很仔细。我从小就喜欢画画，在抗日战争时期，我在湖南读小学时就开始画铅笔画，也写新诗。我当时画得不错，但主要是作为一种业余兴趣，觉得画着好玩，还可以获得老师的夸奖，满足我小小的虚荣心。而我真正专心画画并接受比较正式一点的艺术训练，则开始于我在武昌读初中二年级的时候。那时好像是1947年吧，我每天上学时都会路过两家裱画店，放学后就待在店里看墙上的画，那些画经常更换，就是那时起，绘画对我而言开始具有强大的吸引力。在那看画的时间一长，一家裱画店的老板就注意到了我，他就问我："你这么喜欢画，为什么不学呢?"当他知道我家境很穷的状况后，就把柜子里剩下的零碎纸张和几支旧笔送给我。我欢天喜地跑回家，开始拼命地画，画完后就送给那老板看，他就指点我哪里画得好哪里画得不好，有些画得好的画他还留下来。后来还送了我一本中国画册，我一个暑假就画了七八十张，开始被老师和同学们称作"小画家"了。

笔者：武汉可以说是您艺术生涯的起点。那时您画画主要是临摹还是开始表现自己的东西呢?

刘国松：武汉是我艺术的起点。在画画的过程中，我开始感觉到一种说不出的满足和愉快，那个时期奠定了我画画的基础。我当时主要是对着画册临摹，真正在绘画中融入一些自己的东西，可能要到50年代在台湾师大读书的时候才开始做了一些这方面的尝试。

笔者：似乎所有的艺术家都是从临摹开始的，临摹、素描的功夫是绘画的基础吗?

刘国松：素描不是所有绘画的基础。绘画的基础不单在训练好的技巧，更重要的是从技巧的练习中领悟艺术的本质，绘画的基础就在它本身。所以并不是要把各家各派的技巧都学会后才能创造自己的技法，真正临摹各家的技法后，你往往丧失了自己的创造力。我们通常所谓的素描基础、笔墨基础并不是绘画的基础，因为它是普遍的、抽象的、对所有人是有效的，素描基础、笔墨基础是画传统画的基础，也就是毛笔画的基础，只要技巧够了，绘出来的作品都是不错的，但这种技法不是所有水墨画的基础，更不是创作现代画的基础。真正的技巧，不是模仿抄袭的技巧，而是创造的技巧。技法的创新是奠定个人艺术风格的基础，任何一种创新的绘画，都有其本身的技法基础，现代绘画的基础应该是具体的、个性的、是你创造出来的。所以说不能真正理解技巧的人，就不能把握真正艺术的本质。

技巧的第一个问题就是在绘画中的地位问题，技巧有自己独特的位置，绘画中的技巧不是孤立的手的训练的问题，而是和艺术精神融为一体的，技巧的练习同时也是艺术修养、艺术经验和心性的修炼，这在我以前也讲过。

另外一个就是技巧与艺术风格的问题。技巧是风格的基础，绘画的技巧很多，但技巧只有成为艺术家表现自己的情感、风格或成为自己表现起来觉得有意思的技巧才能成为艺术家自己的技巧。自己实验创造出来的新技法，就抓住不放，先练习两三年再看效果，看能否形成自己的艺术风格。因为一个画家，很重要的一点就是要建立自己的艺术风格，这个风格和别人的距离越远越好。风格如何才能建立呢？那就是抓住一样技法，坚持做下去，越做越好，就形成了自己的风格。千万不要赶时髦，这种技法搞几天，那种技法搞几天，总是不断地重新开始，什么都没有达到一定的高度，最终自己都迷失了方向，没有自己的艺术个性和风格。一个风格的建立就是要把这种技法的效果做到最好。

笔者：您曾就艺术创造有过很多大胆的想法和口号，这些想法是您在绘画过程中领悟到的呢，还是思考的结果？

刘国松：应该说两者都有吧，很多想法都是实验的结果。我曾提出过一个口号，叫作“先求异，再求好”，这是我在香港中文大学一个教学实验中所形成的思想。我当时做美术系主任，是开放式的教学，我让教师自己自由选择自己可以胜任的任意一个年级的课程教授，选完剩下的课程由我来教。剩下的是一年级的素描、二年级的油画、三四年级的水墨画，都由我来讲。我当时教油画课面临的问题比较多，你知道香港是个商业社会，父母亲都不赞成孩子学艺术，所以小孩子一年级画了素描后，到二年级不要说画过油画，连真正的油画见都没见过，我实验的对象就是只有这种基础的学生。第一堂课上课时，我放了一百张照相写实主义画家的作品，学生们都震惊得不得了！怎么可能画得这么像?！因为大家以前没有接触过这些画，觉得画得像就是好。我问大家：这学期我们就画这样的画好不好？大家都说好。我给他们布置了一个任务，第二堂课每位同学都拍一卷幻灯片过来，拍自己喜欢的东西。然后准备油画笔、油画箱、颜料等，我让他们买小的油画笔，不要方头的，要买圆头的。第二堂课时，我让他们一个个地放映他们自己拍摄的幻灯片，每卷 36 张，然后每个人选择一张自己最喜欢的，到照相馆放大成 8 寸 ×10 寸的大照片，买一个油画框，把拍好的风景啊、人物啊用幻灯机投影在画布上，用铅笔把拍摄的东西的轮廓描上，然后色彩就照着这个照片画，慢慢地学会调颜色，争取和照片画得一模一样。一个学期下来，大家的进步很快，觉得很有成就感。在学年快结束时，香港要举办当代艺术双年展，我选了 5 个很用功、画得也非常好的学生的作品送过去了。这些学生很疑惑：老师，我们现在画油画还不到一年，能去参加双年展吗？我说行。学生又问：其他的参展画家很多都是在加拿大、英国、澳洲拿了硕士回来的，我们如何与他们比呀？我告诉他们，如果你们决定从事艺术，你们就要从现在开始，积极参加一切的艺术活动。那一年我不是评审委员，结果5张作品全部入选，有一张还获得了大奖，这个事情证明了什么呢？证明了素描并不是所有绘画的基础。但照相写实主义是用照片投影上去的，轮廓一点也不会错，然后照着照片调颜色，形、色都很准，这样用不到一年的时间，就能达到很高的水准。当时世界上照相写实主义很流行，评审委员看到这类作品当然有一定的倾向性，而其他参展的很多艺术家，在美国、英国拿了硕士的时候学的都是抽象画，这使得他们相对于我这些基础不太好的学生并不占优势，这也证明了另一个道理——某一类型绘画的基础就在它本身的技法的重复练习，而不在别处。过去的艺术教育深受“为学如同金字塔”思想的束缚，认为只有基础打好打宽了，才建得牢，才能搞创造。事实上，“为学如同金字塔”是通才教育的思想，并不完全适用于创造人才的培育。传统的美术教育最重视临摹的工夫，也就是先临摹各家各派的作品，学好各家各派的技法和表现形式，打好基础。结果呢？基础打得越好，就越难创造个人的风格。专才教育要专、精、深，而不一定需要宽、广。摩天大楼之所以高，不是因为它的基础多大多宽，而是因为楼体本身扎根深，画画也是同理。绘画只要你创造并抓住了一种适合自己的表现技法，重复练习，这就是向地下扎根的工夫，等到你练习得足够好，这种技法可以运用自如了，扎得足够深了，你就可以离开地面达到一定的高度。我提出“先求异，再求好”的口号，不是要搞什么运动，而是希望以此唤醒我们从事美术教育的人反省自己的观念。

我在国画上也做过实验。我在香港中文大学第一个设立了“现代水墨画”的课程，现代有很多大学已经设立了。针对当时国画教学的弊端，我在第一堂课上就要求学生不许临摹，而是自己去尝试、实验创造出自己适合的技法。我向学生介绍了自己所创造出的多种新技法，但不允许他们模仿我。结果我发现有一个学生很特别，他并不是艺术系的，也没有什么美术基础，在一年级时选我的素描课，一年下来，他的课程分数最高，比艺术系的学生都高。我很惊讶，就找他来谈话，了解到他是学生物化学的，但他对生物化学不感兴趣而喜欢艺术，我就动员他转系。他父母不同意就来找我，我和他父亲谈了两个多小时，终于把他父亲说服了。到了二年级后，他用水墨做实验，用软木在宣纸上拓墨出肌理效果，很有新意。到毕业时，他的毕业展作品得了第一名。他完全没有画过传统的国画。

不断地创新，不断地反叛，这种创造精神才是现代艺术的本质。过去的中国画家并非完全不知道绘画的本质在于创造，但封建社会人们看重的不是绘画本身，而是艺术家的社会地位和人格修养，中国艺术传统对于创造的要求很低，这种流弊一直到现代还存在。现在模仿中国古代大师的人很多，模仿西洋现代大师的人也不少，但这并不是创造。

笔者：您曾提到绘画中技术本身的独立的问题，美学家、文艺批评家所谈的技巧和艺术家所谈的技巧是不是一回事？

刘国松：我和邵大箴在“潘天寿百年诞辰学术研讨会”上曾探讨过这个问题，艺术史家所谈的技巧和艺术创作者所谈的技巧在观念上不是一回事。艺术史家所谈的技巧是过去的，艺术创作家所谈的技巧是面向未来的，当然这里是专指有创造性的艺术家。国内很多人认为我的技巧是制作出来的，邵大箴就在那次会议上鲜明地反对“制作”，推崇笔墨，他要我谈谈对“制作”的看法。我就讲了这个看法。艺术史家比较关注历史上发生了哪些事情，形成了哪些流派、风格，这些事情对后来有什么影响等。我们搞创作的人看艺术史看的是整个艺术史发展到现在到了什么水平，再往前应该怎么发展，这两者确实有很大的差异。至于邵大箴先生说的“制作”的问题，熟悉美术史的人都知道，早期的画家都不落款，等到开始落款时一般是“某某制”几个字，如范宽的《溪山行旅图》上树根那里就有“范宽制”几个字，这个“制”不就是制作的意思吗？重彩画一般题名为“某某绘”，这个“绘”字就是表示多彩的意思。山水画中的“某某画”，这些画色调比较清淡一些。在文人画成为绘画的主流后，讲究“书画同源”，书法即画法，这时一般用“某某写”。现在文人士大夫阶段已经过去了，我们已经到了一个“（创）作”的时代了，我希望以后的画家不要再题“某某写”了，而应题“某某作”了，齐白石早已题“白石作”了“制”和“作”两个字今后应该成为美术史上的重要命题。所以技法应该是不断的有新的创造和发展，中国画自元代以后技法的创作基本上停止了，所以现代新的技法出现必然有很多反对的声音，因为它的制作方法不拘一格，很多元，和文人画封建的一言堂完全不同，这是中国艺术发展必须要经历的一个阶段。

二　台湾“现代艺术论战”

笔者：台湾的“现代艺术论战”是中国文化史和艺术史上的一个重要事件，当时探讨的很多问题，在八九十年代以来的中国大陆产生了激烈的反响和共鸣，并得到更深入的探讨，您能否谈一下当时论战的背景呢？

刘国松：在台湾，有过两次艺术论战。第一次是我挑起的，我当时读大学四年级，我的老师傅心畲先生，他说他去年当台湾省美展评审委员，其他评论家说某某画家很努力，很上进，结果商议把奖给了那个画家。结果到了第二年，又有人推荐，说某某画家画很好，很努力，结果又得了奖。这两次获奖的第一二名画家画的是什么画呢？是日本画，然而都是在“国画”这个范围里面得奖的。这就意味着，日本画比中国画好，更有资格成为“国画”的正统，这引起了傅心畲先生的反感。当时的评审委员中只有傅心畲和黄君璧先生是外省人，大部分都是本省人，也就是在“日据”时期画日本画的台湾艺术家，结果傅心畲先生宣布以后再也不担任评审了。当傅心畲先生在课堂上讲述这些事件时，激起了我的愤怒，我在义愤之下就写了一篇文章发表在《联合报》上，标题就是《为什么把日本画往国画里挤?》，文章发表后，引起了一些台湾本省画家的反击。在舆论的鼓动下，黄君璧及大陆过去的诸位先生也参加了进来，双方你来我往，以《联合报》为擂台展开了激烈的艺术论战。我后来在《新生报》上又发表了《日本画不是国画》一文，使整个论辩达到白热化。我后来撰文给台湾省文化所的所长，建议将国画和日本画分开，现在不是有西洋画部和国画部吗？建议再成立一个东洋画部，和西洋画部、中国画部并立。结果他们不予理会，最后成立了一个国画一部和国画二部，分开评审，国画和日本画都有得一、二、三等奖的。

笔者：您是指日本画变成了国画二部吗？

刘国松：最后把日本画改名为“胶彩画”，结果变成了“胶彩画”、国画和西洋画三个画种。

笔者：我在《台湾美术年鉴》上看到过一个统计表格，台湾五六十年代全省美展获奖人员和评委变动都比较小。

刘国松：确实如此，评审老是那一批人把持，老是那一批人获奖，十年如一日，这是第一次中国画论战。

第二次中国画论战呢，就是中国画的现代化问题。我提出了一个口号，就是走“中国画的现代化”之路，后来我写了“革中锋的命”、“革笔的命”等方面的文章来阐述这个观点。但首先革命必须搞清楚革命的对象是谁，我认为传统中国画对中锋和笔太过迷恋了，事实上，笔只是诸多表现工具中的一种，中锋又是许多用笔方法的一种，不用笔、不用中锋就画不出中国画的论调实际上是画地为牢。我写了《谈绘画的技巧》这篇文章就是谈的这个问题，引起了很大的反响、指责乃至谩骂。这个辩论是从抽象画开始，而不是从国画开始的，但最后的焦点转移到了对中国画的现代革新问题上来了，就是中国画的未来发展是不是抽象画呢？那时我画抽象水墨画，后来由抽象画又转移到了抽象与具象之间的水墨画，最初辩论的焦点是：抽象画是不是画？开始辩论很激烈，你来我往很热闹，但后来学术论争演变为谩骂和人身攻击，最后通过政治手段污蔑我们是共产党的同路人。那时还是台湾的“戒严”时期，政治是个敏感的问题，有句话叫“宁可错抓一百，不可放过一个”。他们说我们是毕加索的崇拜者，而毕加索是共产党，这样给我们扣帽子。但事实上，毕加索后来脱离了共产党，这点他们没有说，或者他们知道而故意装作不知道。他们后来找到东海大学中文系的主任徐复观，企图从学术上、学理上给我们“戴帽子”。那几篇论战的文章你看了吗？

笔者：看了。

刘国松：尤其是1961年8月14日徐复观的《现代艺术的归趋》一文发表之后，这种企图从政治上置台湾青年现代艺术家于死地的意图更加明显。一向支持现代艺术家的虞君质老师也著文进行针锋相对的批判，廖继春、孙多慈、张隆延、王壮百、虞君质等老师也相继加入“五月画会”，为我们打气。结果两个回合过后，徐复观败下阵来。此时，秦松的一幅版画作品被盯上了，当时我们在台湾历史博物馆展览，历史博物馆是台湾选拔现代艺术作品去海外（如法国巴黎青年美展、巴西圣保罗国际美展等）展览的一个单位，结果当时国民党的两个御用画家说秦松的画是“倒蒋”的（他作品里有个颠倒的“蒋”字）。为了避免他人再做手脚，秦松的版画就立刻被封存起来了，我记得那一天是1962年3月25日。当时台湾有个文艺协会，相当于大陆的文联，是一个半官方的机构，他们倡导举办了个辩论会，邀请双方都到场开陈布公地论辩，准备搞12场。结果论辩了6场之后，对方就说，我们不是反对你们，而是反对那些不会画画的、跟在抽象画后面瞎起哄的青年。我以为我们又打了个大胜仗，其实完全不是这回事，这个时刻恰恰是我们最危险的时候，而能化险为夷则幸亏我的一个老师张隆延的暗中帮助，他做过台湾“国立”艺专的校长，后来在联合国做文化参事。他是国学大师黄季刚的入室弟子，法国的法学博士，文化功底深厚，法文也好，用英文、法文出版过《中国书道史》，非常有学问。这是中国最后一批有骨气的知识分子，他一直在纽约教书，没有产业，自己租房子，很清廉的一个学者。10年前他因历史博物馆给他开艺术回顾展回台湾，时年89岁。我去看望他，他告诉我，有个事情你们一直不知道吧？当年“秦松事件”发生的时候恰恰是台湾现代艺术家最危险的时候，我知道了这个情况后就去见了蒋经国，给蒋经国分析了新旧派之争的经过，谈了一个多小时，保证你们不是共产党。蒋经国后来说：你是专家，我相信你的话，叫他们以后不要再乱搞了。你想，如果没有他的暗中帮助，我们可能都早已作古了，所以后来我写了一篇文章《救命恩人张隆延》来纪念他，谈的就是这件事情。

笔者：事实上，我在翻阅相关文献时发现，您的艺术观和徐复观等传统派的艺术观在很多方面是相当接近的，同远大于异，您是否赞同这种看法？

刘国松：确实非常接近。事实上，在台湾"现代艺术论战"之前，徐复观并不是研究艺术的，也正是这场论战的失败，刺激了他，他才下定决心要探究出中国艺术的精神特质，结果过了几年他真的写了《中国艺术精神》这本书，还获得了1968年度台湾"中国画学会"的"金爵奖"。当然他从学理上去探究中国艺术和在论战中的观点在视角上又有很多差异，没有论战中那么保守了。

笔者：也就是说，徐复观在《中国艺术精神》中的很多观点和当年论战时已经有了一些变化，我也有同感。那么"现代艺术论战"对您从抽象画向水墨画的转型有没有产生影响和冲击？您是怎么看待中国艺术精神的？

刘国松：我从抽象画向水墨画转型的时候，"现代艺术论战"还没有开始呢。我在1961年1月1日发表了一篇文章，就是《绘画的峡谷——从十五届全省美展国画部说起》，认为当时在西方风行的、中国古已有之的抽象画，是融合中西绘画的最佳途径，最迟在那个时候，我就完成了从抽象画向水墨画的转向，而"现代艺术论战"的发生好像至少是这篇文章发表半年以后的事情了。当然中西文化论战发生得更早一些，但从全盘西化到再认传统是我自己从绘画实践中摸索、思考的结果，和论战的关系不是很大，但是当时台湾的文化思潮受我很大的影响。

如果我们将中国美术史深读一遍，就会发现中国并非一个保守的国家，而是一个兼容且融化能力很强的国家。我觉得中国艺术精神还应该是兼容并包的精神，比如魏晋时期我国的文化经历了非常混乱的一段时期，后来吸取了外来的营养，在旧有的躯壳中灌进了新的生命，才有了后来唐宋艺术的光芒四射。而今自鸦片战争以后的中西文化交流，也是这样一个时期，我们应该广泛吸纳人类艺术精神的资源，将它化为我们自己的血肉，这也是中国艺术发展历史给我们所昭示的。开花结果的过程可能会很漫长，但这是个必然趋势，谁也阻挡、改变不了的。西方现代艺术的发展也是借鉴、融合的产物，它也受到了中国艺术的影响，像马蒂斯就受了中国画的影响，过去西方一般都是立体画，马蒂斯画人物的方法是平面的，没有光影，没有立体，但他的画还是比较有艺术的意味。美国抽象表现派画家，又都是受中国书法影响创作出来的。而现代很多西方的画家，号称反映社会，就像一面镜子，完全客观的写实，制造一种惊异、恐怖、轰动血腥、色情的审美效果，除了感官上的刺激外，精神上一片虚无，没有超越，也没有升华，这种艺术完全是“快餐文化”。中国艺术崇尚的审美效果是余音绕梁、三日不绝，你第一次看很美，第二次、第三次依然能给你感动和享受，这对校正当前现代艺术感官化、虚无化的倾向是很有启示作用的。

三 中国画的现代化

笔者： 1965 年，您曾在台湾出版过一本书，叫作《中国现代画的路》。“中国现代画”是什么意思呢？它和“现代中国画”是不是一个意思？

刘国松： 我们那个时候流行“现代主义”，我们搞的也是现代水墨，如果放在现在可称之为当代水墨，这中间隔着几十年的历史。现代水墨主张水墨要有现代精神、现代感，也就是艺术要与时代同步。你生活在 20 世纪，但画的却是 18 世纪的画，抒发的是 18 世纪的情感，这就不是现代画。我们生活在 20 世纪的人难道没有新的感受、新的思想和更复杂的情感需要表现吗？作为一个现代的中国画家，如果发现他的所见所思与所画存在着难以一致的苦闷时，那就说明过去惯用的那些传统技法与现代社会特有的感觉和意趣，在表达上产生了矛盾——有限的皴法怎么可能表现我们新的感受呢？一个时代有一个时代的精神，现代的精神，也必须要现代的语辞、形式和技法来表现。

“中国现代画”和“现代中国画”的含义是有些不同的。“现代中国画”还是中国画，只不过是现代的人画的，如新文人画。而“中国现代画”是中国现代人画的画，它不仅是水墨，而且是代表这个时代精神，是采长补短、融会东西的全新创作。应该做一个区分。现在中国“复古”之风的兴起，这种风气是对现代化的一种反弹，它体现了中国艺术家在全球化思潮面前的一种抗拒的情绪。“复古”不是创新，而是死亡之前的一个回光返照。“中国现代画”是建立在反叛、创造与个人特质显现的基础上的，以为盲目模仿西方艺术或“复古”就可以获得所谓的现代精神是错误的。“中国现代画”既不是“复古”，也不是西化，而是既“中国”又

"现代"。我所谓的"中国"并非单指工具材料而言，而是在精神的表现方面。过去的国画不行，但国画不是一个呆板、固定的概念，国画也是可以现代化的。有一次在深圳我和贾又福聊天，他让我评点一下他的画，我就问他，你的山水画得这么好，为什么还要画个牛羊和牧童呢？他说如果不画，就感觉画好像没画完似的。我告诉他，你的山水境界很高，但是加了牛羊和牧童进去之后，这个画就落入现实了，境界一下子就差了很多。没有现实的东西，反而境界高。吴冠中、周韶华等人在国画的现代化方面进行了很多有意义的探索，刚才过来（打招呼）的那位董晓明先生，在深圳做了"都市水墨"的实验也很成功，我相信在不久的将来，现代水墨画会渐渐成为中国艺术的主流。

笔者：您认为西方艺术最值得我们学习的是什么？

刘国松：当然是创造精神。很重要的一点就是要真正认识到艺术的本质就是创造，并把这种理解贯彻于艺术实践中。我曾在《中国现代画的基本精神》中讲中国画的基本精神是士大夫的、男性的和老年的，讲究苍劲、老到，这是积极的方面。从消极的方面看，中国艺术反对稚弱，所谓"嘴上没毛，办事不牢"，一个艺术家不到50、60岁似乎就没资格谈创造。但现代心理学告诉我们，一个人创作能力最强的时期是20—45岁这一时期，获得诺贝尔科学奖的很多人，他们的成就都是这一时期做出来的。所以中国画的男性的、老年的和士大夫的等基本精神都需要辩证地分析，它们也包含有很多非人性化的封建意识在里面，不可盲目崇拜。

今年台湾的"国家文艺奖"给了我，有报纸说这是"迟来的荣耀"。陈水扁上台后，台北市的美术馆就不能收藏水墨画，因为水墨画是中国绘画。阿扁说要收藏本土绘画，也就是油画和胶彩画（日本画），把这两个画种当作台湾的"国粹"，于是每年一次的台湾水墨创新展也被取消了。如果阿扁还在台上的话，我这个"迟来的荣耀"估计要来得更迟了。我想，只要你为艺术的创造进行了尝试和努力，历史是会记住的。

另外一点，对"人"的重新发现也很重要。我们要创造一种现代化的国画，我们首先必须从形式的破坏与重建做起，其中必然包括工具和材料的改革、技巧的创新等，但这还不够。建立一个21世纪中国绘画的新传统，我们除了要对那纵的、属于时间的绘画传统有正确的认识之外，还应该把眼光转到横的、属于空间的现实中来。中国画的传统是空灵高超，但"空"和"超"的基础是不"空"不"超"。艺术家不能忘却人类的基本情感和对社会的感受，我们生活的现实，既不是宋元的社会，也不是巴黎、纽约乃至东京的环境，而是这样一个中西文化冲突、庞杂而又多元的文化背景，不经过一段艰苦的探索，而一着笔即刻意表现古人的气韵，那完全是虚伪、作假，没有自我，也没有生命。中国艺术的未来，首先就在于“人”的觉醒，要以自我的重新发现、个性的确立为艺术创造的源泉。

笔者：您对现在的青年艺术家有什么期待？

刘国松：我谈谈对艺术评论家的期待吧。你是研究美学的，我希望你们搞理论研究的人能够创造出现代中国的美学体系。现在艺术界动不动就谈“后现代”，我们没有自己的话语权，没有自己的品评标准，都是跟着西方的美学话语在走。我们在艺术创作上做了很多尝试，但背后并没有一个“新美学”这样的理论体系在支撑着我们的创作，所以中国画对世界的影响也不大。现在很多中国画家由模仿古人转向完全模仿欧美艺术家，做了别人的马前卒和啦啦队还自以为当代。我们必须建立一套我们自己的美学理念和价值观，并创造出一种既中国又现代的个人画风。研究美学和艺术史的人应多关注中国现代美学和艺术的发展，中国艺术创作的实践不断拓展着艺术理论研究的领域，而中国的美学和艺术理论也应该对中国艺术的实践进行理论总结、反思，并对艺术创作发挥定位作用。

（注：以上文字乃笔者根据2008年10月24日于武汉东湖宾馆与刘国松先生对谈的录音整理，本文的发表经过了刘国松先生的审定与授权）

附录二

手心两忘，技道合一

——再论徐复观“中国艺术精神”

邹元江《必极工而后能写意——对“中国艺术精神”的反思之一》[①]一文是对徐复观“中国艺术精神”问题进行深度反思的很有见地的一篇文章，他提出了“极工”这个对艺术家非常重要而且无法绕过的问题，同时一针见血地指出这是中国传统画论中一个重大缺失，那就是对精神境界的过分关注，而忽略了笔墨技巧的训练和运用，这个批评是很中肯的，中国画在历史上的流弊和衰落无不与技巧方面疏于创新和变化有关。然而，结合徐复观的《中国艺术精神》来看，邹元江所批判的这个问题似乎和徐复观发言的对象之间，存在着一种可以存而不论、不言而喻的关系，邹文脱离了徐复观生活的时代背景，忽略了徐复观写作《中国艺术精神》有其特定的发言对象，因而造成了对徐复观“中国艺术精神”的误读；同时，邹文对“极工”与“写意”之间的关系有技术至上主义的趋向，由此，他得出了“必极工而后能写意”这样一个有失偏颇的结论。本文从徐复观的美学思想及其产生的时代背景入手，并结合“极工”与“写意”之间的关系及相关艺术作品试辨析之。

一 徐复观《中国艺术精神》的发言对象

徐复观在《中国艺术精神》中的美学思想，是承接1961年台湾“现代艺术论战”而来，其发言对象是台湾的现代艺术家，所以他无须在技术问题上多着墨。海德格尔曾在《艺术作品的本源》中宣称他在该书中的艺术观念只对应于“伟大的艺术——这里只考虑伟大的艺术”，而不适用于日常所谓的宽泛的艺术概念；那么，徐复观同样在《中国艺术精神·三版

---

① 邹元江：《必极工而后能写意——对“中国艺术精神”的反思之一》，《文艺理论研究》2006年第6期，第73—78页。

自叙》里明确指出，他在《中国艺术精神》中的发言对象为台湾的现代艺术家，而不是一般的“读者”，“当我着手写这部书的时候，正是许多人标榜以抽象主义为中心的‘现代艺术’的时候……画家的心中，若填满了名利世故，未留下一片虚灵之地，以‘罗万象于胸中’，而欲在作品中开辟境界，抒写性灵，恐怕是很困难的事。这部小著，假定能帮助读者，带进古人所创发的‘心源’，而与其相互映发，使自己的作品，出自此根源之地，则天机舒卷，意境自深”[①]。这里，徐复观有意无意地设置了这样一个前提：他的《中国艺术精神》不是对一般人泛泛地谈艺术，而是对台湾的现代艺术家在谈艺术，因为一般的“读者”是不可能有“自己的作品”的——技术，在这里似乎是一个不言而喻的东西。台湾现代艺术家们无论是谢里法、庄喆还是如今名气很大的刘国松，在技术上都是无可挑剔的，所以徐复观对他们谈技术不仅不必要，而且显得可笑，有班门弄斧之嫌，我们必须注意到徐复观写《中国艺术精神》的这个特定时代背景。正如我们可以从海德格尔对“伟大的艺术”的思考中了解他对于美和艺术的一些根本观念，我们也可以从徐复观对台湾现代艺术家的言说中去了解他对于一般艺术问题的思考。但是，反推过来，把海德格尔对“伟大的艺术”的观念推之于日常的艺术，把徐复观对特定对象的发言推之于一般人，不顾时代背景和发言对象的特殊性，是难以做出公允之判断的。

邹元江开篇批评徐复观将“作品中的气韵生动”等同于“作者自身的气韵生动”，韩拙、邹一桂、金原省吾氏之语见于《中国艺术精神》第179—180页，徐复观在这里批判邹一桂和金原氏将艺术家的精神状态完全摒弃于艺术创造的历程之外。徐复观的气韵有两层含义，首先，气韵是艺术作品的效果，他认为形似与气韵之间，存在着距离，只有“挹客观之自然，为胸中之自然”，经过艺术家的裁汰洗练后，形与神融合无间，“则以气韵求其画，形似在其间矣”[②]。由此徐复观批判后人误解了苏东坡的“论画以形似，见与儿童邻”的本意，形似的工夫是绘画的起点，也是基础；其次，气韵是一个作品得以创作出来的作者的精神状态，胸中有丘壑，下笔方有神韵，这其实谈的是艺术修养问题，而艺术修养和人格修养是相通的，“艺术家对生活的态度，是可以在他的绘画境界上显示出来的”[③]。所以徐复观主张“精神还仗精神觅”，艺术修养的获得，须经过名山大川的

---

① 徐复观：《三版自叙》，《中国艺术精神》，春风文艺出版社1987年。

② 徐复观：《中国艺术精神》，第169页。

③ 刘国松：《永世的痴迷》，山东画报出版社1998年版，第80页。

历练和“丘壑内营”的工夫，使自己的生命，从个人私欲的尘浊中升华上去，呈现出虚静之心，这样才能以“尺幅管天地山川万物，而心淡若无者”（《石涛画语录·脱俗章》）。这里的工夫，显然不是技巧的学习，而是心灵境界的开拓。心灵不仅是艺术家的精神涵养之所，而且也是艺术作品之气韵的根源，“劳心于刻画而自毁，蔽尘于笔墨而自拘。此局隘人也，但损无益，终不快其心也。我则物随物蔽，尘随尘交，则心不劳，心不劳则有画矣”（《石涛画语录·远尘章》）。对画家而言，人格精神和作品的气韵之间有着直接而重要的联系，所以徐复观说：“在中国，作为一个伟大的艺术家，必以人格的修养。精神的解放，为技巧的根本。”① 并认为有无这种根本，是区分艺术家和画匠的分水岭。

其实，徐复观这种观照艺术的视角和庄子观道是相契合的。《庄子》中“梓庆削木”、“庖丁解牛”、“宋元君画史”等寓言虽非专门谈论艺术创作，然实在艺术史上产生了重大的影响；庄子在这些寓言中，所探讨的也非技术问题，而是“由技进道”过程中主体的人格精神的修炼问题。徐复观在这个问题的阐释上可谓深得庄子精神之精髓，“庖丁解牛”的过程不是一种纯技术性的体力劳动，而是一种艺术性的创造活动，“解牛”之情形与艺术创作的过程别无二致，没有枯燥的工作和劳累的呻吟，而是洋溢着如歌如舞的欢乐情趣。事实上，技巧只是基本的技艺而已，能否“由技进道”，关键不在技术，而有赖于艺术家修养境界所上透到的层次。《庄子·天道》云：“桓公读书于堂上，轮扁斫轮于堂下，释椎凿而上，问桓公曰：‘敢问公之所读者，何言耶?’公曰：‘圣人之言也。’曰：‘圣人在乎?’公曰：‘已死矣。’曰：‘然则君之所读者，古之糟粕也夫!’桓公曰：‘寡人读书，轮人安得议乎！有说则可，无说则死!’轮扁曰：‘臣也以臣之事观之。斫轮，徐则甘而不固，疾则苦而不入，不徐不疾，得之于手而应于心，口不能言，有数存乎其间。臣不能以喻臣之子，臣之子亦不能受之于臣，是以行年七十而老斫轮。古之人与其不可传也死矣，然则君之所读者，古人之糟粕已夫!’”② 思想贵在创新，艺术亦贵在创新，若只是跟随前人或磨炼技术，自然只是拾前人糟粕而已。在艺术创造过程中，人格精神的修炼、艺术观念的突破和艺术表现方式的创新三者是相辅相成的。

就艺术创作而言，基本技巧的训练虽是必需的，但光是技巧的熟练，

① 徐复观：《中国艺术精神》，春风文艺出版社1987年版，第184页。

② 陈鼓应注译：《庄子今注今译》（中），中华书局2008年版，第357—358页。

绝不能进入艺术的殿堂，至多只是一名熟练的工匠罢了。熟练的技巧必须有赖于人生阅历及精神修炼的提升，才能发挥得淋漓尽致，从而创造出不朽的艺术作品。“轮扁斫轮”已臻于出神入化之境界，故能“得之于手而应之于心”，“得之于手”是得之于手的技巧，而“应于心”是说手的技巧，能将心所把握的东西，表现并创造出来，“要在技术上达到庄子所说的得乎心而应乎手的要求，有待于由技巧而进于忘巧的学习”①。“心”“手”合一，即代表“技巧”与“精神”融为一体。“手”随“心”转，可说是艺术创作的最高境界，这与庖丁解牛时的“游刃有余”，乃是同一境界，也就是由“技”入“道”的境界了。这种技术与精神合一、手与心契合无间的境界，轮扁自然不能“以喻其子”，其子也不能“受之于轮扁”，这主要是因为艺术创作除了需要有形的技巧外，还有赖于无形的精神涵养作为其“根”。此精神涵养是别人不能代替去修炼的，必须靠自己的艰苦的“工夫”过程，所谓“能匠能予人规矩，而不能使人巧”正是这个道理。可惜，现代很多艺术家不明此理，只在技巧上搞什么突破，而忽略了内在精神境界的修炼，导致中国画日益空虚化和形式化，走向了堕落和颓废。徐复观通过这个故事所要说明的是：艺术境界的高低，取决于摆脱了技术束缚的艺术主体的人格精神的高低，这对当前浮薄的画风是极有启示意义的。

二　“极工”与“写意”之间的关系

邹文的题目“必极工而后能写意”取自郑板桥言“必极工而后能写意，非不工而遂能写意也”②。需要注意的是，“极工”是相对于“不工”而言的，在这里，“极工”和“工”两者的意义似乎被混淆了，而导致出现完全不同的艺术指向。“必工而后能写意”强调所有的艺术创作都是建立在一定技巧的基础上，这在中西方艺术理论中都是毫无问题的。徐复观实是非常重视绘画中的技术训练，认为技巧是表现个性的工具，“仅一副

---

① 徐复观：《中国艺术精神》，第319页。

② （清）郑燮：《板桥题画·竹》，《郑板桥集》，上海古籍出版社1979年版，第155页。郑板桥此言须结合“殊不知‘写意’二字，误多少事，欺人瞒自己，再不求进，皆坐此病。必极工而后能写意，非不工而遂能写意也”全句来理解，他的“极工”显然是“工”之意。郑板桥为批判时人荒废技术之流弊，痛辞利害，用“极”字虽未免偏激，然足见其情之真其愤之烈也。但撇开此语境，“必极工而后能写意”这句话本身是有问题的。

朴素的性情，并不能创造出艺术品来，当然要有技巧的钻仰、澄练”[①]。他认为技术训练是从事绘画创作的必由之路；在评价萧立声的绘画时，他认为萧立声由人物画训练就的精严技巧以入山水画“于虚灵幻化之中，有笃实苍朴之味”[②]。在《石涛之一研究》中，他认为石涛的画“还是由早年的精工，走向晚年的放逸，并且精工为放逸必不可缺少的技巧修炼过程”[③]。所以，邹元江认为徐复观轻视艺术创作中技术的训练是不准确的。徐复观认为技术是艺术创作活动的起点，从技术出发，艺术要恪守自身的本性并达到完美的境界，技术在艺术创作过程中敞开了自己，但同时又完成了对自己的遮蔽。唯有在此意义上，技术才与人格精神、艺术境界发生了关联。“它既不允许技艺、欲望和智慧任何一方缺席和逃离，也不允许任何一方消灭另一方。艺术只是让技艺、欲望和智慧共同存在并生成而成为自身。”[④] 技术开启和遮蔽着艺术对于自身世界的建立。徐复观深知对艺术家而言，过于强调技术恰恰是对艺术创造的一种束缚，这体现了他对中国艺术精神的深刻理解。

从艺术创作的角度来看，“必极工而后能写意”这句话本身是大有问题的，它有着浓厚的技术至上主义趋向。“极工”与“写意”之间究竟是一种什么样的关系呢？首先，两者并非是因果关系，不是因为“极工”，所以能“写意”；其次，两者也不是条件关系，并非只有“极工”，才能“写意”。邹元江把形似和神似割裂开来理解，认为神似涉及气韵，而形似涉及技巧，把技术训练看作是绘画的前提、基础，只有在“极工”的基础上，才能“倏作变相”，才能讲创造、气韵的问题，这既不符合艺术发展史实，也不符合艺术创造的规律。从艺术史上来看，如凡高、余承尧、周韶华这样半路出家、技术未臻于至境却有成就、有创造的画家却不在少数，他们没有那个时代最好的技术，却成就了那个时代最伟大的艺术。“专业画家所受的那种训练对他不仅毫无用处，而且可能还会给他带来危害。”[⑤]“极工”到了极至不仅不能写意，还会破坏艺术的诗意和创造性。

---

① 徐复观：《中国艺术精神》，第362页。

② 徐复观：《论萧立声的人物画》，黎汉基、李明辉编《徐复观杂文补编·思想文化卷》（上），第298页。

③ 徐复观：《石涛之一研究》，第67页。

④ 彭富春：《哲学美学导论》，人民出版社2005年版，第282—283页。

⑤ ［英］贡布里希：《艺术的历程》，党晟、康正果译，陕西人民美术出版社1987年版，第380页。

正基于此，现代中国画大家刘国松提出了“先求异，再求好”[①] 的教学理论，也就是要先画得和别人不一样，再慢慢把它画好起来，艺术创造不必到“极工”才可以做，而是从一学画就必须把握的绘画的本质；技术是以艺术创造为使命的技术，而不是与艺术精神内涵相游离的技术。反倒是“必极工而后能写意”的绘画思想导致多少人把时间耗费在临摹、写生的“极工”训练上，扼杀了他们的创造性，一辈子只能做画匠，而成不了艺术家。

其次，在中西艺术的评判标准中，技术从来不是一个重要的因素。中西艺术虽历史渊源、风格流派不同，然都追求绘画中之“意味”。绘画的“意味”分为内、外两层，内面一层是艺术家的灵魂，是艺术的本质；外面一层是躯体，是技巧完成的形式。这两层的有机结合就缔造了艺术的生命。在艺术活动中，占主导地位的不是物的因素，而是人的因素，艺术在本质上是心灵自由的活动。技术只是“童子功”，“艺术创作的真正基础不单在训练好的技巧，更重要的是从技巧的练习中去领会艺术的本质与创造的意义”[②]。这是徐复观和现代艺术家们都认定了的；高手之间的较量，就不是“童子功”的较量，而是“内功”的较量。什么是艺术家的“内功”？那就是艺术家的主体精神境界所达到的层次。徐复观在评价董其昌的画时说：“技巧必由熟练之极，以归于忘其为技巧；如此，则技巧融入于性情，在创作时，不以技巧的本身出现，而依然以性情出现。”[③] 真正的艺术家必须通过艺术技巧的磨炼，通过对艺术境界的追寻，将生活经验转变成艺术经验，唯此，刓就人生修养的“工夫”才能转化为伟大的艺术精神来。徐复观并没有否认艺术世界与现实世界的这种差异性，他在《中国艺术杂谈》中说：“艺术家文学家，把自己的生活经验通过作品而传给观者读者，使观者读者能因此而得到‘陌生的经验’……艺术的‘陌生’，是现实生活的‘陌生’，而不是离开现实生活的‘陌生’。”[④] 邹元江对徐复观将“文”与“人”做对应的批评，实是过于强调了艺术世界与现实世界的异在性，而忽略了两者之间的贯通性和一致性，这同样是片面的，邹元江由此认为徐复观轻视形似、轻视技术是不够客观的。

---

① 刘国松：《先求异再求好——从事美术教育四十年的一点体悟》，《荣宝斋》1999 年第 10 期，第 105 页。

② 李君毅编：《刘国松谈艺录》，河南美术出版社 2002 年版，第 74 页。

③ 徐复观：《中国艺术精神》，第 362 页。

④ 徐复观：《中国艺术杂谈》，《新亚学生报》1972 年 11 月 11 日。

另外，就艺术层面言之，如何将低层次的“技”，提升到入“道”的层次，乃是艺术家所面临的最重要的挑战。当然，磨炼技术达于“极工”，这是一个方面，但不是必要条件，也不是最重要的条件；“技”是为“道”服务的，最终必将归结于“道”。《庄子·养生主》中的“庖丁”，就生动地为我们展示了艺术修炼中由“技”进“道”的过程。从“所见无非全牛”到“未尝见全牛”，进而“以神遇而不以目视”，达到“游刃有余”之境，这个解牛的过程虽然没有创造出伟大的艺术作品，但是可以用来说明艺术创作的道理。徐复观重视气韵，一方面是深味中国画的立画之基不在形似，而在气韵；不在技术，而在“由技进乎道”。另一方面也是针对中国绘画史上明清以后过于重视笔墨技巧的弊病所做的“对治”。明清画家多停留于笔墨趣味自身的欣赏，只知临摹，不思创造，反而忘记了人格修养和外师造化的基本工夫，这同当时的台湾现代艺术家们一味地崇拜、模仿西方现代艺术而忽略了立足于中国画的历史和自身特点而进行创新是一样的。为了矫正此一流弊，徐复观“将气韵生动一语中的观念，直接接合于生意或生气之上”①。所以徐复观谓石涛晚年的弃僧入道是他生命经过了一大曲折后所得到的一大升华与解放，并认为石涛“晚年的画笔浩瀚纵恣，实以此一生命的大升华大解放为基底，不能仅从笔墨技巧上去加以解释。”② 这种分析是颇有见地的。

三 “手心两忘”境界下的艺术杰作

其实，无论是技术之臻于“极工”，还是内在精神修养至极虚，都不是创造伟大艺术作品的必要条件。艺术在古希腊意义上是“心灵迷狂”的产物，很多伟大的艺术作品恰恰是艺术家在技道两忘、心手两忘的心灵状态下完成的。在这些艺术创作的过程中，艺术作品摆脱了技术的束缚而体现为伟大心灵的跃动和人格精神，“极工”在这种状态下不仅不足以资“写意”之兴，反而可能成为“写意”所要摆脱的束缚，真正的艺术创造不可能完全被技术所控制，这在艺术上被称作“神来之笔”、“逸品”，我试举中国艺术史上两件不朽作品证之。

颜真卿是书法史上唯一能与王羲之并驾齐驱的伟大的书法家，他创造

---

① 徐复观：《中国艺术精神》，第184页。

② 徐复观：《石涛之一研究》，第100页。

了“颜体”，其书法深沉凝重，奇伟沈雄，与柳公权并称“颜筋柳骨”之誉。颜真卿的《祭侄文稿》被后世称为“颜书第一”，连对颜体楷书持否定态度的宋代米芾评论《祭侄文稿》时也谓：“颜鲁公行字可教，乃天下奇书也。”《祭侄文稿》何以能在颜书作品中居于如此崇高的地位呢？这需要我们对这幅作品的时代背景有一大致了解。

颜真卿书《祭侄文稿》的背景，乃“安史之乱”之时。颜真卿之堂兄颜杲卿死守堂山郡，后终因粮尽矢绝，被叛军攻陷，杲卿、季明父子等惨遭杀害，壮烈殉国，颜氏一门死于刀斧之下三十余人。颜真卿此稿乃在闻堂山失陷、其侄遇害之际怀着“抚念摧切、震悼心颜”之心而作。这篇血泪祭文本是稿本，原不是作为书法作品来写的；《祭侄文稿》本身有多处涂抹，在技术上是不完美的。但正因为激愤之中无意作书，所以纵笔浩放，一泻千里，墨色时枯时浓，笔法圆转遒劲，笔锋内含，力透纸背，达于无意书而气贯天成的极高境界。宋人张晏评云：“盖以告是官作，虽楷端终为绳约；书简出于一时之意兴，则颇能放纵矣；而起草又出于无心，是其手心两忘，真妙见于此也。”这与清人王项龄“忠愤所激发，至情所郁结，岂止笔墨精妙可以振铄千古者乎？”[①] 之论所见略同。颜真卿的《祭侄文稿》乃出于无心，意在文而不在字，所以书写时才能心手两忘，浑然天成，这不正与庄子的“坐忘”而达于“无己”之境有异曲同工之妙么？而苏轼谓：“吾观鲁公书，未尝不想见其丰采，非独得其为人而已，凛凛乎若见其诮卢杞而斥希烈也。”[②] 人格性情与艺术境界融合为一，不正说明了艺术精神与人格精神互为表里、人格精神对艺术品格的重要影响么？

而艺术史上另一杰作，被誉为“天下第一行书”的王羲之的《兰亭序》也是在“心无其心、笔无其笔”之状态中创作并完成的。唐何延之云：“晋穆帝永和九年三月三日，四十一人同游于山阴兰亭，逸少制序，酒酣兴乐而书……遒媚劲健，绝代更无，凡二十八行、三百二十四字，字有重者，皆构别体，就中之字最多，乃有二十四许体，变转悉异，其时似有神助，醒后他日更书数十百本，皆不如，右军亦自惜之，留付子孙。”[③] 王羲之书《兰亭序》之时，亦是“酒酣兴乐”之际，此刻已经忘却名利，心无挂碍，虽有技巧之辅助，然其玄妙之境非技术所能至也。所以王羲之

---

① 郑峰明：《庄子思想及其艺术精神之研究》，台湾文史哲出版社 1987 年版，第 146 页。

② （宋）苏轼：《东坡论书》，《宋代书论》，水采田译注，湖南美术出版社 1999 年版，第 17 页。

③ （唐）何延之：《兰亭始末记》，潘运告编著《中晚唐五代书论》，湖南美术出版社 1997 年版，第 118 页。

在酒醒后再书写《兰亭序》数十本，皆不如“酒酣”时之所作，乃在此“坐忘”、“无己”之心境已失，虽技巧仍在，然“不知其手之所至，与生平所作大绝殊”，鬼神之功岂技巧可得焉?[①] 这绝殊之处就在于平日作品大多为技巧之作，而“酒酣”之作乃忘掉技巧、摆脱束缚、技道合一、昂首天外的性情之作，艺术技巧的本质在于表现艺术家的精神，它最终也必将耗散于艺术家的精神之中，这即石涛所说的“在于墨海中立定精神，笔锋下决出生活，尺幅上换去毛骨，混沌里放出光明，纵使笔不笔，墨不墨，画不画，自有我在”（《石涛画语录·细缊章》)。精神显然不是“极工”得来的，而只能靠平日的人格修炼和“澡雪”而来。这两件艺术作品之所以能成为不朽，恰恰不是因为其“极工”，《祭侄文稿》中颜真卿与天地同流之真性情以及与庄子所谓的“解衣般礴”、神韵天成的精神境界使技术上的瑕疵终不能破坏《祭侄文稿》强大的艺术感染力。庄子所开启的这种艺术心境及艺术精神，在后世很多不朽的艺术作品中都可以得到证明。

（注：本文发表于《文艺理论研究》2008 年第 4 期，作者为刘建平，第38—43 页）

---

① 王微曰：“岂独运诸指掌，亦以明神降之。此画之情也。”参见（宋）王微《叙画》，陈传席译，人民美术出版社 1985 年版，第 7 页。

附录三

必极工而后能写意

——对“中国艺术精神”的反思之一

一

南齐谢赫被称为“万古不移”的“六法精论”，历代都被推崇，但在对“六法”（“气韵生动”、“骨法用笔”、“应物象形”、“随类傅彩”、“经营位置”、“传移摹写”）的解释上却不尽一致。宋代韩拙认为：

> 凡用笔先求气韵，次采体要，然后精思。若形势未备，便用巧密精思，必失其气韵也。①

清代的邹一桂却不这么看，他认为：

> 愚谓即以六法言，亦当以经营位置为第一，用笔次之，傅彩又次之；传摹应不在画内。而气韵则画成后得之。一举笔即谋气韵，从何着手乎？以气韵为第一者，乃赏鉴家言，非作家法也。②

邹一桂明确指出“气韵生动”并非是“六法”之一法，而是经由后

---

① 韩拙：《山水纯全集·论用笔墨格法气韵之病》。见俞剑华编《中国画论类编》下卷，中国古典艺术出版社 1957 年版，第 672 页。另见中华书局“丛书集成初编”第 1641 卷，《韩氏山水纯全集》（及其他一种）《论用笔墨格法气韵病》，1985 年，第 9 页。徐复观在引这段话时加了一些说明（括号内）：“凡用笔先求气韵，次采体要（即‘骨法用笔’），然后精思。若形势（即山水画确立之后的气韵之气，‘形势’即‘气势’）未备，便用巧密精思，必失其气韵也。”（见徐复观《中国艺术精神》，春风文艺出版社 1987 年版，第 179 页。）

② 邹一桂：《小山画谱》卷下，“六法前后”，“丛书集成初编”第 1643 卷，中华书局 1985 年版，第 32 页。徐复观所引的这段话与中华书局本略有出入：“经营为第一”，徐引文为“经营位置为第一”；“从何著手”，徐引文为“从何着手乎”。不知徐引文据何本。

“五法”而产生的作品的精神气象。这一点，日本学者金原省吾氏也如此看：“气韵是自然现出的后果。后世以气韵为单独呈现的东西，因而将其作为描写的直接目的，当然要出现绘画的颓废。”① 但徐复观却反对邹氏和金吾氏的看法，而赞同韩拙的意见。徐复观之所以倾向于韩拙的看法，是基于他如下的基本立场：“气韵的根本义，乃是传神之神，即是把对象的精神表现了出来。而对于对象精神的把握，必须赖作者的精神的照射，以得到主客相融；则必须承认作品中的气韵生动，乃是来自作者自身的气韵生动；于是气韵是一个作品的成效，更是一个作品得以创作出来的作者精神状态。”② 由此，徐复观认为，精神状态“是一个艺术家的修养与创造的大关键所在”。③

一般看来，徐复观的这些看法似没什么问题，但细一思量却大可存疑。最突出的问题是，他将“作品中的气韵生动”等同于“作者自身的气韵生动”。这种简单的对应性是令人吃惊的，因为它忽略了一个最基本的艺术审美创造的原则：艺术世界与现实世界的差异性、间离性和“在”即“异在”性。也正是基于这一艺术审美创造的原则，在徐复观看来“文如其人”的“文”与“人”具有的等同意义就是非常态的，而“文”与“人”的陌异偏离性才恰恰是常态的。其实，不仅作者的精神与作品的精神是不能对应的，而且“胸中之竹”与“手中之竹”也是无法对应的。在艺术创造中，“目注彼处，手写此处”这种“倏作变相”④ 的状态是最具审美创造入于化境的自由状态。徐复观虽然也引用了苏轼的诗“赋诗必此诗，定知非诗人”，但他似并不真正理解苏轼此诗句的真意。其实，诗人所赋之诗只是由媒介物——词语——所构成的，而词语我们是“看”不见也“听”不到的，它总是在“让存在”、“让显现”的“道说”之后便隐匿于它所从出的语言之中。那么，词语它让什么“存在”、让什么“显现”和“道说”呢？简言之，让词语所提示的“世界”存在、显现和道说。这种由词语所聚集的“世界”就是精神的“纯粹的创造物”。而这“纯粹的创造物”正是“非物体化”的“物性”。这显现“无”的世界的

① ［日］金原氏：《支那上代画论研究》，日本岩波书店出版大正十三年（1924年）版，第296页。

② 徐复观：《中国艺术精神》，第180页。

③ 同上。

④ 郑板桥说：“其实胸中之竹，并不是眼中之竹也。因而磨墨展纸，落笔倏作变相，手中之竹又不是胸中之竹也。”（见郑燮《郑板桥集·题画·竹》，中华书局1962年版，第161页。）

“物性”创造，其“物性”即“非物体化”的“意象”。“意象”正是所生成的“物性”的“纯粹的创造物”。审美的感兴和审美的创造正是要建构这种非对象性“意象”存在“物”。所以说，“赋诗”非“此诗”也。我们所领悟到的诗之真意，恰恰是在组成诗句的媒介物——词语——隐匿之后被意象性地感受到的。这就是所谓诗之真“在”即在它的“异在”中。

二

徐复观之所以将“文”与“人”相对应、相混同，其重要的原因是他对神形之“形”的轻视。他说：“对象的精神，须要作者的精神去寻觅，这便超越了作者笔墨的技巧问题，而将其决定点移置于作者精神之上……”[①]又云：“为山水传神的根源，不在技巧，而出于艺术家由自己生命超升以后所呈现出的艺术精神为主体，即庄子所说的虚静之心，也即是作品中的气韵；追根到底，乃是出自艺术家净化后的心……”[②] 神似涉及到气韵的问题，而形似关涉技巧的问题。徐复观虽然也专门讨论到“气韵与形似的问题”，也意识到“欲把握对象的本质，除由具体地形似下手之外，实亦无他途可寻”，[③] 但他“释气韵生动”的出发点却不在形似的工夫，而在人格的“修养的工夫”[④]。这种玄虚的“修养的工夫”虽然显得很神圣，但对艺术家而言，却是不着边际的无根的空灵，正如邹一桂所说，这实“乃赏鉴家言，非作家法也”。作为并无艺术创作实践经验的思想家，徐复观如此推重人格“修养的工夫”，而轻视艺术家之为艺术家的技巧的工夫是不难理解的。也正因为如此，我们可以说徐复观并不真正懂得“未有形不似而反得其神者”[⑤] 的道理。

其实不惟徐复观不明白这个道理，就是在艺术圈内也有对此不甚了了者。郑板桥就针对当时一些“不肯刻苦”，以“写意”自欺欺人的艺匠们说过：

---

① 徐复观：《中国艺术精神》，第181页。

② 同上书，第182页。

③ 同上书，第173—174页。

④ 同上书，第183页。

⑤ 同上书，第174页。

殊不知“写意”二字，误多少事，欺人瞒自己，再不求进，皆坐此病。必极工而后能写意，非不工而遂能写意也。[①]

所谓“写意”，其精髓就在“气韵生动”。但“必极工而后能写意”，后能“气韵生动”，即“写意”、“气韵生动”的前提是“极工”。“极工”就是艺术家安身立命的“童子功”、技巧的训练、形似的工夫。这是作为艺术家永远无法绕过的。因此，对艺术家而言的“气韵生动”的“写意”性审美效果的获得，就决不是徐复观所推崇的“精神还仗精神觅”（宋代汪藻诗句）。真正“气韵生动”的精神实现，恰恰还仗“极工”觅。“极工”就非随意涂抹，而是要有“得自然之数，不差毫末”[②] 的工夫。而这种“极工”的工夫，正像郑板桥所说的，是必须“精神专一，奋苦数十年”[③] 才能获得的。这就是艺术的“艰奥”性。任何真正的艺术都是以“极工”为前提的“艰奥美”的创造。以“极工”为“前提”，也即“极工”还只是“能写意”，能呈现“气韵生动”审美气象的准备阶段。而真正的审美创造是在“艰奥”、“极工”的基础上灵活运用，在“倏作变相”的瞬间实现的。也即艺术的真正出发点是“倏作变相”。而“倏作变相”的前提是达于“艰奥”的“极工”。这即所谓“出新意于法度之中”。[④]“法度”即规范、矩度，它是只能由艰奥的训练才能达到“极工”的程度的。真正的气韵生动、“出新意”的审美“写意”，是在对极工的法度超越的瞬间（倏作变相）而呈现的，而决不是以精神觅精神的玄虚能够成就的。

三

由此来看董其昌的一段话，就不能按照徐复观的诠释来理解。董其昌说：

读万卷书，行万里路，胸中脱去尘浊，自然邱壑内营，成立鄞鄂

① 郑燮：《郑板桥集·题画·竹》，第162—163页。

② 徐复观：《中国艺术精神》，第172页。

③ 郑燮：《郑板桥集·题画·竹》，第173页。

④ 徐复观：《中国艺术精神》，第172页。

（“鄞鄂”即形状之意），随手写出，皆为山水传神。[①]

徐复观有两段诠释，其一为：

要表现出山水的气韵，首先能转化自己的生命，使自己的生命，从个人私欲的营营苟苟地尘浊中超升上去（脱去尘浊），显发出以虚静为体的艺术精神主体；这样便能在自己的艺术精神主体照射之下，实际即是在美地观照之下，将山水转化为美地对象，亦即是照射出山水之神。[②]

其二为：

“读万卷书，行万里路”，这不是技巧的学习，而是对心灵的开扩、涵养；是要使被尘浊所沉埋下去了的心，藉书中的教养，与山川灵气的启发，得到超拔、扩充的力量，这便把气韵的根源复苏起来了，人格便自然提高了。[③]

徐复观的问题首先在，他否定“技巧的学习”。自然，“读万卷书，行万里路”有开扩、涵养心灵的一面，但万卷书和万里路不仅仅是拓展、丰富人的心灵的问题。对艺术家而言，书与路也是被独特的感受方式领悟的对象。而艺术家独特的感受方式就不同于思想家、经济学家。艺术家是以他达于“极工”的形式感来感受“万卷书”、“万里路”的。因此，这种感受决不仅仅是心灵境界的提升问题，而首先是艺术家的独特只眼——形式元素的聚合呈现问题。也即是说，一个真正成熟的艺术家在“万卷书”、“万里路”中所看到的并不是所谓“山川灵气”、“虚静”的主体，而是富于审美表现力的成熟的形式元素。因为艺术家的“审美知觉由快感所伴随。这种快感生于对对象的纯形式的知觉，而不计其‘内容’和其（内在和外在的）‘目的’。”[④] 艺术家之所以“随手写出”便能“为山水传神”，决不是他能虚妄地“将山水转化为美的对象”。真正能“转化”的根源恰恰不在于所谓人格的对应化“照射”，而在于艺术家“极工”的形式因

① 董其昌：《画禅室随笔》卷二，《画诀》，清康熙裕文堂版。

② 徐复观：《中国艺术精神》，第 182 页。

③ 同上书，第 183 页。

④ ［德］马尔库塞：《审美之维》，李小兵译，三联书店 1989 年版，第 49 页。

“倏作变相”的赋形能力。所传的山水之神，也并不是一个虚妄的“人格精神”，而是一种形式意味。正是这有意味的形式生成，才是与胸中的“尘浊”世界区别开来的审美世界。“丘壑内营，成立鄞鄂”的还只是“胸中之竹”，而“随手写出”的山水，则是已“倏作变相”的“手中之竹”。而这能传山水之神的“手中之竹”，恰恰是“极工”的技巧达到入化工的境界才能成就的。这所传的山水之神虽与人格的修炼有关，但它首先是一个审美感知的完善性问题[①]。这是其一。

其二，徐复观的问题还表现为认同“迹与心合”。反对技巧的学习，自然就排斥、轻视“迹”如何达于“心”的中介。可问题还不仅仅在于对技巧的轻慢，而是在于徐复观认同的是什么“心”、什么“迹”。徐复观非常推重宋人郭若虚，郭氏有云：

> 如世之相押字之术，谓之心印；本自心源，想成形迹（即由心所发之想，而成为形迹）。迹与心合，是之谓印。爰及万法，缘虑施为，随心所合，皆得名印。矧乎书画，发之于情思，契之于绡楮，非印而何？押字且存诸贵贱祸福，书画岂逃乎气韵高卑？[②]

这就是徐复观认为“说得剀切”的“迹与心合”。这个“迹”不过是如押字之术的印迹，而这个“心”也不过是喻贵贱祸福的实心。这种“迹”所合之“心”甚至比简单的对应性机械反映思维还低劣，所以才会有“人品既已高矣，气韵不得不高；气韵既已高矣，生动不得不至”的“迹与心合”论。古人在特定的语境中（从东汉末年大兴的人伦鉴识、骨相品藻对魏晋玄学的影响及对后世画论的浸染）鼓吹这种押字之术的“迹与心合”倒也无妨，可徐复观作为专门探讨过魏晋玄学的推演及人伦鉴识的转换[③]问题的思想者，不对这种非艺术的对应论加以驳辩，反而加以肯认就令人深思了。

其三，徐复观的问题还在于论证“生理的限定”。既然认定“迹与心

---

① 这一点徐复观在评价董其昌时就不这样显得过于执，他说：“仅一副素朴的性情，并不能创造出艺术品来，当然要有技巧的钻仰、澄练；但技巧必由熟练之极，以归于忘其为技巧；如此，则技巧融人于性情，在创作时，不以技巧的本身出现，而依然以性情出现。”（见徐复观《中国艺术精神》，第362页）是否“在创作时，不以技巧的本身出现，而依然以性情出现”，这是仍可存疑的，但徐复观起码也承认，光靠性情，而没有技巧，不可能成就艺术品。

② 郭若虚：《图画见闻志》卷一，《论气韵非师》，商务印书馆1936年影印本，第31页。

③ 参见徐复观《中国艺术精神》，第128—133页。

合”，这个“心”就需加以落实。徐复观对“心”的理解就是他所说的“气质之偏”。所谓“气质之偏”他对举刚柔，以作为立言的准则。他认为这种“刚柔之异”是“生理的限定”。[①] 为了说明这种“生理的限定”，徐复观将谢赫“气韵生动”的“气韵”分解开来，说“气与韵的提出，正是把早已经存在的这种刚柔之异，加以清晰化，精密化”。为了说明这种“清晰化、精密化”，他便将谢赫所谓“气”精确为“表现在作品中的阳刚之美”，又将谢赫所谓“韵”确认为“表现在作品中的阴柔之美”，然后一一与谢赫对二十八名画家的评语加以索解，最后得出各有“偏置”、“偏胜”的结论。又扩而言之，“以山水画论，则李唐夏珪一派的北宗画以气胜；而所谓南宗画是以韵胜”云云。[②] 可问题在，徐复观一方面将“气”与“韵”加以分解、索解、清晰化、精确化，另一方面他又反复称引董其昌、郭若虚等人的话，曰：“如其气韵，必在生知。固不可以巧密得，复不可以岁月到。默契神会，不知其然而然也”。[③] 即“气韵不可学”，[④]“迂翁（指倪云林）妙处，全不可学。”[⑤] 既然“全不可学”，也就无所谓“偏胜”、“偏置”之归类，如“李唐夏珪一派的北宗画以气胜”、“南宗画是以韵胜”之说。“派”、“气”与“韵”的分类、归类，看似清晰、准确了，但恰恰将艺术陌异性、非确定性、不可言说性的审美特征加以简单化、单面化和刻板化了，而这恰恰是与艺术的本质相背离的。

张怀瓘说：“张（僧繇）得其肉，陆（探微）得其骨，顾（恺之）得其神”。徐复观的解释是：“张得其形，陆得其神之气，顾得其神之韵。气韵系代表绘画中之两种极致之美的形相。由此气韵观念的提出，而对于传神的神，更易于把握，更易于追求，因而这是表现出画论上的一大进步，应当是没有疑问的。”[⑥] 其实，按照徐复观的支离、索解，疑问可就大了。本已是“全不可学”的“气韵生动”，一下子变得“更易于把握，更易于追求”，这恐怕并不是董其昌、苏轼、郭若虚们的本意，而只是徐复观的一厢情愿罢了。

---

① 参见徐复观《中国艺术精神》，第 153 页。

② 同上书，第 155 页。

③ 同上书，第 182 页。

④ 同上。

⑤ 同上书，第 155 页。

⑥ 同上。

四

当然，董其昌、苏轼、郭若虚们的本意有被徐复观索解、误读的一面，也有董、苏、郭们自身理论的模糊性和矛盾性的一面。其实，与徐复观“释气韵生动”辩难，也是与古代画论家的画论所固有的问题进行辩难。徐复观所面对、所诠释的思想语境既滋养了他，也遮蔽了他。他的思想症结其实也是中国艺术精神内在的症结。这个症结的致命病灶就是以精神人格直接对应于艺术精神，而忽略、漠视甚至放弃对作为艺术精神实现方式的审美形式因的探求。这一点最突出地表现在徐复观对庄子艺术精神的解读上。

为了要说明庄子所说的“学道的工夫，与一个艺术家在创作中所用的工夫的相同，以证明学道的内容，与一个艺术家所达到的精神状态，全无二致”，徐复观先引了《庄子》中的两段话：

> 南伯子葵问乎女偊曰：“子之年长矣，而色若孺子，何也?”曰：“吾闻道矣。”南伯子葵曰：“道可得学邪?”曰：“恶！恶可！子非其人也。夫卜梁倚有圣人之才而无圣人之道，我有圣人之道而无圣人之才，吾欲以教之，庶几其果为圣人乎！不然，以圣人之道告圣人之才，亦易矣。吾犹告而守之，三日而后能外天下；已外天下矣，吾又守之，七日而后能外物；已外物矣，吾又守之，九日而后能外生；已外生矣，而后能朝彻；朝彻，而后能见独……①
>
> 梓庆削木为鐻（《成疏》：乐器，似夹钟），鐻成，见者惊犹鬼神。鲁侯见而问焉，曰：“子何术以为焉?”对曰：“臣工人，何术之有！虽然，有一焉。臣将为鐻，未尝敢以耗气也，必齐以静心。齐（斋）三日，而不敢怀庆赏爵禄；齐五日，不敢怀非誉巧拙；齐七日，辄然忘吾有四枝（肢）形体也。当是时也，无（忘）公朝，其巧专而外滑消（《成疏》：消除外乱之事）；然后入山林，观天性；形躯至矣，然后成见鐻（按：即胸中有成鐻之意），然后加手焉；不然则已。则以天合天，器之所以疑神者，其由是与！”②

---

① 陈鼓应注译：《庄子今注今译》，中华书局1991年版，第183—184页。

② 同上书，第489页。

徐复观认为，这两段文字，前者是庄子思想的中心、目的，即以人自身为目的，后者则是以乐器的创造作为前者的比喻、比拟。虽然“人的自身是无限定的，而一个艺术品，是被限定的”，但从工夫的过程上讲，一个人“所追求的道，与一个艺术家所呈现出的最高艺术精神，在本质上是完全相同”的。所不同的是，艺术家由此而成就艺术的作品，而一个人则成就艺术的人生。而“最高的艺术，是以最高的人格为对象的东西”。①

徐复观的这些解释问题很多，择其要者有二：其一，他混同了艺术自身的规定性与人生的艺术化问题。徐复观既然承认艺术家与一个人修养的功夫所成就的结果不同，那么，两者的“艺术地作品”与“艺术地人生”其“艺术”概念的内涵理当是不同的。人生修养的工夫可以是为道日损（“外天下”、“外物”、“外生”），是心灵性的感悟；而艺术修养的功夫则除了这种心灵性的悟性顿渐，另一个重要的前提是“极工”的工夫。而在郑板桥看来，“工夫”更是前提性的：“功夫气候，僭差一点不得。”②“功夫”即“极工”的工夫；“气候”即心灵性的悟性。“功夫”精于前，“气候”成于后，这是艺术创造不能违背的铁律。

其二，他混同了“以天合天”与以技离天的差异。徐复观只重艺术的人生的生成，因而他对庄子的解释亦疏于“极工”的技艺性工夫。“梓庆削木为鐻”，“齐三日”、“齐五日”、“齐七日”，然后又是“入山林，观天性”，由这些玄之又玄的工夫才在胸中形成鐻的形态（“成见鐻”）。而这个胸中之鐻又是如何成形（器具）的呢？庄子只有三个字：“加手焉”。可如何“加手”呢？即如何在“极工”的前提下创造出鐻之器具的呢？庄子语焉不详，只有一句“以天合天”。徐复观则根本无视“加手焉”的存在，更别说对其加以阐释。他只说庄子所追求的道与艺术家所追求的最高艺术精神是在本质上完全相同的，只不过艺术家由此成就了艺术作品，庄子则由此成就了艺术的人生。可这艺术的作品（鐻）是如何成就的呢？徐复观不言，也似乎不屑于言，因为与他所推崇的以最高的人格为对象的艺术相比，这“加手焉”不过是“小技”而已。

其实恰恰在徐复观的未言说处，可见出“以天合天”与以技离天，技与艺的差异性。“以天合天”是顺应自然，使技巧熟练到在自然中游刃有余。这就是庖丁解牛的“道也，进乎技矣”。而庖丁解牛这种“以天合

---

① 徐复观：《中国艺术精神》，第48—49页。

② 郑燮：《郑板桥集·题画·竹》，第163页。原文是：“石涛画竹，好野战，略无纪律，而纪律自在其中。燮为江君颖长作此大幅，极力仿之。横涂竖抹，要自笔笔在法中，未能一笔逾于法外。甚矣石公之不可及也！功夫气候，僭差一点不得。”

天”技巧的实现是在生产实践的过程中，即它的“艺术”只在过程中隐匿于耗散结构之中，并不最终呈现为“作品”。而“梓庆削木为鐻”则不同。“成见鐻”，还要“加手焉”，即光有胸中之竹还是不够的，还必须有将胸中之竹加以赋形（即“手中之竹”）的“极工”能力。即是“极工”就有“以天合天”的成分，但与庖丁解牛的不同在，对胸中之竹加以赋形，中间有一个重要环节就是“倏作变相”，即并不仅仅只是顺应自然，而是要偏离自然，以产生新的创造物（非自然物的“作品”）。这也就是以技离天。然而，虽离天，但却离形得似，外天而神似于天。这即所谓“遗物以观物”[①]，在更高的意义上以技合天。这就与庖丁解牛形成了差异。庖丁之技所包含的“艺术”在游刃有余的过程中隐匿耗散了，因而并不呈现为实体的“作品”；而梓庆之技所包含的“艺术”却在以技离天的过程中凝聚生成了，因而呈现为实体的“作品”（鐻）。因此，“梓庆削木为鐻”并非“以天合天”，而是以技离天；而庖丁解牛才是真正意义上的“以天合天”。以技离天，即偏离自然，而“以天合天”则是顺应自然。因此，以天合天是技，而以技离（合）天是艺。[②]

五

以上透过徐复观释“气韵生动”及对庄子艺术精神的诠释不难看出，徐复观对中国艺术精神理解的偏颇并不是徐复观个人见识的不足，而是由

① 徐复观著：《中国艺术精神》，第170页。

② “技”与“艺”两个字在古代文献中很少连用，这就如同不能将“技术”等同与“艺术”一样。“技”有两义：一曰“巧”。《说文》曰：“技，巧也。”段玉裁注：“《工部》曰：巧者，技也。”二曰“工”。《荀子·富国》曰：“故百技所成，所以养一人也。”杨倞注：“技，工也。”“工”即工匠。而“艺”有六义：一曰种植。《书·酒诰》曰：“嗣尔股肱，纯其艺黍稷。”二曰才能。《论语·雍也》曰：“求也艺。”何晏集解引孔安国曰：“艺谓多才艺。”三曰“六艺”。《礼记·学记》曰：“不兴其艺，不能乐学。”郑玄注：“艺谓礼、乐、射、御、书、数。”四曰典籍。《魏书·儒林传·常爽》曰：“顷因暇日，属意艺林。”五曰区分。《孔子家语·正论》曰：“合诸侯而艺贡事，礼也。”六曰准则，限度。《国语·晋语八》曰：“及桓子骄泰奢侈，贪欲无艺。”韦昭注：“艺，极也。”“艺”指种植，种植就意味着生长，生成，结为果实。即“艺”就意味着创造出非自然物，如文章、典籍、作品。而文章、典籍、作品的创造就意味着准则、限度、区分。“技”虽然也体现为果实，但作为一种能力，“技”却耗散、隐匿于果实中。“技”与“艺”的最根本的差异在，“技”有庄子所说的“技系”之累，而“艺”则无。《庄子·应帝王》曰：“是于圣人也，胥易技系，劳形怵心者也。”成玄英疏：“技术工巧，神虑劬劳，故形容变改；系累，故心灵怵惕也。”“技”多系于功利性，而“艺”则是超功利性的。

起码上至庄子始就过于偏重最高的人格精神境界养成的传统所导致的。也正是由这种至今不被人所察觉却被津津乐道的偏颇，导致了从根本上忽视、无视，甚至蔑视作为审美艺术创造的“极工”前提。虽然目前学界有人认为中国文学艺术迟至14—17世纪明朝以降才渐渐关注艺术的规律和法则，即致力于“从技术角度规范其艺术”①，也有人认为早在东汉建安时期曹丕就提出了“文本同而末异”看法，而他真正“关心重视的并不是‘本’，而是‘末’，也就是儒家历来很少予以重视的文艺创造的特征问题”②，但学界至今对中国艺术精神理解的主导倾向却仍是重人格境界的陶养生成问题却是不争的事实，由此而疏于对艺术自身问题的关注也就是自然的了。也正是源于这种笼而统之的人格境界艺术化实现的追求指向，就必然滋生出中国绘画中的“便宜主义的倾向”③。但这种“便宜主义的倾向”并不是徐复观意义上的，而是过度强调空疏虚妄的神似、气韵品格，以至于轻视、无视，甚至放弃对形似、“极工”的工夫训练过程。而一些附庸风雅、别有用心之人则更是在神似、气韵追求的幌子下胡乱涂鸦，这正应验了金原省吾氏所说的“绘画的颓废”之语。这种“便宜主义”盛行背后的理论困境，是很值得我们深思的。

（注：本文发表于《文艺理论研究》2006年第6期，
作者邹元江，武汉大学哲学学院教授，特此说明）

---

① ［法］弗朗索瓦·于连：《迂回与进入》，杜小真译，三联书店1998年版，第345页。

② 李泽厚、刘纲纪：《中国美学史》第二卷，中国社会科学出版社1987年版，第52页。

③ 徐复观：《中国艺术精神》，第71页。

参考文献

一 徐复观的著作

徐复观:《公孙龙子讲疏》,台湾学生书局 1966 年版。

徐复观:《石涛之一研究》,台湾学生书局 1968 年版。

徐复观:《黄大痴两山水长卷的真伪问题》,台湾学生书局 1977 年版。

萧欣义编:《徐复观文录选粹》,台湾学生书局 1980 年版。

徐复观:《徐复观杂文——论中共》,时报文化出版股份公司 1980 年版。

徐复观:《徐复观杂文——看世局》,时报文化出版股份公司 1980 年版。

徐复观:《徐复观杂文——记所思》,时报文化出版股份公司 1980 年版。

徐复观:《徐复观杂文——忆往事》,时报文化出版股份公司 1980 年版。

徐复观:《徐复观杂文续集》,时报文化出版股份公司 1981 年版。

徐复观,曹永洋编:《论战与译述》,志文出版社 1982 年版。

徐复观:《徐复观最后杂文集》,时报文化出版股份公司 1984 年版。

徐复观:《学术与政治之间》,台湾学生书局 1985 年版。

翟志成、冯耀明校注:《无惭尺布裹头归——徐复观最后日记》,允晨文化实业股份有限公司 1987 年版。

徐复观:《中国艺术精神》,春风文艺出版社 1987 年版。

《港台及海外学者论中国文化》,上海人民出版社 1988 年版。

《文化危机与展望——台湾学者论中国文化》,中国青年出版社 1989 年版。

徐复观:《徐复观文存》,台湾学生书局 1991 年版。

黄克剑、林少敏编:《徐复观集》,群言出版社 1993 年版。

李明辉编:《徐复观家书精选》,台湾学生书局 1993 年版。

徐复观著,李维武编:《中国人物精神之阐扬:徐复观新儒学论著辑要》,中国广播电视出版社 1996 年版。

黎汉基、李明辉编:《徐复观杂文补编》(第 1—6 册),“中央研究院” 中国文哲研究所筹备处2001年版。
徐复观:《两汉思想史》,华东师范大学出版社2001年版。
徐复观:《中国人性论史·先秦篇》,上海三联书店2001年版。
徐复观:《中国人性论史·先秦篇》,台湾“中央”书局1963年版。
李维武编:《徐复观文集》(第1—5卷),湖北人民出版社2002年版。
徐复观:《徐复观论经学史二种》,上海书店出版社2002年版。
徐复观:《中国思想史论集》,上海书店出版社2004年版。
徐复观:《中国思想史论集续篇》,上海书店出版社2004年版。
徐复观:《中国文学论集》,东海大学出版社1965年版。
徐复观:《中国文学论集续篇》,台湾学生书局1981年版。
徐复观著,陈克艰编:《中国知识分子精神》,华东师范大学出版社2004年版。
徐复观著,陈克艰编:《中国人的抗议精神》,华东师范大学出版社2004年版。
徐复观著,陈克艰编:《中国学术精神》,华东师范大学出版社2004年版。
徐复观著,胡晓明、王守雪编:《中国人的生命精神:徐复观自述》,华东师范大学出版社2004年版。
徐复观著,姚大力编:《中国的世界精神:徐复观国际时评集》,华东师范大学出版社2004年版。
徐复观:《中国文学精神》,上海书店出版社2006年版。
徐复观著,徐武军、王晓波、郭齐勇、薛顺雄编:《徐复观全集》(26卷),九州出版社2014年版。

二 徐复观的文艺论文

《论陈含光的诗与文艺奖金》,《民主评论》1957年第8卷第9期。
《释诗的比兴——重新奠定中国诗的欣赏基础》,《民主评论》1958年第9卷15期。
《传统文学思想中诗的个性与社会性问题》,《文星》1958年第2卷第3期。
《卖文买画记——故宫名画三百种印行的感念》,《民主评论》1959年第10卷第14期。
《诗词的创造过程及其表现效果——有关诗词的隔与不隔及其他》,《民主评论》第10卷第12期。
《文心雕龙的文体论》,《东海学报》第1卷第1期。
《樱花时节又逢君》,《华侨日报》1960年4月2日。
《不思不想的时代》,《华侨日报》1960年4月12日。
《毁灭的象征——对现代美术的一瞥》,《华侨日报》1960年5月24日。
《庄子的祈向精神自由王国的人性论》,《民主评论》1961年第12卷第9期。
《一个原子物理学家论科学与艺术》,《华侨日报》1961年5月31日。
《非人的艺术与文学》,《华侨日报》1961年7月17日。
《达达主义的时代信号》,《华侨日报》1961年8月3日。
《现代艺术的归趋》,《华侨日报》1961年8月14日。
《现代艺术的归趋——答刘国松先生》,《联合报》1961年9月2日。
《从艺术的变,看人生的态度》,《华侨日报》1961年9月3日。
《爱与美》,《华侨日报》1961年10月1日。
《现代艺术对自然的叛逆》,《华侨日报》1961年11月5日。
《给虞君质先生的一封公开信》,《新闻天地》第716期。
《有醜面目——附转载文四篇》,《民主评论》第12卷第23期。
《历代诗论》序,《徐复观杂文补编》第一册,黎汉基,李明辉编,“中央研究院”中国文哲研究所筹备处2001年版。
《中国文学的选、注、译等问题》,《人生》第23卷第3期,1961年12月16日。
《答虞君质教授》,《民主评论》1962年第13卷第2期。
《当前的文化问题》,《自由报》1962年1月24日。
《自由中国当前的文化争论》,《华侨日报》1962年2月9日。
《有关〈秦始皇〉的剧本》,《征信新闻报》1962年3月20日。
《弗诺特对现代文学的影响》,《人生》第23卷第7期,1962年4月16日。
《文体观念的复活——再答虞君质教授》,《民主评论》第13卷第4期。
《过分廉价的中西文化问题——答黄富三先生》,《文星》第9卷第5期。
《正告造谣污蔑之徒》,《民主评论》第13卷第8期。
《泛论形体美》,《华侨日报》1962年8月26日。
《一件伟大传记文学的诞生》,《徐复观杂文补编》第一册,黎汉基,李明辉编,“中央研究院”中国文哲研究所筹备处2001年版。
《从文学史观点及学诗方法试释杜甫〈戏为六绝句〉》,见《中国文学论集》;《台北的文艺争论》,《华侨日报》1963年5月24日。

《看〈梁祝〉之后》，《征信新闻报》1963 年 5 月 28 日。
《答李叔渔先生》，《新天地》第 2 卷第 5 期。
《论难不怕错误，只怕说谎——补答李叔渔先生》，《新天地》第 2 卷第 6 期。
《说谎与九家注杜诗的问题——再答李叔渔先生》，《新天地》第 2 卷第 8 期。
《一个艺术家的反抗》，《征信新闻报》1964 年 1 月 1 日。
《关于〈一个艺术家的反抗〉一文》，《征信新闻报》1964 年 1 月 7 日。
《孔子“为人生而艺术”的艺术精神》，《民主评论》第 15 卷第 1 期。
《艺术的胎动，世界的胎动》，《华侨日报》1964 年 3 月 14、15 日。
《漫谈国产影片》，《征信新闻报》1964 年 3 月 24 日。
《国产电影的民族风格问题》，《自由报》1964 年 4 月 22 日。
《庄子艺术精神主体之呈现》《民主评论》第 15 卷第 11、12、13 期。
《释气韵生动》《民主评论》第 15 卷第 17、18、19 期。
《艺术的社会性问题》，《华侨日报》1964 年 11 月 18 日。
《中国画与诗的融合》，《征信新闻报》1964 年 12 月 7 日。
《回给我的一位学生的信》，《征信新闻报》1964 年 12 月 28 日。
《偶读偶记》，《中华杂志》第 2 卷 7 期。
《现代艺术的永恒性问题》《民主评论》1965 年第 16 卷第 1 期。
《被期待的人间像的追求》《华侨日报》1965 年 3 月 5 日。
《中国山水画的兴起》，《民主评论》第 16 卷第 6 期。
《唐代山水画的发展及其画论》，《民主评论》第 16 卷第 10 期。
《故宫卢鸿草堂十志图的根本问题》，《东海学报》第 7 卷第 1 期。
《张大千大风堂名迹第四集王选西塞渔社图的作者问题》，《民主评论》第 16 卷第 13 期。
《西化与色情》，《华侨日报》1965 年 7 月 9 日。
《赵松雪画史地位的重估》，《民主评论》第 16 卷第 16 期。
《中国文学中气的问题》，见《中国文学论集》。
《从裸裸舞看美国的文化问题》，《华侨日报》1965 年 11 月 18 日。
《中国艺术精神》自叙，《中华杂志》第 3 卷第 12 期。
《中国文学论集》自序，《民主评论》1966 年第 17 卷第 2 期。
《中国艺术精神》，台湾“中央”书局 1966 年版。
《永恒的幻想》，《东风》第 3 卷第 7 期。
《摸索中的现代艺术》，《东风》第 3 卷第 8 期。

《石涛〈画语录〉中的所谓“一画”的问题》，《东方杂志》1967 年第 1 卷第 5、6 期。
《石涛晚年弃僧入道的若干问题》，《东海学报》1968 年第 9 卷第 1 期。
《抽象艺术的断想》，《华侨日报》1968 年 2 月 3 日。
《文学与政治》，《阳明》第 28 期。
《与张大千先生的两席谈》，《华侨日报》1968 年 2 月 15 日。
《环绕石涛的伪造伪鉴问题》，《大陆杂志》第 37 卷第 4 期。
《石涛生平问题——答李叶霜、王方宇各先生》，《大陆杂志》第 37 卷第 7 期。
《文学与政治》，《阳明》第 28 期，1968 年 4 月。
《读无风〈清湘遗人的五端图〉书后》，《中华杂志》第 6 卷第 12 期。
《宋代的文人画论》，《美术学报》第 3 期。
《我国绘画中树干的颜色问题》，《大陆杂志》1968 年第 38 卷第 10 期。
《论萧立声的人物画》，《明报月刊》1970 年第 5 卷第 6 期。
《候碧漪女士的仕女花鸟》，《明报月刊》第 5 卷第 8 期。
《评江清的样板艺术》，《华侨日报》1970 年 10 月 12 日。
《释诗的温柔敦厚》，《华侨日报》1970 年 10 月 26 日。
《言行之间》，《南北极》1971 年第 6 期。
《自然与文学的根源问题》，《华侨日报》1971 年 3 月 3 日。
《〈文心雕龙·原道篇〉释略》，《华侨日报》1971 年 3 月 10 日。
《中国文学欣赏的一个基点》，《华侨日报》1971 年 4 月 21 日。
《中国文学中的想象问题》，《华侨日报》1971 年 5 月 25 日。
《中国文学中的想象与真实》，《华侨日报》1971 年 6 月 1 日。
《读周策纵教授〈论李商隐的一首“无题诗”〉书后》，《大陆杂志》第 42 卷第 10 期。
《抽象艺术》，《自由报》1971 年 6 月 16 日。
《自由中国的国剧运动》，《华侨日报》1972 年 1 月 12 日。
《敬答中文大学红楼梦研究小组汪立颖女士》，《明报月刊》第 7 卷第 4 期。
《老觉淡妆差有味》，《明报·集思录》1972 年 5 月 30 日。
《三个站立的人像》，《明报·集思录》1972 年 6 月 2 日。
《赵冈〈红楼梦新探〉的突破点》，《明报月刊》第 7 卷第 1 期。
《我的文学创作观——二答赵冈先生》，《南北极》第 26、27 期。
《漫谈文心雕龙之一》，《华侨日报》1972 年 8 月 30 日。
《漫谈文心雕龙之二》，《华侨日报》1972 年 8 月 30 日。

《由精能向纵逸——读唐鸿先生的画》,《明报月刊》第7卷第9期。
《漫谈文心雕龙之三》,《华侨日报》1972年10月10日。
《漫谈文心雕龙之四》,《华侨日报》1972年11月8日。
《中国艺术杂谈》,《新亚学生报》1972年11月11日。
《关于生命闪光之美》,《明报月刊》第7卷第11期。
《毕加索的时代》,《华侨日报》1973年4月20日。
《再论毕加索》,《华侨日报》1973年4月28日。
《漫谈文心雕龙之五》,《华侨日报》1973年5月15日。
《漫谈文心雕龙之六》、《漫谈文心雕龙之七》、《西汉文学论略》1974年,三篇见《中国文学论集》,台湾学生书局(再版)。
《董邦达〈西湖四十景〉》,《明报月刊》第9卷第3期。
《答杨牧问文学书》,《幼狮月刊》第41卷第5期,1975年5月1日。
《一颗原始艺术心灵的出现——论台湾洪通的画》,《华侨日报》1976年3月24日。
《石涛之一研究》第三版自序.《中华杂志》1978年第16卷第9期。
《宋诗特征试论》《中华文化复兴月刊》第11卷第10期。
《看画杂缀》,《华侨日报》1979年1月19日。
《中国文学讨论中的迷失》,《华侨日报》1979年9月25日。
《皎然诗式"明作用"试释》,《中外文学》1980年第9卷第7期。
《儒道两家思想在文学中的人格修养问题》,《海外学人》1981年第103期。
《略论院派花鸟画》,《百姓》1981年7月1日。
《读王利器的〈文心雕龙校证〉》,《明报月刊》第16卷第12期。
《陆机〈文赋〉疏释》,见《中国文学论集续篇》。

三　研究徐复观美学与艺术思想的著作

曹永洋编:《徐复观教授纪念文集》,时报文化出版企业股份有限公司1984年版。
东海大学编:《徐复观学术思想国际研讨会论文集》,时报文化出版企业股份有限公司1992年版。
林安梧:《当代新儒家哲学史论》,明文书局1996年版。
李维武编:《徐复观与中国文化》,湖北人民出版社1997年版。

李维武：《徐复观学术思想评传》，北京图书馆出版社2000年版。
候敏：《有根的诗学》，上海人民出版社2003年版。
武汉大学哲学学院、中国传统文化研究中心编：《“徐复观与20世纪儒学发展”海峡两岸学术研讨会论文集》（第1—3册），2003年。
王守雪：《人心与文学——徐复观文学思想研究》，郑州大学出版社2005年版。
耿波：《徐复观心性与艺术思想研究》，中国传媒大学出版社2007年版。
张晚林：《徐复观艺术诠释体系研究》，上海古籍出版社2007年版。
刘桂荣：《徐复观美学思想研究》，人民出版社2007年版。
李维武：《大家精要——徐复观》，云南教育出版社2008年版。

四　其他相关著作

1. 古典文献

阮元刻本：《十三经注疏》，中华书局1980年版。
（汉）郑玄注：《周礼注疏》（上下册），赵伯雄整理，北京大学出版社1999年版。
（汉）孔安国传，（唐）孔颖达正义：《尚书正义》，黄怀信整理，上海古籍出版社2007年版。
徐元诰撰：《国语集解》，王树民、沈长云点校，中华书局2006年版。
杨伯峻编著：《春秋左传注》（第1—4册），中华书局2006年版。
（清）孙希旦撰：《礼记集解》（第1—3册），沈啸寰、王星贤点校，中华书局2007年版。
（汉）许慎撰：《说文解字》（附检字），中华书局1981年版。
陈鼓应注释：《老子今注今释及评介》，台湾商务印书馆1978年版。
（晋）郭象注，（唐）成玄英疏：《庄子补正》，刘文典补正，云南人民出版社1980年版。
（清）郭庆藩撰：《庄子集释》（第1—4册），王孝鱼点校，中华书局1982年版。
陈鼓应注释：《庄子今注今译》（上、中、下三册），中华书局2008年版。
刘文典撰：《庄子补正》（第1—2册），云南人民出版社1980年版。
（清）王夫之：《庄子解》，中华书局1981年版。
（宋）朱熹注：《周易集注》，中华书局1983年版。

杨伯峻译注:《论语译注》，中华书局 1980 年版。
（清）刘宝楠撰:《论语正义》（第 1—2 册），中华书局 1990 年版。
杨伯峻译注:《孟子译注》（上下册），中华书局 1984 年版。
王先谦撰:《荀子集解》，沈啸寰、王星贤点校，中华书局 2008 年版。
（宋）朱熹撰:《四书章句集注》，金良年译，上海古籍出版社 2006 年版。
（宋）朱熹注:《楚辞集注》（八卷），北京图书馆出版社 2003 年版。
范文澜注:《文心雕龙注》（上下册），人民文学出版社 2008 年版。
（魏）王弼:《王弼集校释》（上下册），楼宇烈校释，中华书局 2009 年版。
陆侃如、牟世金译注:《文心雕龙译注》（上下册），齐鲁书社 1981 年版。
周振甫译:《文心雕龙今译》，中华书局 1986 年版。
（唐）慧能:《坛经校释》，郭朋校释，中华书局 1983 年版。
（汉）毛苌传述:《诗序》，朱熹辨说，中华书局 1985 年版。
（唐）司空图:《诗品集解》，郭绍虞集解，人民文学出版社 2006 年版。
（宋）严羽:《沧浪诗话校释》，郭绍虞校释，人民文学出版社 2006 年版。
（清）刘熙载:《艺概》，上海古籍出版社 1978 年版。

2. 新儒家著作

熊十力:《明心篇》，台湾学生书局 1979 年版。
梁漱溟:《东西文化及其哲学》，商务印书馆 2006 年版。
［美］Guy Salvatore Alitto 采访，梁漱溟口述:《这个世界会好吗？——梁漱溟晚年口述》，一耽学堂整理，东方出版中心 2006 年版。
方东美:《生生之德》，黎明文化事业股份有限公司 1979 年版。
方东美:《原始儒家道家哲学》，黎明文化事业股份有限公司 1983 年版。
方东美:《新儒家哲学十八讲》，黎明文化事业股份有限公司 1985 年版。
方东美:《方东美卷》，黄克剑、王涛编校，河北教育出版社 1996 年版。
唐君毅:《中华人文与当今世界补编》，台湾学生书局 1988 年版。
唐君毅:《人文精神之重建》，台湾学生书局 1988 年版。
唐君毅:《中国文化之精神价值》，广西师范大学出版社 2005 年版。
唐君毅:《生命存在与心灵境界》，霍韬晦编选，中国社会科学出版社 2006 年版。
牟宗三等编:《中国文化论文集》（1—3 册），幼狮文化事业公司 1980 年版。
牟宗三:《心体与性体》，上海古籍出版社 1999 年版。

牟宗三:《寂寞中的独体》，陈克艰编选，新星出版社2005年版。
牟宗三:《人文讲习录》，蔡仁厚辑录，广西师范大学出版社2005年版。
牟宗三:《生命的学问》，广西师范大学出版社2005年版。
牟宗三:《才性与玄理》，广西师范大学出版社2006年版。
牟宗三:《中国哲学的特质》，罗义俊编，上海世纪出版集团2008年版。

3. 研究新儒家的著作

杨士毅:《方东美先生纪念集》，正中书局1982年版。
胡菊人:《生命的奋进——四大学问家的青少年时代》，时报文化出版股份公司1985年版。
朱传誉:《徐复观传记资料》，天一出版社1985年版。
林安梧:《现代儒学论衡》，业强出版社1987年版。
林毓生:《中国传统的创造性转化》，三联书店1988年版。
冯耀明:《中国哲学的方法论问题》，允晨实业股份有限公司1989年版。
汉宝德、王安祈等.《中国美学论集》，宝文堂书店1989年版。
韦政通:《中国的智慧》，水牛出版社1988年版。
韦政通:《中国思想传统的现代反思》，桂冠图书股份有限公司1990年版。
韦政通:《中国十九世纪思想史》（上、下卷），东大图书有限公司1991年版。
李维武:《二十世纪中国哲学本体论问题》，湖南教育出版社1991年版。
宋志明:《现代新儒家研究》，中国人民大学出版社1991年版。
方克立、李锦全主编:《现代新儒学研究论集》，中国社会科学出版社1991年版。
胡伟希:《传统与人文》，中华书局1992年版。
郑家栋、叶海烟编著:《新儒家评论》（第一辑），中国广播电视出版社1994年版。
李明辉编:《当代新儒家人物论》，文津出版社1994年版。
启良:《新儒学批判》，上海三联书店1995年版。
方克立、郑家栋:《现代新儒家人物与著作》，南开大学出版社1995年版。
成中英:《论中西哲学精神》，东方出版中心1991年版。
成中英:《中国哲学与中国文化》，三民书局1974年版。
杜维明:《现代精神与儒家传统》，联经出版事业有限公司1996年版。
罗平主编:《中国人文精神之阐扬》（系列），中国广播电视出版社1996年版。

林安梧：《儒学革命论——后新儒家哲学的问题向度》，台湾学生书局 1998 年版。
颜炳罡：《牟宗三学术思想评传》，北京图书馆出版社 1998 年版。
郭齐勇：《郭齐勇自选集》，广西师范大学出版社 1999 年版。
黄克剑：《百年新儒家——当代新儒学八大家论略》，中国青年出版社 2000 年版。
冯友兰：《三松堂全集》，河南人民出版社 2001 年版。
黄俊杰：《儒学与现代台湾》，中国社会科学出版社 2001 年版。
刘述先：《儒家思想开拓的尝试》，中国社会科学出版社 2001 年版。
陈昭瑛：《台湾儒学的当代课题：本土性与现代性》，中国社会科学出版社 2001 年版。
单波：《心通九境：唐君毅哲学的精神空间》，人民出版社 2001 年版。
王德胜：《宗白华评传》，商务印书馆 2001 年版。
刘耕华：《诠释学与先秦儒家之意义生成》，上海译文出版社 2002 年版。
张国庆：《儒道美学与文化》，中国社会科学出版社 2002 年版。
张重岗、王来宁的《现代新儒家传》，山东人民出版社 2002 年版。
候敏：《有根的诗学》，上海人民出版社 2003 年版。
蒋国保、余秉颐：《方东美思想研究》，天津人民出版社 2004 年版。
陈迎年：《感应与心物：牟宗三哲学批判》，三联书店 2005 年版。
王守雪：《人心与文学——徐复观文学思想研究》，郑州大学出版社 2005 年版。
耿波：《徐复观心性与艺术思想研究》，中国传媒大学出版社 2007 年版。
张晚林：《徐复观艺术诠释体系研究》，上海古籍出版社 2007 年版。
刘桂荣：《徐复观美学思想研究》，人民出版社 2007 年版。
［美］Guy Salvatore Alitto：《最后的儒家——梁漱溟与中国现代化的两难》，王宗昱、冀建中译，江苏人民出版社 2000 年版。

4. 相关哲学美学著作

朱光潜：《西方美学史》，人民文学出版社 1979 年版。
朱光潜等著：《美学和中国美术史》，知识出版社 1984 年版。
朱光潜：《谈美书简》，北京出版社 2004 年版。
宗白华：《美学散步》，上海人民出版社 1981 年版。
宗白华：《艺境》，北京大学出版社 1989 年版。
冯友兰：《三松堂全集》，涂又光纂，河南人民出版社 1986 年版。

冯友兰:《中国哲学简史》,北京大学出版社1996年版。
傅伟勋:《"文化中国"与中国文化》,东大图书股份有限公司1988年版。
傅伟勋:《生命的学问》,商戈令选编,浙江人民出版社1996年版。
傅伟勋:《从创造的诠释学到大乘佛学》,东大图书股份有限公司1999年版。
李泽厚:《美的历程》,文物出版社1981年版。
李泽厚、刘纲纪主编:《中国美学史》(第一卷),中国社会科学出版社1984年版。
李泽厚、刘纲纪主编:《中国美学史》(第二卷),中国社会科学出版社1987年版。
李泽厚:《世纪新梦》,安徽文艺出版社1998年版。
李泽厚:《美学三书》,安徽文艺出版社1999年版。
刘纲纪:《美学对话》,湖北人民出版社1983年版。
刘纲纪:《艺术哲学》,湖北人民出版社1986年版。
刘纲纪:《美学与哲学》,湖北人民出版社1986年版。
刘纲纪:《中国书画、美术与美学》,武汉大学出版社2006年版。
刘纲纪:《传统文化、哲学与美学》,武汉大学出版社2006年版。
陈望衡:《中国古典美学史》,湖南教育出版社1998年版。
陈望衡:《当代美学原理》,人民出版社2003年版。
陈望衡:《境外谈美》,花山文艺出版社2004年版。
陈望衡:《中国古典美学21讲》,湖南教育出版社2007年版。
邹元江:《汤显祖新论》,台北:"国家"出版社2005年版。
邹元江:《戏剧"怎是"讲演录》,湖南教育出版社2007年版。
邹元江:《行走在审美与艺术之途》,山东友谊出版社2008年版。
邹元江:《中西戏剧审美陌生化思维研究》,人民出版社2009年版。
彭富春:《无之无化:论海德格尔思想道路的核心问题》,上海三联书店2000年版。
彭富春:《哲学美学导论》,人民出版社2005年版。
彭富春:《哲学与美学问题——一种无原则的批判》,武汉大学出版社2005年版。
刘纲纪、范明华:《易学与美学》,沈阳出版社1997年版。
蒋孔阳:《美和美的创造》,江苏人民出版社1981年版。
叶朗:《中国美学史大纲》,上海人民出版社1985年版。
朱良志:《曲院风荷:中国艺术论十讲》,安徽教育出版社2003年版。

朱良志:《石涛研究》，北京大学出版社 2005 年版。
朱良志:《中国美学十五讲》，北京大学出版社 2006 年版。
朱良志:《中国艺术的生命精神》，安徽教育出版社 2007 年版。
王杰:《审美幻象研究》，广西师范大学出版社 1995 年版。
王杰:《马克思主义与现代美学问题》，人民文学出版社 2000 年版。
王杰、廖国伟等:《艺术与审美的当代形态》，人民文学出版社 2002 年版。
薛富兴:《东方神韵：意境论》，人民文学出版社 2000 年版。
薛富兴：《分化与突围：中国美学 1949—2000》，首都师范大学出版社 2006 年版。
薛富兴:《山水精神》，南开大学出版社 2009 年版。
邱紫华:《东方美学史》（上、下卷），商务印书馆 2003 年版。
王先霈:《中国文化与中国艺术心理思想》，湖北教育出版社 2006 年版。
王先霈:《中国古代诗学十五讲》，北京大学出版社 2007 年版。
张玉能:《新实践美学论》，人民出版社 2007 年版。
张玉能:《席勒美学论稿》，华中师范大学出版社 2009 年版。
韩林德:《境生象外——华夏审美与艺术特征考察》，三联书店 1995 年版。
袁鼎生:《西方古代美学主潮》，广西师范大学出版社 1995 年版。
赖永海:《中国佛性论》，上海人民出版社 1988 年版。
叶海烟:《庄子的生命美学》，东大图书股份有限公司 1990 年版。
郎擎霄:《庄子学案》，天津古籍出版社 1990 年版。
葛兆光:《禅宗与中国文化》，上海人民出版社 1991 年版。
陈鼓应:《老庄新论》，中华书局（香港）有限公司 1991 年版。
南怀瑾:《禅宗与道家》，复旦大学出版社 1991 年版。
潘知常:《生命的诗境——禅宗美学的现代诠释》，杭州大学出版社 1992 年版。
钱穆:《中国文化史导论》，商务印书馆 1994 年版。
黄河涛:《禅与中国艺术精神的嬗变》，商务印书馆 1994 年版。
何西来:《文学的理性和良知》，人民文学出版社 1995 年版。
季羡林:《朗润琐言》，上海文艺出版社 1997 年版。
严平:《走向解释学的真理》，东方出版社 1998 年版。
张忠栋:《自由主义人物》，允晨文化企业股份有限公司 1998 年版。
黄俊杰:《台湾文化与台湾意识》，正中书局 2000 年版。
王国维:《王国维文学论著三种》，商务印书馆 2001 年版。
洪汉鼎编:《理解与诠释——诠释学经典文选》，东方出版社 2001 年版。

叶维廉：《道家美学与西方文化》，北京大学出版社2002年版。
沈语冰：《艺术与哲学》，中国社会科学出版社2003年版。
包兆会：《庄子生存论美学思想研究》，南京大学出版社2004年年版。
杨若萍：《台湾与大陆文学关系简史》，上海文艺出版社2004年版。
连横：《雅堂笔记》，广西人民出版社2005年版。
周宪：《审美现代性批判》，商务印书馆2005年版。
殷海光：《殷海光书信集》，贺照田编，上海三联书店2005年版。
汝信主编：《西方美学史》，中国社会科学出版社2005年版。
张节末：《禅宗美学》，北京大学出版社2006年版。
高友工：《美典：中国文学研究论集》，三联书店2008年版。
［德］黑格尔：《精神现象学》（上下卷），贺麟、王玖兴译，商务印书馆1979年版。
［德］黑格尔：《美学》（第1—3卷），朱光潜译，商务印书馆1996年版。
［德］弗里德里希·尼采：《悲剧的诞生：尼采美学文选》，周国平译，三联书店1986年版。
［德］弗里德里希·尼采：《权力意志：重估一切价值的尝试》，张念东、凌素心译，中央编译出版社2005年版。
［德］马丁·海德格尔：《诗·语言·思》，彭富春译，文化艺术出版社1991年版。
［德］马丁·海德格尔：《林中路》，孙周兴译，上海译文出版社1997年版。
［德］马丁·海德格尔：《荷尔德林诗的阐释》，孙周兴译，商务印书馆2000年版。
［德］马丁·海德格尔：《存在与时间》，陈嘉映、王庆节合译，三联书店1987年版。
［德］恩斯特·卡西尔：《人论》，甘阳译，上海译文出版社1985年版。
［德］恩斯特·卡西尔：《语言与神话》，于晓等译，三联书店1988年版。
［德］伽达默尔：《科学时代的理性》，薛华等译，国际文化出版公司1988年版。
［德］伽达默尔：《美的现实性》，张志扬译，三联书店1991年版。
［德］伽达默尔：《哲学解释学》，夏镇平、宋建平译，上海译文出版社1994年版。
［德］伽达默尔：《论理解的循环》，严平编，《伽达默尔集》，上海远东出版社1997年版。
［德］伽达默尔：《真理与方法》（上下卷），洪汉鼎译，上海译文出版社

2005 年版。

［日］福永光司：《古代中国存在主义——庄子》，李君奭译，专心企业有限公司 1978 年版。

［美］乔治·桑塔耶那：《美感》，缪灵珠译，中国社会科学出版社 1982 年版。

［德］莱辛：《拉奥孔》，朱光潜译，人民文学出版社 1984 年版。

［日］柳田圣山：《中国禅思想史》，吴汝均译，台湾商务印书馆 1985 年版。

［日］今道有信：《关于爱》，徐培、王洪波译，三联书店 1987 年版。

［日］笠原仲二：《古代中国人的审美意识》，魏常海译，北京大学出版社 1987 年版。

［法］保罗·利科尔：《解释学与人文科学》，陶远华等译，河北人民出版社 1987 年版。

［意］艾柯等著，柯里尼编：《诠释与过度诠释》，王宇根译，牛津大学出版社（香港）1995 年版。

［英］汤林森：《文化帝国主义》，冯建三译，上海人民出版社 1999 年版。

［美］列文森：《儒教中国及其现代命运》，郑大华、任菁译，中国社会科学出版社 2000 年版。

［德］沃尔夫冈·韦尔施：《重构美学》，陆扬、张岩冰译，上海译文出版社 2002 年版。

［美］马泰·卡林内斯库：《现代性的五副面孔》，顾爱彬、李瑞华译，商务印书馆 2002 年版。

［德］马克斯·韦伯：《儒教与道教》，王蓉芬译，商务印书馆 2003 年版。

［德］莱因哈德·梅依：《海德格尔与东亚思想》，张志强译，中国社会科学出版社 2003 年版。

［英］葛瑞汉：《论道者——中国古代哲学论辩》，张海晏译，中国社会科学出版社 2003 年版。

［美］宇文所安：《中国“中世纪”的终结》，陈引驰、陈磊译，三联书店 2006 年版。

Martin Duberman, *Silence*, Black Mountain: Ancho Press, 1973.

Hans-Georg Gadamer, *Philosophical Hermeneutics*, Berkeley: University of California Press, 1976.

Martin Heidegger, *Basic Writings*, New York: Harper & Row Publishers, 1977.

后 记

本书是在笔者博士论文的基础上修改而成。

从读研究生开始算起，这些文字我酝酿了十余年的时间；及动笔后，十年间也是数易其稿，最终仍有很多不甚满意的地方，但它已是现阶段我能拿出的最完善的文本了。“文章千古事，得失寸心知”，学术乃天下学人之志业，出成果不易，负笈珞珈近二十年，我真诚地感谢邹元江先生、刘纲纪先生、陈望衡先生、彭富春先生、刘清平先生、李维武先生、郭齐勇先生曾给予我的帮助和鼓励——正是因为你们，我才能克服诸多困难在美学的道路上坚持至今；诸位先生对学术的严谨、诚挚、良知和热情给了我深刻的影响，这是我该铭记终生的。写作期间，我与武汉大学哲学学院的李维武教授进行了徐复观学术思想的对谈，与香港中文大学的刘国松先生进行了台湾60年代“现代艺术论战”的对谈，与中国社会科学院的黄心川教授进行了中国哲学与佛学问题的对谈，与北京大学的楼宇烈教授进行了佛教及其对艺术的影响等问题的对谈，以上诸君让我获益良多；另外，美国夏威夷大学哲学系的成中英教授、德国特里尔大学汉学系的卜松山（Karl－Heinz Pohl）教授、挪威奥斯陆大学汉学系的何莫邪（Christoph Harbsmeier）教授、台湾华梵大学的林安梧教授、华中师范大学中文系的张玉能教授、湖北大学中文系的郁沅教授都曾对论文提出了中肯的意见；徐复观的大公子徐武军教授、台湾大学的黄俊杰教授、台北教育大学的李淑珍教授，以及教育部武汉大学文科文献中心港台书库、香港新亚研究所资料室、台湾大学图书馆、武汉大学图书馆、哲学学院资料室的戴老师、王老师、廖老师给我提供了丰富而珍贵的资料；友人中国海洋大学的李春荣教授、西南大学的刘明华教授给我生活、工作上提供了很多方便；挚友廖秉宜博士、钱民先生、卢佐冬博士、柴政博士、谭杰博士、姚彩霞女士及学友汪其超博士、董红涛博士、谭建川博士也给予了我很大的支持，在此一并致谢！

“大江东去，浪淘尽，千古风流人物。”徐复观先生是20世纪继熊十力、黄侃、胡秋原、王葆心、汪奠基、闻一多、汤用彤、胡风之后从鄂东农村走出的又一位人文大师。似乎是命中注定要和徐复观先生结下不解之缘，我和徐复观先生有着大致相似的家庭出身，也同受鄂东文化的熏陶和影响，① 这使我对徐复观先生有着一份天然的亲切和感动。说起徐复观先生的美学和艺术论著，学界一致认同的是《中国艺术精神》和《中国文学精神》（收录了台版《中国文学论集》及《中国文学论集续编》中的大部分文章），此外还可以加上少有耳闻的《石涛之一研究》。至于那些以杂文笔调写作的报刊文章，虽然其中亦涉及重要的学术问题，包含有深刻的美学见解和论断，但往往被人为地排除在学术领域之外。这当然不是一种客观的学术态度。探究一个人的学术思想，对专门学术论著的研究自然是必不可少的，但并非至此就“善矣”“全矣”，那些没有学术论文的形式，然而却是有感而发，包含着丰富思想和创新见解的杂文、散文，也自有其理论上的建树，对学术研究亦能起到积极的推动作用。然而，这样的学术随笔因缺乏学术论文的“规范”和学术著作的“厚重”而常为人所忽略。

---

① 我的故乡湖北省新洲县即是古代黄州府的府治所在地，也属于鄂东地区。李伯重先生认为，地域的划分不应基于行政区域，而应基于自然—人文传统，“不仅由于地理上的完整性与自然—生态条件的一致性，而且也由于长期的历史发展所导致的该地区内部经济联系的紧密与经济水平的接近，使此地区被人们视为一个与其毗邻地区有着显著差异的特定地区。”（参见李伯重《简论“江南地区”的界定》，《中国社会经济史研究》1991 年第 1 期，第 104—105 页）根据这个原则，刘礼堂先生在《鄂东文化的人类学考察》一文中将鄂东限定为：“大别山以南、长江中下游北岸，东经 114°25 ′至 116°8 ′、北纬 29°45′至 31°35′之间的广大地域。除了黄冈市所辖的黄州区、团风县、浠水县、蕲春县、黄梅县、罗田县、英山县、红安县、麻城市、武穴市、龙感湖管理区外，还应包括武汉市新洲区。”［参见刘礼堂、方正《鄂东文化的人类学考察》，《武汉大学学报》（人文科学版）2012 年第 1 期，第 84 页］据《史记》记载，公元前 1066 年，武王伐纣，曹侠为武王“挟毂骖乘”因而有功，封国于邾，名邾子国，都城在今新洲城区一带。春秋末，周敬王十四年（公元前 506 年），吴、楚之间著名的“柏举之战”发生于此。至隋炀帝大业元年（公元 605 年），改黄州为永安郡，设黄冈县。唐高祖武德三年（公元 620 年），改永安郡为黄州府，置总管府，统黄、蕲、亭、南四州，仍设黄冈县，州、府、县并治于新洲。据《旧唐书》及《资治通鉴》记载：唐末，由于战乱诸侯割据，由于吴讨降杨行密，古黄州城即废，州、府、县衙迁至禹王城，并沿用了黄州之名，因此，才有了今黄州、黄冈之名，黄州故城（即新洲）则被称为“旧州”。明代《黄州府志 · 古迹》记载：“邾城，今名旧州城，俗又呼新州。”《湖北通志》载：“旧州，俗改名新州，在县北一百二十里，即齐安郡旧治。”这个行政区划专用的“州”字在新洲的历史上，从唐末废古黄州开始仍沿用了几百年。明初由于长江河道南移，新洲宋渡一带逐渐形成为举水河下游的一个大岛，明万历三十六年（1608 年），因为古举洲一线的治水问题，黄冈知县茅瑞徵在《上御史台条议》一文中，首次用水中陆地的“洲”字称呼此地——“州”改为“洲”，亦与新洲的地形地貌相合。两千余年来，新洲一直是古黄州府的府治或府辖区，一直到 1983 年才由黄冈地区划归武汉市，设武汉市新洲区，成为武汉市的一个远城区。

徐复观先生的很多美学和艺术文章，自然就属于这一类。需要说明的是，徐复观先生的这类文章，往往具有很强的现实感和针对性，他所面对的，有的属于政治问题，有的属于社会问题，有的属于文化和艺术问题。即使是政治和社会问题，徐复观也会将它和文化问题、人的问题联系起来，探索其历史的根源，这是其思想的一个重要特点。也正因为它有很强的现实针对性，可以让我们更贴近时代，去把握时代精神的脉动和理解一个鲜活的徐复观，而不是在故纸堆中耙梳那些僵死的文字，这样说来，这类学术随笔对学术发展所起的推动作用更大，更值得我们加以重视和充分的挖掘，本书在这一方面做了一点有意义的探索和尝试。

《庄子》云："指穷于为薪，火传也。"作为鄂东子弟的我，研究徐复观先生的学术思想，既有着薪火相传、存亡绝续的历史使命感，又有着一份继承鄂东文化、弘扬传统思想的现实责任感。我们传统伟大的艺术精神，我们民族历经千年而不曾衰落的文化的真生命，下一代还有机会和福分分享吗？我的激情和痛苦，皆来自这种不合时宜的感念。

尼采说："世间一切文字，吾独爱以血书者。"血书者，忧患之作也。笔下的这三十余万文字，也是我这十余年来饱经忧患的生命的真实记载。十余年来读研、问学、养家、辞职、迁徙的颠沛流离，心情总体上是灰暗而忧郁的，时代的风雨、个人的际遇、学术的泡沫、亲人的离世都曾压得我喘不过气来，但总有一种不能自已的感愤之心，让我抖落一切的绝望、彷徨、讥讽和中伤，毅然拿起手中的笔，希冀找到一条为往圣继绝学、为万世开太平的新路。吾妻树梅受累最多，所历艰难与委屈非言语可述，此乃我一生之歉疚；及疏忽对子瀚、鲲之照顾，更常让我寝食难安。回首过去走过的路，真有谭嗣同的"十年醉梦天难醒，一寸芳心镜不尘"之感慨。吾生性愚钝，虽致力问学十余年，至今仍只是略窥门径。本书的编辑韩国茹女士，细心地帮我校对和订正文中的错谬，以莫大的耐心与我商讨文中的细节，特此深表谢忱。文中疏漏之处在所难免，恳请各位专家多批评、指正。

是为记。

2014年6月21日甲午夏至日夜
刘建平　止水斋